RANDALL BOYLL

MONSSSTRE

PRESSES POCKET

Titre original :
MONGSTER
Roman traduit de l'américain
par Claude Califano

ISBN 2-266-04970-4

De temps en temps, il arrive qu'un auteur ait envie de remercier ceux qui ont influencé sa carrière ; ne l'ayant pas fait lors de mon premier roman, j'ai pensé que le moment était venu. Ainsi, j'adresse ma plus humble gratitude à :

Nye Willden et John C. Fox, de Dugent Publishing Corporation, éditeurs des magazines Playboy et Gent, qui ont toujours publié mes histoires, même quand personne d'autre ne semblait intéressé...

Stephen King, qui fait de fréquentes apparitions dans ce livre, et qui va sans doute me poursuivre en justice...

Richard Surmacz, qui a publié mon premier roman, "Territoires du crépuscule", l'homme sans qui rien de tout cela n'aurait été possible...

Ginjer Buchanan, l'éditeur de ce roman, qui connaît bien son boulot...

... et tous ceux qui lisent en ce moment même cette longue dédicace, et qui se demandent si le reste du bouquin sera meilleur.

Note de l'auteur : il n'existe pas, dans l'Indiana, de ville du nom de Wabash Heights. Personne ne s'appelle Weasel et il n'y a pas d'Alfred ni de Jack Cumberland, ni de Norman Parker, ni de Spack, ni de Jimmy, et pas davantage de Jed. Hélas, Mike Taraday n'existe pas, pas plus que Don Marston, et c'est bien dommage.
Mais Arnold, lui, existe vraiment, et son père s'appelait réellement John, et ce qui suit s'est très certainement produit. Ou ne saurait tarder à se produire...
Mais Wabash Heights ne figure sur aucune carte, et il est inutile de chercher ce nom quelque part entre Terre Haute et Indianapolis, dans l'Etat bienheureux qu'est l'Indiana.
Mais j'y suis allé, et voici ce que j'ai vu...

- 1 -

L'INCIDENT DE LA WABASH TAVERN

Le soir où Frank Weasel Whipple cassa la gueule de son beau-fils Arnold, il avait préalablement fait un arrêt à la Wabash Tavern, histoire de prendre une cuite. C'était là un comportement parfaitement normal de la part de Weasel Whipple, homme costaud et ventru, avec une barbe en broussaille et des yeux noirs qui luisaient comme une paire de boutons au fond de leurs orbites — comportement normal que de se soûler tous les soirs après le boulot. En entrant dans la sombre taverne qui puait la bière et le tabac froid, il n'avait pas été dans ses intentions immédiates de casser la gueule de son beau-fils, ou de quiconque, en l'occurrence. Il voulait juste picoler. On était le mardi 19 avril 1990, à cinq heures de l'après-midi. Il avait passé la journée à taper sur des carrosseries de bagnoles chez le carrossier où il travaillait, le Hyman & Sons Body Shop, et il avait soif de bière.

Le barman, Mike Taraday, le vit entrer et poussa un profond soupir de résignation. Weasel Whipple était une véritable horloge, tant était grande sa ponctualité. Une bonne vieille grosse horloge, dans le genre de Big Ben, avec d'énormes mécanismes et des ressorts comprimés à l'extrême. Pour Weasel, quelle que soit l'heure affichée au cadran, ce n'était jamais la bonne. Il entra dans la taverne et alla s'installer à sa place habituelle, près de la porte. Les rares clients à cette heure de la journée jetèrent un regard dans sa direction, et détournèrent très vite leur attention.

« Une bière », grogna-t-il.

Ça promet, se dit Mike en faisant glisser la porte du réfrigérateur pour en sortir une bouteille de Falls City. Il fit sauter la capsule et l'apporta à Weasel.

« Ça fait quatre-vingt-dix cents, Weasie.

— Mets ça sur mon compte.

— Tu en es déjà à quatre-vingts dollars. T'es donc jamais

payé ?

— Tu seras le premier au courant, t'en fais pas », grommela Weasel en saisissant la bouteille de sa grosse main. Il la porta à ses lèvres et vida la moitié du contenu en trois gorgées. Une coulée de bière apparut au coin de sa bouche et glissa jusque dans sa barbe. Il s'essuya d'un revers de manche.

« Le patron m'a dit de ne pas te faire crédit au-delà de quatre-vingt-dix dollars, Weasie, dit Mike Taraday. C'est le règlement de la maison. »

Weasel le fixa de ses yeux noirs. « Le patron ? Qu'il aille se faire foutre. Je peux changer de crémerie. »

Si seulement tu pouvais dire vrai, souhaita Mike intérieurement, sans pour autant formuler sa pensée. Il se contenta de préciser : « Ce soir, dix bières seulement, peut-être onze, mais ce sera tout. Je veux que tu te mettes ça dans le crâne tout de suite, tant que tu es à jeun, pour qu'il n'y ait pas le moindre problème plus tard, quand tu seras bourré. Onze bières pour la soirée, pas une de plus. » Mike lui lança un regard interrogateur. « A moins que tu aies de l'argent pour payer ton ardoise, évidemment.

— Tu veux de l'argent ? » Weasel Whipple se pencha en arrière sur son tabouret et fourra la main dans sa poche. Il en tira une poignée de monnaie et la fit claquer sur le comptoir. Mike distingua quelques pennies, et deux ou trois nickels. « T'as déjà entendu parler des factures d'électricité, Mike ? T'as déjà entendu parler des notes de gaz et d'eau, des impôts locaux, des crédits à rembourser sur la maison et sur la voiture, des frais de cantine pour les gosses ? T'as déjà entendu parler des trois sangsues qui me saignent à blanc ? »

Mike était tout à fait au courant de cette histoire de sangsues. Depuis le mois de mai dernier, date à laquelle Weasel avait épousé Karen White, une divorcée mère de trois enfants, c'était ainsi que Weasel appelait ces derniers. Dieu seul savait pourquoi Karen, une femme de trente-cinq ans encore jolie, quoique gauche et timide, s'était décidée à épouser cette brute de Weasel. Mike connaissait Karen depuis le lycée. Mike connaissait tout le monde à Wabash Heights, Indiana, et tout le monde connaissait tout le monde, d'ailleurs. Weasel était arrivé relativement récemment, ayant fait un beau jour une entrée en ville tonitruante, deux ans auparavant, au volant de sa Malibu de 72, une épave dont il se plaisait à faire hurler les pneus, du moins ceux qui n'étaient pas à plat. Le bruit courut très vite qu'il s'était tiré de Terre Haute avec les flics au cul. Une histoire de bagarre au couteau dans un bar ; personne ne savait au juste, et personne ne cherchait à savoir. Il y avait une chose sur laquelle Weasel avait été parfaitement clair : ne me cherchez pas d'emmerdements, et je ne vous ferai pas chier. Et pendant que vous y êtes, occupez-vous de vos fesses.

En général, il buvait tout seul. De temps en temps, un vieux pote à lui venait de Terre Haute, et ils passaient la soirée ensemble à boire des coups jusqu'à trois heures du matin, heure de fermeture du bar, et après, ils embarquaient avec eux une caisse de bière et la descendaient tout en parcourant à fond de train les petites routes de campagne dans la Malibu pourrie de Weasel. Comment Weasel se débrouillait pour aller bosser le lendemain demeurait un mystère. Mike connaissait Elsius Hyman, son patron, et il l'avait entendu parler de gueules de bois magistrales, de copieux dégueulis dans les toilettes, et de coton-tiges fourrés par paquets entiers dans les oreilles de Weasel, dans une tentative désespérée de couvrir le bruit des coups de marteau sur les plaques de tôle. A propos de n'importe qui, l'anecdote aurait été marrante. Avec Weasel, elle ne l'était pas du tout.

« J'ai des gosses, moi aussi, dit Mike. Et je me débrouille.

— Ah ouais ? Tu gagnes le salaire minimum, toi, ici, comme moi ? Tu baises le cul de Georges Washington sur tous les dollars qui s'envolent ? T'as les compagnies de crédit qui te poursuivent jour et nuit ?

— On a tous des problèmes, Weasel », répliqua Mike, soulagé de voir une main lui faire signe à l'autre bout du bar. Il tourna les talons et s'en fut servir la bière réclamée par le propriétaire de la main.

« Je l'emmerde, ce cave », grommela Weasel. Il contempla sa bouteille de bière un moment, grattant l'étiquette avec l'ongle de son pouce, et la vida en trois autres lampées.

« Une bière ! » cria-t-il. Il s'était réveillé le matin même en proie à une telle gueule de bois qu'il avait été incapable de supporter l'idée de manger quelque chose. Il n'avait rien mangé non plus à midi, bien que Karen lui ait comme d'habitude rempli sa grosse cantine noire de sandwiches au paté de foie et de pickles bon marché et dégueulasses. Son estomac s'était soulevé à leur seule vue. Il s'était donc éclipsé pour aller faire un tour à la Three-Penny Tavern, qui se trouvait non loin du garage Hyman & Sons, et où il avait une ardoise. En guise de déjeuner, il s'était envoyé six bières, puis était reparti travailler, puant la brasserie à vingt mètres. Le fils Hyman, le contremaître du garage, avait remarqué son manège mais n'avait rien dit. Qu'il ait eu ou non un foutu caractère, en matière de carrosserie, Weasel connaissait son métier.

« Une bière par ici ! » cria Weasel.

Traînant des pieds, Mike lui apporta une Falls City fraîche. « Et de deux, dit-il.

— Va te faire foutre » fut la réponse immédiate de Weasel. Mike n'était pas très grand, et s'il avait voulu, Weasel aurait pu le faire passer la tête la première dans ce trou puant au fond du bar qu'on appelait les toilettes, et tirer la chasse d'eau. Cette idée lui était déjà venue plusieurs fois à l'esprit, surtout quand cette histoire de crédit refaisait surface. Demain, c'était vendredi, jour de paye, et Weasel lui filerait dix ou vingt dollars et se rachèterait une réputation aux yeux du patron, Sam Liddey, qui d'ailleurs ne se montrait jamais plus dans son bar. Sam s'était fait branché par des Témoins de Jehovah quelques mois auparavant, et il considérait désormais que s'adonner à la boisson était un péché. Visiblement, le fait d'être propriétaire d'un bar et d'y vendre à quatre-vingt-dix cents une bouteille de Falls City qui en valait quarante-cinq n'en était pas un. Weasel, s'il avait possédé le moindre sens de l'humour, aurait trouvé l'anecdote amusante. Mais en étant absolument dépourvu, il s'abstint. Pour lui, ce n'était là qu'un mystère supplémentaire parmi les innombrables mystères de l'univers, qui, de toute façon, n'était, à son avis, rien de mieux que le trou du cul de Dieu.

Weasel buvait. Les quatre heures qui s'étaient écoulées depuis les bières de son déjeuner lui avaient laissé un léger mal de crâne et une grande envie de boire encore plus de bière. Tout en buvant sa deuxième bouteille, la huitième de la journée, il sentit sa soif s'apaiser, et il commença à se détendre. Onze bières ce soir, et qu'est-ce que ça pouvait lui foutre ? Peut-être qu'il allait faire une petite surprise à sa vieille ce soir en rentrant, s'il était capable de bander pour une fois. Cette pensée lui titilla l'entrejambe. Karen n'était pas trop moche à poil. Evidemment, elle avait les seins qui tombaient et le cul plein de cellulite, mais, dans le noir, elle n'était pas pire qu'une autre. Il décida pour de bon qu'il allait la tirer le soir même. Que les gamins aillent se faire foutre, et qu'ils entendent ! Elle était toujours en train de se faire du souci pour le bruit. Les cloisons du préfabriqué de trois pièces qu'ils habitaient étaient aussi fines que les normes de construction ne l'autorisaient, Et quand ils baisaient, le lit dépliant qu'ils avaient acheté à l'Armée du Salut grinçait comme une vieille camionnette sur un chemin de terre. Oh, et puis, rien à foutre des grincements. Ce soir, ce vieux Weasel réservait une surprise à Karen, la râleuse qu'il avait épousée.

Il jeta un œil en direction de la pendule Budweiser accrochée au mur au-dessus des bouteilles d'alcool. Dix-sept heures quinze. Deux bières en un quart d'heure. Il lui en restait neuf autres à boire avant que Mike n'arrête de le servir, et cela allait lui prendre environ, environ…

Weasel se gratta la tête. Ses pensées pataugeaient déjà trop pour lui permettre d'accomplir de tels exploits mathématiques.

« Une bière ! » gueula-t-il.

Les tables commençaient à se remplir. Une pétasse en robe écarlate traça en direction du juke-box pour y glisser quelques pièces. Weasel se retourna pour la regarder. C'était May Gimbel, la femme de cet ivrogne de Harley Gimbel. Lui et Gimbel en étaient presque venus aux mains quinze jours auparavant, mais Weasel ne se souvenait plus pourquoi. Harley n'aimait pas les mecs qui reluquaient sa femme, c'était peut-être ça. Weasel regarda du côté de la table où était assis Harley, et ce dernier lui lança un long coup d'œil glacial. Weasel décida qu'il se taperait May un de ces jours, histoire de donner une petite leçon à Harley.

Il était déjà revenu à sa bière quand le vieux juke-box entonna une vieille rengaine country. D'autres clients entrèrent et le reste du bar continua à se remplir. Un crétin en costume sirotait sa Michelob à l'autre bout du bar, deux gars tenaient une grande conversation à propos des Indianapolis Colts, et il restait trois tabourets libres entre Weasel et eux. Il les écouta parler un instant, puis envoya les Colts au diable.

Il but. Et il réclama encore de la bière.

« Et de quatre, dit Mike en le servant.

— J'ai pas besoin d'une putain de pointeuse. Et surtout venant de ta part.

— Fais pas le malin avec moi, Weasel », dit Mike en le fixant. Weasel le fixa à son tour de ses sales yeux noirs, tout en fouillant sa poche à la recherche d'une cigarette. Mike s'éloigna sans insister, au cas où il aurait sorti un couteau à cran d'arrêt.

Weasel buvait en fumant ses cigarettes sans marque, et il pensait. Voilà ce que ce mec était, exactement. Une pointeuse. Il y avait une pointeuse au boulot et maintenant il y en avait une ici aussi. Une poussée de rage germa dans le cerveau de Weasel, irriguée par la pitié qu'il éprouvait à l'égard de lui-même et par l'indignation, à ses yeux légitime, qu'il ressentait. Il fréquentait cet établissement régulièrement depuis deux ans. On lui devait davantage de respect.

Deux autres gars entrèrent dans le bar en rigolant, heureux d'avoir fini la journée. Ils s'assirent à côté des supporters des Colts, ne laissant plus qu'un tabouret entre Weasel et le reste de l'humanité. Le juke-box gueulait une chanson de Johnny Cash. Weasel avait pour Johnny Cash une haine peu commune. D'après lui, cette grosse merde aurait été incapable de chanter quoi que ce soit, même pour sauver sa peau. Weasel songea un instant à fracasser le juke-box à coups de poing. Mais au lieu de se lever, il leva son verre, et un peu de bière lui coula sur le menton. Maudissant sa maladresse, il s'essuya d'un revers de manche.

« Une bière ! »

Cette fois, Mike se fit prier, prétendant être occupé à ranger des bouteilles dans la chambre froide au-desous du comptoir. Au-dessus de lui, la pendule indiquait dix-sept heures trente. *Bon Dieu, Weasel*, se dit-il désespérément, *à ce rythme, il va arrêter de me servir à sept heures !*

« Une bière, bordel ! »

Mike se décida à lui en apporter une. Weasel alluma une autre cigarette, et le goût merdique du tabac mentholé le fit grimacer. La semaine dernière, Karen avait rapporté du Kroger, le supermarché local, un carton entier de ces clopes en soldes, dans l'espoir de lui plaire en économisant l'argent du ménage. Weasel lui en avait retourné une bonne, pour lui apprendre. Cette grognasse était mariée avec lui depuis onze mois, et elle savait très bien qu'il fumait des Marlboros, et pas ces clopes de pédé vendues dans un paquet jaune sur lequel était dessinée une paire de ciseaux rouges, censés représenter symboliquement l'économie réalisée en achetant de telles horreurs.

Sa rage augmentait à chaque bouffée. Mais pourquoi s'était-il marié, nom de Dieu, pourquoi n'était-il pas resté célibataire, capable de vivre sur un salaire minimum sans avoir à supplier le gouvernement de lui accorder son aide et des allocations ? De temps à autre, le gouvernement envoyait une vieille peau d'assistante sociale contrôler que tout allait bien chez lui ; pour le bien de l'oncle Sam, elle venait s'assurer que les Whipple étaient bien aussi pauvres qu'ils le déclaraient. Elle inspectait même les placards des enfants à la recherche de chaussures ou de vêtements neufs, et ne manquait pas de vérifier que Weasel ne s'était pas payé une nouvelle voiture sur le dos des services sociaux. Les jours de visite de l'assistance sociale, Weasel se bourrait la gueule deux fois plus que d'habitude, histoire de pouvoir rentrer chez lui et affronter l'humiliation que représentaient ces inspections. Quelle vie ! A quarante ans, Weasel en avait assez vu pour savoir que la vie n'était pas autre chose qu'un gros tas de merde encore fumante. A part la bière et les cigarettes, il ne voyait pas d'autres raisons d'exister.

Il finit sa bière et écrasa sa clope. Les aiguilles de la pendule Budweiser se rapprochaient inexorablement de sept heures. L'alcool circulait maintenant dans ses veines de façon fort plaisante, rendant sa tête légère et son visage légèrement anesthésié, comme à l'accoutumée. Se penchant sur le côté, il lâcha un pet, un bon gros pet odorant tels qu'en lâchent souvent les buveurs de bière. Personne ne remarqua rien ; le juke-bux hurlait un truc moderne que Weasel avait immédiatement taxé de nullité. Il renifla l'odeur de son propre pet, profondément, en se demandant comment l'intérieur d'un corps humain pouvait sentir aussi mauvais, et en faisant des vœux pour que l'odeur reflue vers la tantouze qui buvait de la Michelob à l'autre bout du bar. Peut-être alors la pédale demanderait-elle des comptes à Weasel, et une petite bagarre pourrait enfin commencer.

« Une bière ! »

La bière fut apportée. Weasel était en train de la descendre cul sec, quand la porte s'ouvrit sur un jeune mec, un branleur à carrure de culturiste. Il avait les cheveux incroyablement courts, et de monstrueux biceps, sans parler de ses cuisses. Il cligna des yeux dans la pénombre enfumée et, finissant par apercevoir le tabouret vacant à côté de Weasel, il vint s'y assoir. Leurs genoux s'entrechoquèrent.

Un éclair de rage blanche flamba instantanément dans le cerveau de Weasel. Il jaugea le gamin du coin de l'œil. Costaud, le petit con. Dommage. S'il avait eu affaire à un morveux squelettique, Weasel lui aurait appris à faire attention à son genou. Mais, ultime affront, le petit salaud était plus grand que lui. Et devant la foule d'injustices dont la vie persistait à l'accabler, une haine farouche envahit le cœur de Weasel.

Mike Taraday s'approcha.

« Qu'est-ce que ce sera ?

— Ben, n'importe quoi », répondit le jeune.

Son visage changea d'expression.

« Mais qu'est-ce qui pue comme ça ? »

Intérieurement, Weasel se marrait.

Les sourcils levés, Mike renifla.

« Un rat crevé, du vomis de la veille, une merde de chien sous la chaussure de quelqu'un, ou bien Weasel. Choisissez vous-même. »

Weasel eut l'air de vouloir se lever de son tabouret. Le peu de raison que l'alcool n'était pas encore parvenu à dissoudre lui ordonna de se rassoir et de se calmer. On ne casse pas la gueule du barman quand il se trouve que ce même barman vous autorise une ardoise. Non, au contraire, on lui lèche le cul et on croise les doigts pour qu'il change d'avis une fois atteinte la limite magique des Onze Bières.

« Suce ma bite, connard », suggéra-t-il du plus aimablement qu'il put en prenant une cigarette.

Il sortit son briquet Bic et l'alluma en tirant dessus

furieusement. Le goût était dégueulasse, comme tout le reste.

« Une Falls City, ça ira très bien, dit le jeune culturiste.

— Vous avez votre carte d'identité, fiston ? lui demanda Mike. Vous m'avez l'air d'un jeunot, dites donc.

— Euh, justement, mon portefeuille est dans la voiture. Je l'ai enfermé dans la boîte à gants. Et la serrure est, euh, coincée. »

Mike soupira.

« Pas de carte d'identité, pas de bière. Désolé, fiston.

— Hé, je suis dans les Marines, et là, je suis en permission, dit le jeune. Et ça compte pas, ça ?

— Pas dans l'Indiana.

— Mais je sers mon pays, moi !

— Ouais, mais moi, je ne te sers pas. Dehors ! »

Les oreilles de Weasel s'étaient dressées en entendant le jeune homme dire qu'il servait le pays. S'il y avait une chose que Weasel trouvait sympathique sur cette planète, c'était bien un homme en uniforme. Avec les militaires, on était au moins certain qu'ils étaient en train d'en chier, eux aussi. Weasel avait fait son service dans l'Air Force, allant même jusqu'au grade de Première Classe avant de se faire casser et renvoyer pour avoir balancé son pied dans les couilles d'un sous-lieutenant.

« Donne-lui une bière, Mike, dit Weasel. Je me porte garant de lui.

— Mais c'est la première fois que tu le vois ! » fit Mike, incrédule.

Weasel passa un bras autour des épaules massives du jeune homme.

« Mike, je te présente mon neveu Joe Smith. Il a vingt et un ans. Et d'ailleurs, c'est justement aujourd'hui son anniversaire. » Et dans un sourire radieux, il ajouta : « C'est pas vrai, Joe »

L'espace d'un instant, le jeune homme eut l'air perplexe. Mais seulement l'espace d'un instant.

« Bien sûr, dit-il très vite. C'est exact, oui. J'ai vingt et un ans aujourd'hui. »

Les yeux de Mike s'étrécirent.

« Okay, Joe, dis-moi comment s'appelle ton oncle ?

— Mais il le connaît très bien, mon putain de nom ! »

s'écria Weasel.

Quelques têtes se tournèrent vers eux, le juke-box étant justement entre deux chansons.

« Il sait très bien que je m'appelle Frank Whipple, dit Weasel plus calmement. Sauf qu'il ne sait pas qu'ici, on m'appelle Weasel. Pour lui, je suis l'oncle Frank.

— C'est vrai, oncle Frank, dit le jeune homme. Tu as tout à fait raison. »

Mike leva la main.

« Nous disons donc une Falls City. Les Marines entrent en ville, et me voilà coulé. Qu'est-ce que je peux faire, hein ? Le vieux Liddey croit en Dieu, Weasel a un neveu dans les Marines, et moi, il se trouve que je suis le putain de barman. »

Il partit chercher la bière.

« Et ramènes-en une pour l'oncle Frank ! » lui cria Joe.

Les deux hommes s'installèrent plus confortablement sur leur tabourets.

« Merci », lança Joe en sortant son portefeuille.

D'une liasse de billets, il tira vingt dollars qu'il posa sur le bar. Les yeux maussades de Weasel s'illuminèrent. L'armée payait bien, ces temps-ci, à ce qu'il voyait. Il allait pouvoir traire le jeune homme toute la nuit. Mike Taraday n'avait plus qu'à se mettre ses onze bières au cul.

« Alors, Joe, comment va ? demanda Weasel.

— Ça va pas mal. » Le jeune homme lui offrit un sourire débordant de gratitude, qui se changea très vite en grimace. « Enfin, à condition de trouver que c'est bien d'être dans les Marines, évidemment...

— Il te reste combien de temps à tirer ?

— Je viens de finir ma première année. Au fait, je m'appelle William King.

— T'es du coin, Bill ? Il ne me semble pas t'avoir déjà vu par ici.

— Non, je suis d'Indianapolis. J'allais rendre visite à ma grand-mère à Terre Haute, et j'ai eu envie de boire une bière. C'est pas un crime, pas vrai ? Ils nous servent de la bière à la base... »

D'un signe, Weasel l'arrêta. « T'as pas besoin de me dire des trucs comme ça, tu sais. T'es assez vieux pour qu'on te tire dessus, mais trop jeune pour boire un coup. C'est ce putain de gouvernement. C'est la société, tu vois ? La société, c'est la société qui est pourrie. »

Les bières étaient servies. Bill paya.

« Je sens toujours cette odeur... » dit-il, le nez froncé.

Le juke-box s'était remis à gueuler, un vieux morceau d'Elton John, cette fois. Un truc qui parlait de dire au revoir à Norma-Jean.

« Tu veux dire, dit Weasel en le regardant aussi fixement que ses yeux injectés de sang le permettaient, qu'à vingt et un ans, tu n'es pas capable de reconnaître un pet à l'odeur ?

— Oh. » Bill eut soudain l'air sceptique. « J'avais plutôt l'impression qu'il y avait un macchabée dans le coin.

— Dans ce bar, ce serait bien possible, dit Weasel. Un type mort de soif, par exemple. »

Il éclata de rire. Bill rigola avec lui.

« Vous étiez dans l'armée ? demanda-t-il au bout d'un moment, parlant fort pour se faire entendre.

— Ouais, dans l'aviation, répondit Weasel. Lieutenant-colonel, mais je suis à la retraite. »

L'expression d'un choc psychologique apparut sur le visage de Bill. « Mon Dieu, Mon Colonel, bafouilla-t-il en se raidissant. Je ne savais pas que vous étiez un *officier*.

— Du calme, répliqua Weasel, que la réaction du jeune homme ravissait. Quand j'ai pris ma retraite, j'ai enlevé toutes mes médailles et tous mes galons. J'étais pilote. Au Vietnam. Quarante-deux missions.

— Sur un bombardier ?

— Un B-52. On a changé Hanoi en parking, tu peux me croire.

— Waouh. »

Weasel but un peu de sa bière, particulièrement content de lui. Le jeune Bill était toujours raide comme une planche, victime de la terreur immémoriale que les officiers inspirent traditionnellement aux jeunes recrues et que les sergents entretiennent avec zèle dans les casernes du monde entier. Ce traitement n'avait pas très bien marché avec le jeune Frank Whipple ; il les haïssait plus encore qu'il ne haïssait les serpents, et ce n'était pas peu dire. D'où l'incident avec le sous-lieutenant. D'où le renvoi, et le déshonneur en résultant. Weasel avait brûlé son DD-14 dégradant à la minute même où il avait été libéré de ses engagements militaires. Et depuis, son existence avait été en chute libre.

Il finit sa bière. Bill se dépêcha d'en commander deux autres, bien qu'ayant à peine entamé la sienne.

« Vaut mieux la boire avant qu'elle se réchauffe », dit Weasel, montrant du menton sa bouteille embuée. Dès que le petit serait détendu, son portefeuille ne manquerait pas de faire de fréquentes apparitions, Weasel en était plus que certain.

« A l'aviation », dit Bill, et il but. Il vida la bouteille d'un trait et lâcha un énorme rot, qui retentit comme une déflagration.

« Aux Marines », dit Weasel en embarquant la bière que Mike venait de servir. Malicieusement, il sourit à l'intention du barman, puis vida sa bière d'une gorgée. Le bruit qu'il fit en éructant fit trembler la rangée de bouteilles sous la pendule.

« Deux autres ! » cria Bill.

Mike s'éloigna, hochant la tête.

Weasel alluma une cigarette, puis, se ravisant, en offrit une à Bill. Le jeune la refusa. « Je m'entraîne. Je fais de la musculation.

— C'est ce que je me disais, dit Weasel.

— Je soulève des haltères.

— Je suis content pour toi, fiston. » Mike revint, Bill paya. Weasel remit sa poignée de pièces dans sa poche.

« Cul sec, dit Bill, joignant le geste à la parole.

— C'est ce qu'ils vous apprennent dans les Marines ? lui demanda Weasel quand il eut reposé sa bouteille.

— On apprend à picoler, ouais », dit Bill. Il commençait à être bourré. « On est des durs, nous autres Marines.

— Picoler, ouais ! » Weasel était tout à fait d'accord, et il finit sa bière en six gorgées. Sa gorge devint immédiatement plus froide qu'un glaçon, menaçant de ne plus rien vouloir absorber. Pendant une terrifiante seconde, il se dit qu'il allait vomir. Combien de bières avait-il bues ? Autour de lui, tout se brouillait.

« Par ici, de la bière ! » hurla Bill. Du poing, il frappa sur le comptoir, faisant valdinguer les cendriers. « De la bière, bordel ! »

Mike arriva en courant.

« Tu pourrais hurler moins fort », dit-il en posant deux bières en face de lui.

Il prit deux dollars dans la pile de billets et s'éloigna.

« Cul sec », dit Bill.

Il coinça le goulot de la bouteille entre ses lèvres, renversa la tête en arrière, et Weasel, éberlué, regarda le liquide couler au fond de sa gorge sans émettre le moindre gargouillis.

« Buvez, mon colonel, lui dit Bill. Nous, les militaires, on s'y entend pour picoler, pas vrai ?

— Pour ça, oui », dit Weasel. Il voyait double. Putain, pourquoi n'avait-il pas bouffé ces sandwiches, à midi ? Avec le ventre plein, il n'aurait jamais eu aucun problème pour faire rouler ce gamin sous la table. Mais pour l'instant, il avait du mal à se tenir sur son tabouret.

« Faut que j'aille pisser », dit-il en se levant. Le sol se déroba sous ses pieds et, dans un effort de volonté terrible, il se raccrocha au bar pour ne pas tomber. Il se mit en route pour les toilettes en titubant. L'affaire ne se déroulait pas du tout comme prévu. Le jeune le faisait boire trop vite. Il était à peine six heures du soir, et à ce rythme, il serait raide-bourré à dix heures.

Il trouva la porte des toilettes et s'avança d'un pas mal assuré dans la minuscule pièce nauséabonde qui abritait la cuvette des W-C. Il pissa pendant une éternité, regardant les graffitis sur le mur passer alternativement de nets à flous. Le sol était trempé d'urine, et les bottes de Weasel pataugeaient dans une flaque odorante et jaunâtre.

Il oublia de remonter sa braguette et il sortit, laissant sur le plancher derrière lui la marque humide de ses pas. Il retrouva son tabouret et il y grimpa à nouveau. Deux autres bières se tenaient sur le comptoir devant lui, deux soldats sombres au garde-à-vous.

« Semper fi, mon colonel ! » Bill parlait très fort, pour couvrir les rugissements du juke-box. « Cul sec, Colonel ! Finalement, il n'y a pas que des mauviettes dans l'Air Force ! »

Un spasme secoua Weasel. Il avait l'impression d'avoir, au milieu du ventre, un gros ballon gonflé d'eau. Pour un peu, il aurait entendu ses reins saturés s'épuiser à tenter désespérément d'évacuer le trop-plein. Il avait mal à la gorge, et l'idée le traversa qu'il était en train d'attraper le cancer, cancer de la gorge ou de l'estomac, ou encore cancer de la queue qui devait pisser toute cette bière.

« Barman ! appela Bill. Deux autres ! Non, quatre ! Mon oncle et moi, on fait la fête, et ma grand-mère attendra ! »

Mike revint vers eux, deux bouteilles dans chaque main. Il les disposa face aux deux hommes, l'œil rivé sur Weasel.

« T'en tiens une bonne, toi, dit-il gravement. Tu devrais peut-être rentrer chez toi, maintenant. »

Weasel, qui avait deux Mike dans son champ de vision, les chassa d'une main dédaigneuse.

« Hé, l'ami, dit Bill, ce serait possible d'avoir des oignons ? »

Mike fronça les sourcils.

« Quoi ?

— Des petits oignons blancs, quoi !. » Le visage rond et poupin de Bill était rougi par la sérieuse quantité d'alcool qu'il venait d'absorber en aussi peu de temps. « Vous savez, les petits oignons qu'on trouve dans les pots d'olives. Il faut que je montre un truc à mon oncle.

— On a des olives, dit Mike, des œufs au vinaigre et des biscuits-apéritif.

— Et il y a des oignons ?

— Où ? Dans les biscuits-apéritif ?

— Drôle de pingouin, ce civil. Donnez-moi des olives, et avec des oignons, si possible. »

Mike ouvrit de grands yeux et tourna les talons. Il revint avec un gros pot d'olives farcies au piment. De petits oignons grelots flottaient au milieu.

« Ouais, j'ai appris ce tour à Quantico, oncle Frank. C'est pour te montrer que dans les Marines, on est des vrais durs. »

Il ouvrit le pot et chercha parmi les olives la bille blanchâtre d'un oignon, qu'il attrapa avec les doigts. Weasel le regardait faire, tentant furieusement de garder son attention fixée sur la scène.

Bill se fourra l'oignon dans la narine droite. De l'index, il l'enfonça encore plus profondément, et ses yeux se mouillèrent de larmes.

« Bon, et maintenant regarde », dit-il de la voix d'un

homme affligé d'une mauvaise sinusite. Il saisit une bière et, renversant la tête en arrière, se l'envoya au fond du gosier avec la même aisance que les précédentes. Puis il boucha sa narine gauche et se mit à renifler bruyamment. Sa poitrine se gonflait au rythme de ses aspirations, et des larmes ruisselaient sur ses joues. Il aspira profondément une dernière fois, puis sursauta comme si on l'avait frappé, et redressa la tête, victorieux.

« Hein ? » fit Weasel.

Bill lui montra ses dents. L'oignon était là, et Weasel, écœuré, aperçut sur la bille luisante le fil noir d'un poil. Bill croqua l'oignon et le jus gicla.

« T'avais jamais vu ça, pas vrai ?

— Bien sûr que si, mentit Weasel. On faisait ce truc-là tout le temps, avec les potes. On l'a même fait avant de décoller pour aller raser Hanoi. »

Le doute se faufila dans le regard juvénile de Bill.

« Alors, vas-y. Fais-le. »

Weasel se mit à réfléchir. Ses pensées se couraient après, traçant dans son cerveau de grands cercles inutiles. Sa vessie s'était remise à le tourmenter. Il avança la main jusqu'au pot d'olives et le renversa. Tout le jus se répandit sur le comptoir, ainsi que les olives et les oignons.

« Barman ! gueula Bill. Donne-nous de quoi essuyer ! »

Mike s'approcha, un torchon à la main. En grommelant, il redressa le pot et le poussa en direction de Weasel.

« C'est bon, colonel, j'ai tout vu. Il est très fort, ton neveu.

— Je l'emmerde », grogna Weasel, grave. Le monde n'était plus qu'un manège tournoyant autour de lui à toute vitesse. Quelle connerie, ces six bières qu'il avait bues en guise de déjeuner ! Une belle connerie.

« Tu vois, fiston, dit Mike en s'adressant à Bill, il y a des gens sur cette terre qui feraient n'importe quoi pour qu'on leur paye une bière. Il y a des gens comme Weasel, ici présent, qui sont incapables de faire la différence entre Hanoi et Honolulu. On les appelle généralement des branleurs, et tu es justement assis à côté d'un champion dans cette catégorie. Avant, on appelait ça "se faire rincer le gosier à l'œil". On est plus sympa de nos jours. » Il balança à Weasel un sourire presque tendre. « Rentre chez toi, mon vieux, et va te coucher. Demain matin, tu auras les yeux bordés de jambon, et tu oublies que tu as une famille à nourrir. »

Le conseil et les insultes qui l'accompagnaient atteignirent lentement les oreilles de Weasel, et de là, se connectèrent à son cerveau ramolli. La rage fit alors une subite réapparition et l'enflamma comme une chaudière à mazout. Une fois de plus, les gens et le monde n'étaient pas gentils avec Weasel.

« Donnez-moi ces putains d'oignons », dit-il en attrapant le pot d'olives pour se le mettre sous le nez.

Fourrant ses gros doigts à l'intérieur, il réussit à en extirper un oignon. Il se le mit dans le nez, et repoussa le pot. « Et maintenant, cul sec ! » dit Bill.

Mike observait la scène, content, une moitié de sourire accrochée aux lèvres. Weasel renversa la tête en arrière et se jeta le contenu de la bouteille au fond de la gorge. L'oignon lui brûlait le nez comme de la lave en fusion. Le jus en imprégnait ses sinus et lui donnait envie d'éternuer. Il réussit à tout avaler, mais la bière, à l'instar de la précédente, menaça illico de prendre le chemin inverse. Il reposa brutalement la bouteille sur le comptoir, conscient de ce que son visage tout entier s'était mis à étinceler sous l'effet de la brûlure provoquée par l'oignon, qu'il sentait luire au fond de sa narine comme une énorme ampoule électrique. Il rota au nez de Mike.

« Et maintenant, aspire l'oignon », dit Bill, qui n'avait plus du tout l'air innocent.

Il était même subitement devenu aussi menaçant que Mike Taraday et ses onze bières et-pas-une-de-plus. Weasel luttait contre les larmes qui s'accumulaient. Putain, comme cet oignon le brûlait ! On aurait dit qu'une ampoule chauffée à blanc était en train de lui cramer le pif. Il se boucha l'autre narine et aspira à fond. L'oignon progressa le long du conduit nasal. Il respira. Des larmes brûlantes couraient le long de ses joues.

« C'est peut-être une question de muscles, suggéra Bill en adressant un clin d'œil à Mike.

— Ou de connerie », répliqua ce dernier, d'un ton docte.

Il y avait un truc, un putain de truc, commençait à réaliser Weasel avec une soudaine et terrible certitude. C'était le jeune Bill qui se foutait de sa gueule depuis le début, et pas l'inverse. Exactement comme dans ces compétitions débiles où Arnold Schwarzenegger et Franco Colombo se disputaient le titre de l'homme le plus fort du monde en gonflant des bouillottes jusqu'à ce qu'elles éclatent. Il valait mieux avoir de bons poumons. Ni Arnold ni Franco ne fumaient trois paquets de cigarettes par jour.

« Seigneur, mon nez, gémit Weasel.

— Aspire », lui cria Bill en riant.

Aspirer, Weasel ne faisait que ça. L'horrible oignon et l'atroce sensation de brûlure s'infiltrèrent plus profondément dans sa narine. Ses sinus, qui bloquaient le passage, empêchaient l'intrus de pénétrer plus avant.

« Bon dez, se mit-il à geindre. Bon Dieu, bon butain de dez !

— Aspirez, Colonel ! Avalez cet oignon, et c'est moi qui régale toute la nuit ! »

Weasel coinça son doigt au fond de sa narine, et aspira derechef. L'effort lui faisait mal aux poumons. L'oignon semblait avoir quadruplé de volume. Et un méga-éternuement se préparait à jaillir.

« Mais, enfin, andouille, fais-le ressortir dans l'autre sens », conseilla Mike.

Weasel souffla par le nez. Rien ne se produisit. Mais son visage passa du rouge au violet.

« C'est guoincé ! hurla-t-il, toujours assis sur son tabouret, un doigt profondément enfoncé dans la narine. J'vous dis que c'est guoincé ! »

Le rire de Bill redoubla. Le morceau que jouait le juke-box venait de s'achever, et les gens s'étaient retournés, alertés par les voix. Weasel leur jeta un regard, décelant au fond de leurs yeux une lueur de moquerie. Moquerie qui avait certes toujours existé, et que, d'ordinaire, ils préféraient dissimuler par peur des représailles. Mais pour l'instant, Weasel était trop profondément plongé dans les ennuis pour leur casser la gueule, trop soûl et plein d'oignon pour faire autre chose que chialer sur son tabouret.

L'éternuement approchait. Weasel priait pour qu'il arrive vite. Il se déboucha le nez et patienta.

« Il va crever », rigola Mike, et un gloussement étouffé parcourut le bar.

Même Harvey Gimbel se marrait. Lui et sa pétasse de femme en robe rouge. La rage et la douleur tailladaient le cerveau de Weasel. Il leur ferait payer ça, il les ferait tous payer un jour. Si seulement ce putain d'*oignon* se décidait à se décoincer.

Sa poitrine se soulevait de plus en plus vite. Il ne parvenait même plus à garder les yeux ouverts.

« Et merde », souffla Mike en allant voir ailleurs.

Tchoum. Un long filament de morve grise descendit de la narine de Weasel. Mais l'oignon, nom de Dieu, l'oignon était toujours coincé. Et sous son crâne crépitaient les flammes de la souffrance.

« Il faut que tu l'avales », lui disait Bill, hystérique.

Weasel aspirait de toutes ses forces. Il soufflait de toutes ses forces. Mais l'oignon était comme soudé et brûlait ses muqueuses nasales comme du plomb fondu. Il gémissait misérablement.

« Aidez-moi, suppliait-il.

— Avalez-le, répétait Bill, soudain étrangement obscène. Avalez-le, *Colonel* ! Avalez, avalez, mais avalez, à la fin !

— Bais gu'est-ce que che t'ai fait ? lui cria Weasel. C'est guand bêbe grâce à boi gu'on t'a servi, don ?

— Restons calme, dit Bill. Vous vous êtes fourré ce putain d'oignon dans le nez tout seul. Et en plus, vous m'avez menti. Dans l'aviation, mon cul ! Colonel, mon cul ! Vous vous êtes vraiment foutu de ma gueule, mon oncle.

— Butain de bunk ! » hurla Weasel en se relevant d'un bond.

Son tabouret se renversa et heurta le plancher dans un bruit sourd.

« C'est doi gui d'es foutu de ma gueule ! »

Ce qui rendit Bill encore plus hystérique. Le bar entier était maintenant en train de rire aux dépens de ce bon vieux méchant Weasel et de son oignon coincé au fond de la narine, pour toujours, espérait-on. Oh, il lisait sur leur visage rigolard toutes les choses qu'ils avaient tenues cachées pendant si longtemps. Ils le haïssaient autant qu'il les haïssait. Et maintenant qu'il était sans défense, ils ne se gênaient plus pour le lui montrer.

Il prit son élan et frappa le jeune homme à la tempe. Le coup le déséquilibra et il s'écroula sur les deux supporters des Colts qui s'écroulèrent à leur tour sur le pédé en costard qui en renversa sa Michelob sur le comptoir. Tel un voile noir, un silence de mort s'abattit sur la taverne.

« Amène-toi, s'époumonait Weasel en brandissant le poing. Sale bunk ! Betit berdeux de bunk !

— Laisse tomber, Weasel », ordonna Mike. Bill se redressa. Un large sourire alcoolisé apparut sur ses traits enfantins. Une bonne bagarre s'annonçait.

« Okay, colonel de mes deux, dit-il en respirant plus vite. Tu ne t'attends pas à ce qui va te tomber dessus.

— Sortez de mon bar ! » cria Mike.

Bill balança une droite bien ajustée en plein dans le gros ventre de Weasel. Ce dernier laissa échapper une plainte étranglée, le poing de Bill s'étant enfoncé presque jusqu'à la colonne vertébrale. En un éclair, la bière jaillit hors de la bouche largement ouverte de Weasel, telle une fontaine de mousse dorée. Bill sauta en arrière pendant que Weasel, penché en avant, vomissait sur le plancher, les mains appuyées sur l'estomac, le souffle court. Weasel avait la très nette impression que ses yeux allaient s'éjecter de leurs orbites.

Mike se dirigea vers la caisse enregistreuse installée à côté du réfrigérateur, et tira d'un recoin une batte de base-ball. Il la brandit comme un drapeau. « Dehors ! T'as même pas de carte d'identité ! Dégage, je te dis ! »

Le jeune homme regarda autour de lui. « Aucun problème, dit-il, goguenard, en ramassant sur le comptoir les dollars qui lui restaient.

— Laisse donc deux dollars pour les olives », dit Mike.

Bill renifla dédaigneusement. Lançant deux billets en l'air, il gronda, méprisant : « Putain de trou paumé... Wabash Heights, mon cul ! Allez tous bouffer votre merde, moi, je file chez ma grand-mère.

— Dehors ! »

Il enjamba la mare scintillante de dégueulis et sortit. Le juke-box reprit vie. La voix tonitruante de Waylon Jennings entonna une chanson d'amour.

« T'as vu le bordel que t'as foutu ! » hurla Mike à Weasel qui cherchait à se redresser, s'arrimant au comptoir à la manière d'un nageur essayant péniblement de monter sur une embarcation. D'une main, il s'agrippa au pot d'olives et l'envoya valdinguer. Une bière pleine qui se trouvait sur sa trajectoire se renversa et roula sur le comptoir, toute mousse dehors.

« Nom de Dieu de bordel de merde ! râla Mike. Que quelqu'un me foute ce poivrot à la porte ! »

Les supporters des Colts, qui s'étaient éloignés dès que la mêlée s'était formée et qui connaissaient Weasel suffisamment pour le détester cordialement, ne furent que trop heureux de rendre ce service à Mike. Weasel sentit qu'on l'empoignait, et le comptoir disparut de son champ de vision, remplacé par le plancher. Le manège qui l'emportait dans son tourbillon était devenu carrément fou, aux ordres d'un mécanicien acharné qui n'aurait laissé personne en descendre. Weasel grognait et bavait. Son pantalon de travail était imbibé de la bière qu'il avait gerbée et le tissu collait de façon très désagréable à ses jambes, qu'il tentait en vain de faire fonctionner.

Ils le jetèrent sur le trottoir. La nuit n'était pas encore tombée. Les pare-chocs chromés et les carrosseries étincelantes des voitures qui passaient dans le crépuscule d'avril dardaient de cruels feux. Le ciel était d'un bleu électrique. Au bord de la syncope, Weasel rampa jusqu'à sa voiture. C'est la bière, songea-t-il, hagard. Elle était encore glacée quand j'ai gerbé. Et tous ces enfoirés qui vont se foutre de moi pendant les quarante prochaines années...

Il ouvrit la portière grinçante de la Malibu et se traîna à l'intérieur. Il mit du temps à trouver ses clés, et il en mit encore davantage à mettre la bonne clé dans le bon trou. L'oignon brûlait ses sinus, un véritable incendie. Weasel fit démarrer le moteur, l'univers autour de lui réduit à une ronde infernale. La vieille Chevrolet vrombit, cala, hoqueta, et repartit. Par tous ses trous, le pot d'échappement cracha sa fumée grasse, transformant l'air en une nappe de gaz carbonique hautement toxique. Il passa la marche arrière et laissa sur le parking un peu du caoutchouc des pneus. Qu'il finit d'user sur la route du retour. Grâce au ciel, pas de flic à l'horizon.

La haine s'empara de lui au fur et à mesure qu'il s'éloignait de la Wabash Tavern. Le fait de vomir lui avait quelque peu éclairci les idées. Les choses se précisaient à nouveau.

Quelqu'un allait devoir payer l'addition. Il fallait que quelqu'un paye pour cette vie de merde, pour le punk aux gros bras, pour l'oignon, pour l'empoignade, le trottoir et les rires. Quelqu'un allait payer, c'était sûr et certain.

Comme la suite allait le prouver, il s'avéra que ce fut son beau-fils Arnold qui paya. Le prix fort.

Ça ne faisait que commencer.

- 2 -

ARNOLD PAIE L'ADDITION

Tandis que son beau-père Weasel se trouvait sur le chemin du retour, Arnold White, couché sur le canapé du salon, lisait une édition reliée de *Mein Kampf*. Dans le minuscule salon, la télé diffusait à grand bruits "La Roue de la Fortune", et Melissa, sa sœur, âgée de neuf ans, suivait avidement l'émission, essayant de trouver les mots avant les candidats eux-mêmes. Comme elle était plutôt fûtée, à l'instar d'Arnold qui, lui, avait treize ans, elle devinait généralement la phrase ou l'expression à deviner dès les premières secondes. Assise sur le parquet, dont le bois avait visiblement connu des jours meilleurs, Angie, le bébé, jouait avec de vieux cubes en bois aux couleurs défraîchies. Karen, leur mère, faisait du repassage, un œil sur l'écran de télé. Personne n'attendait le retour de Frank (qu'aucun d'entre eux n'aurait jamais osé appeler Weasel) avant onze heures ou minuit.

Adolf Hitler racontait n'importe quoi. Arnold s'était déjà fait une opinion à son sujet, bien qu'il n'ait parcouru que les vingt et une premières pages de son livre. Rien, dans ce dernier, ne tenait debout. Arnold avait pris le livre à la bibliothèque dans l'espoir de tomber sur l'une de ces histoires palpitantes dont regorge la Seconde Guerre mondiale, sujet qui le fascinait. Au lieu de cela, il se retrouvait en train de lire l'autobiographie tortueuse d'un jeune homme, à Vienne, en 1922, qui battait le pavé sans un sou en poche. Quel rapport avec la Seconde Guerre mondiale ? La déception d'Arnold était sans nom. Il posa le livre à l'envers sur son ventre, et tenta de comprendre ce qu'il venait de lire. Impossible.

La bibliothécaire, la vieille Mme Cormick, l'avait effectivement regardé d'un drôle d'air quand il lui avait apporté *Mein Kampf*, afin qu'elle remplisse la fiche de sortie.

« Je sais bien que tu es un rat de bibliothèque, Arnold, lui avait-elle dit de sa voix douce de grand-mère, mais ne t'en va pas attraper de mauvaises idées en lisant ce livre. L'auteur était un homme vraiment diabolique, tu sais. »

Peut-être bien. Mais Arnold voulait savoir pourquoi. Le seul homme vraiment diabolique qu'Arnold connaissait se trouvait être son beau-père, et son beau-père était bien trop stupide pour écrire un livre, ou même deux lignes. Comment pouvait-on être à la fois stupide et écrivain ? Arnold avait lu les œuvres complètes de Ray Bradbury, celles de Poul Anderson et d'Isaac Asimov, et aussi celles de Stephen King. Il adorait tous ces auteurs, surtout Stephen King. Ses livres étaient remplis de monstres, de revenants et de gros mots. Mais cela faisait-il de lui un être diabolique pour autant ?

Arnold soupira, fixant le plafond et la trace jaunâtre qu'une fuite dans la toiture avait laissé sur le plastique. Treize ans n'était décidément pas un âge facile. Pour Arnold, c'était même un âge doublement difficile, à cause de sa taille (un mètre cinquante), de son poids (à peine quarante-cinq kilos), de son allure de rat de bibliothèque (son vrai père, qui vivait maintenant au Texas, avait lui aussi été un grand dévoreur de bouquins), et à cause de son beau-père, Weasel Whipple, l'homme le plus abominable et le plus méchant qu'Arnold ait jamais rencontré. Arnold portait des lunettes à verres épais, dont la monture avait été réparée en son milieu avec un bout de sparadrap blanc, à la suite de la dernière raclée que Frank lui avait donnée. Racheter une paire de lunettes neuves étant évidemment hors de question, le sparadrap était là pour durer longtemps. Le seul inconvénient était qu'il n'empêchait en rien les lunettes d'Arnold de glisser le long de son nez de façon pitoyable, et il était toujours en train de les remonter.

« Advienne que pourra ! » s'écria Melissa à l'adresse de la télé.

Arnold jeta un coup d'œil. Elle avait vu juste. Les candidats, eux, n'avaient encore rien trouvé. Arnold se demanda si les producteurs de cette émission idiote faisaient exprès de recruter des débiles mentaux. Certainement. Sinon, comment expliquer la présence sur le plateau d'une telle brochette de tarés ?

« Beudeuh », gazouilla le bébé en éparpillant de ses mains potelées les cubes en bois. Arnold eut le sentiment très net qu'elle essayait en fait de dire le mot bordel. Une des conséquences de la cohabitation avec l'homme le plus diabolique que la terre ait jamais porté, ce cher beau-père Frank qui, aux yeux d'Arnold, faisait passer Hitler pour un présentateur de télé. Il jeta un coup d'œil à sa mère et vit, debout derrière sa planche à repasser, une frêle jeune femme, vêtue d'un chemisier vert et d'une paire de jeans blanchis par les innombrables lessives. Elle avait des poches sous les yeux, ses cheveux n'étaient même pas coiffés, et elle se détériorait à vive allure. Arnold avait mis du temps à comprendre les raisons qui l'avaient poussé à épouser Frank, onze mois auparavant. Il avait entendu ce qui se disait entre eux et il les avait même attentivement écoutés se disputer. Maman avait cru qu'elle était enceinte. Puis il avait été question de fausse couche. Résultat ? Elle se retrouvait mariée jusqu'à la fin de ses jours à cet horrible bourreau, ce disciple de Hitler, l'affreux Frank Whipple.

Il poussa un profond soupir. Il reprit le livre et retrouva des yeux l'endroit où il avait interrompu sa lecture. C'était un gros livre, comme il les aimait, presque trop lourd pour que l'on puisse les tenir d'une main. Mais rien à voir avec les énormes bouquins de King. Les bouquins de King, eux, étaient intéressants dès le début de l'histoire. Ce *Mein Kampf*, par contre, ne l'était pas du tout.

Il le feuilleta rapidement, espérant repérer un passage prometteur. Mais rien ne retint son œil.

Soudain, la porte s'ouvrit et livra passage à Hitler en personne. Il portait un pantalon marron, mouillé, et un T-shirt rouge.

« Butain de berde ! hurlait Weasel Whipple. Gue guelgu'un be sorte cet oignon du dez ! »

Epouvantée, Karen se ratatina sur place. Le fer qu'elle avait été en train de passer et de repasser sur l'un des pantalons de Weasel, immobile sur le tissu, fumait discrètement.

« Quoi ? risqua-t-elle.

— Da gueule ! » hurla Frank en se précipitant vers la salle de bains. Il se cogna le genou dans la table basse et elle se renversa dans un fracas. Il tenait son énorme tête à deux mains, et le choc le força à saisir son genou endolori d'une main. Arnold eut l'impression qu'il pleurait. Plus rond qu'une queue de pelle, bien sûr, mais en larmes.

Ce qui était loin de déplaire à Arnold. Qu'il chiale, ce salaud ! Depuis qu'il avait emménagé, c'était des torrents de larmes qu'il avait fait couler autour de lui. Chacun son tour.

« Mais que se passe-t-il ? » dit Karen.

Elle ressemblait à une petite souris, et Arnold pouvait lire dans ses yeux le souvenir encore frais des dernières raclées qui courait dans son regard comme un gros nuage noir. Elle fit mine de se diriger vers la salle de bains, puis, hésitante, elle rebroussa chemin et vint se planter devant la télé, se tordant les mains d'angoisse et d'inquiétude. Contaminé par la peur, le bébé commença à pleurer, et Karen, automatiquement, prit la petite fille dans ses bras et la déposa entre les jambes d'Arnold. De la salle de bains provenait un furieux vacarme. Puis, entre les gargouillements et les sanglots, on entendit un violent éternuement. Puis un deuxième.

Melissa se leva et s'approcha d'Arnold. Elle s'assit à côté de lui, tendue et affolée, ayant tout oublié de "La Roue de la Fortune", tout comme sa mère avait oublié le fer à repasser. La petite fille était ravissante dans sa robe d'école, mais Karen aussi l'avait été, ravissante, avant le divorce et Frank Whipple. La main de Melissa s'empara de celle d'Arnold. Il posa son livre par terre.

« Putain ! continuait de brâmer Frank Whipple. Ouille ouille ouille ! Arrhg !...

— Il vaudrait mieux que... » commença Karen. Elle se balançait d'un pied sur l'autre, flottant dans l'air comme flotte du linge étendu sur un fil par un jour de grand vent. « Je devrais peut-être...

— Il est soûl, coupa Arnold.

— Oui, eh bien... lui répondit Karen. Oui, oui...

— Il est sûrement en train de vomir tout ce qu'il a dans le ventre.

— Non. J'ai l'impression qu'il est blessé... »

Va le tuer, se dit Arnold, amer et désespéré. *Profite de ce qu'il est malade pour lui planter un couteau dans le dos.*

Mais il savait qu'elle n'en ferait rien. Elle avait trop besoin d'un homme. Dépourvue de la moindre force de caractère, elle était incapable de vivre seule. C'était peut-être pour cette raison que son père l'avait laissée tomber. L'idée déclencha dans le cœur d'Arnold un bref élan de haine à l'égard de ses parents. Si seulement elle avait su se battre et se défendre, et défendre sa famille ! Si seulement Papa n'était pas parti ! Mais Karen se contentait de flotter dans la tempête, sans rien faire pour personne. Et Papa, lui, était parti refaire sa vie au Texas.

« Je vais aller voir ce qui ne va pas. » Arnold se leva en prenant soin de ne pas déranger le bébé. Il serra un peu plus fort la main de Melissa, en guise d'au revoir, et réajusta ses lunettes cassées. Serrant les poings, il avança d'un pas, puis s'immobilisa.

Son beau-père beuglait maintenant comme un taureau à l'estocade et la petite maison résonnait de ses mugissements. Une peur inédite s'infiltra le long de l'épine dorsale d'Arnold, tel un serpent de trouille, froid et lent. Il lui sembla qu'il allait se mettre à claquer des dents. La situation n'avait jamais paru aussi grave. Jamais. Il se pouvait fort bien que Frank se soit pris un coup de couteau au cours d'une bagarre à la Wabash Tavern. A l'école, Arnold avait entendu parler du passé agité de son beau-père. Ainsi d'un certain coup de couteau dans un bar à Terre Haute.

A ce moment précis, Arnold eut une vision. Pas une vision comme celles qu'ont les voyantes et autres extra-lucides, ni une quelconque sorte de transe, mais une vision qui vint soudain s'afficher sur l'écran mental de sa conscience : Frank sort de la salle de bains, un poignard à la main, et il égorge toute la famille. Il les égorge tous, y compris le bébé. Leur sang coule à flot sur le parquet. On parle du drame dans le journal du soir à la télé, et il fait les gros titres du *Wabash Heights Observer* pendant toute une semaine. *UN DESEQUILIBRE MASSACRE SA FAMILLE.* Retenu en captivité, il confie en pleurs à la police : « Je ne savais pas ce que je faisais. J'avais reçu un coup de couteau,dans le bar où je buvais un verre, et je ne savais plus ce que je faisais. »

Arnold avala sa salive. Sa gorge sèche émit un bruit bizarre et, se décidant à avancer, il passa devant sa mère, qui hésitait toujours. Le bébé hurlait. A la télé, le candidat qui venait de trouver la bonne réponse poussa un cri de joie strident, et le public en folie se mit à l'applaudir bruyamment. Le monde n'était qu'un vaste brouhaha

Arnold se força à avancer vers la salle de bains, qui se situait de l'autre côté de la cuisine. Cette dernière était sombre et, en la traversant, Arnold passa à côté du tiroir à couteaux. Nouveaux titres dans les journaux : sous l'emprise de la peur, un jeune garçon assassine son beau-père. Il fallait que je le fasse, explique le jeune garçon à la police, c'était Hitler.

La porte de la salle de bains était à demi ouverte. Frank, penché au-dessus du lavabo, se mouchait de toutes ses forces, le buste agité de tremblements, les joues trempées de larmes, le visage déformé par la douleur. Un filet de morve pendait sous l'une de ses narines. Apparemment, il ne portait aucune trace de coup de couteau.

« Papa ? demanda Arnold avec le peu d'autorité dont il était capable. Tu es blessé ? »

Frank Whipple tourna la tête vers lui. Ses yeux gonflés étaient pratiquement fermés, mais ce qu'en vit Arnold luisait de haine pure. Sa barbe était constellée de morve et de salive, nota-t-il, écœuré.

« Papa ?

— De b'abbelle bas Baba, betit borfeux ! brailla Frank. Je ne suis pas don butain de bère ! »

Je sais, se dit Arnold en proie à un infini désespoir. *Mon vrai père s'est tiré il y a un an sans dire au revoir à personne.*

« Je peux t'aider ? Qu'est-ce qui ne va pas ? »

Frank se raidit.

« Du peux b'aider en foutant le gamp d'ici ! hurla-t-il. Butain de sangsue ! »

Arnold recula d'un pas mais la curiosité l'emporta.

« Mais que s'est-il passé ? »

Frank faillit le mordre.

« J'ai un butain d'oignon guoincé dans le dez, voilà ce gui s'est passé. »

Arnold ouvrit de grands yeux.

« Tu as un oignon coincé dans le nez ?

— Dis à da mère de m'abborter une bince à ébiler ou guelgue chose, dout de suite, d'endends ?

Les muscles faciaux d'Arnold qui, à l'énoncé de cette

nouvelle, s'étaient mis à le chatouiller, livrèrent alors une rude bataille contre son bon sens. C'était si drôle : son imbécile de beau-père terrassé par un oignon. Quelqu'un à la taverne le lui avait probablement fourré de force dans le nez. Arnold eut la vision de deux hommes en train de se battre non plus à coups de couteau mais à coups d'oignon, de longs oignons verts que le perdant devait ensuite s'enfiler dans la narine. Le spectacle était trop hilarant ; un sourire félin se tenait tapi derrière les lèvres closes d'Arnold, prêt à jaillir.

« Tu veux dire que tu as vraiment un *oignon* dans le nez ? répéta Arnold d'une voix empreinte de dignité.

— Oui, sale betit crétin ! »

Le sourire se fraya un passage. Mais il n'était plus seul, ils étaient une horde entière, un véritable bataillon. Arnold se mit à glousser, puis à se marrer, puis à rire carrément aux éclats. Il se tenait l'estomac d'une main et de l'autre, il se cramponnait à ses lunettes, plié en deux, en proie à une hystérie étrange et dangereuse. C'était la crise hystérique que connaît l'homme attaché à la chaise électrique pendant une panne de courant imprévue, quand l'appareil mortel se révèle alors n'être qu'une simple chaise métallique. Et Weasel Whipple se révélait n'être qu'un homme très, très stupide, qu'un oignon réduisait à l'impuissance.

Arnold riait sans pouvoir s'arrêter. C'était la chose la plus drôle qu'il ait jamais vue, l'histoire la plus marrante qu'il ait jamais entendue au cours de ses treize années d'existence. Un homme avec un oignon dans le nez.

Il riait. Il hurlait de rire. Il se roulait presque par terre.

Et pour tout dire, il ne fut pas même surpris quand, au milieu de son fou rire irrépressible, son beau-père lui tomba dessus tel un maniaque sorti tout droit d'un film d'horreur, pulvérisant la porte entrouverte, le visage tordu par la haine, la colère et la douleur. Weasel Whipple lui flanqua un direct du droit monumental, qui atterrit directement sur la bouche d'Arnold, fracassant des dents dont Arnold ne se servait que depuis cinq ans à peine, lui fendant les lèvres et le projetant en l'air en une terrifiante cabriole. Dans le trou sanglant qui avait été sa bouche, la douleur rugit. Ses lunettes pendaient lamentablement, accrochées par une branche à l'une de ses oreilles. Il ouvrit les yeux et entrevit un monde mouvant au cœur duquel tournoyaient le plafond en plâtre de la cuisine et le réseau de fissures qui courait sur la peinture pisseuse. Sa bouche était remplie de sang salé et de débris de dents. Il se souleva sur un coude et, songeusement, répéta : « Des oignons ?

— Oui, des oignons ! » Frank Whipple, déchaîné, agrippa la chemise d'Arnold des deux mains et, haineusement, le remit sur ses pieds. Du coin de l'œil, Arnold vit apparaître sa mère, incapable d'arrêter le massacre, pas plus qu'un vache n'aurait pu arrêter un train dans sa course. Elle se balançait d'avant en arrière, faisant successivement mine d'entrer dans la cuisine et d'en sortir, mère indécise, vache devant un train.

« Che fais de duer ! » explosa Frank, et dans le monde embrumé et douloureux où Arnold flottait désormais, il eut le sentiment vague que rien ne viendrait le sauver.

Pan. De l'autre côté, cette fois. Du sang perla de l'oreille droite d'Arnold, celle à laquelle étaient restées accrochées ses lunettes. Une série de bruits mystérieux accompagna quasi simultanément la rupture de son tympan. De toutes les directions à la fois, de nouvelles souffrances se signalaient à lui, plus pointues que des aiguilles. Il ouvrit grand le trou qui lui servait de bouche, et hurla.

« Frank, arrête ! »

C'est maintenant que tu le dis, grosse vache ? Arnold rigola, et un rictus sanglant dévoila ses dents cassées. Il voyait une vache s'agiter vainement devant une locomotive lancée à vive allure, et il voyait la locomotive pulvériser la vache et n'en laisser qu'une poignée de confettis.

Ouch. Dans le ventre, cette fois. Arnold fut soulevé au-dessus du sol par sa chemise, une chemise que son père lui avait achetée avant de disparaître, une chemise d'anniversaire qui était ce qui lui restait des jours meilleurs, une chemise à manches courtes ornée d'un tout petit crocodile cousu sur la poitrine. Merci, Pa', avait dit Arnold, et son père lui avait adressé un clin d'œil. Clin d'œil qui avait caché des projets de départ et des trahisons secrètes. Papa, oh Papa ! T'ai-je donc déçu à ce point, en tant que fils, que tu m'as ainsi fui ?

Paf. Dans l'œil. Et l'os qui le protège, appelé arcade sourcillière. Arnold était un petit garçon intelligent. Il est impossible d'endommager un globe oculaire humain d'un seul coup de poing. Mais il est tout à fait possible de le noircir, de le rougir, de le jaunir et de le bleuir, et de le faire gonfler jusqu'à ce qu'il ressemble à un ballon multicolore, l'éventuelle lésion de la cornée n'obligeant que plus tard au port humiliant de verres encore plus épais.

Paf. Ouch. Pan. De nouveaux hurlements, provenant cette fois de Melissa, la petite sœur que, sur les photographies prises au Shakanaks State Park, Papa porte fièrement sur ses épaules. Epoque heureuse en compagnie d'un père aussi solide et immuable que le Rocher de Gibraltar, un Papa qui allait un jour quitter le continent familial pour les déserts du Texas. Pourquoi le Texas ? Melissa aussi t'avait déçu, Papa ? Elle t'avait déçu si gravement que tu nous avais refilé Frank Whipple comme remplaçant ?

Bong bong bong. Et la tête qui vient cogner contre le réfrigérateur. Une femme qui hurle, une petite fille qui hurle. Et un oignon coincé dans le nez de Weasel, nom de Dieu ! Le meilleur gag de tous les temps ! Faîtes rire vos amis ! Jouez un bon tour à vos voisins ! Coincez-vous un oignon dans le pif !

« Je... te... hais... » souffla Arnold entre les coups qui pleuvaient. Mais l'orage ne cessant pas, il lui fallut appeler son père, ce qui ne fit que redoubler la rage de Frank Whipple...

« Solution Ringer.

— Intraveineuse, solution Ringer ».

Un bourdonnement dans ses oreilles.

« Continuez jusqu'à ce qu'il reprenne connaissance, et ensuite, nous verrons ce que nous pouvons faire pour lui. »

Le bourdonnement dans ses oreilles.

Arnold ouvrit les yeux et vit que l'on s'apprêtait à déposer sur son visage un énorme oreiller blanc. Il pensa vaguement qu'on voulait l'étouffer, puis au fait d'être étouffé, et enfin à Frank Whipple l'étouffant à l'aide d'un oreiller blanc.

« Il a bougé », dit une voix de femme. L'infirmière se redressa. L'oreiller blanc, c'était donc sa poitrine. Elle s'était tenue penchée au-dessus de lui. Quelque chose sur la main d'Arnold lui faisait mal, et il comprit qu'il s'agissait d'une grosse aiguille.

« Ouille, dit Arnold, de façon parfaitement intelligible.
— On peut même dire qu'il a parlé, vous êtes d'accord ? »

Petits rires. Arnold sentit qu'une grande main chaude se posait sur son poignet. « On arrête l'intraveineuse, puisqu'il est conscient », dit l'homme qui avait eu le petit rire tout à l'heure. Arnold avait du mal à comprendre ce qu'il disait,à cause du bourdonnement dans ses oreilles, et de la solution Ringer qu'on lui avait administrée.

« Papa ?
— Je suis le docteur Price, mon garçon. Tu comprends ce que je dis ? »

Arnold se détendit un peu. La douleur dans sa main s'estompait lentement, au fur et à mesure que la veine s'accommodait de la présence de l'aiguille. Quelque chose de froid toucha sa peau. Arnold sentit l'odeur de l'alcool chirurgical.

« Tu m'entends bien, mon garçon ?
— Oui. Vous êtes Vincent Price. »

A nouveau le petit rire.

« Quel petit garçon courageux », dit l'infirmière.

Arnold voyait que la montagne blanche était en fait une grosse femme qui lui souriait. Il tenta de tourner la tête pour apercevoir le docteur, et la douleur fusa à la base de son crâne. Il poussa un cri.

« N'essaie pas de bouger pour l'instant, dit le docteur. Tu as une fracture du crâne. On dirait que tu as fait une bien mauvaise... chute... »

Arnold absorba l'information en silence.

« Si ton bras droit est plus lourd que d'habitude, c'est à cause du plâtre. Mais nous reparlerons de tout ça plus tard, d'accord ? » Petits rires.

« Ma boufe, dit Arnold.
— Sept points de suture à la lèvre supérieure, trois en bas. Désolé pour tes dents. »

Lentement, Arnold passa sa langue sur ses lèvres, douloureusement ourlées de fil, comme si on venait de l'opérer d'un bec de lièvre. Ses dents n'étaient que débris informes, et il avait horriblement mal. Ses yeux s'accoutumant à la lumière, il distinguait maintenant autour de lui des murs blancs. Sur la droite, pendant sur sa tringle, il y avait une espèce de rideau, blanc également. Au plafond, un puissant néon inondait la pièce de sa lumière crue. Sur la gauche se tenait un haut portant métallique à l'allure de porte manteau. Une poche en plastique remplie de liquide transparent y était accrochée, ainsi que divers tuyaux transparents. La poche en plastique portait une inscription en petites lettres noires : Solution Ringer 0,05%.

« J'ai mal à l'oreille.

— Tympan crevé, mon garçon. Mais ça s'arrangera, avec le temps. »

Le docteur et la grosse infirmière échangèrent un regard. Ils savaient, et Arnold, lui, le devina, que le temps n'arrangerait peut-être jamais rien. Et qu'il resterait peut-être sourd de cette oreille toute sa vie. Une vague de peur courut dans ses veines. Vague étrange qui sembla disparaître en atteignant son cerveau. Il se sentait engourdi, à peine conscient des bruits de l'hôpital environnant — et qui lui parvenaient tous de la gauche. Il ferma les yeux.

« Allez-y, branchez la perfusion », dit le docteur. Pour lui, le diagnostic s'arrêtait là. C'était le pire cas de mauvais traitements qu'il lui avait été donné d'observer chez un enfant, et il en avait vu beaucoup. Wabash Heights était une petite ville où la vie était rude, une ville d'ouvriers et d'alcooliques, et ceux-ci avaient trop souvent tendance à compenser les frustrations engendrées par leur morne existence en tapant à l'occasion sur les gosses. Et quand la mère, débordant de larmes et de culpabilité, amenait le gosse à l'hôpital, c'était toujours la même histoire : le petit Johnny était tombé dans l'escalier de la cave. Le docteur Price avait fini par se convaincre que Wabash Heights était une petite ville pleine de petits Johnny terriblement maladroits et d'escaliers terriblement dangereux.

Ce petit Johnny-là avait dû tomber de la lune, vu son état. Sa fiche d'admission ressemblait à celle d'un soldat qu'on a ramassé après des tirs d'artillerie particulièrement fournis. Le docteur Price avait vu de tels soldats au Viêt-nam, et revoir ce genre de blessés ici le rendait malade. Fracture du crâne. Fracture du bras. Déchirure interne de l'estomac. Tympan crevé. Dents cassées. Et assez d'hématomes pour en tapisser un mur entier. Cas classique. Le père du garçon méritait qu'on l'attache à un poteau d'exécution et qu'on l'abatte sans pitié.

Mais c'était l'affaire de la police, pas des médecins. Cas juridique délicat. A sept heures, quand l'enfant était arrivé au County General Hospital, le docteur Price était de garde. Sa mère était venue dans une vieille Chevrolet et, titubant sous le poids de son fils inconscient, ayant à peine l'air d'aller beaucoup mieux elle-même, elle s'était traînée jusqu'au bureau des admissions et avait réclamé un médecin. Price, qui passait par là, avait jeté un coup d'œil à l'extérieur et avait vu deux autres enfants dans la voiture, une petite fille et un bébé. Toutes deux avaient collé leur visage contre la vitre, et elles pleuraient. La voiture, vieille et délabrée, semblait en aussi mauvais état que la famille du petit garçon. Pendant un quart de seconde, Price s'était dit que si le père avait été au volant, il se serait en personne précipité pour lui casser la gueule. Mais le père n'était pas dans la voiture. Les pères n'étaient jamais dans les voitures.

Cas délicat, donc. Il fallait évidemment porter plainte. Il le fallait. Un monstre tel que le père de cet enfant ne pouvait être autorisé à demeurer dans la même maison que de jeunes enfants. Même s'il ne se soûlait qu'une fois par an et ne devenait violent qu'à cette seule occasion, c'était déjà trop.

« Ralentissez la perfusion », dit Price en désignant l'intraveineuse. Il regarda sa montre et vit à sa grande surprise qu'il était presque dix heures. « La mère est toujours dans la salle d'attente ?

— Elle y était quand j'ai ramené Arnold du bloc opératoire.

— Arnold ? » Price se passa le doigt sur le front. Arnold. Mais bien sûr. Petit Johnny. Le gosse avait donc un nom. Le père se rendait-il seulement compte qu'il l'avait presque tué ?

« Arnold White.

— Je vais aller parler à la mère, dit Price.

— Papa... » murmura Arnold dans son demi-sommeil.

Une lassitude exaspérée se peignit sur le visage du docteur Price. Ton père vient de te passer à tabac, fiston, et tu ne trouves rien de mieux à faire que le réclamer. Pourquoi réclamez-vous toujours votre père, petits Johnny ? Pour le supplier qu'il vous pardonne de vous être malencontreusement trouvé sur la trajectoire de ses coups de poing et de ses coups de botte ? Pourquoi ?

Fronçant les sourcils, il quitta la pièce et se dirigea vers la salle d'attente. Des bancs étaient alignés le long des murs peints en vert pistache, et entre chaque banc étaient disposés de gros cendriers, trapus et cylindriques comme des fûts de canon. Une femme épuisée était assise, un bébé endormi dans ses bras. Recroquevillée contre elle, une petite fille dormait, son pouce dans la bouche. Le cœur du docteur Price se serra. La femme était à bout de forces. La petite troupe était noyée dans la misère comme dans une nappe de brouillard.

« Madame White ? »

Elle leva les yeux vers lui, l'espoir jetant soudain sur ses traits creusés un masque de jeunesse.

« Arnold va bien ? »

Price joignit les deux mains et examina ses ongles.

« Il est vivant, oui. Votre fils est vivant. » Il la regarda. « Vous avez prévenu la police ? »

Le masque tomba, remplacé par un air soupçonneux.

« Non. Pourquoi ?

— Parce que votre fils a reçu une raclée monstrueuse qui l'a presque tué. »

Les yeux de la mère s'étrécirent.

« Il est tombé, souffla-t-elle.

— Je sais », coupa Price. Il prit une profonde inspiration, cherchant à contenir sa réaction. Il était médecin et n'entendait aucunement sortir de ses prérogatives professionnelles, quelle que soit la tournure que prendrait l'entretien. « Il est tombé dans l'escalier de la cave, je présume ? »

Elle fit oui de la tête, elle dont le mari était presque un meurtrier.

« C'est un escalier très dangereux que vous avez, Madame White.

— Je m'appelle Madame Whipple, maintenant, Docteur. »

Price prit note du renseignement. Le beau-père, donc. Typique. Sur le ton de la conversation, il poursuivit : « Bon, on arrête de dire des conneries ? Votre mari a pratiquement tué votre fils, Madame Whipple. Je veux qu'il soit traîné en justice pour ce qu'il a fait. »

L'inquiétude se lisait maintenant sur le visage de la mère.

Le masque de l'inquiétude.

« Vous allez faire ça ?

— Moi, non. Mais vous, vous pouvez le faire.

— Ce n'est pas possible. »

Price avala sa salive. Il jouait distraitement avec le stéthoscope qui pendait sur sa poitrine, ce même stéthoscope qu'il avait posé sur la poitrine d'un petit garçon en miettes trois heures auparavant. Poum-poum, poum-poum, lui avait dit ce cœur d'enfant. Aidez-moi, aidez cet être dont le cœur bat toujours après que l'horreur en personne est venue lui rendre une petite visite.

« Et pourquoi pas ?

— Parce qu'il n'y a personne contre qui porter plainte, Docteur. Arnold est très... maladroit. Il porte des lunettes et n'y voit pas très bien. Je lui ai demandé d'aller me chercher une boîte de haricots à la cave — je fais mes conserves moi-même, vous voyez — et il a fait une chute dans l'escalier. Je l'ai entendu tomber, alors je suis allée le ramasser et je l'ai amené ici. »

Elle tenta un faible sourire hésitant. Ca vous ira comme ça ? demandait le sourire au docteur. Je répète cette histoire assise sur ce banc depuis des heures, et je la donne à qui voudra bien la prendre, alors si vous la voulez, prenez-la. Vous la prenez ?

« C'est votre mari qui a frappé votre fils. »

Le doute rampa au fond des yeux ternes de la femme. Elle regarda Price comme si elle s'apprêtait à prendre sous son bras les deux enfants qui lui restaient et à s'enfuir. Puis, changeant d'idée, elle le regarda comme si elle venait de décider de rester ici et de dire toute la vérité. Elle hésite, pensa-t-il. Voilà une femme qui ne sait pas choisir.

« Eh bien, euh... En fait... dit-elle, il y pas mal de trucs qui traînent dans la cave. Et Arnold est tombé dessus. »

Quelle technique, quel entraînement ! Pardi, elle avait eu trois heures pour mettre au point sa petite histoire. Price respira à fond, essayant de garder son calme.

« Je vais demander à une infirmière de venir s'occuper de vos enfants. Et nous allons aller tous les deux dans le bureau qui se trouve au fond du hall, et nous téléphonerons à la police. Cela vous prendra moins d'une minute, vous n'aurez qu'à dire que vous voulez déposer une plainte contre votre mari. Ensuite la police viendra enregistrer votre plainte, et vous leur raconterez ce qui s'est vraiment passé. »

Elle fit mine de se lever. Puis elle fit mine de se rasseoir. Les gamines gémirent dans leur sommeil. Elle les serra plus fort contre elle.

« Arnold est tombé, dit-elle.

— Tombé, mon cul ! » Price avait crié.

« Non ! » Ses mains volèrent à ses oreilles. « Ne criez pas ! »

Au Viêt-nam, le docteur Price avait été le témoin de maintes scènes atroces et, au cours d'un bombardement de son unité chirurgicale mobile, il avait lui-même fait l'expérience de l'horreur. Et voilà qu'il la retrouvait en face de lui, incarnée par cette femme fragile, aux cheveux grisonnants, qui avait l'air vieille et malade et qui semblait trop terrorisée pour faire autre chose que se boucher les oreilles. Evidemment qu'elle ne voulait pas qu'on lui crie dessus. C'était à la maison qu'on criait, pas à l'hôpital.

« Si vous ne réagissez pas, l'un de vos enfants va mourir, un de ces jours, dit-il calmement.

— Frank ne l'a pas fait exprès, dit-elle en replaçant ses mains sur le bébé. Il a perdu le contrôle de lui-même.

— Vous voulez dire qu'il était soûl ?

— Non, pas du tout. Il avait… il avait un problème, voilà. La migraine, je crois, ou une allergie. Un problème de sinus. » Elle eut un pauvre sourire misérable. « Que voulez-vous que je vous dise ? Qu'il avait un oignon dans le nez ?

— Soyons sérieux, je vous en prie, dit Price. Venez avec moi et téléphonons à la police.

— Non. » Elle se redressa. « Je veux voir Arnold.

— Pour être honnête, il n'est guère en état de recevoir de la visite.

— Il ne peut pas rester à l'hôpital. Nous n'avons pas d'argent pour payer les frais.

— Il est hors de question qu'il quitte sa chambre pour l'instant. Vous vous arrangerez avec les services sociaux.

— Mais vous ne comprenez donc rien ! Frank ne supporte pas les gens des services sociaux. C'est lui qui viendra chercher Arnold si je ne le ramène pas à la maison. S'il n'avait pas été aussi occupé, il m'aurait interdit de venir ici. Il ne sait pas que nous sommes partis, vous comprenez. Il était retourné dans la salle de bains. Il avait mal. »

Pauvre homme, pensa Price.

« Personne ne le fera sortir d'ici sans ma permission, dit-il, je vous le garantis. »

Elle se mit à pleurer. Le visage enfoui dans ses mains, elle bredouilla :

« Vous ne connaissez pas Frank, Docteur. Il viendra chercher Arnold, à cause des frais. Il se fait du souci pour les frais. »

Un élan inattendu de culpabilité agita soudain la conscience du docteur Price. En tant que médecin, il gagnait facilement cent mille dollars par an, avant impôts, bien entendu, et cela dans un trou de deux mille habitants comme Wabash Heights. Que savait-il des frais et des drames qu'ils pouvaient engendrer ? Il se rappela qu'il avait prévu de jouer au golf le lendemain matin. Voilà donc la démocratie pour laquelle il s'était battu au Viêt-nam ? Il s'était battu pour que les pauvres restent pauvres pendant que les médecins et les millionnaires, eux, vivaient dans le luxe ?

« Je suis certain que le bureau d'aide sociale prendra en charge tous les frais d'hospitalisation, Madame Whipple, dit-il, mal à l'aise. L'hôpital peut également vous accorder des facilités de paiement. Pour ma part, je ne vous ferai payer aucun soin, et je vais même essayer de m'arranger avec le radiologiste pour que les radios soient gratuites. »

Elle haussa les épaules, découragée.

« Et après ? Le simple fait d'entrer aux urgences va sans doute nous coûter plus de cent dollars... »

Cent dix dollars exactement, précisa Price mentalement. *Autant dire un million.*

« Revenons à ce coup de téléphone, dit-il en chassant cette pensée de son esprit.

Elle secoua la tête avec l'énergie du désespoir.

« Non, docteur, je ne téléphonerai pas à la police.

— Vous vous rendez compte que vous êtes peut-être en train de signer l'arrêt de mort de votre fils. Ou de votre fille, ou même du bébé.

— J'ai besoin d'un homme, vous comprenez ? siffla-t-elle entre ses dents, farouche. Une femme seule avec trois enfants ne peut pas s'en sortir, même si vous autres médecins, vous ne lui faîtes pas payer vos consultations. Qu'est-ce que je vais faire si mon mari est en prison ? Et combien de temps va-t-il y rester ? Et quand il sortira ? Que nous arrivera-t-il quand il sortira ? »

Price serra les dents, impuissant. Elle avait sans doute raison. Un homme assez méchant pour mettre un enfant de treize ans, squelettique de surcroît, dans un tel état, ne serait pas en manque d'idées très créatives pour assouvir sa vengeance dès sa sortie de prison. Il prendrait entre trois et six mois de détention, la peine habituelle pour les mauvais traitements à l'égard d'un enfant, et un fois libéré, il reviendrait à la maison.

« Très bien, dit-il de sa voix la plus professionnelle. Vous pourrez venir voir votre fils demain matin, les horaires de visite sont affichés à l'entrée. Je pense qu'il nous sera possible de le laisser sortir dans quatre ou cinq jours, s'il n'y a pas de complications. Ensuite, il aura besoin de plusieurs semaines de repos complet. Et il faudra qu'il consulte un spécialiste de l'oreille. Et je tiens aussi à ce qu'il prenne rendez-vous avec un ophtalmologiste, il se peut que la rétine soit abîmée.

— D'accord », marmonna-t-elle, et il lut dans ses yeux la promesse qu'aucun spécialiste ne serait jamais consulté. Pas d'argent pour payer les honoraires. Quant au monstrueux beau-père, il allait vraisemblablement se pointer à l'hôpital dès qu'il aurait cuvé sa bière. Pas pour prendre des nouvelles du petit, mais pour le ramener à la maison avant que la note ne soit trop élevée.

« Au revoir, Madame Whipple, dit-il.

— Au revoir, répondit-elle, et merci. »

Sa voix était sèche. Price s'éloigna, se sentant lui aussi quelque peu desséché. Il avait fait ce qu'il avait pu. Il avait soigné gratuitement le garçon pendant plus de trois heures. Il avait encore du plâtre collé sous les ongles, celui qu'il avait moulé autour du bras du gamin. Il aurait pu sans aucun problème facturer sept cents dollars pour sa prestation et rester malgré tout un digne serviteur de l'humanité, fidèle au serment d'Hippocrate.

« Docteur ? »

Il se retourna, plein d'un dernier espoir.

Vacillant sous le poids de ses enfants trop lourds pour

elle, elle lui tendit son sac à main.

« Les lunettes d'Arnold, lui dit-elle. Elles sont là dedans. Vous voudrez bien les lui donner ? »

Price revint sur ses pas et jeta un coup d'œil dans le sac. Au milieu du fouillis, on avait fourré une vieille paire de lunettes à verres épais. Il s'en saisit et se retrouva avec deux morceaux de monture au bout des doigts. Un bout de sparadrap sale était encore collé à l'un des morceaux.

Les deux verres étaient tâchés de sang séché.

« Je les lui donnerai », dit-il, se sentant soudain glacé et vidé de toute substance. Il voulait avoir ce monstre devant lui, ce mari, ce Frank. Il était dur avec les petits garçons, mais comment se comporterait-il face à un homme adulte, un médecin ?

Il revint dans la chambre d'Arnold, et demanda à une infirmière de recoller la monture avec du sparadrap neuf et de nettoyer les verres.

Karen Whipple s'éloigna dans le couloir, ses deux filles endormies dans ses bras.

Au même moment, Frank Weasel Whipple éternua dans le lavabo pour la quarantième fois. Enfin expulsé, l'oignon se tenait là, sur l'émail rouillé, telle une grosse perle humide.

« Putain de merde, c'est pas trop tôt », lâcha-t-il avant d'aller s'écrouler sur le lit dans la chambre à coucher.

L'incident de l'oignon était clos.

Le reste était encore à venir.

- 3 -

L'HOMME DANS LE LIT D'A COTE

Le sédatif qu'on avait administré à Arnold cessa de faire son effet peu après minuit, et il sortit de sa torpeur réveillé par d'étranges chuchotements qui s'élevaient dans l'obscurité. Il souleva ses paupières autant que leur enflure le lui permettait, c'est à dire juste assez pour voir, et il tendit l'oreille, cherchant à deviner la provenance des légers gargouillis qui lui parvenaient du fond de la pièce.

Des gargouillis, sur sa gauche. Mais non, il se trompait. Il avait oublié qu'il était désormais sourd de l'oreille droite. Il tourna la tête juste assez pour déclencher une torpille de douleur, et constata qu'à gauche, il n'y avait en tout et pour tout qu'un grand mur blanc, qui irradiait dans la nuit une lueur fantomatique. L'espèce de porte manteau où était accrochée la poche de solution Ringer se tenait à côté de son lit, tel un squelette chromé. Ses mains étaient glacées, et ses dents le faisaient énormément souffrir.

Gargouillis et chuchotements.

Il fronça les sourcils, et un éclair de souffrance jaillit entre ses deux yeux. Autour de lui, tout était sombre et flou. La porte était entrouverte et même le couloir était parfaitement obscur. Il accentua le mouvement de sa tête vers la droite et aperçut ses lunettes, posées sur une petite table. Quelqu'un avait remplacé le vieux sparadrap par du neuf. Il essaya d'étendre le bras pour les attraper et se souvint alors du plâtre qui l'alourdissait et le faisait ressembler au membre blanc d'un fantôme, avec les cinq doigts roses qui dépassaient. La douleur envoyait sous le plâtre de sourdes pulsations qui répondaient en rythme aux battements de son cœur. Il déplaça la main gauche et le fin tuyau de plastique se détacha du portant métallique, s'enroulant sur lui-même à la façon d'un serpent qui tombe d'un arbre. L'aiguille enfoncée dans le dos de sa main lui faisait mal, elle aussi. Il souleva la main à la hauteur de ses yeux et vit indistinctement qu'elle était entourée d'un tissu adhésif qui maintenait l'aiguille en place. Il aurait préféré qu'il n'y en ait pas, car il lui glaçait le poignet. Du bout des doigts, il se palpa le visage, découvrant lentement un paysage lunaire de creux et de bosses. Son crâne était bandé, et un turban de gaze enserrait fermement tout le dessus de sa tête.

Il se souvint d'avoir appelé son père en pleurant. Mais Papa n'était pas venu.

Des larmes naquirent dans ses yeux et vinrent rouler le long de ses tempes, pour finir dans ses oreilles.

Chuchotements et gargouillis.

D'où venaient ces *bruits ?*

Très lentement, il bougea la tête. La douleur explosa à nouveau sous son crâne. Les bruits semblaient provenir de derrière le rideau de douche, qu'il avait finalement identifié comme étant le rideau qui séparait la pièce en deux, cloison pratique qu'on pouvait tirer d'un simple geste de la main. D'autres personnes se trouvaient donc dans la pièce, et l'une d'entre elles persistait à gargouiller et à chuchoter. Arnold s'efforça d'écouter. Difficile quand on a seulement une oreille en état de fonctionner et que l'autre émet continuellement un bourdonnement lointain. Mais les bruits bizarres, eux, existaient réellement.

La curiosité s'était emparée de son esprit. Etait-il en train de rêver ? L'avait-on drogué ? Oui, bien sûr, on l'avait drogué, mais les effets du sédatif s'estompaient rapidement. Il se tapota le front afin de s'assurer qu'il était bien réveillé. Il l'était. Une partie de lui aurait bien aimé se rendormir et ainsi échapper à la douleur, mais l'autre désirait éperdument savoir qui, ou quoi, était en train de chuchoter de l'autre côté du rideau.

Il essaya de s'asseoir. Un gémissement involontaire s'échappa de sa bouche meurtrie. Sa tête aurait aisément pu servir de boule de bowling, et le plâtre de son bras pesait une tonne. S'aidant de son bras valide, il se redressa sur son lit. Le serpent de plastique le suivit, sifflant imperceptiblement sur les draps propres et craquants. La pièce faiblement éclairée tangua un instant, puis le tangage cessa.

Un miroir était accroché sur le mur qui lui faisait face, et un spectre s'y reflétait. Le spectre d'un sultan arabe au front orné d'un turban immaculé, dont les yeux semblaient deux gros trous noirs. Arnold envoya un large sourire en direction du reflet. L'Arabe édenté au visage couvert d'ecchymoses lui retourna la politesse.

Il sortit les jambes hors du lit. Il portait une longue chemise bleu pâle. Même avec le peu de lumière qui régnait dans la pièce, il discernait le long de ses tibias les entailles sombres qui marquaient les endroits où les lourdes bottes de Frank avaient frappé. Et maintenant qu'il les avait vues, elles aussi devenaient douloureuses.

Re-gargouillis et re-chuchotements.

Il décida de laisser tomber ses diverses douleurs pour se concentrer sur la station verticale. Un courant d'air froid lui passa dans le dos, sa chemise s'étant ouverte quand il s'était mis debout. Il sentit les cordons qui avaient servi à attacher les deux pans du vêtement lui chatouiller la colonne vertébrale. Quelqu'un avait emporté ses sous-vêtements, et il se sentait affreusement nu sous cette fine chemise d'hospitalisé. Tant pis. Qu'est-ce qui pouvait faire ce bruit ?

Une machine électrique ? Un appareil respiratoire ? Un malade ?

Evidemment, crétin, s'auto-engueula Arnold. *On est à l'hôpital, pas à l'hôtel.*

Cette réflexion alimenta encore sa curiosité. Se trouvait-il dans un quelconque service spécialisé dans les enfants, un endroit réservé à tous les gosses de Wabash Heights qui s'étaient fait taper dessus ? Et dans l'affirmative, le gosse de l'autre côté du rideau était-il dans un état pire que le sien ? L'hypothèse était intéressante.

Il venait de faire un premier pas mal assuré en direction du rideau, quand il sentit quelque chose lui tirer la main en arrière.

Il poussa un petit cri d'effroi et, craintivement, baissa les yeux. C'était le tube de l'intraveineuse, qui n'était pas assez long pour aller plus loin. La poche se balançait mollement sur le support chromé qui grinçait faiblement. Elle était presque vide.

Et zut. Voilà qui mettait un terme à son expédition.

Gargouillements et chuchotis.

Arnold contourna le pied du lit, voûté comme une vieille

femme dans un couloir d'hospice, se tenant au montant du lit pour ne pas tomber. Il arriva près du portant et constata que ce dernier était monté sur de petites roulettes noires.

Impeccable.

Il le tira derrière lui et revint vers le rideau de séparation. Les roues couinaient légèrement. L'appareil s'avérait être une béquille fort utile, le plâtre de son bras pesant lourd et menaçant à chaque instant de le désequilibrer. Son crâne lui donnait l'impression d'être la coquille d'un œuf qu'on aurait laissée tomber et qu'on aurait ensuite ramassée couverte de fêlures. Le turban lui chauffait la tête, et il s'en serait volontiers débarrassé.

Il atteignit enfin le rideau et le fit doucement glisser sur le côté. Il jeta un coup d'œil prudent.

Un autre lit, pareil au sien. Les draps blancs étaient remontés jusqu'au menton d'un corps dont il ne distinguait que la tête sombre, posée sur l'oreiller. Une main dépassait des draps, accrochée à un triangle métallique qui tournait lentement au-dessus du lit. De ce côté du rideau, l'air semblait chargé d'une odeur indéfinissable, comme si l'individu couché était mourant. Mais Arnold se faisait probablement des idées.

La peur serpenta brusquement dans son ventre, à la manière du tuyau de l'intraveineuse, injectant dans ses tripes un liquide froid. Se pouvait-il qu'ils l'aient mis dans la même chambre qu'un *agonisant ?* Existait-il en ce monde des pères pires encore que Frank Whipple ?

Il se rapprocha, traînant derrière lui le portant métallique qui grinçait faiblement. Il arriva près du lit et, à la taille de la main, se rendit compte qu'il ne s'agissait pas d'un enfant, mais d'un homme. D'un vieil homme. La main qui tournait sans but, accrochée au triangle de métal, était ridée et couverte de grosses veines gonflées.

Gargouillages.

C'était le vieil homme qui gargouillait. Arnold avait lu suffisamment de romans d'horreur pour être capable d'identifier un râle d'agonie quand il en entendait un. Et ce qu'il entendait était, sans aucune méprise possible, le drôle de bruit que font les gens au moment de passer l'arme à gauche. Un bruit venu du tréfonds de leur être qui indique que l'arme en question est chargée, et qu'elle n'attend que de changer de main pour tirer un dernier coup.

Le vieil homme redressa la tête. Sous la masse grisâtre et emmêlée de ses cheveux hirsutes, ses yeux luisaient salement.

Arnold se rejeta en arrière et, d'un geste vif, tira le rideau pour escamoter cette scène pénible. Une terrible angoisse l'envahit. Quel sort affreux était en train de s'accomplir ? Le vieil homme allait-il mourir ? Et son fantôme allait ensuite s'extraire de son corps inerte en gargouillant d'ignobles chuchotements, avant de le tuer pour le punir d'avoir été le témoin d'une agonie qui aurait du rester privée ? Ou allait-il mourir et ressusciter tout de suite après, et se lever de son lit pour le dévorer tout cru, comme l'un des cadavres ambulants de « La nuit des morts-vivants » ?

Tu lis trop de romans, se dit-il dans un regain de rationalisme. *D'ailleurs, tout le monde te le dit. Et tu as vu trop de films d'horreur.*

« Hé, dit le vieil homme dans un gargouillement plus impressionnant que les précédents. Hééééé ! »

Arnold se figea sur place.

« Hé, gamin ! Gaaamin ! »

Arnold gémit de terreur. Le vieux bonhomme en train de crever l'avait repéré. Il tenta de retourner dans son lit, mais les roulettes du portant étaient prises dans les plis du rideau et il était coincé.

« Gaaamiiiin ! »

Arnold tira sur le rideau, libérant ainsi le portant.

Le vieil homme s'était assis dans son lit et il tendait ses grosses pattes vers Arnold.

« Gamin ! »

Arnold pleurnichait. Il lui semblait que le vieux allait sortir de son lit. Mais lui aussi était équipé d'une intraveineuse et d'un long serpent en plastique planté dans son poignet. Les morts-vivants se moquaient totalement de ce genre de détails. Les morts-vivants n'avaient nul besoin d'intraveineuses et d'aiguilles plantées dans la main.

« Gaaamin ! »

Il était déjà mort et il cherchait une victime.

« Non-non-non », gémissait Arnold, paralysé par ce cadavre vivant qui allait fondre sur lui afin de satisfaire son ignoble appétit pour la chair humaine.

« Je vais mourir, gamin. Il faut que tu m'aides. »

Ah ? Arnold n'en revenait pas. Au diable les livres et les films d'horreur ! Le vieux machin n'était pas encore mort, de toute évidence.

Le vieillard retomba en arrière sur son oreiller et ses mains griffèrent le vide.

Arnold s'approcha un peu plus près, appuyant sa main valide sur le portant métallique. L'odeur se fit plus forte, mais Arnold se rendit compte qu'il ne s'agissait pas, comme son imagination excessive l'avait d'abord cru, de l'odeur de la mort, mais plutôt de celle des excréments. Le vieux débris avait fait sous lui.

Après tout, Arnold aussi. Enfin, presque.

« Je n'ai rien dit, dit le vieil homme tandis qu'Arnold avançait vers lui. Jamais rien dit.

— Dit quoi ?

— Ah-ah ! » Il souleva la tête, les yeux brillants. « Un jeune Arabe ! Il vaut mieux révéler les secrets aux êtres jeunes !

— Quoi ?

— J'ai vu l'ange de la mort, petit. N'essaie pas de me dire le contraire. Mais je n'ai jamais rien dit, comprends-tu, même quand ils m'ont brisé les jambes, et je me suis enfui dès que j'en ai eu l'occasion. »

Arnold regarda en direction des jambes du vieil homme qui semblaient énormes et raides sous le drap. Pourquoi l'ange de la mort lui aurait-il cassé les jambes ?

« Qui a cassé vos jambes ? demanda Arnold dans un souffle.

— Cumberland, répondit immédiatement le vieillard. N'oublie jamais ce nom-là. » Il respirait avec difficulté. Arnold pouvait maintenant voir que son visage était tuméfié. Il avait un pansement sur la joue. « M'ont brûlé avec des cigarettes, les salopards. Mais j'ai rien dit !

— Dit quoi ?

— La tombe aurait du emporter ce secret... Viens plus près, jeune Arabe. »

Arnold s'exécuta. L'haleine du vieux sentait vraiment mauvais.

« Des sachets de thé et du tanin. Et il reviendra. Donne-lui du thé égyptien, il adore ça.

— Quoi ?

— Quarante millions de dollars, à la dernière estimation ! Mais ils le savaient, eux aussi. Cumberland, c'est un vieux comme moi, mais son fils ! Il est aussi acharné que le père. Mais il ne l'aura jamais, t'entends ça, gamin ? Jamais ! Je te le donne, à toi !

— Mais quoi ? »

Les vieilles pattes cherchèrent le bras gauche d'Arnold et s'y agrippèrent férocement. Leur contact était sec et calleux. « T'es bien vrai, hein, fiston ? Parce que j'en ai vu, de ces choses...

— Je suis vraiment vrai, gémit Arnold.

— Alors, il est à toi, mon jeune ami arabe. Et ne va pas le gaspiller ! Protège sa mémoire, il appartient à ton peuple ! »

Le visage d'Arnold se crispa. Les serres du vieil homme s'enfonçaient dans son bras maigre comme autant de clous.

« Il fera tout ce que tu veux. En 1932 — ne dis rien, laisse-moi parler. J'l'ai vu, plus vieux que l'Antiquité elle-même, plus vieux que le temps. Le vieil Arabe, lui, il connaissait le secret, et il me l'a transmis, sur son lit de mort. Ainsi la boucle est bouclée, puisque moi, je te le transmets à mon tour. »

Arnold était plongé dans la plus grande confusion. Le vieux avait bien dit quarante millions de dollars ? Il pensa tout de suite à un trésor, ou à une carte, et l'excitation se rua dans ses veines. Tout était clair à présent : ce vieil homme avait été pirate dans sa jeunesse, et il avait enterré un trésor, quelque part. Cumberland et son fils étaient eux aussi à la recherche du trésor, mais le vieil homme avait réussi à ne rien leur révéler.

« Où est-il enterré ? lui demanda Arnold d'une voix que l'impatience altérait imperceptiblement.

— Chez le vieux Parker. Sous l'abri. Je suis rentré à terre quatre jours avant Cumberland. Pas d'avions à l'époque, on prenait le bateau. On l'a fait passer sous le nez des douaniers du port planqué dans une caisse qui contenait soi-disant des pièces détachées. Mais j'ai l'autre, je l'ai renvoyé avant qu'on prenne la mer. Sinon, il l'aurait vendu, tu piges ? L'aurait vendu comme un malheureux bout d'or ramassé n'importe où en Californie. J'ai creusé toute la nuit pour l'enterrer, et j'ai tenu la cachette secrète, pendant toutes ces années. Mais ça n'a pas de prix, et c'est à toi, maintenant. Fais-en bon usage. »

Sa poitrine décharnée cessa de se soulever. Ses yeux se fermèrent. Plus le moindre gargouillis. Les doigts plantés dans le bras d'Arnold relâchèrent leur emprise.

« Monsieur ? »

Silence.

Arnold eut instantanément la chair de poule.

« Isis ki Osirus, lança brusquement le vieux. Ne prononce pas ces mots à moins d'en avoir vraiment besoin. Et ne les prononce pas trop souvent. Quand on se sert trop souvent d'une chose, elle perd de son pouvoir. Tais-toi, laisse-moi parler, c'est quand même moi qui suis au courant ! Répète ce que je viens de te dire.

— Isis ki Osirus, répéta Arnold.

— Chut. » Les yeux se rouvrirent, luisant de vie. « Laisse-le se reposer un peu.

— Donc, sous l'abri, il y a une carte ? Ou un trésor ? »

Les yeux de l'ancien se figèrent, fixés au plafond. Sans ciller, Arnold passa la main sur le visage du vieil homme. Il lui tapota le front, comme il l'avait fait tout à l'heure sur lui-même, histoire de vérifier qu'il était bien mort. Le serpent qui mordait la main d'Arnold la suivit dans son geste.

Le vieux était mort.

Le plafonnier s'éclaira. Arnold fit volte-face, s'attendant à voir Frank Whipple, la main sur le commutateur, un rictus diabolique planté au milieu de sa barbe, mais il ne vit qu'un homme, jeune, en blouse blanche d'infirmier. Sous une toque de cheveux noirs, un visage fin, contracté. Il posa sur Arnold des yeux incroyablement bleus.

« C'est Atkinson ? » demanda-t-il en désignant le lit du vieux. Arnold ne put que dire oui. Le vieil homme ne lui avait pas dit son nom. Il lui avait seulement raconté une histoire merveilleuse et bizarre à la fois.

L'infirmier referma la porte. Le pène de la porte reprit sa place dans la serrure sans faire le moindre bruit. *Drôlement précautionneux, l'infirmier,* remarqua Arnold. Puis il vit les chaussures de l'homme. Sous son pantalon de coton blanc, il portait des brodequins comme ceux que portait Frank Whipple, qui se crochetaient au lieu de se lacer. Les lacets étaient rouges, et le cuir tout crotté.

L'infirmier aux yeux bleus si clairs et aux lacets si rouges fit un pas en direction du lit du vieil homme. Il l'examina un instant. « Atkinson », murmura-t-il. Un large sourire satisfait s'étala sur son visage mince. « Il a presque réussi à s'enfuir, cette fois. » Il se retourna vers Arnold, soudain surpris par sa présence, comme s'il venait à l'instant de s'apercevoir qu'il était là. Immédiatement, Arnold se sentit coupable de ne pas s'être trouvé ailleurs.

L'infirmier passa devant lui et le poussa sur le côté, le faisant presque tomber. Se penchant au-dessus du vieil homme, il l'attrapa par les épaules. Et il se mit à le secouer.

« Il est mort, dit Arnold. Il vient de mourir.

— C'est des conneries, répliqua l'infirmier. Je le connais, le truc. »

Et se baissant à nouveau, il gifla à tour de bras le vieillard mort. La gifle fit un bruit mat de chair qu'on flagelle. Le pansement sur la joue du vieux se décolla et voltigea de l'autre côté du lit, laissant apparaître la marque brune et ronde d'une brûlure de cigarette.

« Où il est ? » L'infirmier, qu'Arnold soupçonnait maintenant de ne pas être infirmier du tout, avait parlé d'une voix rauque. Il remuait le vieil homme comme un pêcheur au gros l'aurait fait pour assommer un poisson particulièrement récalcitrant. « Réveille-toi, Atkinson, et crache le morceau. Dis-moi où il est. »

Toujours cramponné au portant métallique, Arnold battit en retraite. « Mais il est mort », répéta-t-il.

Le jeune homme tourna vivement la tête. Ses cheveux bouclés tressautèrent et glissèrent légèrement plus bas sur son front. Arnold comprit qu'il portait une perruque. « Impossible. Il ne peut pas être mort. »

Il retourna à sa tâche. « C'est ta dernière chance, Atkinson. Parle, ou tu vas crever. »

Il passa la main sous sa blouse d'infirmier et fouilla dans une poche qu'Arnold ne voyait pas. Il commençait à comprendre ce qui s'était passé : l'homme s'introduit dans l'hôpital, vole une blouse et une paire de pantalons dans la buanderie et les enfile par-dessus ses vêtements. Tout le monde dort, sauf l'infirmière de service qui somnole dans la salle de garde. L'homme prépare un mauvais coup. L'homme est venu chercher le secret d'Atkinson.

De la poche cachée sous sa blouse, le faux infirmier avait tiré un canif. Il en fit sortir la lame, et le brandit à la hauteur des yeux fixes d'Atkinson. « Arrête de jouer la comédie, Atkinson, ou je t'arrache un œil. »

Atkinson, qui aurait été bien incapable d'arrêter de jouer quoi que ce soit, pas plus qu'Arnold ne le pouvait, persistait à contempler le plafond.

Le jeune homme planta la lame directement dans l'œil gauche d'Atkinson. Qui se creva dans un joli bruit mouillé de bouteille qu'on débouche. Un liquide clair se répandit sur la face immobile du vieillard.

Le jeune homme se redressa. Il se gratta la tête et sa perruque en profita pour glisser plus bas sur son front. « Non, se dit-il à lui-même, non ! »

Le canif planté dans l'œil mort, et maintenant crevé, d'Atkinson se mit à pencher lentement, et vint finalement se poser sur la joue décharné du vieil homme. Le globe oculaire était hideusement sorti de son orbite et semblait observer Arnold, glacé de dégoût et de terreur. L'œil semblait dire : *Isis ki Osirus. Ne prononce pas ces mots sans que tu en aies vraiment besoin.*

Le secret. Il ne restait plus qu'une seule personne qui le connaissait maintenant.

Le jeune homme se déplaça lentement et vint faire face à Arnold. Son regard bleu était nerveux et perçant, le regard d'un criminel recherché par la police. « Toi ! aboya-t-il à voix basse, férocement.

— Mmh-mmh-mmh ? bafouilla Arnold.

— Il a dit quelque chose ?

— Nnh-nnh-nnh... »

En deux pas de géant, le faux infirmier fut devant Arnold. Il agrippa Arnold par sa chemise et le souleva du sol. L'air frais caressa les fesses nues du garçon.

« Il t'a dit où il l'avait caché ? Il te l'a dit ?

— Euh...

— Il te l'a dit ?

— Non !

— Ne crie pas si fort ! Je t'ai vu debout à côté de lui.

Qu'est-ce qu'il te disait ?

— Rien ! Il ne m'a pas parlé du trésor, ni de la cachette, il ne m'a rien dit ! »

Une lueur d'espoir s'alluma dans les yeux, si étonnamment clairs, de l'individu.

Oh, Arnold, s'admonesta Arnold à la manière d'une mère grondant son enfant. *Ce que tu peux être bête,parfois !*

« Tu vas parler, sale môme ! »

Dans un brouillard, Arnold fit non de la tête. Il avait mal au crâne, mais la stupidité dont il venait de faire preuve le fit souffrir encore plus cruellement.

Le jeune homme lui fila une baffe, et Arnold se mit presque à rigoler. Comparée à ce qui lui était tombé dessus six heures auparavant, la baffe lui sembla une caresse.

« Tu trouves ça drôle, hein ? » Il lâcha la chemise d'Arnold et se saisit de sa main gauche, qu'il serra de toutes ses forces. *Quel amateur,* se dit Arnold, bien qu'il ait failli hurler sous la douleur infligée par cette nouvelle torture, qui succédait aux précédentes, si récentes. Ce cher beau-père Frank, lui, professionnel comme il l'était, lui aurait tapé sur la main à coups de marteau, ou l'aurait écrasé à coups de talon comme pour éteindre une cigarette menaçant de faire flamber la baraque. En tant que bourreau d'enfant, ce mec était vraiment un apprenti.

« Pousse un seul cri, et je te casse toutes les dents, menaça le jeune homme à la perruque mobile, tout en broyant la main d'Arnold.

— Trop... tard... » haleta ce dernier en ouvrant grand sa bouche dévastée.

L'autre ne s'attendait pas à un tel spectacle. « Bon, puisque c'est comme ça, dit-il, visiblement contrarié, que dirais-tu d'une petite hémorragie ?

D'un geste, il arracha l'intraveineuse de la veine d'Arnold. Le sparadrap qui maintenait l'aiguille en place se décolla dans un chuintement humide. Des gouttelettes de sang constellèrent le sol. Le soluté Ringer bouillonnait hors de l'aiguille ensanglantée qui se balançait lamentablement au bout de son tuyau, serpent frustré qui avait perdu sa victime mais qui crachait toujours son venin.

« Vide-toi de ton sang,maintenant, petit connard ! »

D'accord, fulmina Arnold, traumatisé et proche de

l'évanouissement. *Tu l'auras voulu, sombre naze.*

Il ouvrit démesurément la bouche, et se mit à hurler de tous ses poumons.

L'instant d'après, des pas pressés se firent entendre dans le couloir.

Le jeune homme grinça des dents. Il fit pivoter sa tête furieusement de droite à gauche, observant d'un côté le cadavre d'Atkinson qui avait toujours le canif planté dans l'œil et, de l'autre, la porte qui allait s'ouvrir d'une seconde à l'autre.

Il colla son visage à celui d'Arnold. « Toi, je t'aurai plus tard », lui jura-t-il et, se dirigeant vers Atkinson, il retira le canif qu'il essuya sur la jambe de son pantalon. Il le referma, jeta un dernier coup d'œil autour de lui, sans doute dans l'espoir de découvrir un indice quelconque, puis il sortit. Arnold l'entendit dire quelques mots à la personne qui était accourue. Et la porte s'ouvrit.

« Jeune homme ! l'interpella sévèrement la grosse infirmière dont la poitrine ressemblait à un gros oreiller. Voulez-vous bien retourner dans votre lit ! »

Arnold fit beaucoup mieux.

Il tomba directement dans les pommes.

Et lorsqu'il revint à lui, de grosses mains rudes avaient recommencé à le malmener.

« Allez-vous en », murmura-t-il. Il avait trop souffert, il était passé par trop de phases d'excitation et de dépression intenses, il avait trop craint pour sa vie. Le sommeil était la seule façon d'échapper à la réalité et au danger ambiant.

« Amène-toi, maudite sangsue. Tu crois quand même pas que tu vas rester couché dans ce lit, à sucer tout mon argent. »

Arnold souleva les paupières. Hitler, les yeux encore gonflés de sommeil, les cheveux gras et pas coiffés, était penché au-dessus de son lit. Il puait de la gueule comme une vieille barrique pleine de bière rance. La faible lumière du matin filtrait par l'unique fenêtre de la chambre, encore noyée d'ombres grises. Arnold préféra se rendormir.

« J't'ai dit de te lever ! »

Des bras épais l'arrachèrent au matelas. Sa tête le faisait terriblement souffrir mais sous le plâtre, son pouls était lent et régulier.

« Papa, murmura-t-il.

— Appelle-moi Papa encore une fois, et je te casse l'autre bras, merdeux. »

Le monde tournoya autour d'Arnold tandis que Frank Whipple se préparait à sortir de la chambre en emportant son beau-fils sous son bras. Une sensation familière éclata au dos de la main d'Arnold et il entendit le portant métallique s'écraser sur le sol. Frank jura et jeta Arnold sur le lit.

« Comment on débranche ce putain de machin ? » grommela-t-il.

Un pas qu'Arnold commençait à connaître retentit dans le couloir. Arnold souleva une paupière au moment où la porte s'ouvrait et il aperçut la grosse infirmière qui pénétrait dans la chambre, prête à charger l'ennemi. Il remarqua aussi que le rideau de séparation avait été repoussé contre le mur, et qu'on avait enlevé le corps du vieil homme. Peut-être n'avait-il même jamais été là ; peut-être n'y avait-il jamais rien eu de l'autre côté du rideau, hormis un spectacle d'une nature très particulière, venu le hanter au cours d'un rêve pour le moins singulier.

Puis il se souvint du canif dans l'œil. Mais il se souvint également qu'il avait une fracture du crâne, et qu'il avait probablement fait un début de coma, et que dans de telles conditions, les jeunes garçons font souvent d'incroyables cauchemars.

« Otez vos mains de mon malade ! » ordonna l'infirmière.

Frank Whipple se tourna vers elle.

« C'est mon garçon et je fais comme je veux, gros tas. Débranchez-moi ce maudit tuyau.

— Il n'en est pas question. Cet enfant ne sortira pas avant que le docteur Price n'ait personnellement donné son autorisation. »

Frank lui envoya un regard menaçant.

« Vous direz de ma part à ce branleur de toubib que je ne paierai pas un dollar, et par la même occasion, vous direz à cet hôpital de merde qu'il n'aura rien non plus. Personne ne vous a rien demandé. »

Le visage de l'infirmière exprimait la plus sincère indignation.

« La mère de cet enfant nous l'a confié, et il va rester ici. Sortez immédiatement de cette chambre.

— La mère de cet enfant est une pauvre conne, et si je n'avais pas eu autre chose de plus urgent à faire, je l'aurais tuée avant qu'elle vous amène son lardon. » Furieux, il poursuivit : « Et si vous ne débranchez pas ce machin tout de suite, je vais vous débrancher autre chose, moi, vous allez voir... Pigé, la grosse ?

— Ça suffit comme ça, coupa l'infirmière. J'appelle la police.

— Vas-y », dit Frank, et il arracha l'intraveineuse.

Un mince filet de sang écarlate jaillit de la veine d'Arnold. Il serra les paupières de toutes ses forces. C'en était trop.

« Vous êtes fou ! s'écria l'infirmière.

— Frank Whipple n'est pas fou, madame, loin de là. » Il s'empara à nouveau d'Arnold. « Ecartez-vous de mon chemin ou je vous marche dessus. »

L'infirmière partit en courant. Arnold suivit le bruit de ses pas qui s'éloignaient à toute vitesse dans le couloir. Puis il fut ballotté dans tous les sens. Sa tête heurta l'encadrement de la porte, et son tympan crevé laissa échapper un couic de protestation. La douleur rivetait son crâne, et il se laissa aller à l'étreinte de Frank, trop fatigué et trop misérable pour lutter. A travers ses paupières mi-closes, il voyait défiler les murs verts du hall, flanqués de leurs bancs et des gros cendriers. Ils passaient dans son champ de vision comme dans un brouillard, au rythme de la course de Frank Whipple qui emportait Arnold hors du County General Hospital. Arrivé dans l'entrée, Arnold vit par l'une des baies vitrées d'un bureau que la grosse infirmière était au téléphone. Il entendait sa voix, bien qu'étouffée, qui hurlait dans le combiné.

En sortant de l'hôpital, la tête d'Arnold vint une fois de plus cogner contre la porte. Dehors, le ciel avait viré au rose orangé et l'air embaumait la fraîcheur du matin. La porte se referma derrière eux. Brimbalant dans les bras de Frank comme un grand pantin désarticulé, Arnold se laissait faire. Sa main trouée laissait derrière eux une trace sanglante. Ils descendirent des marches. Ils traversèrent un parking. Ils arrivèrent à la voiture, et Frank le remit sur ses pieds pendant qu'il ouvrait la portière arrière. Instable, Arnold vacilla, tandis que son sang s'égouttait en grosses tâches rouges sur ses pieds nus. Frank le poussa brutalement à l'intérieur de la voiture et claqua la portière avant qu'Arnold n'ait eu le temps de faire suivre ses pieds à l'intérieur. La portière se referma violemment sur son pied gauche, l'écrabouillant impitoyablement.

Il poussa un grand cri.

« Nom de Dieu ! » Ulcéré, Frank rouvrit la portière pour permettre à Arnold de rentrer son pied. Trois de ses orteils étaient en sang. L'un d'entre eux avait un ongle arraché. Une souffrance supplémentaire vint s'ajouter aux autres, grossissant le flot d'hémoglobine qui s'écoulait inlassablement du corps d'Arnold. Arnold se mordit la lèvre pour s'empêcher de pleurer. Il faisait froid en ce matin d'avril, et ce qu'il lui restait de dents se mit à claquer furieusement, tandis que lui-même grelottait de douleur et de malheur, ses maigres épaules remontées jusqu'aux oreilles, son bras plâtré serré contre son pauvre cœur.

Oh, Isis, se dit-il en se remémorant le rêve de la nuit précédente. *Isis ki Osirus.* Comment son cerveau avait-il pu engendrer des mots aussi absurdes ? Il n'y avait en ce monde aucune place pour la fantaisie, aucun endroit réservé aux rêves. Le monde réel était un monde glacial et cruel, qui se nourrissait des souffrances endurées par l'humanité, et pas la moindre issue de secours en vue.

Frank monta à l'avant. La voiture gémit de toutes ses suspensions malades et il allait refermer la portière quand quelqu'un cria, à quelques mètres de là.

Frank se retourna dans la direction d'où était venu le cri. Arnold fit de même, mais plus précautionneusement.

L'infirmier fou à la perruque balladeuse se tenait derrière la voiture et pointait un gros Colt 45 vers la tête de Frank.

« C'est quoi, ce bordel ? » dit Frank.

L'infirmier fit le tour de la voiture, tenant son arme à bout de bras. Il était toujours revêtu de l'uniforme blanc qu'il avait dérobé à l'hôpital. Parvenu à la hauteur de la portière de Frank, il lui agita le revolver sous le nez.

« Donnez-moi l'enfant », dit-il.

Les boutons de bottine qui servaient d'yeux à Frank s'arrondirent encore.

« Putain, mais qui vous êtes, vous ?

— Personne de vos connaissances, voilà qui je suis. Je veux le gamin. »

Les yeux de Frank reprirent leur taille normale.

« Vous êtes des services sociaux, c'est ça ? Ca vous suffit donc pas de venir fourrer votre nez dans nos affaires une fois par mois ? Il faut maintenant que vous me suiviez à la trace avec un *flingue ?*

— Quoi ?

— Eh ben, essayez un peu de *me* contrôler... »

D'un geste, Frank fit tomber le revolver et, allongeant le bras, il balança son poing dans la mâchoire saillante de l'infirmier à la triste figure. Le coup partit dans un bruit de canon. L'oreille sourde d'Arnold résonna, et la voiture fut soudain emplie d'une fumée bleuâtre, qui puait. Arnold, bouche bée, observait la scène et en oublia momentanément ses souffrances, y compris celles irradiant de ses orteils récemment écrasés. Son diabolique beau-père et l'homme qui avait planté un canif dans l'œil d'un vieillard décédé étaient en train de se battre sur le parking de l'hôpital, et ils se sautaient à la gorge comme deux pitbulls un soir de paris. L'infirmier prit un coup en plein nez et se mit à pisser le sang, la perruque sur les yeux. Il frappa à son tour, et son poing atterrit sur la tempe de Frank Whipple.

Crève-le, répétait intérieurement Arnold, que l'issue de ce duel inattendu intéressait de plus en plus. *Crève-lui le tympan comme il a crevé le mien.*

Frank hulula de douleur et porta la main à son oreille. L'infirmier, qui décidément n'avait rien d'un membre du personnel médical et qui était loin d'être infirme, profita de l'occasion pour retirer complètement sa perruque, découvrant un crâne chauve humide de sueur, où seules quelques mèches de cheveux lui couvraient les oreilles. Sans perruque, il avait l'air plus âgé. Il devait avoir autour de trente-cinq ans, estima Arnold. Mais plus intéressant que son âge, le faux infirmier faisait preuve maintenant d'un soudain talent pour le karaté. Entamant une série de mouvements à la Bruce Lee, il esquiva et détourna plusieurs des attaques que tentait maladroitement Frank Whipple, puis il lui porta une manchette à la gorge.

Arnold ne se tenait plus de joie. Son beau-père, plié en

deux par le choc, ressemblait à un homme qui vient d'avaler un os de poulet au cours d'un dîner entre amis au restaurant et qui tente poliment d'avertir ses compagnons de table qu'il est en train de s'asphyxier. Son visage avait pris une teinte violette des plus réjouissantes. L'infirmier poursuivit son offensive en lui administrant un sérieux coup de pied entre les jambes, et Frank tomba à genoux sur le goudron. On aurait dit qu'il faisait sa prière.

« Bravo ! » Arnold en criait de ravissement, bondissant joyeusement sur la banquette défoncée de la Malibu. « Tuez-le ! Tuez... »

Attends une minute. Frank Whipple était loin d'être un ange, mais le gars capable d'enfoncer un couteau dans l'œil d'un mort n'en était sûrement pas un non plus. Son envie de sauter de joie l'ayant subitement déserté, Arnold hésita, plus du tout heureux. Seigneur, l'infirmier voulait le *kidnapper*. Fallait-il pour autant qu'il s'en réjouisse ?

Frank se remit péniblement debout. Il manquait d'air et crachait ses tripes. L'agile infirmier exécuta à la vitesse de l'éclair une série de coups de poing qui atteignit Frank directement dans son ventre de buveur de bière. Frank râla comme un moribond. Une partie d'Arnold observait le déroulement des opérations avec un plaisir démesuré, et l'autre, avec une inquiétude grandissante. Et si l'infirmier le kidnappait vraiment ? Et s'il le torturait, comme le vieil homme mort ? Se faire casser la jambe et être couvert de brûlures de cigarettes, voilà qui était loin d'être cool.

Il resta donc tranquillement assis dans la voiture, ne prenant parti pour aucun des deux hommes, et regarda Frank Whipple ramasser une solide raclée. L'odeur de poudre flottait toujours dans l'air, et elle rappela à Arnold qu'il lui restait peut-être l'ombre d'une chance d'être sauvé. Personne n'avait songé à récupérer l'arme. Ce qui signifiait qu'elle se trouvait quelque part sur le goudron du parking.

Ou sur le siège avant.

Il se pencha pour vérifier. Siège éventré et lambeaux de mousse, mais pas d'arme. Il ouvrit la portière et la vit à quelques mètres de là, par terre. Prudemment, à la manière d'un vieux rhumatisant, il s'extirpa de la voiture. Malgré ses précautions, il se cogna au montant de la portière et le choc lui arracha un nouveau cri. Il boitilla en direction de l'arme et la ramassa. Elle pesait un bon kilo. La crosse portait l'emblème Colt, et les mots Combat Commander, Colt Industries Inc. étaient gravés dans le bois.

Impressionnant.

Et maintenant, sur lequel tirer ?

Il visa d'abord Frank Whipple, qui était très occupé à se défendre du mieux que sa grande taille le lui permettait. Puis il dirigea l'arme du côté de l'infirmier chauve.

L'espace d'un instant, il se demanda s'il ne ferait pas mieux de se prendre pour cible. Et de mettre un terme définitif à sa misère.

Il était toujours en train de se poser la question quand une voiture bleue de la patrouille de police de Wabash Heights apparut, tous feux clignotants, dans l'allée qui menait à l'hôpital. La grosse infirmière avait bien fait son boulot. Dans un crissement de pneus, les flics s'arrêtèrent à côté de la Malibu. Deux hommes en uniforme sortirent de la voiture et, leur arme à la main, mirent Arnold en joue.

« Lâche ça, petit », cria l'un d'entre eux.

Arnold ouvrait de grands yeux. Il fixait l'extrémité du canon de son revolver et pouvait même voir le tracé hélicoïdal des rainures à l'intérieur de la paroi.

Jusqu'à la pointe argentée de la balle qui n'attendait pour jaillir que le doigt qui presserait la gâchette.

« Lâche ça *tout de suite* ! »

Arnold lâcha l'arme. Un deuxième coup de canon se fit entendre, et la balle qu'il avait contemplée si pensivement fila se perdre ailleurs, sans faire de mal à personne. Nul ne remarqua cet infime détail, mais cette balle finit sa course dans un champ de blé à plus d'un kilomètre du parking de l'hôpital, près d'une ferme dont le propriétaire s'appelait Norman Parker, plus connu sous le nom du Vieux Parker.

C'était un endroit où Arnold allait souvent se rendre dans les jours qui suivraient.

Il y avait un trésor enterré là-bas.

- 4 -

ARNOLD RENTRE A LA MAISON

« Et maintenant, reste tranquillement allongé et essaie de te reposer », dit Karen Whipple. Elle s'assit sur le lit à côté d'Arnold et lui caressa le front de sa main pâle. Arnold la trouvait vieillie et globalement accablée par trop de soucis. Sur sa joue commençait à apparaître la marque bleue d'un coup, probablement reçu la veille. Ils se trouvaient dans la chambre d'Arnold et de Melissa, une minuscule pièce carrée contenant deux lits et une commode. Les cloisons étaient fendues par endroit, et le papier peint avait une fâcheuse tendance à se décoller. Le papier qui recouvrait les murs au nord et au sud représentait des cow-boys et des Indiens, tandis qu'à l'est et à l'ouest souriaient de grosses fleurs multicolores. C'était le père d'Arnold lui-même qui l'avait posé, l'un de ces jours heureux qu'ils avaient passés ensemble avant que le Texas ne vienne le leur voler, et il avait dit que deux des murs appartenaient à Arnold, et les deux autres à Melissa. Et puisqu'il fallait qu'un garçon et une fille se partagent la même chambre, autant faire preuve d'équité. Papa avait été vraiment content du résultat, fier qu'il était d'avoir été capable de tapisser la petite pièce et de la rendre ainsi plus agréable. Il s'avéra par la suite qu'il n'était pas un poseur de papier peint très habile. A l'époque, il travaillait comme caissier au Kroger, le supermarché du quartier et il gagnait le salaire minimum. Mais maintenant qu'il travaillait sur un forage pétrolier, Arnold espérait de tout son cœur qu'il était devenu riche.

« Je t'ai apporté un cookie », dit Melissa en glissant un biscuit dans la main d'Arnold. Il lui sourit pour s'excuser, faisant comprendre à sa sœur que ses dents cassées et ses lèvres suturées le faisait trop souffrir pour qu'il puisse manger quoi que ce soit.

« Désolée », dit-elle, désolée.

Dans l'autre pièce, le bébé se mit à pleurer. Karen se leva.

« Dors, maintenant », dit-elle en quittant la chambre.

Melissa et Arnold échangèrent un regard. « Tu as vraiment mal ? » lui demanda-t-elle.

Arnold roula des yeux en guise de réponse. Tout son corps était douloureux, comme s'il était passé dans une essoreure grand modèle ultra-puissante.

Il était huit heures, et une heure et demie s'était écoulée depuis la bagarre sur le parking. Les flics avaient finalement séparé Frank et le belliqueux infirmier, et les avaient mis au courant des peines qu'ils encouraient pour leur conduite. L'infirmier avait nié être le propriétaire du Colt 45, et il avait accusé Frank de l'en avoir menacé. A grands cris, Frank avait prétendu le contraire. La grosse infirmière s'était pointée à son tour et avait demandé à ce qu'on ramène Arnold dans sa chambre, mais Frank, en tant que responsable légal de l'enfant, en avait décidé autrement et l'avait embarqué avec lui. Les flics étaient repartis en hochant la tête, surtout soucieux de ne pas aggraver l'affaire.

Arnold n'avait encore rien raconté à personne. Il commençait à comprendre qu'en l'occurrence, il valait mieux tenir sa langue. De plus, il s'agissait d'un vrai secret. Un secret concernant un trésor enterré quelque part, pour être plus précis.

« Quand tu vas savoir ce qui s'est passé... chuchota-t-il à l'intention de sa sœur.

— Maman a dit qu'il fallait que tu dormes », dit-elle en s'approchant quand même.

Elle mordit dans son cookie. Le pyjama qu'elle portait avait autrefois appartenu à Arnold, et il se souvenait très bien des petits voiliers bleus et verts qui voguaient sur les poches. L'école ne commencerait pas avant neuf heures, et Melissa ne semblait pas pressée de se préparer. Pas mal de choses s'étaient passées depuis la veille au soir. Arnold ne pouvait qu'imaginer la scène qui s'était déroulée dans la petite maison quand Frank s'était réveillé de son coma éthylique post-oignon et avait découvert qu'Arnold était à l'hôpital. Par miracle, Karen ne s'était pas trouvée là. Elle savait très bien ce qu'elle risquait en emmenant Arnold se faire soigner. Cela n'avait d'ailleurs pas servi à grand-chose : on lui avait mis un bras dans le plâtre et un turban autour du crâne, et Karen avait récolté un coup de poing. Et Arnold était maintenant de retour à la maison, exactement comme Frank le voulait.

« Le vieux monsieur qui était en train de mourir, à l'hôpital, il m'a dit un secret. Il m'a dit que... Viens plus près. »

Melissa se rapprocha.

« Ecoute, c'est un secret très très important. Tu peux garder un secret ?

— Je te jure que oui », dit-elle en croquant nonchalamment dans son cookie, sans pour autant lever la main droite. « C'est quoi, ce secret très important ? »

Arnold soupira. C'était le plus grand secret du monde, et cette idiote n'était même pas capable de jurer qu'elle ne le répèterait pas. Si Frank s'était trouvé dans la maison, Arnold n'aurait même pas pris le risque d'en parler à sa sœur. Mais Frank était déjà parti travailler.

« Missy, si tu racontes un seul mot de ce que je vais te dire, je te casse la tête. Tu veux savoir ou pas ?

— Oui, je veux bien.

— Approche-toi encore, il ne faut pas qu'on nous entende. »

Elle était tout près d'Arnold.

« Tu as vraiment mauvaise haleine, dit-elle en se pinçant le nez.

— Laisse tomber mon haleine. Qu'est-ce que tu dirais si je te racontais que je sais à quel endroit est enterré un trésor ? Ou du moins où est enterrée la carte qui pourrait nous faire découvrir l'emplacement de ce trésor ? »

Mâchant pensivement son cookie, elle réfléchit.

« Je dirais que tu es devenu complètement fou.

— Mais non ! C'est un vieux monsieur qui me l'a dit juste avant de mourir. Et un gars avec un perruque a même essayé de me kidnapper. »

Missy ouvrit de grands yeux. « Dis donc, dit-elle, tu dois être vraiment traumatisé pour raconter une histoire pareille.

— Ce que tu peux être bête, Missy ! » Il lui raconta alors toute l'histoire. Elle finit son cookie et débarrassa sa veste de pyjama des miettes qui s'y étaient déposées. Elle avait l'air captivée. Arnold reposa sa tête sur l'oreiller et attendit la réaction de sa sœur.

Elle avala les derniers petits morceaux de cookie qui lui restaient au fond de la bouche. Ce cookie constituait vraisemblablement l'essentiel de son petit-déjeuner. Elle poussa un profond soupir.

« Ils t'ont drogué ou quoi ? J'ai l'impression que tu es dingue.

— Je t'assure que c'est la vérité.

— Il faut que je m'habille pour l'école, dit-elle. Tourne-toi.

— Missy, tu dois me croire ! Quarante millions de dollars !

— Tourne-toi, je te dis. Je ne m'habillerai pas tant que tu ne seras pas tourné contre le mur. »

Pestant intérieurement, Arnold tourna la tête de l'autre côté. Quelle idée il avait eu de raconter tout ça à une fille ! Elle allait tout répéter à leur mère, en disant que la fracture du crâne d'Arnold l'avait rendu complètement débile. Et si jamais l'affaire parvenait aux oreilles de Frank, ce dernier se dépêcherait de courir à la ferme du vieux Parker pour creuser des trous partout. Il irait là-bas avec ses ivrognes de copains de Terre Haute, et en un clin d'œil, ils se transformeraient tous en fossoyeurs.

« Tu vas tout répéter à Maman ? demanda Arnold en s'adressant au papier peint.

— Lui dire quoi ?

— Ce que je viens de te dire, idiote !

— Peut-être. Pourquoi ?

— Parce que c'est un secret ! Tu as juré…

— Rien du tout.

— Tu m'as dit que tu me promettais de ne rien dire à personne.

— Je l'ai dit, mais je ne l'ai pas juré.

— Alors, jure-le maintenant. Croix de bois, croix de fer, si tu mens, tu vas en enfer.

— C'est débile, ton histoire. »

Il se retourna, en colère.

« Il faut que tu me jures que tu ne diras rien !

— Hé ! » En petite culotte, elle fouillait dans l'un des tiroirs de la commode. Elle cacha sa poitrine maigre derrière ses bras croisés. « Tourne-toi !

— Oh, toi ! De toute façon, je ne sais vraiment pas ce que

tu caches.

— Moi, si. Je commence à avoir de la poitrine. »

Arnold rigola. L'idée que les seins de sa petite sœur, à neuf ans, puissent commencer à se développer était risible. « Montre-la-moi, si tu en as.

— Non ! Maman !

— Chut ! Bon, ça va, ça va. » Il se tourna une fois de plus vers les cow-boys et les Indiens. « Promets-moi de ne rien dire à personne, alors.

— Je le jure, fit-elle d'une voix de crécelle où perçait l'irritation.

— Et maintenant, fais le signe de croix.

— D'accord. Mais ne triche pas, ne regarde pas ! »

Arnold tricha et jeta un coup d'œil. Elle était bien en train de se signer et, Seigneur, ses seins donnaient effectivement l'impression de pointer. Incroyable.

« Dégoûtant ! Tu as triché !

— J'ai vu tes nichons, j'ai vu tes nichons ! entonna joyeusement Arnold

— Maman ! »

De loin, une voix leur cria :

« Les enfants, soyez sages ! Missy, dépêche-toi de te préparer ou tu vas être en retard à l'école !

— C'est ce que je fais, mais Arnold n'arrête pas de me regarder !

— Arnold, tourne-toi ! »

Arnold abandonna la partie. « Bon, d'accord. » Et il recommença à examiner le papier peint. Un Peau-Rouge était en train de tirer une flèche en direction d'un cow-boy, figé dans cette pose pour l'éternité, ou du moins jusqu'à ce que le papier finisse de se décoller, auquel cas l'Indien et le cow-boy achèveraient leur existence respective au fond du poêle à bois de la salle à manger.

« Et on peut savoir où il est enterré, ce trésor ? demanda Missy qui finissait de s'habiller.

— Tu crois peut-être que je vais te le dire…

— Ça m'est complètement égal. »

Voilà qui semblait clore le débat. Il ne fallait en aucun cas que Missy se retrouve mêlée aux fouilles. C'était l'affaire d'un seul homme, à savoir Arnold lui-même.

« Bon, je suis prête », dit enfin Missy.

Arnold lui lança un regard distrait. Peu lui importait qu'elle ait mis une salopette à paillettes et des chaussures de clown trop grandes pour elle. Mais Missy avait passé une robe bleue fanée et elle avait noué autour de sa taille un ruban rose et froissé.

« C'est horrible, constata Arnold.

— Je m'en fous, répliqua-t-elle, vexée. Moi, au moins, je n'ai pas un turban sur la tête ni une chemise qui montre mes fesses. »

Arnold remonta le drap.

« Tire-toi.

— Avec plaisir, espèce de malade mental. Trésor enterré, tu parles ! C'est Frank qui t'a ramolli la cervelle.

— Tant mieux. Tire-toi et laisse-moi tranquille. »

Elle lui tira la langue et sortit.

Arnold resta allongé dans son lit, en proie à mille douleurs. Il se remettait lentement, et pour l'instant, seuls le trésor et les quarante millions de dollars l'intéressaient.

Mais il n'était pas le seul à penser au trésor. D'autres que lui y pensaient aussi, et très sérieusement.

L'un d'entre eux était le nommé Jack Cumberland, qu'Arnold connaissait sous son apparence d'infirmier dingo. Jack avait trente-sept ans, deux ans de plus que ce qu'Arnold lui avait donné, et il aimait les perruques, les femmes et le whisky Wild Turkey. Telle une taupe morte, sa perruque se trouvait actuellement quelque part sur le parking de l'hôpital, il n'y avait aucune femme dans les parages, et comme il n'avait pas de quoi s'offrir une bouteille de Wild Turkey, il était en train de boire du Ten High, qu'il avait acheté au People's Drug local pour cinq dollars quatre-vingt-dix-neuf cents. Ce qui avait eu raison de toutes ses économies. Il avait dépensé la plus grosse partie de l'argent qui lui restait dans l'achat du Colt 45 que les flics avaient confisqué. Ces derniers temps, les choses se passaient plutôt mal pour Jack.

L'autre personne était Alfred Cumberland, son père. Lui aussi ne pensait qu'au trésor. Depuis 1932, il avait passé chacune de ses journées à penser au trésor que lui et Atkinson avaient découvert en Egypte. Il y pensait depuis ce jour où Atkinson l'avait fait tomber du ponton d'embarquement de la *Mary Trieste* afin de garder le butin pour lui tout seul. L'existence du trésor lui brûlait la cervelle en permanence et l'avait rendu quasi fou. Assis en compagnie de son fils dans le mobile home qu'ils avaient loué dans les environs de Wabash Heights, il buvait du Ten High, lui aussi.

« Nom de Dieu », grogna Alfred Cumberland avant d'avaler une gorgée de whisky. Le soleil, qui s'annonçait très chaud, tapait sur le toit métallique du mobile home, faisant peu à peu monter la température à l'intérieur. A midi, l'endroit serait devenu invivable, et Alfred se rabattrait alors sur la chaise de jardin bancale installée dehors. La chaise était bancale pour la simple raison que Jack s'en était servi deux nuits auparavant pour taper sur la tête d'Atkinson.

« Nom de Dieu de nom de Dieu », reprit Jack en levant son verre. Il se sentait en piteux état.

« Mais comment nous sommes-nous débrouillés pour le laisser partir ? brailla l'aîné des Cumberland. Je croyais pourtant qu'on l'avait assommé pour de bon.

— Nom de Dieu, dit Jack sur la défensive. Il avait les deux jambes cassées, qui pouvait prévoir que le vieux salaud ramperait jusqu'à la route ? Qui pouvait prévoir que quelqu'un le ramasserait et l'emmènerait à l'hôpital ?

— Tu es certain qu'il est bien mort ? »

Jack renifla. « Ecoute, Papa, je vais te donner un coup de couteau dans l'œil et on verra comment tu réagis, d'accord ?

— T'amuse pas à faire le malin ! » rugit Alfred. Il avait presque quatre-vingts ans, mais il n'allait certainement pas laisser son fils lui manquer de respect. Alfred traînait partout avec lui une canne en bois dont le pommeau s'ornait d'une tête de lion et il s'en servait de façon redoutable dès que le besoin s'en faisait sentir. Feu Atkinson aurait pu en témoigner. Alfred l'avait presque tué à coups de canne pour lui faire avouer où était enterré le trésor.

« Cinquante-huit ans, grommela-t-il. Il m'a fallu cinquante-huit ans pour retrouver ce traître, et le voilà qui nous claque entre les doigts ! Salopard ! »

Accablés, ils burent en silence. Les rideaux étaient tirés afin de préserver à la pénombre un minimum de fraîcheur, mais il commençait à faire chaud. L'odeur forte du whisky bon marché emplissait la petite cuisine du mobile home. Rôdaient également autour d'eux la senteur puissante des tapis poussiéreux et des toilettes qui n'avaient pas été vidées depuis trois jours, la durée du séjour de Cumberland et de son fils. Ils avaient loué le mobile home dès leur arrivée à Wabash Heights, où les avait menés la piste qu'ils suivaient depuis si longtemps, et ils n'avaient pas tardé à retrouver Atkinson. Ils l'avaient repéré au cours de l'une de ses promenades quotidiennes dans le parc municipal, qui n'était guère qu'un terrain vague où poussaient des herbes folles, avec, dans un coin, une balançoire rouillée et une paire de bancs sur lesquels les adolescents se tripotaient à la nuit tombée. Alfred Cumberland aurait pourtant pu se douter qu'il retrouverait Atkinson à Wabash Heights, puisque c'était sa ville natale et qu'il y avait grandi. Il était tout naturellement revenu ici pour y passer la fin de ses jours. Si Cumberland y avait pensé un an plus tôt, ils auraient mis la main sur Atkinson et le trésor depuis déjà longtemps.

Mais aujourd'hui, Atkinson était mort. Et peut-être avait-il confié à un petit garçon mal en point l'emplacement de la cachette où il avait dissimulé le trésor. Peut-être.

« Il n'y a qu'une seule façon de le savoir, annonça Alfred de sa voix rocailleuse de vieillard.

— Hein ?

— Une seule façon de savoir la vérité. Il faut retrouver ce gamin.

— Merde, Papa, je ne connais même pas son nom. Et son père n'est pas du genre à nous laisser emprunter son fils. Il le protège comme un vrai tigre.

— Tous les pères en feraient sans doute autant. Comment se fait-il que tu ne te sois pas servi des trucs de karaté que tu as appris à l'armée ? Tu lui aurais donné une bonne leçon. »

Jack laissa échapper un profond soupir. « Ce n'est pas à l'armée que j'ai appris le karaté, Papa, tu le sais très bien. J'ai pris des cours.

— Ah oui ? » Le vieux Cumberland posa sur son fils des yeux délavés par le grand âge. « On dirait que ça n'a pas servi à grand-chose ! T'as même pas réussi à récupérer le gamin. Gonzesse, va ! »

Jack le foudroya du regard.

« Je t'ai pourtant dit que les flics sont arrivés à ce moment-là. Qu'est-ce qu'il fallait que je fasse ? Que je kidnappe le gamin sous leurs yeux ? T'es devenu complètement sénile, ma parole !

— Parle-moi meilleur, mon garçon ! » Il brandissait sa canne. « Et arrête de te cramponner à cette bouteille. »

Jack la lui passa. D'une main tremblante et ridée, Alfred se servit un plein verre à sirop de whisky. « Résumons-nous, dit-il, concentré. On trouve d'abord le gamin, et après, on trouve ce que je cherche depuis qu'Atkinson me l'a volé en 32. On le vend comme on aurait dû le faire en 32, et on est enfin riche. » Sa voix monta soudain d'un cran. « Il s'agit d'un trésor national, Jack. Pas question de le faire fondre et d'en faire des lingots. C'est un trésor inestimable ! Sans compter les pouvoirs qu'il a... Je l'ai vu se lever et marcher ! »

Sa voix reprit le timbre grave qu'elle avait normalement.

« Atkinson ! Qu'il soit recouvert de merde, cet empaffé ! Cet illuminé avait vu trop de films de Boris Karloff.

— Et maintenant, l'illuminé est mort, ajouta Jack, boudeur.

— Et tu as laissé filer le gamin, incapable que tu es. »

Jack arracha la bouteille des mains de son père et remplit son verre à ras bord. « Je t'ai déjà dit que les flics sont arrivés au même moment ! Arrête de me prendre la tête !

— Voilà ce que tu vas prendre sur la tête, crétin ! »

Le vieux grigou agitait sa canne, une pièce rare qui datait du temps où il explorait les tombeaux d'Egypte en compagnie d'Atkinson. La plupart des tombes avaient été profanées des siècles auparavant, mais l'une d'entre elles, toutefois, avait échappé aux pilleurs.

« C'est toi qui l'as laissé partir, triple idiot ! »

De sa main moite, Jack agrippa la bouteille si fort qu'il manqua la casser.

« Je t'ai dit que les flics étaient là ! Fous-moi la paix ! »

Alfred tapotait le sol du bout de sa canne, l'air exaspéré. Jack se rassit et se servit à boire. Les deux hommes contemplèrent la bouteille un moment, le temps que leur colère s'apaise.

« Il faut trouver ce gamin, marmonna Alfred. Je ne pourrai pas payer un deuxième mois de location pour ce truc pourri, et le prochain chèque des services sociaux n'arrivera pas avant deux semaines. Et il faudra en plus qu'on nous le fasse suivre jusqu'ici. Comment allons-nous survivre, dans ce patelin ?

— Je pourrais essayer de trouver du boulot », avança Jack, morose.

Le vieil Alfred renifla.

« La terre s'arrêterait de tourner si tu réussissais à travailler plus de deux jours d'affilée, et le ciel nous tomberait sûrement sur la tête.

— Ferme-la, tu veux ? Toute ma vie, je t'ai entendu me raconter qu'il y a quarante millions de dollars cachés quelque part qui nous attendent. Le seul problème, c'est que tu ne sais pas exactement où ils sont cachés. Dans ces conditions, tu peux me dire pourquoi il aurait fallu que je me mette au boulot ? »

Alfred haussa les épaules.

« T'as raison. Qui aurait cru qu'il nous faudrait autant de temps pour découvrir la cachette ?

— Que nous ne connaissons d'ailleurs toujours pas, soit dit en passant.

— Tu crois que je ne m'en souviens pas ? Ne va surtout pas croire, sous prétexte que j'ai quatre-vingts ans, que je suis en train de perdre la boule. » Il se tapa sur le front. « Cinquante-huit ans, mon garçon, ça fait cinquante-huit ans que je pense à ce sarcophage, que je me remémore la façon dont nous l'avons découvert, et comment nous l'avons fait passer au nez et à la barbe des autorités du port. A dos de mules, mon garçon ! A l'époque, on voyageait à dos de mule ! »

Jack enfouit son visage dans ses mains.

« Tu m'as déjà raconté cette histoire des centaines de fois, Papa. Des milliers de fois. Les caisses étaient censées contenir des pièces détachées, et vous aviez recouvert le sarcophage de sacs en toile de jute.

— Et s'ils s'étaient doutés de quelque chose, nous serions toujours en train de moisir au fond des geôles égyptiennes, tu sembles l'oublier.

— Les geôles égyptiennes. Ouais. J'ai bien failli moi aussi

me retrouver en prison, et pas plus tard qu'aujourd'hui. »

Ils retombèrent dans un silence pesant. A l'intérieur du mobile home, la température montait.

« Le gamin, dit brusquement Jack d'une voix pleine d'espoir, tandis qu'il essuyait d'un revers de manche la sueur qui dégoulinait de son front. Ils doivent avoir inscrit le nom du gamin sur le registre de l'hôpital. J'ai toujours ces vêtements d'infirmier que j'ai volé, et je crois que je vais retourner jeter un coup d'œil là-bas. Je suis certain qu'ils ont son nom et son adresse.

— Ouais, grogna Alfred. Et après ?

— Après ? J'irai lui rendre une petite visite. Je te garantis que le petit merdeux parlera. »

Le vieux Cumberland brandit sa canne.

« Avec ça, il parlera, c'est sûr. Il ne s'en sortira pas aussi bien qu'Atkinson. Je vais lui faire péter toutes les dents. »

Jack se souvint alors de la bouche dévastée du gamin, mais il préféra ne rien dire.

« Bon, aboya Alfred, tu penses y aller quand ? »

Jack se servit un autre verre.

« Dès que la bouteille est finie. Tout de suite après. »

Dix minutes plus tard, la bouteille était vide. Jack, lui, était plein comme une outre, et il éprouva quelques difficultés à descendre les moellons de ciment qui tenaient lieu de marches, à l'entrée du mobile home. Le soleil le força à cligner des yeux et, sous un ciel plombé, qui n'avait aucun rapport avec cette matinée printanière mais annonçait plutôt un été brûlant, il se dirigea vers la voiture de son père. Son vieux blue-jeans et son T-shirt lui collaient déjà à la peau. Il s'essuya le visage de son bras maigre et continua d'avancer vers l'antique Dodge Dart immatriculée en Californie. Les vêtements dérobés à l'hôpital étaient en boule sur la banquette arrière, et il ne se décida pas à les passer. Trop chaud. Et de toute façon, une autre idée avait germé dans son esprit, qui allait lui permettre de ne pas se transformer à nouveau en infirmier. Il avait pensé à une autre solution, bien meilleure.

Il rentra dans la Dodge et se crut plongé dans un bain de vapeur. Se tortillant sur son siège pour atteindre les poignées à l'arrière, il fit descendre toutes les vitres. Quiconque était assez stupide pour vivre dans l'Indiana n'avait que ce qu'il méritait, songea-t-il en démarrant. Cet endroit était le plus minable qu'il ait jamais visité, bien qu'au cours de ses pérégrinations avec son père, il soit passé dans presque tous les Etats de l'Union. Colorado, Nevada, Maine, New Hampshire... Il aurait du mal à tous les citer. Atkinson avait toujours conservé l'avance qu'il avait sur ses poursuivants, protégeant le trésor pour la simple raison qu'il regrettait de l'avoir volé mais n'osait pas le rendre. Il n'avait nullement envie de finir ses jours en prison, la peine encourue en Egypte pour les profanateurs de tombes étant le cachot à vie, ou même la mort, si le tribunal en décidait ainsi, comme il était parfaitement habilité à le faire.

Il fit reculer la voiture dans l'allée et prit la direction de l'hôpital, suivant la route principale qui traversait Wabash Heights, la Highway 40, que les gens du pays appelaient Maplewood Avenue. Wabash Heights n'était guère qu'un point ridiculement petit sur la carte, indiquant l'existence de quelques feux rouges, répartis le long de la Highway 40, de quelques magasins et de quelques maisons prêtes à tomber en ruines. Quand l'industrie de la brique s'était effondrée, dans les années quarante, Wabash Heights avait vu sonner sa dernière heure. Les seuls qui restaient dans le pays étaient les rares personnes à n'avoir pas suivi les usines dans leur exil. Jack estima le revenu moyen des habitants de ce bourg en voie d'extinction à moins de six mille dollars par an. Sans ses bars et ses tavernes, Wabash Heights aurait disparu depuis longtemps.

« Qu'ils aillent tous se faire foutre », s'exclama Jack en dépassant, sans s'en douter, la ferme du vieux Parker.

Il s'engagea sur l'autoroute, occupant toute la largeur de la chaussée, crevant de chaud mais de très bonne humeur, grâce à la demi-bouteille de Ten High. Il croisa un premier feu rouge, qu'il brûla sans se soucier le moins du monde d'une éventuelle voiture de police postée dans les environs. Vu l'état dans lequel il se trouvait, il aurait pu tout aussi bien casser la figure de n'importe quel flic se trouvant sur son chemin, au mépris de toutes les lois et de tous les arrêtés locaux. Histoire d'apprendre à ces bouseux ce qu'il pensait de leur putain de ville. Mais malgré son état d'ébriété avancé, il se rendait compte qu'il ne haïssait en fait ni la ville, ni ses flics, ni même le climat. C'était Atkinson qu'il détestait sauvagement, Atkinson et la façon dont il avait révélé à un gamin inconnu le secret que la torture et deux jambes cassées n'étaient pas parvenues à lui arracher. Ce gamin inconnu, qui ne le resterait pas longtemps si tout se déroulait comme Jack l'avait prévu, était l'unique détenteur d'une information qui valait quarante millions de dollars. Ce n'était pas bien, et ce n'était pas juste. Mais c'était pourtant leur seule chance. Faire parler le gamin allait être une véritable partie de plaisir.

Il prit la route qui menait à l'hôpital et fonça droit devant lui, la vieille Dodge rebondissant par-dessus les bosses censées faire ralentir les véhicules. Peu désireux de les rencontrer une seconde fois, il vérifia que les flics avaient bien quitté les lieux. S'il se faisait arrêter à nouveau, et cette fois en état d'ivresse, il risquait de ne pas avoir autant de chance. Les flics chercheraient à savoir pourquoi un homme venant de Californie semait un tel désordre dans leur petite ville. Ils lui demanderaient les raisons de son séjour à Wabash Heights, et des tas de renseignements que Jack Cumberland n'avait pas envie de leur donner.

Il ralentit et remonta l'allée à quinze miles à l'heure, tout en s'efforçant de minimiser les effets du whisky sur un estomac vide. Comme Frank Whipple, Jack entretenait depuis des années une longue histoire d'amour avec l'alcool, et il en avait besoin afin de tenir à distance respectable la menace effroyable que représentaient Atkinson et son trésor, qu'ils ne retrouveraient peut-être jamais. Il avait grandi avec le nom d'Atkinson rôdant dans la maison comme une véritable malédiction, sans compter son père qui lui racontait d'une voix de plus en plus amère au fil des années comment il avait été trahi par son partenaire en 1932. La mère de Jack, que ce mystérieux trésor n'avait jamais enthousiasmée, en avait eu assez de l'obsession de son mari et des factures qu'envoyaient les détectives mis par Alfred sur les traces d'Atkinson. Elle les avait quittés en 68, quand Jack avait seize ans, et ce dernier avait été secrètement heureux de la voir partir. Il avait hérité de son père, en plus de sa quête obstinée, l'habitude de se tenir tous les jours au courant du cours de l'or, et en 74, il était presque devenu fou quand le métal jaune avait atteint les cinq cents dollars l'once. Les trois millions de dollars de

1932 s'étaient alors transformés en quarante millions. C'était à cette époque qu'avait commencé la course à travers le pays, la marche forcée d'un Etat à un autre, à la recherche d'Atkinson. Jack estimait à deux cents le nombre de boulots qu'il avait eus au cours des quinze dernières années, gagnant juste assez d'argent pour permettre à son père et à lui d'avoir un toit au-dessus de leur tête, de quoi manger et de quoi boire. Il ne travaillait jamais plus d'un mois. Passé ce délai, le père et le fils levaient le camp, laissant derrière eux les factures de téléphone, d'électricité et de détectives, toutes impayées. Jack trouvait plutôt miraculeux qu'aucun des détectives n'ait jamais tenté de les poursuivre, alors qu'eux-mêmes poursuivaient inlassablement Atkinson.

Mais tout cela n'était plus qu'un mauvais souvenir. Ils avaient fini par trouver Atkinson, Atkinson était mort, et les recherches terminées. Maintenant, il ne leur restait plus qu'à idendifier un gamin à qui il manquait des dents et dont le visage ressemblait à une photo-satellite de la face cachée de la lune.

C'était presque trop facile.

Il se gara sur le parking et sortit de la voiture. D'un revers de manche, il essuya la sueur de son crâne. En traversant le parking, il aperçut sa perruque, rat mort que les voitures avaient successivement écrasé sans pitié. Il la ramassa et la fourra dans la poche arrière de son jean, après l'avoir secouée. Un simple passage dans une machine à laver la rendrait à nouveau présentable. Dans le cas contraire, il en achèterait une autre, même s'il devait pour cela se dégoter un job de pompiste pour la payer. Se retrouver chauve à trente-sept ans ne faisait pas du tout l'affaire de Jack Cumberland.

Essoufflé, il gravit les marches à l'entrée du bâtiment. Il était conscient de son haleine chargée d'alcool, mais l'effet qu'elle pourrait produire lui importait peu. Quant aux vêtements d'infirmier, ils pouvaient rester dans la voiture et y pourrir : il n'en avait plus besoin, parce qu'il n'était plus infirmier. Il était maintenant Ralph Jones, l'Oncle Dévoré d'Inquiétude.

Poussant la porte d'entrée, il corrigea l'expression de son visage. Une grande ride soucieuse creusa son front, et sa bouche prit une moue jusque-là inédite. Il souleva légèrement ses épaules et fit des vœux pour qu'on ne le reconnaisse pas.

Dans la fraîcheur relative du hall, il se dirigea vers le guichet des admissions, qui consistait en une cage de verre posée sur un muret qui arrivait à mi-hauteur. Le verre teinté était percé d'un hygiaphone, derrière lequel était assise une dame d'une quarantaine d'années, vêtue d'une blouse verdâtre assortie à la couleur des murs. Elle était en train de classer des papiers. De son doigt replié, il toqua sur le verre pour attirer son attention.

Elle releva les yeux, fronçant les sourcils, n'appréciant guère d'être dérangée dans son travail. « Je peux vous aider ? dit-elle.

— Oui, répondit Jack, qui aurait bien aimé éponger les flots de sueur qui inondaient sa tête nue. Je voudrais voir mon neveu.

— Les horaires de visite sont affichés là-bas, dit-elle en désignant une affichette sur le mur derrière lui. Il vous est possible de le voir maintenant, si vous le désirez.

— Il est dans la chambre 103, je crois ? »

Elle soupira.

« Son nom ? »

Jack ne perdit rien de sa contenance. Il entamait la partie difficile de son rôle de composition, pénétrant la zone de dialogue où le terrain était glissant, voire miné. « J'ai reçu un mot de ma sœur m'annonçant qu'il avait eu un accident, dit-il d'un air particulièrement soucieux. Je suis venu aussi vite que possible. C'est que j'adore ce gosse, et je le considère comme mon propre fils, vous comprenez. »

Elle agita sa liasse de papiers.

« Comment s'appelle-t-il ?

— Ma sœur m'a dit qu'il avait un grand nombre de dents cassées. Et aussi quelque chose à la tête, une fracture du crâne, c'est ça ?

— Monsieur, si vous me donniez le nom du patient... »

Jack se couvrit la bouche de la main.

« Oh, le pauvre petit, dit-il entre ses doigts. Je suis si inquiet que je n'ai plus toute ma tête. »

Elle soupira. Reposant sèchement les papiers sur le bureau devant elle, elle ouvrit un tiroir dont elle tira un listing informatique.

« 103. » Elle fit courir son doigt le long des numéros. « La chambre est vide, Monsieur. »

Jack simula la plus grande surprise.

« Vide ? Mais ma sœur m'a pourtant bien dit qu'il était dans la chambre 103. On l'aurait donc laissé sortir ?

— Nous avions un Atkinson et un White. Atkinson est décédé, mais le jeune White, prénom Arnold, a été récupéré par son père ce matin même.

— Il est venu chercher Arnie ? » Le nom d'Arnold White était à jamais imprimé dans son esprit. Une joie intense l'envahit, dont il ne laissa évidemment rien paraître. Il se rendit à peine compte que la personne qui venait d'entrer dans le hall était sur le point de passer à côté de lui.

« C'est que sa famille et moi, nous ne nous étions pas beaucoup vus ces derniers temps. Et puis ma sœur m'a appris l'accident d'Arnold, et je suis venu tout de suite... Vous n'auriez pas leur adresse exacte, par hasard, pour que j'aille chez eux rendre visite à mon petit neveu ? »

Elle poussa un autre soupir. *Madame,* se dit Jack, *vous soupirez décidément beaucoup. Mais je vous adore. Si nous n'étions pas séparés par cette vitre, je crois que je vous prendrais dans mes bras. Peut-être même vous violerais-je, désirable femelle.*

On lui attrapa le bras, et il sursauta comme si on l'avait mordu. Plein d'appréhension, il se retourna, s'attendant à voir debout devant lui le père d'Arnold White venu lui botter les fesses une nouvelle fois. Mais il vit un homme de grande taille, vêtu d'une chemise blanche et d'un pantalon, qui le regardait d'un air bienveillant.

« Vous êtes un parent d'Arnold White ? demanda l'homme.

— Ben... » répondit Jack.

L'homme s'excusa d'un sourire. « Pardonnez-moi de vous questionner ainsi. Je suis le docteur Price et je travaille dans cet hôpital. Je suis justement très préoccupé par le cas du jeune White. En fait, je m'apprêtais à aller le voir dans sa chambre dès que je me serais changé. »

Il haussa les épaules.

« Il m'arrive de penser que le golf fait partie de mes malades. Mon swing aurait grand besoin de subir une intervention, je l'avoue. »

Il lui tendit la main droite.

« Vous disiez que vous êtes un parent du petit ?

— Oui, son oncle, Ralph Jones, dit Jack sans réfléchir en lui serrant la main.

— Allons donc voir votre neveu, monsieur Jones.

— Cela va être difficile, les prévint la dame aux soupirs. Son père est venu le chercher ce matin à la première heure.

— Quoi ? Il a fait ça ?

— Je n'invente rien, Docteur. L'une des infirmières a même appelé la police, mais nous n'avons rien pu faire. Le beau-père était parfaitement dans son droit.

— Splendide. »

Price semblait très en colère. Jack le regarda, interloqué.

« Vous allez m'écouter, dit Price en entraînant Jack à l'écart. J'imagine que vous connaissez le vrai père de cet enfant, n'est-ce pas ?

— Bien sûr, répondit Jack en hochant la tête de toutes ses forces.

— Alors laissez-moi vous donner un conseil, monsieur Jones. Retirez cet enfant à son beau-père sans tarder. La situation est très grave, elle peut être même fatale à ce garçon. Je ne peux malheureusement rien faire pour lui, mais vous, vous le pouvez. Vous pourrez sans doute convaincre sa mère de porter plainte. Un homme tel que ce Whipple est trop dangereux pour qu'on le laisse agir impunément.

— Eh bien, euh... Je verrai ce que je peux faire, dit Jack, stupéfait. Savez-vous quelle est leur adresse ? Je n'habite pas dans cette ville et ils déménagent souvent. Et quand, euh, la mère d'Arnie m'a appelé, j'étais dans un tel état de choc que j'ai oublié de lui demander où ils habitaient.

— Mais bien sûr, attendez une minute. » Price retourna vers la dame dans l'aquarium. « Jane, voulez-vous bien me donner l'adresse de la famille du jeune White ? »

Elle consulta à nouveau son listing.

« 524, South Kentucky Street. Pas vraiment les beaux quartiers... »

Price secoua la tête.

« Le coin le plus minable de la ville. Ceci explique tout. Vous m'avez compris, monsieur Jones ?

— Tout à fait », rétorqua Jack.

Et pour cause.

L'adresse était gravée dans son cerveau, à côté du signal mental qui s'était mis à clignoter à l'énoncé du nom d'Arnold White, que Jack n'était pas près d'oublier. Il sourit largement au docteur.

« Je vous remercie beaucoup, Monsieur. Je vais voir ce que je peux faire.

— Parfait. Il faut absolument venir en aide à ce garçon. Et le plus tôt sera le mieux. »

Intérieurement, Jack était mort de rire. Ce crétin de toubib ne se doutait pas à quel point il disait vrai.

« Pigé », dit-il, remerciant d'un clin d'œil la dame derrière la vitre.

Une fois dehors, il affronta la chaleur en sifflotant. Il lui restait cinq ou six dollars en poche, il avait retrouvé sa perruque, et il savait où dénicher le gamin. Au bout de la rue se tenait un drugstore où il pourrait acheter une bouteille de Ten High pour cinq dollars quatre-vingt-quinze cents. Ce soir, Pop et lui allaient faire la fête et prendre une cuite royale, puis, vers minuit, il se mettrait en action. Le gamin n'allait pas comprendre ce qui lui aller lui tomber dessus d'ici quelques heures. Tout marchait à merveille.

- 5 -

DEPLACEMENTS NOCTURNES

Minuit.

Le bulletin météo de la WHTI Television à Terre Haute avait prédit une vague de chaleur, accompagnée de températures dépassant les normes saisonnières. Le présentateur avait toutefois annoncé qu'une légère averse aux alentours de minuit rafraîchirait l'atmosphère. Pour la journée de demain, Mesdames et Messieurs, records de chaleur battus dans tout le Midwest. Et maintenant, restez avec nous pour la suite de notre programme, après quelques messages publicitaires.

Arnold, couché au fond de son lit, n'avait rien vu de tout cela, mais il avait écouté ce qu'avait raconté la voix, très professionnelle, qui lui parvenait de la télé. Il était à peu près dix heures vingt, l'heure à laquelle Missy se préparait généralement à se coucher, et il s'était endormi pendant qu'elle se déshabillait. Son sommeil fut troublé par les douleurs qu'il ressentait toujours dans la tête et à l'intérieur de sa bouche, mais il dormit néammoins à poings fermés, jusqu'à ce que Frank rentre à la maison, vers minuit, et vienne le secouer.

Brutalement tiré d'un rêve éprouvant qui ressemblait fort à un cauchemar, Arnold ouvrit les yeux. Dans la faible lumière qui provenait de l'entrée, il distingua la silhouette échevelée de Hitler, debout à côté de lui, puant la bière et le tabac froid. Il se balançait d'un pied sur l'autre, mystérieux et inquiétant.

« Tu t'attendais pas à ça, hein ? » grogna Frank Whipple.

Arnold fit oui de la tête, souffrant en silence.

« Si tu avais eu le malheur de tout raconter aux flics, je t'aurais étranglé. Mais tu devais t'en douter, pas vrai ? »

Arnold aquiesça, toujours silencieux. Couchée dans son lit de l'autre côté de la petite chambre, Melissa bougea, plongée dans un profond sommeil. Dehors, les criquets faisaient entendre leur musique entêtante et Arnold fut même vaguement conscient du bourdonnement d'un avion de tourisme qui volait là-haut dans le ciel noir. Impuissant, il serra les poings. Si seulement il avait pu sauter dans cet avion et fuir loin de ce monstre !

Frank se pencha plus près au-dessus du lit d'Arnold, sa grosse tête dodelinant sur ses épaules massives. L'odeur de bière était insupportable.

« Hé, merdeux, pourquoi ce mec m'a attaqué ? Pourquoi voulait-il t'emmener avec lui ? J'ai repensé à cette histoire toute la journée. L'hôpital n'a pas le droit d'envoyer à ma poursuite un infirmier karatéka, mais moi, j'ai le droit de t'enlever de cet hosto minable, que je sache. Et l'autre était armé, en plus. Y'a quelque chose qui va pas là-dedans, mais j'ai comme l'impression que tu vas m'expliquer ce qui se passe. J'ai comme l'impression que tu connaissais cet infirmier, et que tu sais très bien ce qu'il te voulait. »

Sans un mot, Arnold le regardait fixement, avec l'envie soudaine et désespérée de lui cracher au visage et de l'envoyer valdinguer contre le mur d'en face. Mais la punition qui s'ensuivrait serait sans commune mesure avec ce genre d'agression, et Arnold ne se sentait pas encore prêt à mourir.

« Arnold, tu vas me dire qui était l'infirmier. »

Oh la la, se dit Arnold, *il faut que Hitler soit drôlement intrigué pour qu'il m'appelle Arnold au lieu des habituels sangsue, merdeux et autre connard. Soûl comme il l'est, il essaie simplement d'être poli. Mais des choses se préparent en secret, et même un Hitler ivre mort n'est pas capable de découvrir lesquelles.* Arnold frissonna de peur.

De sa grosse main, Frank fit un énorme poing, qu'il promena nonchalamment à dix centimètres du visage d'Arnold.

« C'est moi qui régale, grommela-t-il. Je pourrais te tuer en claquant simplement des doigts. C'est ça que tu cherches, Arnold ? »

Arnold secoua la tête, résistant à l'envie d'envoyer un gros mollard dans les yeux noirs luisant de méchanceté de Frank, et sur cette bouche veule qu'ornait hideusement l'ivoire jauni de ses dents.

« Dis-moi la vérité, fiston, dis-moi ce que je veux savoir. Qu'est-ce qu'il te voulait, ce mec ?

— F'est un finglé », dit Arnold, que le son de sa propre voix surprit. Finglé ? Ses dents cassées et ses lèvres enflées l'avaient apparemment transformé en Elmer Fudd, l'éternel chasseur de Fe Fatané Lapin, dont il adorait regarder les dessins animés à la télé. « Finglé », répéta-t-il. Bravo. Et voilà que je zozote, maintenant. Un super cadeau de la part de mon très cher beau-père.

« Il portait une perruque, tu sais, dit Frank comme s'il s'était adressé à lui-même. Il était sûrement déguisé. Et l'arme, bon Dieu ! Faut vraiment que je sois sacrément costaud pour l'avoir fait tomber. Encore plus fort que John Wayne. » Il éclata d'un gros rire qui se finit en hoquet. « Duke Whipple, c'est moi. Bon Dieu. »

Va-t'en, va-t'en, se répétait inlassablement Arnold.

« Donc, tu ne sais rien, hein ? » dit Frank.

Arnold secoua la tête en signe de dénégation. Le sparadrap qui maintenait le turban sur sa tête lui tirait sur les cheveux.

Frank se saisit de la chemise de nuit d'Arnold et le tira violemment à lui. Il colla son visage à celui d'Arnold, un visage bouffi par les litres de bière qu'il avait bus et qui empuantaient son haleine.

« Sale petit menteur. » Une lueur de folie s'alluma au fond de ses yeux d'ivrogne. « Et si je te faisais goûter à ma spécialité, le sandwich de sangsue au bourre-pif ? Tu crois que tu aimerais ça ? »

Une affreuse fleur de trouille s'épanouit dans le ventre d'Arnold. Comment, encore ? Cette nuit ? Alors que le précédent massacre ne datait que de quelques heures ?

« Tu vas parler ! »

Derrière Frank, dans la zone de lumière qui filtrait du hall, Arnold vit apparaître le fantôme de son père, ce père que l'on disait parti au Texas. Il lui sembla que le fantôme lui souhaitait une bonne nuit, d'une voix douce et tendre, d'une voix d'un rat de bibliothèque qu'il était difficile d'imaginer quelque part au milieu des champs de pétrole. Oh Papa, Papa, priait Arnold en silence. Mais comme d'habitude, Papa resta sourd à sa prière.

« Mais parle, petit connard !

— Ze... ne... fais... rien. »

Frank se mit alors à le secouer vigoureusement. Le bras plâtré d'Arnold heurta le mur et l'onde de choc se répercuta jusque dans son épaule. Toutes les douleurs qu'il était presque parvenu à oublier se réveillèrent, fidèles souvenirs des festivités de la veille.

« Menteur ! »

Arnold vit vaguement que Melissa, très pâle, s'était assise sur son lit. Les yeux écarquillés, elle pressait ses deux mains sur sa bouche pour s'empêcher de crier.

Frank le gifla. La tête d'Arnold fut projetée sur le côté, dans un couic sinistre. Pourvu que qu'il m'ait brisé les vertèbres, pensa-t-il en un éclair, et qu'on en finisse une bonne fois pour toutes.

« Dis-moi qui c'était », rugit Frank.

Du fond de son berceau installé à côté du lit conjugal dans la chambre de Karen et Frank, le bébé se mit à brailler. Le monde était devenu une sorte de manège emballé, où tout n'était que confusion et vacarme.

Karen apparut dans l'entrée, une poêle à la main. Elle avait l'air fatiguée et malade, tel un corbeau rabougri dont la joue s'ornait d'un nouvel hématome. Arnold émit instantanément le vœu qu'elle se métamorphosât en son père, un homme grand et mince qui n'aurait certes pas fait le poids devant Frank mais qui serait mort pour ses enfants. Encore aurait-il fallu qu'il ne soit pas parti rejoindre les puits de pétrole du Texas. Mais incroyablement, Karen s'approcha de Frank tandis qu'il continuait à secouer Arnold comme un prunier. Elle leva la poêle au-dessus de sa tête ; Le fond de l'ustensile était recouvert d'une couche de graisse de bacon qui formait une épaisse pellicule blanche. Un peu de graisse coulait même le long du manche. *Vas-y, Maman,* suppliait Arnold en son for intérieur. *Frappe-le avant que toute cette graisse ne te dégouline dans les yeux.*

« Pourquoi voulait-il te kidnapper ? » hurlait toujours Frank.

Arnold vit la poêle suspendue au-dessus de la tête de la brute, et il entendit distinctement sa mère prendre son élan pour frapper. La poêle fendit l'air et vint s'abattre sur le crâne de Frank. Bong ! Une grosse pastille de graisse se détacha du fond de la poêle et, volant dans l'air comme un mini-frisbee, elle alla s'étaler sur les cow-boys et les Indiens.

Frank poussa un grognement de surprise et lâcha Arnold. Incrédule, il tomba à genoux, portant les mains à son crâne. Arnold crut voir briller du sang, mais il ne s'agissait sans doute que d'un peu de graisse tombée dans ses cheveux. Le temps s'arrêta et tous attendirent que Frank se décide à tomber. Arnold retenait sa respiration et le bébé lui-même, probablement surpris par le bruit de la poêle contre le crâne de Frank, cessa de pleurer.

Dehors, on n'entendait même plus les criquets. Du coin de l'œil, brièvement, Arnold vit quelque chose passer devant la fenêtre, mais quoi que cela ait été, c'était loin d'être aussi intéressant que le spectacle de Frank à quatre pattes par terre, tel un musulman en prières sur son tapis. *S'inclinera-t-il devant Allah,* se demanda Arnold, *ou ne s'inclinera-t-il pas ?*

Karen laissa échapper une plainte, lente et basse. L'odeur du bacon était partout dans la chambre. La poêle au bout du bras, Karen ne se rendait pas compte que la graisse continuait à goutter sur le plancher. A la voir, on aurait cru que c'était elle qui venait de prendre le grand coup de poêle sur la tête.

« Oh », gémit Frank d'une voix pâteuse, ses grosses mains sales pressées sur son crâne.

Incline-toi, misérable, incline-toi, se répétait Arnold.

Frank se releva. En titubant, il se retourna et fit face à sa femme. Elle leva la poêle au moment où le poing de son mari lui décochait un coup. Le même bruit mat se fit entendre quand Frank frappa le métal, de toutes ses forces. Il eut un grondement de douleur et frappa à nouveau. Karen para l'offensive. Bong, fit la poêle. Mais Karen perdit l'équilibre, et Frank continua d'avancer vers elle, comme un danseur obèse filmé au ralenti. Ses gros souliers se posèrent dans la petite flaque de graisse, et il entama une polka piquée digne d'un ours savant. Il lutta un instant pour rester debout. En vain. Il s'écroula en arrière, et la maison tout entière trembla.

Karen leva la poêle très haut.

« Ne touche pas à mes enfants ! » hurla-t-elle, soudain délivrée de ce qui l'avait jusque-là retenue, et telle une

trompette enfin débouchée, elle se mit à frapper Frank à coups redoublés, faisant chanter sa poêle à frire comme un fer à cheval sous le marteau du forgeron. Arnold n'en croyait pas ses yeux. Elle tapait et tapait encore, telle une démente, haletante et déchaînée. Elle s'interrompit une seconde pour ôter ses cheveux de devant ses yeux, à la façon d'un champion s'autorisant une pause avant de retourner au combat.

Frank en profita pour s'effondrer, vaincu. Arnold eut l'impression d'entendre les os du crâne de son beau-père s'écarter pour laisser passer les œufs de pigeon qui éclosaient sur son scalp. Des rigoles de sang noir coulaient le long de son visage. Frank se mit à ronfler.

Choquée, le regard vide, Karen regarda ses enfants. Les rides qui assombrissaient son visage s'étaient encore creusées, et elle paraissait plus âgée et plus défaite qu'elle ne l'avait été quelques instants auparavant. De grosses larmes roulaient sur ses joues. Assise dans son lit, ses couvertures rassemblées autour d'elle, Melissa tremblait de tous ses membres.

« Arnold ? sanglota Karen, la poêle entre les genoux. Il t'a fait mal ? »

Arnold s'assit en gémissant.

« Qu'allons-nous faire quand il se réveillera ? Il va vouloir nous tuer.

— Il ne se souviendra pas de ce qui s'est passé », répliqua-t-elle. L'espoir qui faisait vibrer sa voix ne parvint pas à les convaincre. Les sourcils froncés, Karen fixait le mur en face d'elle. « Il croira qu'il s'est battu dans un bar. En tout cas, c'est ce que je lui dirai.

— Mais il recommenfera, et fe fera encore pire la profaine fois. » Flûte ! La voix d'Elmer Fudd. Arnold passa sa langue sur ses lèvres sèches.

« Je sais, dit-elle. Je ne pensais pas que... que les choses se passeraient de cette façon. Je ne savais pas. » Elle regarda soudain Arnold dans les yeux. « Il va falloir que tu partes quelques jours. On dirait que c'est toi qu'il déteste le plus. Et j'ignore pourquoi, Arnold, je te le jure. Je croyais sincèrement que c'était un homme bien. Je croyais que... qu'il finirait par t'aimer. Les enfants ont tous besoin d'un père, et je croyais que... »

Elle pleurait trop pour continuer à parler, forme pitoyable à peine éclairée, qui tenait toujours la poêle à la main.

« Je pourrais aller chez Joe, dit Arnold. J'y allais souvent, avant. Sa maman m'aime bien.

— Chez Joe, oui, dit-elle, nostalgiquement. Ces gens sont si gentils. »

Arnold se leva. Son cou était également douloureux à présent, comme s'il avait eu un torticolis. Il avait l'impression que son squelette était déformé à partir des épaules, tel celui d'un Elephant Man de treize ans. Il se dirigea en boitillant vers la commode, en prenant soin de faire un grand détour pour éviter Frank qui ronflait, étalé par terre. Il prit quelques vêtements et s'assit sur le lit de Melissa.

« Défais cette chose », lui dit-il en désignant le dos de sa chemise d'hôpital.

Elle s'acquitta de sa mission en reniflant.

« Et maintenant, à *toi* de te retourner », dit-il en se relevant.

La chemise glissa sur le sol, et il se retrouva tout nu. Il passa son caleçon, mit ses chaussettes et sa vieille paire de jeans délavée. Au milieu du silence, Frank ronflait toujours.

« Maman ? Tu peux m'aider à enfiler ma chemise ? »

Soigneusement, Karen déposa la poêle sur le sol et vint près de son fils. Ensemble, ils firent passer le plâtre par l'une des manches de la chemise écossaise qu'il avait choisie en souvenir du bon vieux temps. Karen la lui boutonna. Elle plaça ses mains fines sur les épaules d'Arnold, avant de les retirer d'un geste vif. Arnold vit qu'elle avait les doigts pleins de graisse. Elle les essuya sur sa robe.

« Je passerai te voir, dit-elle. Et quand cette histoire avec Frank sera réglée, je te ramènerai à la maison. »

Elle se pencha vers lui et déposa un baiser sur sa joue. Les yeux d'Arnold piquaient comme si de grosses larmes avaient tenté de se frayer un passage dans ses conduits lacrymaux. L'histoire avec Frank ne serait jamais réglée, et il ne reviendrait probablement jamais dans cette maison. Melissa se remit à sangloter. Elle aussi savait. Jusqu'à ce que Mom se rende compte de son erreur et décide de laisser tomber la brute épaisse qu'elle avait épousée, Arnold ne pourrait pas vivre avec elles trois. Une bourrasque de désespoir s'empara de lui, le glaçant jusqu'aux os. Il partait de chez lui pour ne plus y revenir. A treize ans. Seul au monde à treize ans.

Dans l'autre pièce, le bébé avait repris ses pleurs. Karen se leva.

« Je ne peux pas te conduire là-bas en voiture, mon chéri. Il faut que je reste ici au cas où Frank se réveille. Il pourrait avoir envie de s'en prendre à Missy, cette fois. »

Arnold la regarda droit dans ses yeux mouillés de larmes.

« S'il touche à Missy, je le tuerai, dit-il. Je le tuerai.

— Mon bébé, mon bébé, dit-elle en le serrant contre elle et oubliant ses mains grasses. Tout va s'arranger. Tu ne resteras chez Joe que quelques jours. Seulement quelques jours. Et tu vas bien t'amuser avec ton copain.

— Oui, Mom, tu as raison », dit-il, plein d'amertume. Et ces satanées larmes qui tentaient une nouvelle percée... Il se tourna vers sa sœur. « Tu me trouves mes chaussures, poison ? »

Melissa s'extirpa de son lit, trottina jusqu'à celui d'Arnold et se mit à genoux. Elle trouva les baskets d'Arnold enfouies avec un tas de jouets sous le sommier. Elle revint vers son frère et les lui tendit, sans un mot. Sans que cela ne le surprenne vraiment, il constata qu'elles étaient constellées de tâches brunes. Du sang. Il datait de la veille et avait viré au noirâtre, et les cellules mortes d'hémoglobine souillaient maintenant la toile usée. Il se souvint alors qu'à Noël, il avait demandé une paire de Nike. Mais à sa place, il avait reçu ces chaussures de sport bon marché, sans marque, fabriquées en Pologne, de surcroît. Son unique cadeau.

Sa mère les lui passa aux pieds et noua les lacets. Arnold se mit debout. Pendant un instant, sa vision se troubla. *Commotion cérébrale,* se dit-il froidement. *Un caillot dans le cerveau.* Mais après tout, qui s'en souciait vraiment ?

Frank, inconscient sur le sol, remua pesamment en prononçant des sons inintelligibles. Arnold respira profondément. L'odeur de bacon s'était profondément incrustée dans les murs et mettrait sans doute des jours à se dissiper. Il se prit à songer qu'il ne reverrait vraisemblablement jamais cette chambre, ni les cow-boys, ni les Indiens, ni le sourire des fleurs sur les murs est et ouest. Il était désormais un fugitif, un Elephant Boy en cavale. Il se demanda si un cirque l'engagerait. Braves gens, venez admirer la merveille du siècle ! Pour un dollar, un dollar seulement, venez voir le monstre de la nature, l'orphelin à tête de chou ! Son visage ? Un champ de mines ! Allez, entrez !

« Au revoir, Mom », dit-il.

Elle l'embrassa une deuxième fois.

« Joey n'habite qu'à quelques rues de chez nous. Tu seras prudent, d'accord, Arnold ? »

A quelques rues ? Plutôt une bonne quinzaine, oui.

« D'accord, Mom. Et s'il essaie de faire du mal à Missy ou à Angie, je veux que tu l'attaques à coups de poêle, comme tu as fait aujourd'hui. Tu me le jures ? »

Elle fit oui de la tête.

« Il ne les touchera pas, je te le jure. »

Non, bien sûr, pensa Arnold. *C'est toi qui prendra, évidemment.*

« Salut, Missy, dit-il.

— Salut », murmura-t-elle d'une toute petite voix, avant de se jeter sur son lit en sanglotant.

Arnold traversa le hall et la cuisine. Il avait du mal à se tenir sur ses jambes, et le poids de son plâtre entraînait son buste vers l'avant. *Tout ce qui me manque, c'est un capuchon avec un trou à la place des yeux. Et un jour, ce qui restera de mon squelette sera exposé dans un musée.*

Il sortit de la maison et tira doucement la porte derrière lui. Le bruit de la serrure qui se refermait retentit dans ses oreilles. Il se dit que c'était sûrement la dernière fois qu'il l'entendait. Il descendit les quelques marches en ciment devant la maison et se retrouva sur le trottoir. Une brise chaude l'enveloppait, chargée des senteurs d'un orage lointain. Les criquets avaient repris leur caquetage strident et, au-dessus d'Arnold, les feuilles toutes neuves des arbres bruissaient dans les branches. On aurait dit qu'elles bavardaient. A part Maplewood Avenue, les rues de Wabash Heights n'étaient pas éclairées, mais la lune était assez brillante pour qu'on y voie. Arnold la regarda tout en marchant. De grands nuages blancs hantaient le ciel noir et un frisson involontaire le parcourut. C'était par des nuits comme celle-ci que les loups-garous sortaient de leur repaire. Existait-il des fins plus horribles que mourir dévoré par un loup-garou, un soir de pleine lune ?

Il continua à marcher. La brise soufflait dans l'obscurité et la masse sombre des maisons défilait au rythme de ses pas, et de la rumeur des voitures dans Maplewood Avenue. Plusieurs des maisons de la rue étaient inhabitées, promises à la démolition, et elles se dressaient de chaque côté comme des ruines de guerre. Il pressa le pas pour s'en éloigner au plus vite. Ces baraques étaient certainement remplies de rats et de zombies, antres sinistres où étaient ensevelis, au fond des caves et des réduits, les corps décomposés et suintants de victimes non identifiées, prêtes à bondir pour saisir de leurs moignons pourris le premier repas qui passerait à leur portée, surtout s'il consistait en la chair premier choix d'un garçon de treize ans. Il les voyait déjà qui rampaient vers lui, se traînant sur leurs membres décharnés, leurs bras squelettiques tendus vers leur proie, zombies que leurs appétits répugnants et illimités poussaient à se nourrir de viande humaine, et qui erraient sous la pluie à la recherche de gibier vivant…

Arrête tout de suite…

Pauvre idiot. Il s'était mis à pleuvoir, certes, mais tout allait bien, ni les zombies ni les loups-garous n'existaient réellement, et encore moins les Jason et autres Freddie. Une fois qu'ils étaient morts, les morts restaient morts ; quant à Frank, il était hors jeu pour le restant de la nuit. Il n'y avait pas à s'inquiéter, et la seule préoccupation d'Arnold était d'arriver chez Joey avant que ses nerfs n'aient le temps de lâcher, à cause de tous les bouquins d'horreur qu'il avait lus, de tous les films qu'il avait vus, et de toutes les horribles choses qu'il avait vécues depuis l'arrivée dans sa vie de Frank Whipple.

Attends un peu.

Arnold s'immobilisa, le cœur battant. La brise s'était faite plus forte, mais entre deux bourrasques, il lui semblait avoir entendu… des pas, derrière lui. Des pas étouffés, comme si quelqu'un avait décidé de marcher dans l'herbe qui bordait le trottoir fissuré, et pas sur ce dernier.

Un loup-garou qui marcherait dans l'herbe ?

Mais non. Tout ça, c'étaient des conneries. De tels trucs n'existaient pas.

N'existaient pas ?

Terrorisé, mais pourtant très calme, Arnold fit lentement pivoter sa tête sur son cou douloureux, convaincu qu'à la faveur d'une des apparitions de la lune, il apercevrait Lon Chaney aux aguets, tapi dans un coin, ou planqué derrière un arbre, la faim brûlant dans ses yeux de loup, prêt à le dévorer, l'espionnant à l'abri du tronc tout en affûtant sur l'écorce ses griffes acérées.

A quelques dizaines de mètres d'Arnold, une ombre de la taille d'un homme s'accroupit derrière un arbre.

Les yeux d'Arnold lui sortaient de la tête. Il déglutit avec difficulté, l'esprit traversé par les pensées les plus folles. Le refuge tout relatif qu'aurait pu représenter la maison de sa mère se trouvait à une rue de là. Il ne lui restait qu'une seule chose à faire : continuer à marcher aussi sereinement, rester aussi rationnel que possible, et penser à des choses positives, comme l'été prochain et les ballades en moto et tous les plaisirs que la vie lui réservait, pour peu qu'il survive à cette nuit d'horreur.

Il continua donc à marcher. Il tenta de siffloter, mais il se rendit vite compte que ses lèvres suturées ne laissaient passer qu'un souffle de terreur. Il se concentra sur sa respiration, dans l'espoir de calmer son cœur emballé. Avait-il vraiment vu un homme s'accroupir derrière un arbre ? Non, bien sûr. Avait-il cru entendre un loup marcher dans l'herbe ? Mais non, évidemment.

Profitant d'une trouée dans les nuages, la lune éclaira soudain la rue et, dans cette lumière spectrale, Arnold jeta un coup d'œil derrière lui.

Il y avait bien un homme qui le suivait. Non, pas un homme, mais un vrai loup-garou, dont il distinguait le pelage frisé et la gueule blafarde, et les yeux qui brillaient comme deux diamants maléfiques.

Arnold pressa l'allure et se mit à boiter plus vite. Il n'avait pas l'intention de se faire manger en cette belle soirée, ni en aucune autre, d'ailleurs. Le loup-garou avait quitté le bord herbu du trottoir et Arnold entendait maintenant ses pieds qui claquaient sur le ciment.

Les semelles du loup-garou.

Ah bon ?

L'esprit en ébullition, Arnold tenta de se raisonner tout en accélérant le pas. En général, les loups-garous ne portent pas de chaussures, et leur visage blafard ne brille pas sous la lune. Et ils ne courent pas en silence, ils grognent férocement en suivant les traces de leur future victime. Il ne s'agissait donc pas d'un homme-loup. Dracula, peut-être, ou à la rigueur le fils de Frankenstein, mais certainement pas un loup-garou. Ces cheveux frisés et ce visage pâle étaient familiers. Arnold projeta sur son écran mental l'abominable scène de l'hôpital, au cours de laquelle l'infirmier à la perruque avait planté un canif dans l'œil d'un homme mort. Nenni, braves gens, pas de monstres ici ! Mais plutôt un homme coiffé d'une perruque, un homme dont le couteau n'hésitait pas à se loger là où il n'aurait pas dû. Dans les yeux, par exemple. Ou dans les petits garçons.

Trébuchant sur les gravats qui encombraient la chaussée, Arnold traversa Twelfth Street, sans prêter attention aux nuages qui masquaient totalement la lune et à la fine bruine qui lui rafraîchissait le visage. Il avait envie de hurler, d'appeler à l'aide, mais il se trouvait maintenant dans Kentucky Street, une ruelle le long de laquelle s'élevaient, comme des pierres tombales, des rangées de maisons vides que la population avait désertées des années avant la naissance d'Arnold, à l'époque où les usines avaient fermé et où la crise économique s'était abattue sur ce qui restait de Wabash Heights. Il aurait pu hurler jusqu'à s'en rendre aphone, mais nul ne l'aurait entendu, exception faite de quelque vieille dame terrée au fond de sa chambre à coucher, trop apeurée pour venir à son secours. Il garda donc ses cris pour lui, et se mit à courir de toute la force de ses chaussures made-in-Pologne, du plus vite qu'il le pouvait.

Les pas derrière lui se rapprochaient inexorablement. Il pouvait même distinguer le halètement de l'homme. Il l'entendit hoqueter puis lâcher un juron. Arnold jeta un œil par-dessus son épaule et vit que l'infirmier de la chambre 103 occupait en courant toute la largeur du trottoir. Il avait bu, visiblement.

Tant mieux.

Arnold accéléra, tenant serré contre lui son bras plâtré et rythmant de l'autre sa course bancale. Il connaissait assez bien le quartier. Un peu plus haut sur la droite se tenait une baraque à moitié écroulée qu'on appelait la maison Jenkins, dont le toit crevé témoignait du passage des pompiers lors d'un incendie qui s'était déclaré en 1982. Les Jenkins avaient ramassé l'argent de l'assurance et avaient déménagé, laissant pourrir la maison. Arnold en personne avait descendu à la carabine à plomb toutes les fenêtres, quand il avait neuf ans. C'était un endroit sinistre, et sa mère lui avait interdit d'y retourner, à cause de la charpente qui menaçait de s'effondrer à tout moment.

Il prit à droite et, coupant à travers les mauvaises herbes qui lui arrivaient au genou, il se précipita vers l'escalier de la maison. La porte d'entrée était entrebaîllée, ainsi qu'elle l'était depuis des années. Arnold passa si vite que le panonceau interdisant d'entrer trembla. Avant que les Jenkins ne déménagent, Arnold était souvent venu jouer avec le petit Arley Jenkins et il connaissait très bien les lieux. C'était ce qu'on appelait une maison en coup de fusil, à cause du couloir rectiligne qui la traversait de part en part, menant de la porte d'entrée à celle de derrière et desservant les chambres disposées de chaque côté, suivant la disposition classique des bungalows bon marché, du genre de celui où vivait Arnold et sa famille. Il le connaissait par cœur. Avant l'incendie qui avait enfin permis au père d'Arley d'emmener les siens loin de la ville grâce au chèque béni de la compagnie d'assurances, Arnold et Arley avaient disputé dans ce couloir de sacrées courses de voitures miniatures.

Lentement, Arnold avançait. Des morceaux de plâtre de la taille d'une assiette jonchaient le sol, et des pans de mur s'étaient à moitié détachés, représentant autant d'obstacles dangereux. La maison sentait le feu de bois, en dépit des années qui s'étaient écoulées depuis l'incendie. Tâchant d'éviter les bouts de cloisons qui frôlaient sa tête, Arnold progressait dans l'obscurité la plus complète, suivant de la main la cloison du couloir. Soudain, il entendit l'homme...

... *Cumberland. N'oublie jamais ce nom. Cumberland...*

... l'homme nommé Cumberland qui gravissait à son tour l'escalier, puis qui éternuait, se mouchait et s'immobilisait sur le pas de la porte.

« Hé, gamin ! » cria-t-il.

La maison vide absorba le son de sa voix comme si une chauve-souris avait crié.

Arnold se pencha pour passer sous une cloison effondrée. Il n'avait pas la moindre intention de répondre. Au bout du couloir, derrière la porte, se trouvait le porche qui donnait sur le jardin. La barrière était fermée par une chaîne et risquait de poser un problème qu'il faudrait résoudre rapidement, mais ce problème n'était certainement pas plus grave que celui que posait l'homme capable de crever l'œil de quelqu'un aussi aisément que d'autres se mettent le doigt dans le nez, quand le besoin s'en fait sentir et qu'il n'y a personne autour d'eux.

« Gamin ! Arnold ! »

Nom de Dieu. Cumberland connaissait son nom. Arnold était arrivé près de la porte qui donnait sur l'arrière de la maison et il se jeta sur la poignée, l'attrapant de sa main valide. Ses doigts se refermèrent sur le métal doux et froid, et il tourna.

La poignée lui resta dans la main. Ahuri, il resta planté à la regarder, cruellement offensé par la tournure que prenaient les événements. Il passa un doigt dans le trou laissé vacant par la poignée arrachée, et chercha quelque chose, n'importe quoi, qui lui aurait permis d'ouvrir la serrure. Rien. Cumberland commença à avancer dans le couloir, se cognant dans les lambeaux de cloisons et écrasant le plâtre sous ses pieds. Arnold essayait à tâtons de replacer la poignée dans l'emplacement dont elle n'aurait jamais dû sortir, et il arracha le bois humide du montant de la porte, rayant en vain la plaque de cuivre couverte de vert-de-gris dans laquelle elle aurait dû s'encastrer.

« Arnie ! Hé, morveux ? Ar-nie ? »

Arnold lâcha la poignée et revint sur ses pas. Sur la droite, une porte donnait sur l'ancienne salle de bains des Jenkins. Elle était ouverte. Arnold s'y glissa en retenant sa respiration, et il s'efforça de se souvenir de la disposition de la pièce avant l'incendie. La baignoire était à gauche, le lavabo à droite, et la cuvette des W-C à côté. Au-dessus de la cuvette, il y avait un vasistas dont Arnold, à l'âge de neuf ans, avait eu la bonne idée de casser la vitre, à l'aide de la carabine que son père lui avait offerte à l'époque où il travaillait au supermarché Kroger.

Il se dirigea vers la cuvette des toilettes. Une couche de vieux débris craquait sous ses semelles. S'accrochant d'une main au rebord du vasistas, il parvint à monter sur le bord de la cuvette. L'ouverture était à la hauteur de sa poitrine, et le cadre qui avait maintenu les carreaux était toujours en place. Arnold saisit le bord inférieur du cadre et tira dessus. Le bois pourri céda aisément. Si Dracula avait été en train de le suivre, l'espèce de croix qu'il avait dans les mains aurait pu le faire fuir…

Il balança la croix par le vasistas. Prudent mais bruyant, Cumberland se rapprochait, jurant à chaque fois qu'il posait le pied sur un débris quelconque. Arnold sauta et, de son bras valide, il parvint à se maintenir sur le bord de l'ouverture. Il pédala contre le mur et dans une pluie de plâtre, réussit à passer de l'autre côté. Il tomba la tête la première dans l'herbe, brisant la croix dans sa chute. Il se releva en crachant, étourdi, la bouche pleine de chiendent. Il entendit Cumberland arriver à la porte au fond du couloir et gratter le bois à la recherche de la poignée.

« Arnie ! T'es passé où ? »

Arnold traversa le jardin. Les hautes herbes humides lui chatouillaient les côtes et la pluie qui tombait plus fort lui prodiguait une fraîcheur bienvenue. Cumberland se jeta de tout son poids contre la porte fermée, faisant trembler la maison. Des tuiles se détachèrent du toit et se fracassèrent sur le ciment du porche, qui avait en son temps été recouvert d'une toiture dont rien n'avait subsisté. Il se rua à nouveau contre la porte et, cette fois, Arnold perçut nettement le bruit des gonds qui cédaient, comme si le portail de la crypte d'un château en Transylvanie venait de s'ouvrir brutalement.

« Hé, gamin ! » L'homme parlait tout bas. « Viens par ici ! Je ne te veux aucun mal ! Viens ! »

Ben voyons. Tout comme il n'avait voulu aucun mal au vieil Atkinson, quand il lui avait flanqué son couteau dans l'œil. Arnold se battait avec la chaîne de la barrière, à la recherche d'une éventuelle faille. La nuit était trop noire pour qu'Arnold puisse clairement voir ce qu'il faisait, et la lune restait enfouie sous une épaisse nuée. Arnold suivait la barrière à tâtons, pour trouver un pilier. Sitôt qu'il en eut trouvé un, il y prit appui pour sauter par-dessus la barrière.

Il faillit réussir. Sa jambe droite passa de l'autre côté, mais son pantalon resta accroché aux barbelés qui couraient le long de la barrière, et il se retrouva assis sur les petites piques de fer qui perçaient la toile de son jeans comme autant d'aiguilles glacées. Il hurla presque de douleur, tout en pensant que s'il avait assez de chance pour passer cette stupide barrière, il y laisserait sans doute une partie précieuse de son anatomie.

Cumberland déboula sur le porche. Passant du ciment à l'herbe, ses chaussures ne produisaient plus qu'un faible crissement. Arnold luttait pour faire passer son autre jambe par-dessus la barrière, mais il était coincé. Il sentit que son jeans se déchirait en une bonne douzaine d'endroits. Les piquants s'enfonçaient de plus en plus dans la chair entre ses jambes. Il fit porter tout son poids d'un côté et finit par tomber, laissant aux barbelés des lambeaux de son jeans et de sa peau. Il atterrit sur son plâtre, et la douleur jaillit tout le long de son bras. Peu importait. Il se remettait sur ses pieds quand Cumberland vint s'écraser contre la barrière.

« Arnie, reste ici, j'ai un cadeau pour toi ! »

Mais bien sûr. Un couteau dans l'œil, par exemple, ou deux jambes cassées, comme au vieil Atkinson. Arnold détala. Il savait qu'un peu plus loin, il trouverait une rangée d'arbres, de grands ormes que la vigne vierge avait presque complètement recouverts. Arley et lui avaient souvent songé à installer une cabane dans les branches, mais les arbres appartenaient en fait aux voisins de l'autre côté de la rue, tout comme le jardin qu'Arnold traversa en courant. Il se dirigea vers Georgia Street, qui n'était pas aussi délabrée que Kentucky Street mais qui ne faisait pas non plus partie des beaux quartiers, c'était le moins qu'on puisse dire. Ici aussi, des maisons avaient été laissées à l'abandon, mais certaines étaient toujours habitées. Arnold discernait sur sa gauche les rectangles lumineux des fenêtres d'une maison dont l'occupant n'était pas encore couché. La pluie ruisselait sur son visage et son turban trempé pesait lourd. Il courut vers la lumière, soutenant son plâtre d'une main, et il entendit Cumberland qui s'efforçait maladroitement de sauter la barrière. Un arbre surgit devant lui et il l'esquiva habilement, chargeant à travers le lierre et les orties qui se nouaient autour de ses mollets, risquant de le faire tomber à chaque foulée. Une seule chute, un seul ralentissement de son sprint desespéré, et l'autre le rattrapait.

Les mauvaises herbes cédèrent la place à une pelouse. Arnold fonça droit devant lui. Affolé, il se rendit compte que la maison éclairée était, elle aussi, entourée de barbelés, encore plus hauts que les précédents. Il prit son élan et, serrant ses bras autour de lui, il sauta par-dessus avec toute l'énergie que recelaient encore ses jambes flageolantes. Les barbelés s'accrochèrent à sa chemise et raclèrent son plâtre, griffant ses genoux et le bout de ses baskets polonaises, puis il roula dans l'herbe mouillée, de l'autre côté de la barrière. Sa tête heurta son bras plâtré, et il s'immobilisa.

Etourdi par le choc, il se releva. Son turban s'était défait, et une longue bande de gaze humide se balançait devant son nez. Il l'envoya par-dessus son épaule et fit le tour de la maison en courant. Il y avait à l'avant du bâtiment un porche en bois, éclairé par une lampe-tempête jaune installée à côté de la porte d'entrée. Arnold se précipita en haut des quelques marches, à bout de souffle, la poitrine en feu. A travers la moustiquaire de la porte, Arnold vit un homme assez corpulent assis dans un fauteuil à l'intérieur, qui regardait la télé. Un chihuahua somnolait sur ses genoux. Arnold frappa contre la porte à coups redoublés. Le chien se réveilla et se mit à japper.

L'homme leva les yeux. Il avait une Budweiser à la main. Avec la lenteur exaspérante de celui que rien ne presse, il s'extirpa de son fauteuil. Le chihuahua arriva avant lui à la porte et aboya furieusement.

« C'est qui ? » demanda l'homme assez fort pour couvrir le vacarme.

« Au secours », articula Arnold. Il essaya d'avaler sa salive, mais sa gorge était trop sèche.

De l'autre côté de la maison, quelqu'un essayait bruyamment de franchir la barrière.

L'homme était debout devant la porte, et ne semblait absolument pas décidé à l'ouvrir. Deux yeux mornes fixaient sur Arnold un regard hostile d'ivrogne qu'on dérange. « C'est Halloween ? demanda-t-il. Ou bien tu es l'un de ces gamins qui s'amusent à faire peur à mon chien ?

— Je suis poursuivi par un homme, bredouilla Arnold.

— Putains de gamins », dit l'homme, haineux. Puis il s'adressa au chien :

« Ferme-la, Butch, et je te flanque un coup de pied qui

t'enverra dans la lune !

— F'il vous plaît, M'sieur » dit Arnold.

L'homme le regarda, perplexe. « F'il vous plaît ? T'as un bec-de-lièvre ou quoi ? » Ses yeux s'étrécirent. « Ce serait pas toi par hasard qui saute par-dessus ma barrière et qui vient emmerder mon chien ? Tu sais pas que les chihuahuas ont le cœur fragile ? Il suffit d'une fois, et pan, ils claquent. Alors, c'est toi ?

— F'il vous plaît, M'sieur, laissez-moi entrer », supplia Arnold. La barrière avait cessé de faire du bruit. Cumberland était en train de faire le tour de la maison.

« Qu'est-ce qui est arrivé à ton bras, sale môme ? Tu l'as cassé en escaladant ma barrière, pas vrai ? Bien fait pour toi !

— M'sieur, f'il vous plaît...

— F'il vous plaît rien du tout, gueule en biais. » Il montra à Arnold le majeur de sa main droite. « Il est interdit d'entrer sur ma propriété, t'as compris ? »

Rageusement, il ferma la porte intérieure. La lampe du porche trembla, et des cadavres d'insectes en tombèrent, par poignées. Comme un fou, Arnold tapa contre la moustiquaire.

« Si tu continues, je sors mon fusil », rugit le gros homme de derrière la porte. Le chien aboyait de plus belle.

« Ve vous en prie », hurla Arnold. Une main froide et mouillée se plaqua contre sa bouche, l'empêchant de crier et de respirer.

« J'te tiens, Arnie », lui souffla à l'oreille Jack Cumberland.

Il tordit le bras valide d'Arnold derrière son dos. Arnold poussa un hurlement de douleur muette.

Cumberland rigola.

« Jolie poursuite, morveux. Mais t'as encore rien vu. »

Il le tira en bas du porche.

- 6 -

ARNOLD EST CAPTURE

« Cinquante-huit ans, répétait Alfred Cumberland, en brandissant sa canne sous le nez d'Arnold. C'est quand même un sacré bout de temps passé à attendre quelque chose qui vous appartient de droit, tu ne trouves pas ? »

Arnold ne répondit rien. Il était absorbé par la contemplation du visage du vieil homme, un visage ravagé par la vieillesse, dont la peau flasque était profondément crevassée. Les yeux du vieillard étaient injectés de sang et il ne lui restait qu'un chicot sur le devant de la bouche. L'haleine qu'il soufflait sur Arnold lui rappelait l'odeur des fonds de tonneaux de whisky, la même odeur que celle que son fils trimballait partout avec lui. Jack Cumberland était pour l'instant appuyé contre la cloison de la cuisine du mobile home et buvait du Ten High à la bouteille. Un rictus d'ivrogne accroché aux lèvres, il regardait son père commencer l'interrogatoire d'Arnold White, sous la lumière crue du petit living-room. Il était à peine une heure du matin.

« Quel âge as-tu, petit ? » demanda le vieil homme.

Arnold serra les lèvres, malgré les points de suture. Il ne parlerait pas, il ne laisserait aucun son sortir de sa bouche. Cette nuit allait être la dernière de sa vie, mais il avait l'intention de quitter ce monde dignement.

« Réponds-moi, tu m'entends ? Tu dois respecter tes aînés ! » Il tapait sur la tête d'Arnold à l'aide de sa canne à tête de lion. Bing, un petit coup, une petite douleur. Mais rien de comparable aux précédentes.

Ooh, Arnold, *souviens-toi des jambes cassées. Comment casse-t-on une jambe ? On la brise à coups de marteau ? On la tord jusqu'à ce qu'elle casse ? On la retourne à partir du genou afin que les cartilages craquent et que la rotule jaillisse hors de l'articulation comme une vulgaire savonnette, pour qu'ensuite tu puisses regarder la semelle de tes baskets polonaises avec tous tes tendons qui pendouillent comme des fis électriques tranchés net ? Hein, comment ?*

« Voilà qui devrait t'aider à causer, petit. Alors, dis-moi un peu où est enterré le sarcophage ? »

Un léger froncement apparut entre les sourcils d'Arnold. Un sarcophage ? C'était un mot qu'il avait déjà entendu, mais pas très souvent. N'était-ce pas un mot ancien pour désigner un… cercueil ?

« Ne fais pas l'idiot avec moi, fiston. L'or, parbleu, l'or. Où Atkinson l'a-t-il caché ? »

Arnold tenait sa langue. De la sueur coulait sur son visage. Le mobile home était un four que martelait la pluie qui tombait sur le toit métallique. L'unique source de lumière consistait en une ampoule électrique au-dessus de la table de la cuisine. Dans chaque recoin de la pièce étaient tapies des ombres qu'Arnold, sans ses lunettes, discernait mal.

« Facilite-toi la tâche, fiston. Dis-nous ce que tu sais tout de suite, et on te laissera partir. Cette affaire ne te concerne absolument pas. Jack ! »

Grognement de Jack.

« T'es sûr que c'est bien le gamin que nous cherchons ? »

Jack fit oui de la tête. Il ôta sa perruque et s'en essuya le front.

« C'est lui.

— Eh bien, nom de Dieu, il va falloir qu'il parle. Je suis trop vieux pour perdre mon temps à des gamineries. Colle-lui du sparadrap sur la bouche et mettons-nous au boulot. »

Ooh, se dit Arnold rêveusement, *c'est donc maintenant qu'ils vont me casser les jambes. Nous allons enfin savoir comment on procède.*

« Sparadrap », dit Jack. Il s'écarta péniblement du mur et vacilla lourdement. Il remit sa perruque sur sa tête. A l'envers. Il était totalement ivre ; pendant le trajet entre la ville et le mobile home, il avait plus souvent roulé sur le bas-côté que sur le bitume. Arnold avait voyagé dans le coffre, mais même enfermé là-dedans, il avait identifié la façon de conduire typique d'un ivrogne . Tout le long de la route, Jack avait chanté (faux) de vieilles chansons des Beatles. Le coffre puait tellement le gaz d'échappement qu'Arnold s'était dit qu'il allait mourir par asphyxie, en supposant qu'il survive aux talents de chanteur de Jack Cumberland. Il n'avait pas eu cette chance, hélas. Avant de mourir, il allait avoir les deux jambes cassées.

Jack sortit de la partie éclairée de la pièce. Arnold entendit qu'on ouvrait une armoire à pharmacie, qui grinça sur ses gonds rouillés. Des choses furent prises, puis reposées. Jack refit son apparition tenant à la main un rouleau de sparadrap blanc Johnson & Johnson, le modèle large utilisé pour les coupures et autres entailles particulièrement sérieuses, le même rouleau que celui qui avait servi lors de l'interrogatoire d'Atkinson. Il en déroula une bonne longueur, qu'il déchira avec les dents, et il la colla sur la bouche d'Arnold. D'une claque, il s'assura qu'elle tenait bien. Les lèvres déchirées d'Arnold gémirent en signe de protestation.

« C'est bon, dit le vieux, qui respirait plus fort, baisse son pantalon maintenant. »

Arnold eut l'impression que ses yeux allaient sortir de leurs orbites. Baisser son pantalon ? Mais enfin, par tous les saints, que signifiait…

Jack déboutonna le pantalon, baissa la braguette, et fit descendre le tout sur les chevilles d'Arnold. Et il réussit à se casser la gueule au cours de l'opération.

Ce qui ne fut pas du goût du vieux Cumberland. « Mais tu vas te relever, espèce de soûlard ! » rugit-il.

Jack se releva. Un peu de whisky avait coulé de la bouteille sur ses mains. Il les lécha, une expression de grande satisfaction sur le visage, puis se colla à nouveau au goulot.

« Son caleçon aussi, bordel de merde !

— Espèce de g… garce », bégaya Jack à la bouteille et, d'une main, il fit descendre le caleçon d'Arnold.

« Bien. » Alfred Cumberland jeta sur Arnold un air de réprobation paternelle. « Tu as été un vilain petit garçon, très vilain », dit-il. Il fit claquer sa canne sur sa paume ouverte, produisant un craquement des plus déplaisants. « Et les vilains petits garçons doivent être *punis.* »

Jack était retourné s'appuyer sur son coin de cloison favori. Il sourit à Arnold.

« T'inquiète, morpion. Cette vieille bique me foutait tout

le temps des coups de canne, à moi. »

Arnold s'inquiétait. Il sentait approcher la sensation familière d'une faiblesse incontrôlable dans les genoux, une vague nausée provoquée par la perspective immédiate de douleurs insupportables.

« Penche-toi en avant », dit le vieux qui faisait toujours claquer sa canne dans sa main.

Arnold ne bougea pas, bien que son humiliation ait été totale et définitive. Il se voyait au travers des yeux de quelqu'un d'autre, ceux d'un petit garçon maigre qui venait de se faire rouer de coups, avec un bras dans le plâtre, les restes d'un turban sur la tête, une chemise trempée, son pantalon et ses sous-vêtements effondrés autour de ses chevilles, ses minuscules organes génitaux rétrécis à l'extrême, le tout sous le regard sans gêne de ces deux maniaques. Cette vision de lui-même flottait dans son champ de vision, et Arnold se défit de tout le reste, sa santé, sa mère, ses sœurs, son père. A quoi tout cela pouvait-il bien servir ? Quelle en était la signification ?

« Je t'ai dit de te pencher ! »

Arnold persista à ne pas bouger, captivé par cette découverte d'une vie entièrement dénuée de valeur, sans espoir. A quoi auraient pu lui servir ces quarante millions de dollars ? Et à quoi pouvait bien lui servir n'importe quoi d'autre ?

Le vieux Cumberland fit tournoyer la canne au-dessus de sa tête, à la façon d'un manchot jouant au golf. Son passage dans l'air produisit un sifflement distinct. Le bout de la canne vint atterrir directement dans les testicules d'Arnold, qui émirent un craquement sec.

« Ouille », fit Jack Cumberland en tressaillant de douleur.

Arnold tomba en avant, tel un jeune arbuste couché par un bulldozer. Il se tortilla comme un ver sur la moquette poussiéreuse, les yeux fermés par la douleur intense qui vrillait ses organes comme un boa constrictor broyant tout sur son passage. Ses poumons se vidèrent et son diaphgrame se noua. La souffrance s'élança à l'assaut de son organisme, et des armées de fourmis rouges envahirent son réseau sanguin, répandant dans ses artères de l'essence de térébenthine bouillante. Ses mains s'ouvraient et se refermaient frénétiquement, cherchant à agripper tour à tour le tapis, les jambes des meubles, et même le bas du pantalon du vieux Cumberland. Il toussait et s'étouffait, la bouche close par le sparadrap, ses joues grossissant au rythme de ses efforts désordonnés pour respirer.

« Et maintenant, vilain garçon, dit Alfred, voilà ta punition ! »

Il leva la canne. Entre ses doigts, la tête de lion en or brillait violemment. Son fils Jack avait tourné la tête et s'envoyait du whisky à grandes lampées.

La canne fendit l'air. Elle s'abattit sur les fesses d'Arnold, faisant apparaître sur la peau une longue trace violette. L'ombre d'Arnold se traînait derrière lui, à quatre pattes par terre, se tordant de douleur. Cumberland le suivait de près, et la canne se leva à nouveau. Et se rabaissa.

Crack !

Crack !

Crack !

Jack Cumberland leur jeta un regard. Son visage bouffi par l'alcool s'était fermé, comme si la scène lui avait rappelé de trop mauvais souvenirs, dont l'évocation était insoutenable.

Crack !

« Hé, P'pa. »

Crack !

« P'pa. »

Crack !

« P'pa ! »

Crack !

« Arrête, vieux connard, ça fait mal ! »

Mal, c'était le mot qu'il avait prononcé ? Par tous les Dieux du Paradis, la douleur était aiguë et intense, plus dévastratrice qu'une simple douleur, plus douloureuse que la pire souffrance. Arnold rampait sur le sol comme un gros ver de terre et sa tête heurta la cloison. Ses fesses lui semblaient une plaie ouverte, et des hématomes étaient apparus sur la fine peau blanche, comme autant de méchants tatouages. Ceci était une nouvelle sorte de sévice, à laquelle il n'était pas habitué. Frank se contentait de le battre et de lui flanquer des coups de pied ; son vrai père l'avait quelquefois giflé. Mais personne ne lui avait jamais donné de coups de canne. Personne n'avait encore proposé de cette façon la chair tendre de ses fesses à la morsure de la canne, à la façon d'un boucher s'apprêtant à tailler dans un rôti une tranche, deux, trois...

... crack crack crack crack crack crack crack crack...

... huit.

« Tu disais quelque chose, petit ? » rugit Alfred Cumberland, le souffle court, sifflant de toutes ses bronches encombrées de vieillard asthmatique.

La perruque en biais, Jack s'écarta de la cloison, tenant fermement à la main la bouteille de whisky.

« J't'ai dit d'arrêter, bordel de merde. Tu vas le tuer.

— Avec ça ? » Le vieux souleva sa canne et la regarda, étonné. « Bon Dieu, Jack, je me suis servi de cette canne pendant des années, et tu n'es pas mort, que je sache. Mais où est passé ton putain de bon sens ?

— J'aime pas ça, c'est tout.

— Alors sors d'ici jusqu'à ce que j'en aie terminé avec lui.

— Non-non, c'est pas comme ça que ça marche. » Jack remit sa perruque en place en fronçant les sourcils. « Tu vois donc pas que le gamin en a déjà pris plein la gueule ? On l'a tabassé à mort, et y'a pas longtemps de ça. Il se fout de la douleur, au point où il en est. T'as vu son bras ? Cassé ? T'as vu ses dents ? Y'en a plus. C'est son beau-père qui l'a mis dans cet état. Le toubib à l'hôpital me l'a dit. D'après ce que j'ai compris, c'est une habitude, chez lui, et je le crois volontiers. T'aurais dû voir cet empaffé, un balèze qui ressemble au diable en personne. Si je ne m'étais pas défendu grâce au karaté, il m'aurait tué en deux temps trois mouvements.

— Et alors ?

— Alors, il faut qu'on se serve de notre matière grise, Pop. Il est inutile de torturer ce gamin, tout comme il était inutile de torturer Atkinson. Tu ne peux pas faire cracher à quelqu'un quarante millions de dollars en lui tapant dessus à coups de canne. On l'a vérifié avec Atkinson. Je lui ai cassé les deux jambes, et ça ne l'a pas obligé à parler. On l'a assommé avec la chaise de jardin, on l'a brûlé avec des cigarettes, et il s'est marré. »

Le visage d'Alfred se tordit sous la colère.

« Pas du tout ! Il ne s'est pas marré, comme tu dis ! Il a hurlé ! Hah ! Par le nez !

— Ouais, ouais, je me souviens. Et puis on est rentré pour boire un verre, et il en a profité pour se tirer. J'ai battu la campagne pour le retrouver, je suis même allé voir du côté des marais, partout. Mais cela n'aurait servi à rien de le retrouver. Il était en train de crever, et il n'a pas dit un seul mot.

— Et alors ?

— Alors voilà. C'est ce que je te dis. Je peux parler au gamin. Putain, quel gamin résisterait à la promesse d'un billet de cinquante dollars ? Hé, Arnie ! »

Les yeux fermés, la tête contre le bas de la cloison, immergé dans une nuit personnelle où seules brillaient les étoiles indifférentes de la Grande Douleur, Arnold ne répondit pas.

« Il va revenir à lui, grogna Alfred. Tu revenais toujours à toi. »

Jack tressaillit.

« Ouais. Et je me suis juré que je te tuerais un jour.

— Tu as fait ça ? » Alfred eut l'air perplexe. Puis ses traits affaissés s'enfoncèrent encore plus profondément sous un masque de colère. « *Me* tuer, hein ? *Tu me* tuerais *un jour ?* Hah ! » Il fit tourner sa canne au-dessus de sa tête, lui faisant exécuter des cercles parfaits, la tête du lion pivotant dans son poing fermé. « Pose la main sur moi, mon garçon ! Vas-y, essaie !

— Ecoute, Pop. » Jack cligna des yeux. « Mets-la en veilleuse, tu veux ? Tiens. » Il lui offrit la bouteille de Ten High. « Vas-y, éteins l'incendie. »

Alfred la lui arracha des mains, lui jeta un regard sombre, et but. La canne tournoyait toujours. Jack était bien obligé de le reconnaître, le vieux sagouin savait se servir d'une canne. Nom de Dieu, il savait s'en servir…

Alfred cessa de boire. D'un revers de manche, il s'essuya le menton.

« D'accord, Jack », dit-il, et la canne s'immobilisa. « Fais ce que tu dois faire avec ce gamin. Ne me l'abîme pas, c'est tout ce que je te demande.

— T'en fais pas. Donne-moi ça. » Et il lui prit la bouteille des mains, qui était encore au quart pleine. « Dis-lui au revoir, Pop. On va tester le sérum de vérité sur ce garçon.

— Qu'est-ce que tu dis ?

— Le sérum de vérité, mon vieux. De l'eau oxygénée, ou un machin dans ce genre. Du jus de cervelle. »

La lumière se fit dans l'esprit d'Alfred. Il regarda la bouteille entre les mains de Jack d'un air d'immense regret, mais l'étincelle de la compréhension éclairait le fond de ses yeux.

« J'ai horreur de gâcher du bon, euh, du mauvais whisky, mais quelle importance ? Avec quarante millions de dollars, on pourra s'acheter tout le whisky qu'on voudra.

— Sans problème », confirma Jack. Il tituba jusqu'à Arnold, allongé sur le sol, qui avait cessé de se tordre de douleur. « Arnie ? Hé, mon petit Arnie ? »

Il se pencha et retourna Arnold sur le dos. Son plâtre glissa en travers de sa poitrine et tomba sur le sol. Il était tâché d'herbe, à la suite de la course dans les jardins. La bande de coton qui dépassait à chaque extrémité était couverte de brindilles humides.

« Arnie ?

— Va te faire voir, coupa Alfred. Laisse-moi donner à ce petit bâtard de quoi lui faire ouvrir les yeux.

— Tire-toi, bordel de merde. Arnie ? »

Arnie ouvrit les yeux. Au fur et à mesure que sa vision devenait plus nette, il voyait apparaître au-dessus de sa tête les plaques de plastique jauni par l'âge qui tapissaient le plafond, des cloisons déformées, et le visage maigre d'un homme à la peau luisante, que l'avidité et le whisky rendaient fou. Des étoiles de couleur fusaient à travers toute la scène, souvenir des douleurs qu'il avait ressenties. Il laissa ses paupières se refermer. Les étoiles étaient presque agréables à regarder.

Jack retira le sparadrap de sa bouche, si délicatement qu'on aurait pu penser à la main d'une mère pansant son enfant. Il passa un ongle entre les restes de la dentition d'Arnold et lui ouvrit les mâchoires.

« Arnie, mon garçon, je vais te faire boire un peu de jus de bonheur. L'anti-douleur le plus vieux du monde. »

Il dévissa le bouchon et inclina la bouteille dans la bouche d'Arnold. Il versa le whisky comme dans une tasse à thé, puis il replaça le bouchon sur le goulot et il attendit.

Rien ne se passa.

« Il fait le mort, grommela le vieux. Il fait le mort, je te dis, il essaie de nous rouler. »

Pour une fois, le vieil homme avait raison. Partiellement raison. Arnold faisait le mort depuis bien avant les coups de canne, bien avant le voyage chaotique dans le coffre de la vieille Dart de Jack. Il faisait le mort parce qu'il était desespéré, et il était desespéré depuis le moment précis où il avait senti la main de Jack se plaquer contre sa bouche, là-bas sous le porche d'entrée du crétin et de son chihuahua qui n'arrêtait pas d'aboyer. Le gros bonhomme, avec son chien et sa Budweiser, aurait pu ouvrir sa porte et sauver ainsi Arnold de cette dernière insulte. Il aurait pu au moins alerter la police. Mais tout ce dont il se souciait, c'était son clébard, son jardin et sa ridicule propriété, et comme le reste de Wabash Heights, il se foutait totalement des ennuis que les gens pouvaient avoir. Il avait été le dernier espoir d'Arnold, et il n'en avait même pas été conscient, et l'eût-il été, il n'en aurait pas pour autant levé le petit doigt. Telle était la ville de Wabash Heights et ses habitants mesquins et peureux. Elle ne méritait pas son nom ; elle aurait dû s'appeler l'Enfer.

« Avale-moi ça, Arnie, lui roucoulait Jack à l'oreille. Sinon, je tordrai ton petit zizi jusqu'à ce que je l'arrache. »

Arnold considéra cette possibilité avec tout le détachement que son esprit était parvenu à établir. Au-delà du kilomètre carré de peau brûlante qui avait un jour recouvert ses fesses, il était à présent conscient qu'on lui versait dans la bouche un liquide fort et nauséabond, qui puait le pickle avarié. Il sentit que l'intérieur de ses joues et sa langue commençaient à picoter, comme quand sa mère lui faisait boire une cuillère de Formula 44-D les jours où il était enrhumé. A la seule pensée d'avaler ce machin, son estomac se révulsa.

« Je vais te l'arracher, Arnie. Te l'arracher. »

D'accord, pensa Arnold. *Pourquoi pas ? Tout ce qu'il veut, c'est que tu avales. T'en as déjà beaucoup avalé, dans ta vie. T'es tout petit et tout maigre et parfois, les grands te prennent pour leur souffre-douleur. Et tu avales. Ton papa s'est barré sans même dire au revoir, sans même laisser derrière lui un petit nuage de fumée, et tu as avalé. Ton beau-père est un concasseur humain, dont les poings sont plus gros que des brouettes, et tu as avalé ça aussi. Tu as même avalé la plupart de tes dents. Alors pourquoi n'avalerais-tu pas ce breuvage qui pue le pickle pourri ?*

Il avala. C'était une bonne gorgée, mais il l'avala entièrement. Le whisky parcourut son œsophage à la manière d'un chargement entier de Tabasco, et vint se loger au fond de son estomac. Il eut un haut-le-cœur, un seul.

« Ouvre la bouche, Arnie. Prends ton médicament, ou je t'arrache la queue. »

Arnold ouvrit la bouche. Des gerbes d'étoiles rayonnaient derrière ses paupières closes, comme d'immenses comètes. Ah, se trouver là, entre les planètes et loin du soleil, là où les comètes filent en silence à travers l'espace infiniment noir, être un vaisseau spatial, oui, l'un de ceux de Poul Anderson, où la menace d'un quelconque danger est à des milliers d'années-lumière, et où le héros gagne à la fin pour la simple raison qu'il est le héros depuis le début. Et Papa, cher P'pa, tu seras là aussi ? Tu peux emporter tes puits de pétrole avec moi sur Mars, mais je t'en prie, reste avec moi, reste avec moi jusqu'à la fin des temps.

Gloug-gloug. Arnold se laissa remplir. Les gloug-glougs stoppèrent, et il avala. Le camion chargé de caisses de Tabasco klaxonna tout le long de la descente vers l'estomac, et criait : "Entre les lèvres et dans la bouche, préparez-vous, j'arrive !", fonçant au fond de son ventre pour y allumer un gigantesque incendie.

« Ouvre la bouche »

Arnold ouvrit. Pas de problème. Tout cela n'était pas très différent de ce qu'il avait subi à l'hôpital, sauf que l'intraveineuse avait été remplacée par une bouteille de Ten High, et que l'infirmière dont le giron ressemblait à deux gros oreillers blancs s'était changée en un homme suant, coiffé d'une perruque qu'il était obligé de retenir avec la main quand il se penchait, au risque de la voir glisser et dévoiler son infâme calvitie. Gloug-gloug. Stop. Arnold avala. Le camion chargé à bloc redémarra, brûlant les chairs sur son passage.

« Encore quelques gorgées, Arnie »

Arnold buvait toujours. Le camion-benne roulait sans cesse. Son estomac était sur le point de fondre et de la fumée commençait à envahir ses intestins. D'étranges dragons semblaient s'être donné rendez-vous à l'intérieur de ses organes, réveillés de leur sommeil par l'irruption de cette coulée de lave. Et ils s'étaient dressés sur leurs pattes griffues en crachant des gerbes de feu.

« Ne vomis pas, Arnie, ou je te coupe ta petite queue. Ouvre la bouche »

Gloug-gloug-gloug. Le camion de tout à l'heure s'était transformé en un bolide rugissant qui négotiait son passage dans les courbes dangereuses de son œsophage avec une habileté diabolique. L'Indy 500, la seule prétention à la célébrité que puisse posséder l'Etat de L'Indiana, était en train de se dérouler à l'intérieur du corps d'Arnold. Les dragons se déchaînèrent, furieux de se voir noyés, et les flammes jaillirent.

« Deux de plus. Deux seulement. Tu te débrouilles bien, tu sais »

Gloug. Gloug. Gloug.

Arnold avala. Il avala tout ce qu'on lui versait dans la gorge. Il entendit Jack revisser le bouchon sur le goulot et la bouteille rouler de l'autre côté de la pièce.

Jack se releva. Il se retourna vers son père. « Dans un quart d'heure, Pop, il sera au Paradis.

— Quoi ? C'est trop long. Tu crois qu'à mon âge, on peut se permettre d'attendre quinze minutes ? Ce sont quinze minutes loin de mon or, et j'ai trop attendu. Laisse-moi faire » Il s'apprêta à foncer sur Arnold, la canne tournoyant au-dessus de sa tête, mais Jack le retint, passablement irrité.

« Détends-toi, Pop. Laisse agir l'alcool.

— L'alcool ? Ouais ! » Le vieux Cumberland eut un genre de sourire édenté à l'intention de son fils. « Et maintenant, qu'est-ce qu'on boit ? On boit de l'eau ? Et si le gamin parle, qu'est-ce qu'on va boire sur la route ? Atkinson a enterré le sarcophage dans le Maine, je suis prêt à parier mes fesses là-dessus. Il avait des idées ridicules sur les phénomènes surnaturels, et le Maine est plein de gens qui croient aux fantômes et aux revenants. Bon Dieu, tu ne peux même pas écraser un chat sans voir rappliquer un de ces barjos qui en pincent pour cet écrivain fou qui vit à Bangor. Tu te souviens de la fois où nous avions repéré Atkinson près de Jérusalem's Lot ? Je te parie mon cul que notre magot est planqué là-bas ! »

Incrédule, Jack regarda son père.

« Mais toute la ville a brûlé dans les années soixante-dix !

— Un incendie de forêt, dit Alfred. Je te parie dix dollars qu'Atkinson l'a allumé pour se débarasser de nous.

— Peut-être bien » Jack pêcha son portefeuille dans sa poche arrière et l'ouvrit. « Putain. Trois dollars » Il fouilla ses poches de devant et en sortit une poignée de monnaie. Plissant les paupières pour mieux y voir, il compta les pièces. « Soixante-dix-huit cents. T'as deux dollars ?

— Pour faire quoi ?

— Mais enfin, on ne va quand même pas boire l'eau municipale ! En plus, elle est probablement polluée. Les gens d'ici sont bêtes à bouffer de la merde de pigeon, et je parierais qu'il y a un dépôt de produits toxiques juste à côté des réservoirs de la ville, ou une station d'épuration, au choix. Personnellement, il n'est pas question que je boive autre chose que les produits achetés en supermarché, qui eux-mêmes ne sont pas terribles, il faut bien le dire »

Tout en grommelant son approbation, Alfred tira son portefeuille de la poche de son pantalon et en examina le contenu. Il attrapa trois billets de un dollar, collés par la sueur, et les tendit.

« Qu'est-ce que tu vas acheter ?

— Quoi d'autre, bordel de merde ? Une bouteille de Ten High, bien sûr. La ville entière boit de la bière et du Ten High, à croire que jamais personne ne s'est envoyé un verre de Wild Turkey au fond du gosier ! Ils en crèveraient, c'est sûr. Et j'en ferais peut-être autant, maintenant qu'on en parle. Tu peux surveiller le gamin pendant que je fais les courses ? »

Alfred jeta un œil en direction d'Arnold, allongé près du mur, inconscient. Sa bouche suturée était grande ouverte comme celle d'un mort. Une trace brillante de whisky marquait la commissure de ses lèvres.

« Occupe-toi seulement des rafraîchissements, mon garçon. De mon côté, je vais dégourdir ma canne en t'attendant »

Il remit son portefeuille dans sa poche et commença avec sa canne une série de cercles parfaits, accompagné de vrombissements dignes d'un hélicoptère. Jack prit l'argent et se dirigea vers la porte. Il l'ouvrit, laissant entrer le bruit furieux des milliers de criquets cachés dans l'herbe, puis il se retourna.

« Ne le frappe pas avec ta canne, Pop, dit-il, sombre. Tout ce que tu veux, mais pas ça.

— Pourquoi ? »

Jack réfléchit.

« Parce que... Parce que c'est pas bon. Tu risques de contrarier les effets du whisky et faire rater le sérum de vérité » L'argumentation était plutôt faible, mais Jack avait l'air satisfait de son explication. « Fais comme je te dis, c'est tout », dit-il, et il sortit.

Alfred contempla la porte un moment, visiblement démoralisé. Il fit tournoyer sa canne tout en s'approchant d'Arnold, et fonça tête la première dans la cloison. Il poussa un grognement et rétablit l'équilibre, tout en faisant toujours tourner la canne dans sa main. La tête de lion était une pure merveille, mais c'est dans un chêne californien qu'on avait taillé le reste, en remplacement du matériau original qui avait existé cinq cents ans auparavant. Sabre ? Lance ? Sceptre ? Personne n'en savait rien. Et Alfred Cumberland, lui, s'en foutait royalement.

Il se laissa tomber sur le divan fatigué qui faisait partie du rare mobilier à l'intérieur du mobile home. La canne exécuta une dernière figure et vint se loger entre les jambes d'Arnold. Il observa le pénis du garçon pendant quelques secondes mais ne trouvant là rien qui puisse retenir son attention, excepté la boursouflure violette qui avait été, plus tôt dans la soirée, le scrotum d'Arnold, avant que la canne n'accomplisse ses prodiges, il laissa errer son regard. Son visage exprimait le dégoût. Le mobile home était un taudis. Depuis qu'en 68, sa femme, Mary, l'avait quitté, pour des raisons qu'il était encore incapable de saisir, il n'avait vécu que dans des taudis. Il avait passé sa vie, même quand Mary était avec lui, dans des taudis. Il avait connu la misère la plus noire, mais il avait toujours eu un espoir. En 1932, c'était la perspective de gagner trois millions de dollars et de foutre son pied au cul d'Atkinson qui lui avait permis de supporter une telle indigence. Et maintenant, en 1990, après avoir botté le cul d'Atkinson si fermement qu'il en était mort, les quarante millions de dollars lui donnaient la force de survivre à des conditions de vie toujours plus desespérantes. Mais comme de nombreuses vieilles personnes, il ne se rendait pas compte qu'il ne lui restait que quelques années pour profiter de ses richesses, une fois qu'il les aurait trouvées. Comme bien d'autres, il était persuadé qu'il les emporterait avec lui dans la tombe.

Et, comme tant d'autres vieillards séniles et égoïstes, il eut les plus grandes peines du monde à résister à l'envie de piquer un petit somme, malgré sa faim d'or qui lui rongeait le ventre comme un rat enragé.

Un rat dans une souricière. L'image n'aurait rien évoqué à Alfred. Tout ce qui comptait, c'était lui-même et ce que le monde lui devait, et ce qu'il ferait une fois qu'il serait riche.

Et ce qu'il ne savait pas, alors que son fils Jack roulait en direction du People's Drug local, et que ses paupières lourdes se fermaient irrésistiblement, c'est que si par hasard il avait eu envie de devenir citoyen de Wabash Heights, Indiana, on lui aurait probablement remis les clés de la ville.

Wabash Heights accueillait toujours les hommes dignes de ce nom. Méchants, égoïstes, intolérants, bouffis d'orgueil, bêtes, cruels. À ceux-là, on ferait toujours de la place.

Alfred s'endormit sans l'avoir voulu, et sa canne lui échappa des mains.

La tête de lion tomba sur la poitrine d'Arnold, le ramenant de l'univers spatial et de ses comètes où l'avaient paisiblement emporté Asimov et Anderson, et il se redressa en poussant un petit gémissement, prêt à explorer à nouveau le royaume de la multi-dimensionnalité.

Sa vision défectueuse lui montrait les plaques de plastique jauni qui couvraient le plafond, l'ampoule nue qui éclairait la table bancale de la cuisine, des cloisons couleur pie-de-vache desséché, et un vieil homme en train de somnoler sur le sofa, le menton sur la poitrine. Les événements précédents lui revinrent en mémoire involontairement. La poursuite. Le gros homme qui buvait de la bière avec son chihuahua, qui lui avait fermé sa porte au nez. Le trajet dans le coffre. La canne, vlan, vlan, vlan, la canne…

La canne.

Il baissa les yeux et vit que la tête de lion reposait sur sa cage thoracique. Elle brillait faiblement dans la lumière pâle. Arnold gonfla le ventre, et la canne tomba sur le sol. Le lion fixait maintenant la porte, de toute la malveillance de ses yeux dorés.

Le vieil homme se mit à ronfler. Sa gorge émettait des sons rauques et gutturaux. Il prononça quelques mots incompréhensibles.

Arnold le contempla un moment, se replongeant peu à peu dans la réalité, se souvenant de ce qui s'était passé et mettant en place les divers éléments de l'histoire. Il s'assit. Le mobile home lui donnait l'impression de pencher d'un côté, comme s'il avait été jusque-là en équilibre au bord d'une falaise et qu'il venait de choisir cet instant précis pour glisser vers le vide. Saisi de panique, Arnold s'agrippa au bord du tapis. Le mobile home allait d'avant en arrière, et Arnold se rappela l'intérêt particulier que les tornades montraient à l'égard des mobile homes. Plus de vingt cyclones s'abattaient tous les ans sur l'Indiana, et s'ils se contentaient le plus souvent de saccager un champ de blé ou de réduire en miettes une grange, ils se dirigeaient la plupart du temps vers la maison à roulettes la plus proche, tels des chiens de meute, pour l'exploser en un rien de temps, tuant au cours de l'opération une ou deux personnes, histoire de rigoler un peu, avant de repartir dans le ciel et de redevenir d'inoffensifs nuages noirs.

De l'oreille gauche, Arnold écouta le bruit du vent. Mais seule la pluie martelait le toit, et il n'entendit aucun signe avant-coureur de tornade. Prudemment, Arnold jeta un coup d'œil circulaire. Le mobile home essayait maintenant de tourner sur lui-même, comme s'il avait été stationné sur la pointe d'une aiguille au lieu d'être arrimé à des blocs de ciment. C'étaient peut-être les effets de son traumatisme crânien ? Il se pouvait qu'il y ait dans son cerveau un caillot de sang qui le faisait délirer.

Il déglutit, torturé par la peur. Et le fait de déglutir lui rappela qu'il avait avalé des litres et des litres de jus de pickle, sauf qu'il ne s'agissait pas de jus de pickle : la bouteille était encore par terre, près de la porte, proclamant en silence que le jus en question était du Ten High Whisky, et pas autre chose. Parfois, quand Frank était particulièrement en forme, il en ramenait une bouteille à la maison et la descendait tout en regardant la télé. Il devenait alors d'assez mauvaise humeur et, l'œil vitreux, il lui arrivait même d'insulter le poste de télévision.

Tel était donc le pouvoir du Ten High : le monde n'était plus qu'une chose instable et chaotique. Arnold se surprit à sourire. Le Ten High rendait les choses plus... douces. La douleur qu'il ressentait sous son crâne, dans sa bouche et sous son plâtre, son dos lacéré — tout cela n'était plus aussi douloureux. Il ne sentait que de légers picotements, des fourmillements que lui envoyaient ses récepteurs sensoriels, comme si son corps s'était changé en harpe et qu'un ange délicat se soit mis à jouer. Il s'agenouilla, se rendit compte qu'il était à poil, et se releva pour remettre ses sous-vêtements. L'élastique se plaqua sur son derrière meurtri, mais c'était supportable. Il se pencha et remonta son pantalon, soudain conscient de ce qu'il se déplaçait dans la pièce comme un... petit garçon complètement bourré.

Il gloussa. Il errait dans une nouvelle dimension, merveilleuse et inconnue, très nettement supérieure à n'importe quelle cachette, ridiculisant toutes les cabanes qu'il avait pu construire dans les arbres. *Bienvenue au royaume des alcooliques,* pensa-t-il, et il se couvrit la bouche de la main pour retenir un éclat de rire. Il rentra dans le mur, en proie à une crise d'hystérie, mourant d'envie de mordre dans le papier peint. L'information était digne d'être répandue à tous : quand du Ten High on boit, on ne sait plus où on va. Et le papier des murs, basta !

Arnold était plié en deux et continuait à hurler de rire. Ah, c'était super, c'était grandiose ! Il réussit à avancer jusqu'à la bouteille, la ramassa, et dévissa le bouchon. Il restait quelques succulentes gouttes de liquide au fond. Il les aspira, hilare, et il lécha même l'intérieur du bouchon. Puis il laissa choir le tout sur le sol, et tourna le regard vers le sofa où Alfred Cumberland piquait un somme, la tête dans les genoux. L'horrible canne était posée sur le sol, à côté de ses pieds.

Arnold s'approcha et la ramassa. Hé, elle pesait lourd. La gueule de lion en or massif dans le creux de sa main devait valoir quelques milliers de dollars. Pourquoi le vieil homme et Jack ne l'avaient-ils pas vendue, s'ils avaient désespérément besoin d'argent ?

Oh-oh. Arnold fronça les sourcils. Jack. Où diable était passé Jack ? Et puisqu'il n'était pas là, pourquoi diable le prisonnier perdait-il son temps à admirer le lion en or et à songer à bouffer le papier peint ?

Il alla à la porte. Le bois était mal en point, victime des précédents locataires et de trop de soleil estival. Il y avait une petite fenêtre. Arnold se mit debout sur la pointe des pieds, et jeta un œil à l'extérieur. Il faisait sombre. Arnold se dit que Jack pouvait très bien être allé pisser de l'autre côté du mobile home. Bizarrement, les ivrognes semblaient particulièrement apprécier le fait d'aller pisser en pleine nature, ainsi qu'il avait pu en juger au cours des mois passés en la Gracieuse Compagnie de Frank.

Il entrebâilla la porte. Un courant d'air humide et frais s'engouffra à l'intérieur, apportant avec lui l'odeur de la pluie et des herbes mouillées. Dehors, les criquets gémissaient en chœur. Arnold mourait d'envie de boire ne serait-ce qu'une petite gorgée de Ten High, le Vicks Vaporub des adultes, et il réalisa à sa grande horreur qu'il était devenu un alcoolique, un poivrot âgé de treize ans, et qui ressemblait à Elephant Man. Quelle misère.

Il ouvrit la porte en grand et fit un pas à l'extérieur. Sous ses pieds, les blocs de ciment étaient instables. Il ferma la porte, parcouru par un long frisson. L'envie d'uriner le tenaillait, mais il chassa la sensation. Il descendit les trois marches, s'appuyant sur la canne qui, bien que légèrement trop longue, lui faisait une excellente béquille. Au pied de l'escalier, le sol était recouvert de graviers, et plus loin, d'herbes folles. A droite et à gauche, ainsi que de l'autre côté de la route, se dressaient les masses sombres d'autres mobile homes. Arnold sut où il se trouvait. Cimmaron Trailer Plaza, que les habitants de Wabash Heights appelaient Shitty City, une zone peuplée de mobile homes et de caravanes. L'endroit était éloigné des quartiers respectables de Wabash Heights d'à peu près deux miles, à l'ouest, et c'était le coin le plus dégueulasse de la planète, sans parler des colonies de rats qui y avaient élu domicile. Arnold avait entendu dire que le maire y habitait, étant donné que la ville ne lui attribuait pas plus de trois mille dollars par an, et qu'il était la plupart du temps trop soûl pour se trouver un vrai boulot.

Arnold fit quelques pas hésitants dans l'obscurité. Il pleuvait, et les gouttes étaient plutôt fraîches. Aucun Jack Cumberland ne fit brutalement irruption à côté de lui.

Arnold commença à marcher. Il se sentait en forme. Le monde ne cessait de tourner et de tanguer autour de lui, mais putain, puisqu'il était dorénavant alcoolique, il allait falloir qu'il s'habitue.

Il sortit de Shitty City sans aucun problème, et s'engagea dans les bois qui bordaient la route. Il se dirigeait vers le nord-est, en direction de la vieille ferme en ruinequi appartenait à Norman Parker. Ce soir, il n'irait pas chez Joey, et il ne reviendrait pas dans cette ville, pas avant d'avoir trouvé le trésor et placé les quarante millions de dollars en sûreté dans une banque. A présent, Arnold s'en voulait d'avoir perdu espoir quand il s'était retrouvé dans les mains des Cumberland. Avec quarante millions de dollars, il allait pouvoir s'acheter une limousine à ses armes, et même louer les services d'un bataillon de gros bras pour assurer sa protection. Il allait pouvoir emmener sa mère et ses sœurs le plus loin possible de l'Indiana. Il pourrait même graisser la patte d'un sénateur ou d'un membre du Congrès, un général ou un amiral, un truc comme ça, pour obtenir de l'armée qu'on lâche une petite bombe atomique sur Wabash Heights, histoire de s'en débarrasser définitivement. Bien fait pour eux. Ça leur apprendrait, à tous ces salauds.

Il marcha longtemps, puis arriva devant des barbelés rouillés. Il se faufila. Devant lui, un champ fraîchement labouré et très très boueux s'étendait, percé de part en part par les premières pousses vertes de la prochaine récolte de blé.

Il était sur les terres du vieux Parker.

Et au loin, il distinguait, plus qu'il ne la voyait, la petite maison des Parker. Si la nuit avait été plus claire, ou si la lune ne s'était pas fait prier pour se montrer, il aurait même pu voir la remise où le sarcophage...

... *cercueil*...

... était enterré.

Il progressa dans la boue à grandes enjambées, écrasant de jeunes pousses sous ses pas, quelque peu attristé de constater que le grand air et la marche nocturne sous la pluie l'avaient dessoûlé.

- 7 -

NORMAN PARKER

Norman Parker était assis à l'intérieur de la baraque à moitié écroulée qui lui tenait lieu de ferme, et il tenait une boîte de Steinbrau tiède (l'une des meilleures ventes du Kroger — un dollar quatre-vingt-neuf le pack de six) dans sa main droite, déformée par les rhumatismes et constellée de tâches de vieillesse noirâtres. Il avait les yeux rivés sur son poste de télé RCA, un modèle ancien, qui rediffusait à cette heure tardive le énième épisode d'une vieille série, "Verts Arpents", avec Eddie Albert et Eva Gabor.

Attention. Norman Parker, bientôt septuagénaire et à qui la vieillesse ne réussissait pas, à en juger par le nombre de rides qui creusaient son visage de façon tout à fait déplaisante, avait cessé d'être un fan de comédies le jour où George et Gracie avaient quitté les ondes, mais nom de nom, la série "Verts Arpents" était sacrément amusante. Norman Parker n'était pas du genre à s'esclaffer en public, en vieillard respecté et parfois craint qu'il était, mais dans l'intimité de son living-room, quand il était tard et que personne ne risquait de venir coller son oreille à la porte, il lui arrivait, à l'occasion, de laisser échapper un bref hoquet, témoignage de son hilarité soigneusement contrôlée, surtout quand Eddie Albert grimpait en haut du poteau téléphonique pour prendre un coup de fil et se cassait la gueule ensuite. Eddie Albert, avec son costume et sa cravate, en train d'essayer de faire le fermier, c'était vraiment bien. Le fait que son antique tracteur ait été l'exacte copie de celui de Norman Parker échappait totalement à ce dernier. Le fait que les talents de cuisinière d'Eva Gabor aient été comparable à ceux de son épouse lui était complètement étranger. Un matin, il y avait huit ans de cela, Joséphine Parker était tombée raide morte dans la cuisine, terrassée par une attaque cardiaque, alors qu'elle faisait cuire des galettes debout devant la cuisinière. Norman était arrivé, voûté et rabougri, les yeux rougis par une overdose de Steinbrau, et l'avait trouvée étalée sur le linoléum, la robe relevée au-dessus des cuisses, les yeux fixés sur les pieds de la table. Il s'était d'abord servi une galette, puis il était retourné en ville avertir les pompes funèbres que Joséphine venait enfin de passer l'arme à gauche. Quelques personnes étaient venues pour l'enterrement, mais Norman avait justement trente hectares de champ à labourer ce jour-là, et il ne s'était pas senti d'humeur à regarder Joséphine se reposer dans son cercueil alors qu'il y avait du travail à la ferme.

Si elle lui manquait, il le cachait bien. Elle n'avait jamais su cuisiner et elle était obèse. Les Parker n'avaient pas eu d'enfants, comme Norman se plaisait à le dire, parce qu'il n'avait jamais été capable de trouver le bon trou dans toute cette graisse. En vérité, Norman Parker était un homme qui buvait de la Steinbrau du matin au soir, et il était impuissant depuis longtemps.

Mais plus rien de tout cela ne comptait à présent. Joséphine et ses bourrelets pourrissaient depuis huit ans au fond d'un cercueil qui n'avait pas coûté cher à son époux. La ferme produisait toujours du maïs et du blé. Dans le réfrigérateur s'empilait la Steinbrau, et tard dans la nuit, la télé rediffusait toute la série des "Verts Arpents".

Avec un peu de chance, Eddie Albert allait recevoir un coup de téléphone et tomberait encore une fois du haut du poteau.

Mais ce soir, Norman Parker n'avait pas de chance. Ce crétin d'Arnold Ziffel venait de gagner un concours organisé par une quelconque marque de céréales, et il lui fallait prouver qu'il était bien humain. Il n'y aurait pas de coups de téléphone.

« Putain de merde de connards d'écrivains de Hollywood, gronda Norman à l'intention de sa bière. Sont même pas capables de savoir ce que c'est qu'une bonne comédie, si on la leur met pas dans le cul »

Il resta quand même assis devant son poste. Il souffrait. A la première publicité, il se leva de sa chaise en grognant et il passa dans la cuisine, où Joséphine était tombée raide morte huit ans plus tôt, pour prendre une bière. Ce fut à ce moment précis, alors qu'il ouvrait la porte du frigo et se prenait en pleine poire une bouffée d'air fétide qui provenait de l'intérieur moisi du vieux Frigidaire, qu'il entendit du bruit, un bruit qu'il aurait reconnu entre tous, et qui venait de l'extérieur.

Il se redressa et prit appui contre la porte du réfrigérateur, agité par un tremblement d'origine nerveuse qui projetait d'avant en arrière le vieillard, soûl comme une barrique. Sa face ridée se creusa de profonds sillons interrogatifs. Il n'y avait guère de vent, en dépit de la pluie, et sa ferme, qu'on aurait aisément pu prendre pour une décharge de ferrailleur, ne produisait généralement pas de bruits spontanés. Quelque part sur les limites du domaine de Parker, quelque chose, ou quelqu'un, venait de trébucher sur un objet métallique.

L'oreille aux aguets, il attendit. Il arrivait de temps à autre qu'un daim poursuivi par des chasseurs vienne se réfugier dans la propriété. Parfois, un raton-laveur ou un opossum à la recherche de son dîner poussaient jusqu'au bâtiment. Norman Parker avait depuis longtemps cessé de vider ses ordures à la décharge publique, à huit kilomètres de là. Son vieux pick-up avait dernièrement donné des signes d'extrême fatigue, et à chaque sortie, il avait de plus en plus tendance à expirer au bout de quelques kilomètres seulement, dans d'inquiétants soubresauts. Toutes les ordures s'entassaient depuis des années dans le hangar derrière la maison. Les ratons-laveurs et les opossums avaient pris l'habitude de venir rôder tout autour, reniflant le parfum des poubelles et grattant la porte désespérément. Norman Parker sortait alors Bertha, son fusil rouillé, un 12 à qui on pouvait faire confiance, et il tirait dans le tas. Et le lendemain, la bestiole pouvait être certaine de se retrouver au menu du déjeuner de Norman Parker.

Clank. Clank clank.

Norman sourit, dévoilant au réfrigérateur ce qui restait de sa dentition. Encore un raton-laveur en train de fouiller autour du hangar. La porte du frigo se referma et Norman se précipita dans la chambre, où Bertha était posée à côté du lit, contre le lit. Il s'en saisit, prit dans la table de nuit la boîte de cartouches, et en fourra une dans chacune des chambres. Puis il se dirigea vers la porte d'entrée, l'ouvrit, et risqua un œil à l'extérieur.

Une pluie froide lui mouilla le visage alors qu'il étirait le cou pour mieux voir le hangar, qui se trouvait à une dizaine de mètres sur la gauche. En plissant les yeux, il parvenait à distinguer la forme sombre du pick-up, ainsi que diverses machines agricoles qui avaient rendu l'âme depuis longtemps et dont nul ne se souciait plus désormais. Le hangar n'était qu'une masse noire vaguement éclairée par la lueur de la pleine lune.

Pas le moindre mouvement. Et pas le moindre bruit.

Norman se renfrogna et descendit les quelques marches devant la porte d'entrée, faisant mentalement ses adieux à l'hypothétique fricassée de raton-laveur. Il avait bien quelque part dans la maison une lampe électrique, mais les piles avaient vomi leur étrange contenu orangé des années auparavant, rendant l'objet parfaitement inutilisable. Il se souvint qu'il y avait une lanterne dans le hangar, mais l'animal se serait enfui avant que Norman n'ait le temps d'ouvrir le portail. Et d'ailleurs, la lanterne n'avait pas servi depuis des années, et ce qui restait de pétrole à l'intérieur risquait fort de s'être mué en TNT. Une fricassée de raton-laveur ne valait quand même pas une explosion.

Il remonta en haut de l'escalier, repensant subitement à Arnold Ziffel et à la bêtise des scénaristes de Hollywood qui prétendaient qu'un cochon était capable de remporter un concours organisé par une marque de céréales.

Norman s'immobilisa. La pluie coulait le long de son cou. Il fit demi-tour et s'engagea dans la boue en direction du hangar. Si on les laissait faire, les rôdeurs avaient tôt fait de vous dévaliser. Pendant l'été de 1932, lui et Joséphine, quand ils étaient jeunes et elle pas encore aussi grosse, avaient décidé de s'offrir un week-end à Indianapolis, à faire la nouba. Tout le week-end, il s'était inquiété pour sa ferme, persuadé qu'on était en train de lui voler son tracteur ou sa moissonneuse-batteuse et qu'il ne retrouverait plus rien en rentrant chez lui. Ses craintes s'étaient révélées fausses, mais quelque chose, toutefois, n'allait pas, quelque chose qu'il avait été incapable d'identifier. Tout était à sa place dans la ferme et le matériel agricole n'avait pas bougé, mais dans le hangar, qui, à l'époque, n'avait pas encore été converti en dépôt d'ordures, la paille qui jonchait le sol avait visiblement été, disons, réarrangée. La pelouse qui, en ce temps-là, poussait devant le hangar portait des traces de pneus, ce qui semblait effectivement prouver que quelqu'un était venu s'amuser avec la paille. Pourtant, Norman avait compté ses outils et force lui avait été d'admettre que rien ne manquait. Il avait inspecté le cadenas du portail sans remarquer quoi que ce soit d'anormal. Le seul détail qui le dérangea vraiment, ce fut la pelle qu'il gardait rangée dans un coin du hangar. Elle était noire de terre, alors que Norman venait de l'acheter.

« Ne t'en occupe donc pas », lui avait dit cette même Joséphine qui devait tomber raide morte en faisant cuire des galettes sur sa cuisinière quarante-neuf ans plus tard. « On ne nous a rien pris, alors ne t'en occupe donc plus »

Finalement, Norman avait laissé tomber. Mais pendant toutes les années qui avaient suivi, l'affaire l'avait tracassé. Quelqu'un était quand même rentré dans son hangar, avait sali sa pelle toute neuve, et foutu le bordel dans sa paille. Il ne lui était jamais venu à l'idée que ce quelqu'un avait peut-être enterré quelque chose.

Il arriva près du portail et défit le cadenas. Ce n'était plus qu'un bloc de rouille mais il rendait encore service. Il était pourtant encore chaud, bizarrement, comme si quelqu'un l'avait tenu dans sa main l'instant auparavant. Il fit un pas en arrière, grattant les rares touffes de cheveux gris que son grand âge lui concédait encore. Son vieux squelette commençait à se fatiguer, et il en avait marre de faire tremper par la pluie.

« Y'a quelqu'un là-dedans ? » dit-il d'une voix relativement faible.

Personne ne répondit.

« Putain de ratons-laveurs »

Il tourna les talons.

Clank !

Il fit volte-face.

« D'accord, dit-il. Qui que vous soyez, vous avez intérêt à dégager de ma propriété, et *tout de suite* »

Il souleva le fusil au-dessus de sa tête. Bertha explosa dans la nuit, et l'espace d'une seconde, la traînée lumineuse orange de la cartouche, du plomb N°7, illumina le ciel.

Quelque chose se détacha du coin du hangar et se mit à courir, penché en avant, à travers le champ où le blé commençait à pousser. La boue jaillissait sous les pas de la chose, et Norman, qui ne la quittait pas des yeux, se demanda, stupéfait, pourquoi elle avait une tête énorme et blanche. Et un gros bras blanc, plié sur lui-même tel l'os d'une aile de poulet.

L'esprit de Norman le ramena un an en arrière. Une émission sur ABC, ou CBS. L'une de ces deux chaînes de télé. Une émission sur les OVNI. Ils avaient montré des dessins représentant des extraterrestres supposés rendre visite à la terre régulièrement. Ils étaient petits et maigres, avec une tête plus grosse que leur corps. Et des pouvoirs... inimaginables. Ils se baladaient dans tout l'univers à la poursuite d'intérêts compliqués dont le sens échappait au commun des humains, et ils s'amusaient à capturer des vaches et à leur coudre le trou du cul, histoire de rigoler un peu. Et de temps en temps, ils s'emparaient d'un Terrien.

Norman en resta bouche bée. Tremblant sur ses jambes arquées, son esprit voyageait à la vitesse de la lumière. Norman Parker était sur le point de passer à la postérité comme étant le premier homme à tuer un authentique martien en visite sur la planète. Il aurait sa photo dans tous les journaux, et on ferait de son histoire un best-seller, voire un film-télé. Avec Eddie Albert dans le rôle principal.

Il abaissa le canon de Bertha, coinça la crosse contre son épaule, et mit la chose en joue. Il appuya sur la gâchette, mais à la différence des fusils modernes, Bertha en possédait deux, une devant et une autre derrière. Il pressa sur la première à plusieurs reprises pendant que le martien disparaissait, avalé par la nuit. Pestant contre sa maladresse, il plaça son doigt tremblant sur la deuxième gâchette. Il ne voyait plus que la grosse tête blanche du martien qui montait et descendait au rythme de sa course folle. Norman s'en remit à Dieu et à Bertha pour diriger son tir.

Norman tira.

« Ouiiiille ! » fit le martien, et il s'aplatit la tête la première dans la boue, écrasant au passage quelques précieuses pousses de blé.

« J' l'ai eu ! » hurla Norman.

Bertha avait bien failli le renverser, et il avait l'impression qu'une mule venait de lui balancer un coup de pied dans l'épaule, mais il brandit néammoins son fusil au-dessus de sa tête tout en exécutant une petite danse de victoire. Et quand il en eut assez, ce qui ne tarda pas, Norman se hâta d'aller vérifier que le martien à terre était bel et bien mort.

Il gisait dans la boue, son bras de poulet à côté de lui, et il gigotait. Le cœur de Norman sauta dans sa poitrine. L'extraterrestre n'était pas mort, et Norman savait parfaitement que les extraterrestres sont dotés de pouvoirs qu'aucun humain au monde ne peut combattre. Il leva peureusement les yeux vers le ciel, où la soucoupe volante du martien n'allait sans doute pas tarder à apparaître, dardant vers la terre tous ses rayons mortels, mais il ne vit qu'une couche de nuages bas que perçait le disque lumineux de la lune.

Il saisit Bertha par l'extrémité de son double canon. De la pluie coulait le long de son nez. Il souleva son arme au-dessus de sa tête, prêt à défoncer à coups de crosse le crâne surdimensionné du martien. Mais ses pieds dérapèrent sur le sol bourbeux, et il manqua s'étaler par terre. Une douleur soudaine irradia son bras gauche, se répercutant jusque dans le bout de ses doigts, mais il ne lâcha pas Bertha. Aucun pouvoir extraterrestre ne saurait le détourner de sa mission.

Le martien tourna sur lui-même, et à sa grande horreur, Norman constata qu'il avait le visage parfaitement noir. Ses yeux d'étranger s'ouvrirent en deux fentes luisantes. Et à nouveau, Norman sentit une décharge électrique parcourir son bras gauche et le reste de son squelette. Il respira du plus profondément qu'il put pour résister à la douleur et de toutes ses forces, il abattit Bertha sur le martien.

Ce dernier roula sur lui-même. La lourde crosse en bois de Bertha s'enfonça profondément dans la boue à deux centimètres de sa tête. Les yeux agrandis par la peur, essoufflé, Norman dégagea l'arme et la releva au-dessus de sa tête. La sensation au creux de sa poitrine se faisait plus aiguë. Le martien se débattait dans la boue, et ses gestes s'accompagnaient de bruits de succion remarquablement déplaisants. Norman le suivait de près, tenant Bertha à bout de bras et creusant, à chacun des coups qu'il assenait, de gros trous dans le blé en herbe, ratant de peu la tête hideuse du martien et son effroyable capacité à provoquer la douleur à distance.

Au dixième essai, il parvint à toucher le crâne de la créature. Le martien laissa échapper un cri. Norman leva Bertha dans l'intention d'administrer le coup de grâce, mais il s'aperçut alors, horrifié, que la tête du martien était restée accrochée à la crosse de Bertha, tel un ballon de volley-ball sale et dégonflé.

« Ne me tuez pas ! » hurla le martien, se protégeant le visage à l'aide de son bras en aile de poulet.

« Il parle américain », s'exclama Norman, ébahi.

Il secoua Bertha pour en faire tomber la chose blanche, qui s'affaissa dans la boue, inoffensive.

« Je ne voulais pas vous faire mal », dit l'extraterrestre.

Norman eut un reniflement incrédule.

« Où est ta soucoupe ?

— Hein ?

— Ta soucoupe, nom de Dieu ! Où l'as-tu garée ? »

Arnold White, qui ne se contentait pas d'être un simple martien, se remit sur ses pieds. Il ressemblait en fait à un Monstre de Boue.

« Vous m'avez tiré dessus, se plaignit-il. Dans la jambe »

Gardant prudemment Bertha à la main, Norman s'approcha. Et il s'aperçut, soulagé et consterné à la fois, qu'il avait en face de lui un jeune garçon. Un gamin, dont le bras était plâtré.

« Qu'est-ce que tu fabriquais dans mon hangar, bordel ? demanda-t-il.

— La pluie », dit Arnold. Il essuya la boue de son visage, sans grands résultats. « Je voulais me mettre à l'abri de la pluie.

— Mais qu'est-ce que tu foutais sous la pluie au milieu de la nuit, hein ?

— Je... Je me suis perdu. Complètement perdu »

Norman hocha la tête.

« Je vois. Tu m'as à moitié fait crever de peur, et tout ça parce que tu t'es perdu. Et quand je dis crever de peur, je suis loin de la vérité. Tu t'es perdu ? Parfait, continue. Mais va plutôt te perdre chez quelqu'un d'autre !

— Mais...

— Dégage ! »

Norman tourna les talons, furieux et dégoûté. Il mit Bertha sur son épaule, songeant qu'il lui faudrait nettoyer l'arme pendant une bonne heure, vu l'état dans lequel l'aventure l'avait mise, et il commença à marcher en direction de sa ferme.

Un étau glacé lui enserra soudain les côtes. Il lâcha un gémissement involontaire et Bertha tomba à terre. Portant la main à son cœur, il réalisa que son bras gauche était devenu un bloc de feu, et qu'il n'arrivait plus à respirer.

« Oof, parvint-il à articuler. Oh, oof.

— Monsieur ? »

Les yeux de Norman semblaient vouloir sortir de leurs orbites. Eddie Albert venait à l'instant de tomber de son poteau téléphonique et il avait atterri sur la cage thoracique de Norman Parker, mais cette fois, ce dernier n'avait pas la moindre envie de rigoler. Une myriade de points lumineux se mit à danser dans son champ de vision. Il eut la vision d'Eva Gabor en train de dire : « Oliver ! Oliver ! Qui était au bout du fil ? »

« Petit, souffla Norman, il faut que tu me ramènes à la maison. »

Le gosse avança vers lui en boitant lourdement. Norman ôta sa main de sa poitrine et la plaça sur l'épaule d'Arnold, pensant à Joséphine et à sa mort soudaine, dont il s'était moqué à l'époque parce qu'elle était obèse. « Tu trimballes toute cette graisse, avait-il lancé à son cadavre en mettant dans son assiette une des galettes qui n'avaient même pas encore commencé à brûler, et un de ces jours, elle finira par t'avoir » Il était trop heureux qu'elle n'ait pas abîmé le lino en tombant...

Ils arrivaient devant le hangar quand les genoux de Norman cessèrent de le porter, et il s'affaissa comme on tombe en prières. Il sentit que le gamin essayait de le relever en passant le bras autour de sa taille. Il entendait vaguement que le gamin tentait de lui dire quelque chose, mais il aurait pu tout aussi bien parler martien, parce que Norman n'était plus en état de comprendre quoi que ce soit, excepté qu'une enclume lui était tombée sur la poitrine et l'empêchait de respirer correctement. Ses lèvres étaient comme anesthésiées. Eva Gabor lui murmurait des choses à l'oreille avec un accent hongrois.

Il continuait à marcher sans s'en rendre compte, et il atteignit l'escalier devant la porte d'entrée tel un zombie, le visage congestionné. A deux reprises, il tomba en gravissant les marches, se blessant aux tibias. Quand ses pieds eurent décidé qu'ils étaient déjà dans la tombe, Norman se retrouva par terre, et il franchit le seuil de la porte, que le gamin avait ouverte d'un coup de pied, à quatre pattes. Norman rampa sur le tapis familier de sa salle à manger, un vieux tapis défraîchi qu'ils avaient acheté à l'époque où le prix du blé et du maïs permettait aux fermiers de gagner décemment leur vie. Il heurta de la tête son fauteuil préféré, puis il procéda à une lente et laborieuse ascension pour s'y installer. Son cœur décida alors de battre à deux cents pulsations par minute, puis passa brutalement à deux cent cinquante. Le rythme était impossible à tenir, mais constituait quand même une tentative honorable de record. Et quand Norman Parker fut enfin assis face à sa télé, ainsi qu'il s'était juré de mourir, l'épisode de "Verts Arpents" était presque terminé.

Presque. Jadis, dans les comédies, chaque épisode comprenait deux moments forts : le premier se déroulait juste avant les publicités et vous incitait à regarder le reste de l'épisode, le deuxième se plaçait juste avant le générique, pour terminer en beauté et vous persuader ainsi de rester sur la même chaîne. Le tout, très bien calculé, assez grossier, et résolument commercial. Rien de plus normal.

Et alors que la vie refluait de ses veines et qu'une partie de son cerveau était déjà paralysée, Norman se dit que si Eddie Albert devait tomber du poteau, il valait mieux qu'il se dépêche.

Au nord de Hooterville, le téléphone sonna. Oliver Douglas était en pyjama. Il passa par la fenêtre et commença à grimper au poteau. Norman ne voyait plus qu'à travers un brouillard veiné d'écarlate qui allait en s'épaississant. Il regarda Oliver Douglas répondre au téléphone. C'était un faux numéro. Sur le visage de Norman Parker, qui était pourtant, à cet instant précis, cliniquement mort jusqu'au cou, un grand sourire apparut.

Oliver Douglas raccrocha. Il entama la redescente du poteau.

Une fois à terre, il rentra chez lui en rampant par la fenêtre.

Il éteignit les lumières et se mit au lit.

Générique de fin.

« Quelle bande de branleurs », ricana une dernière fois Norman Parker, et il mourut aussi malheureux qu'il avait vécu.

Arnold White se tenait près de la porte d'entrée et contemplait le deuxième cadavre qu'il lui était donné de voir en deux jours. Ce cadavre-là était d'une teinte bleuâtre. Il avait les yeux grands ouverts, et de la boue sur les mains et jusqu'aux genoux. Sa langue avait jailli hors de sa bouche, qui semblait ainsi offrir à la télévision une framboise mûre.

Il détacha son regard du cadavre de Norman Parker et constata qu'il était lui-même entièrement recouvert d'une couche de boue noire et luisante, du bout de ses baskets polonaises à la pointe de ses cheveux. Pendant qu'il se traînait dans le champ, poursuivi par le fermier, la boue s'était débrouillée pour se frayer un passage sous ses vêtements, et il pesait cinq kilos de trop. L'arrière de son mollet droit, derrière le genou, le faisait souffrir. Il regarda de plus près et constata que trois petits ruisseaux de sang coulaient de la blessure, d'un rouge très brillant qui contrastait avec la couleur sombre de l'une des meilleures terres de l'Indiana. Le fusil du vieux Parker ne l'avait pas raté, mais la blessure était sans gravité. Une fois de plus, il survivrait.

Il traversa la pièce en boitant et éteignit au passage la télé qui diffusait l'atroce musique du générique de "Verts Arpents". Dans le silence total qui envahit soudain la pièce, Arnold s'immobilisa, se demandant si Madame Parker était couchée, trop vieille et trop sourde pour avoir entendu quoi que ce soit . Elle allait avoir une drôle de surprise en se levant demain matin. Ce cher Normie n'avait pas bonne mine.

Cette idée le fit rigoler. Le Ten High n'avait pas cessé de produire son effet magique et il persistait à donner à toutes choses un aspect à la fois comique et irréel. Il se promena dans la maison, éclairant chaque pièce l'une après l'autre, à la recherche de Madame Parker. Le sol de la vieille baraque craquait sous ses pas, surtout dans la cuisine, où ses pieds dessinèrent un réseau de pistes boueuses autour de la table, sur laquelle s'entassaient les restes des nombreux repas que

Norman avait pris devant sa télé. Les mouches se régalaient bruyamment. L'évier débordait de vaisselle sale, et des canettes de bière vides s'entassaient un peu partout.

Il se dirigea vers le réfrigérateur, espérant y trouver de la nourriture qui ne soit pas vieille de plusieurs semaines, et il eut l'agréable surprise de découvrir que le Frigidaire était entièrement rempli de boîtes de Steinbrau. Il en prit une et l'ouvrit. "Brassée avec les meilleurs ingrédients", proclamait l'inscription sur la boîte métallique, et Arnold la prit au mot. Il en but une gorgée, fit la grimace, et continua sa tournée d'inspection.

La maison était un véritable trou à rats. Parfait. La ville de Wabash Heights aussi était un trou à rats, et des gens y vivaient quand même. La maison constituait une planque idéale. Jusqu'à ce qu'on se rende compte de la disparition de Norman Parker, sa ferme serait un havre de paix. Personne ne pourrait se douter qu'Arnold White s'était réfugié là en compagnie d'un cadavre. Il n'était pas impossible qu'il puisse y rester pendant des semaines, voire des mois, et qu'il fasse ensuite valoir ses droits de squatter pour s'installer définitivement. En fait, il avait même très envie de faire venir Mom, Melissa et Angie, dès ce soir, et de les enlever à Frank plus tôt que prévu. Et pendant que Frank piquerait d'abominables colères en se demandant où elles étaient passées, eux mèneraient tous les quatre une vie simple, en toute sécurité, confortablement installés dans la ferme de Norman Parker, avec Norman Parker lui-même regardant la télévision pour l'éternité, ses yeux éteints lui sortant de la tête, la langue pendante.

Sauf que…

Les morts avaient d'étranges habitudes. Comme celle de pourrir. Surtout par de belles journées de printemps, dans une pièce où la température devait facilement atteindre vingt-cinq degrés étant donné l'état de délabrement de la baraque. Dans trois ou quatre jours, le vieux Normie aurait des asticots dans les cheveux et des vers qui lui sortiraient par les yeux, et il aurait probablement enflé comme une vache crevée qu'on laisse au soleil. Ce qui suffirait à rendre l'endroit invivable. Les mouches étaient déjà assez pénibles comme ça.

Arnold but une autre gorgée de bière et réfléchit. Il y

avait contre le mur un vieux sofa dans lequel il prit place, et d'où il pouvait malheureusement contempler le spectacle de Norman Parker en train de virer au bleu nuit. Il était mort en agrippant les accoudoirs de son fauteuil, et les tendons contractés étaient bien visibles sous la peau tavelée du vieil homme, comme si la mort l'avait emporté alors qu'il était en colère. Arnold décida que Norman Parker n'avait pas été ce qu'on appelle un brave homme. Il semblait avoir souffert de terribles tensions intérieures. Peut-être avait-il eu la vie dure. Ou peut-être avait-il simplement été comme le reste de la population de Wabash Heights, méchant et sans pitié.

De toute façon, plus rien de tout cela ne comptait, à présent. Ce qui importait, c'était le trésor, et la marche à suivre pour le découvrir. Le hangar était fermé à clé. La clé devait forcément se trouver quelque part. Probablement pendue à un clou ou cachée au fond d'un pot, ou peut-être même dans la poche de Norman Parker.

Ce qui signifiait qu'il fallait que quelqu'un aille fouiller ses poches.

Arnold prit une autre gorgée de bière, fixant Norman. Norman, lui, fixait la télé. Arnold se dit qu'il allait regarder la télé pendant les dix mille prochaines années, et il en conçut une certaine irritation.

« Hé, dit Arnold, feignant d'être très à l'aise. Hé, Normie »

Normie n'était pas d'humeur à répondre.

« C'est quoi que tu regardes aussi fixement, Normie ? C'est la télé qui te pose un problème ? Ou tes yeux qui ne voient plus aussi bien qu'avant ? »

Il gloussa. La Steinbrau accomplissait son office. La bière avait un goût d'épluchures de pommes de terre moisies, mais elle était efficace. Arnold la finit et alla en chercher une autre. Le sol craquait sous ses pas. Les mouches vrombissaient. Arnold n'en revenait pas d'être capable de rester aussi calme dans la maison d'un mort, mais trop de choses s'étaient passées au cours des dernières heures. Il ne craignait pas les morts, mais les vivants.

Il but la bière debout dans la cuisine, refusant de regarder le moindre cadavre en cours de décomposition avant que l'alcool ne l'ait complètement immunisé contre la peur. La bière finie, il prit quelques profondes inspirations, exécuta mentalement deux ou trois génuflexions, puis il retourna dans le living-room. Il alla droit à Norman Parker et, se penchant au-dessus de lui, il faufila une main dans l'une de ses poches.

Il l'en ressortit tenant au bout de ses doigts quelques pièces de monnaie, ainsi qu'un vieux pansement. Il laissa tomber le tout sur le sol. Sa belle assurance avait disparu.

« Bière », dit-il à Norman Parker, et il repartit dans la cuisine. Il ouvrit une Steinbrau et la but si vite qu'il en eut mal à la gorge.

« Clés », dit-il à la table de la cuisine en jetant la boîte vide par-dessus son épaule. Elle heurta la pile entassée à côté de l'évier qui s'écroula sur le sol dans un bruit d'enfer. Un bruit à réveiller les morts.

« D'accord, dit Arnold, ébranlé. Une autre bière, alors »

Il en ouvrit une autre. La cuisine devenait floue, mais peu lui importait. Le vieux Normie, lui, était nettement bleu, d'un bleu hideux et malsain qui n'était ni le bleu des Stroumpfs ni le bleu du ciel, mais le bleu de la mort.

Il finit sa bière. Son estomac gonflé était presque douloureux. Tentant de rassembler ses forces, il prit appui contre le réfrigérateur, mais son courage l'avait déserté. Il était fatigué, et la bière lui donnait envie de dormir. Il avait mal à la jambe, et le sol était couvert de tâches de sang. Sa cuirasse de boue en séchant tombait sur le sol par petits bouts, et le bruit le surprenait à chaque fois. Cette maison était vraiment sinistre, et le propriétaire, assis dans son fauteuil, mort. Dehors, c'était la pleine lune.

« Oh, Isis, murmura Arnold. Isis ki Osirus »

Inexplicablement, ces mots le réconfortèrent. C'étaient des mots magiques, qu'Atkinson avait jalousement gardés pendant très longtemps, pour des raisons qu'Arnold n'avait pas très bien saisies. Ils évoquaient un trésor mirifique, des richesses inestimables et un bonheur absolu qu'il lui restait encore à dénicher. Déterminé et résolu, il s'en retourna discuter avec le vieux Norman de son cas très particulier d'accès de blues.

Norman conservait le regard farouche qu'il avait eu en mourant. Retenant sa respiration, Arnold s'approcha de lui et fourra sa main dans l'autre poche de pantalon de Norman. Ses doigts rencontrèrent des clés.

« Isis ki Osirus », dit-il en riant, heureux, et il tira les clés de la poche.

Norman Parker lui souffla au visage.

Arnold recula.

« Maman », dit-il sobrement alors que Norman Parker se levait de son fauteuil en titubant. Il fixa la télévision d'un air à la fois stupide et haineux. Arnold recula, les yeux écarquillés, la bouche aussi béante que ne le permettait sa mâchoire.

Norman Parker se tenait debout au milieu de la pièce, les bras ballants, oscillant d'un pied à l'autre. Toutes les dix secondes environ, sa poitrine se soulevait et, bruyamment, il respirait.

« Euh, dit Arnold. Euh... Euh... Euh.. »

Norman Parker tourna lentement la tête. Arnold entendit craquer ses os. Norman regardait maintenant quelque chose qui se trouvait sur le mur, exactement derrière Arnold. Ses yeux morts brûlaient d'une sorte inconnue de fureur inhumaine.

Arnold bondit dans la cuisine. Ce que les films et les bouquins d'horreur racontaient était donc vrai. Les loups-garous, les vampires et les morts vivants qui bouffaient de la chair fraîche à tous les repas existaient bel et bien. Pendant les dernières vingt minutes, Norman Parker avait été plus mort qu'une vis à bois. Pas la moindre respiration, pas le moindre battement de cils. Et voilà qu'il titubait maintenant en direction de la cuisine, le regard si vide qu'à côté, le monstre de Frankenstein ressemblait à un candidat malheureux de la Roue de la Fortune.

Arnold jeta un coup d'œil autour de lui à la recherche d'une cachette possible. Entre le réfrigérateur et le mur, se trouvait un espace large d'une vingtaine de centimètres. Le sol était jonché de vieux journaux, mais cela ne posait pas de problèmes majeurs. Arnold s'enfonça dans le recoin, froissant du pied le papier des journaux. Son plâtre ne passait pas, et il s'accroupit, attendant que Norman Parker vienne mordre son bras qui était resté en vue, et le mette en pièces. Ou qu'une main froide et ridée le fasse sortir de sa cachette pour lui arracher les deux bras. Il s'attendait même à voir apparaître Freddy, Jason, Michael et Norman Bates, Dracula, Lon Chaney, Boris Karloff, Vincent Price,

Christopher Lee, Godzilla, sans oublier le Blob et Mothra. Il attendit pendant trente effroyables secondes, les yeux fermés par la peur et l'angoisse, et au bout de ces trente secondes, il rouvrit les yeux pour voir si Norman Parker était en train de franchir le seuil de la porte de la cuisine.

Il n'était pas là. Il ne semblait d'ailleurs pas vouloir venir.

La chaleur que dégageait le réfrigérateur faisait transpirer Arnold et fondre la boue. Il se décida à foncer vers l'évier. Il ouvrit le premier des tiroirs qui se trouvaient au-dessous. De l'argenterie dans sa boîte en plastique orange. Il en ouvrit un autre. Des ustensiles de cuisine. Des cuillères en bois et des louches. Il en ouvrit un troisième. Les couteaux.

Il en prit un, haletant, la gorge sèche. C'était un couteau à bout rond. Il le lâcha et en prit un autre. Celui-ci était un couteau à longue lame fine, dont se servent les pêcheurs de l'Indiana pour découper les poissons qu'ils sont fiers d'attraper par seaux entiers, et que Frank le gentil beau-père allait parfois pêcher la nuit, une caisse de bière posée à côté de lui.

Arnold se retourna. Dans ses paupières enflées brillait une lueur folle et désespérée. Qu'il vienne, ce salaud de mort, qu'il vienne, qu'il approche. Le spectacle n'était pas dirigé par George Romero. Le script n'avait pas été écrit par Stephen King. Dans cette production, le zombie pouvait tomber sous les coups d'un couteau à découper le poisson planté dans son cœur, considérant que tous les monstres ont un point faible, et que si le cadavre de Norman Parker en avait un aussi, cela ne pouvait être que son vieux cœur malade.

Le couteau à la main, Arnold se tenait prêt au combat, un gamin d'un mètre cinquante qui, à ce stade, ressemblait à un catcheur nain spécialisé dans les combats de boue. Une pluie fine s'était mise à tomber et Arnold attendait, dans un silence que coupait à intervalles réguliers le souffle rauque de la respiration de Norman. D'après le bruit, il se trouvait toujours dans le living-room. Il se pouvait que Norman Parker soit effectivement un mort vivant, mais de toute évidence, il n'avait pas envie de marcher.

Arnold se passa la langue sur les lèvres. Il déglutit, réfléchit un peu, puis dit d'une voix forte :

« Je peux vous tuer, vous savez »

Norman ne le contredit pas.

« Vous savez, vous êtes censé être mort »

Norman médita sur cette affirmation, toujours silencieux.

« Alors mourez, vous entendez ?! »

La maison vibra sur ses fondations comme si un boulet de canon venait de passer à travers le toit. Arnold se souvint qu'il avait eu la même impression lors du tremblement de terre, deux ans auparavant, qui avait mesuré cinq points sur l'échelle de Richter et qui lui avait donné la plus belle peur de sa vie. Papa était encore là à l'époque, et il avait dit que c'était un miracle que cette vieille baraque ne leur soit pas tombée dessus.

« Qu'est-ce qui se passe ? » demanda Arnold.

Pas de réponse.

Un bruit de pas ? Plutôt lourd, le pas. Le vieux Normie avait sûrement mis les chaussures de Boris Karloff.

« Vous êtes toujours là ? »

Norman ne répondait pas.

« Bon, j'arrive », dit Arnold sans trop y croire.

Le manche en bois du couteau serré dans son poing était devenu chaud et moite, et la boue suintait entre ses doigts. Il regarda la lame, longue et brillante, et il s'imagina en train de l'enfoncer entre les côtes de Norman. Telles étaient les règles cinématographiques en vigueur dans ce film : le monstre meurt quand on lui perce le cœur.

Arnold y croyait de presque tout son être. Ce qui lui restait d'incrédulité l'informa relativement placidement qu'il était sur le point de se faire dévorer par un cadavre. La pire des choses étant que les morts vivants ont la désagréable manie de toujours commencer par manger le visage de leurs victimes. Demain ou dans une semaine, les flics viendraient voir pourquoi Norman Parker ne venait plus en ville faire ses courses, et ils trouveraient dans la maison un plâtre contenant un bras cassé. Le plâtre porterait des marques de dents. Norman, dont l'organisme pourri aurait doublé de volume, se taperait les flics pour le déjeuner. L'un des deux policiers se ferait dévorer en hurlant de douleur, pendant que l'autre, les yeux exorbités, la bave aux lèvres, tirerait d'inutiles coups de revolvers. Les cheveux grouillant d'asticots, Norman boufferait alors le deuxième policier. Et la scène se répéterait jusqu'à ce qu'un journaliste-justicier, du genre de Kolchak le Faucon de la Nuit, découvre le secret de la ferme du vieux Parker et mette fin aux atrocités en allumant un incendie purificateur qui détruirait toute la totalité des locaux.

Fin du film.

Arnold cligna des yeux. La scène s'était déroulée à l'intérieur de sa tête en une milliseconde. Un jour, peut-être, il deviendrait soit un auteur de romans d'horreur, soit irrémédiablement fou. Il n'y avait d'ailleurs pas de grandes différences entre les deux.

« Je t'aurai », dit-il en brandissant son couteau.

Il fit un premier pas en direction de la porte de la cuisine. Puis un second. En passant devant le réfrigérateur, il se demanda s'il ne ferait pas mieux de boire une dernière bière avant de mourir, puis décida que non. Les héros ne vont pas puiser leur courage au fond d'une bière, bien qu'Arnold ait été obligé d'admettre que le peu de forces qu'il avait pour le moment était étiqueté Steinbrau.

Arrivé à la porte, il jeta un coup d'œil prudent.

Norman Parker était en tas sur le sol, devant la télé.

« Si je m'attendais à ça… » murmura Arnold.

Sur la pointe des pieds, il avança jusqu'au corps immobile. Aucun asticot n'était encore visible, d'après ce qu'il pouvait voir de l'arrière du crâne de Norman Parker. Il le poussa du bout du pied.

« Monsieur Parker ? »

Rien. Le vieux était toujours aussi bleuâtre, et toujours aussi mort.

Arnold secoua la tête. « Plus fort qu'Isis ki Osirus, mon vieux, tu meurs.. »

Norman Parker releva alors la tête droit devant lui, et ses yeux brillants de haine se fixèrent sur Arnold.

- 8 -

BREF RETOUR A SHITTY CITY

Au moment où Arnold White se roulait dans la boue d'un champ de blé, poursuivi par Norman Parker qui le mettait en joue à l'aide de son vieux fusil à canon double, dont il avait tiré toutes les cartouches, Jack Cumberland garait l'antique Dodge Dart de son père devant le mobile home et attendait patiemment que le moteur Diesel veuille bien arrêter de vrombir et de fumer. Quand les soupapes eurent fini d'expirer dans un hoquet maladif, Jack ramassa sur le siège avant le sac en papier où se trouvait la bouteille de Ten High et il ouvrit la portière dans un grincement de gonds. Il la claqua derrière lui, puis il remonta l'allée qui menait au mobile home, tentant de se protéger de la pluie qui tombait dru. Dans un accès inattendu de politesse, il racla la semelle de ses chaussures contre le ciment de l'escalier, tout en ouvrant la bouteille de Ten High, et il s'en paya une rasade bien méritée. Le sac en papier crissa dans ses mains. Il revissa le bouchon, se passa la langue sur les lèvres, et ouvrit la porte d'entrée du mobile home.

Alfred, son père, piquait un somme sur le sofa mangé par les mites, le menton sur la poitrine, dans la position exacte où Arnold l'avait laissé. Ses ronflements emplissaient tout le volume sonore de la pièce. Jack regarda autour de lui, refusant d'en croire ses yeux. Il se précipita dans la cuisine. Il regarda sous la table. Il revint en courant dans l'étroit couloir qui conduisait aux chambres et, allumant toutes les lampes, il vérifia que personne n'était caché sous l'un des lits. Les matelas puaient, à cause des draps sales que les précedents locataires avaient eu l'indélicate attention de laisser, mais Jack passa outre. Les battements de son cœur commençaient à s'accélérer dangereusement. Son crétin de père s'était endormi et avait laissé filer le gamin.

« Pop ! » cria-t-il en retournant dans le living-room.

Pop persistait à ronfler.

Jack le saisit par les épaules.

« Pop ! T'es qu'un charlot ! Le gamin s'est tiré ! »

Alfred releva la tête. Il ouvrit péniblement les yeux, découvrant un regard glauque. Il agrippa le bras de Jack.

« Qui c'est qui est là ?

— C'est Jack, bordel de merde ! Où est passé ce putain de gamin ?

— Le gamin ? » La lumière se fit dans ses prunelles encore troubles. « Le gamin, mais il est là, par terre, comme je l'ai laissé.. »

Les deux hommes dirigèrent leur regard vers l'emplacement sur le sol où Arnold était censé être étendu.

Jack se raidit.

« Mais c'est pas possible ! Je te laisse seul avec lui pendant vingt minutes, et tu en profites pour pioncer. Et le gamin n'a plus qu'à se défiler comme si rien ne s'était passé. C'est quarante millions de dollars qui sont partis avec lui, et notre dernier espoir de mettre la main sur le trésor, tu le sais ? »

Il se dirigea vers la table de la cuisine et y posa violemment la bouteille, le visage brillant d'un éclat que l'ampoule nue rendait malsain. Les veines de son cou étaient gonflées par la colère. Les faux cheveux de sa perruque étaient mouillés et se dressaient droit sur son crâne. Il jeta un regard haineux à son père, qui avait un mal de chien à se lever du sofa.

« Va voir dans les chambres, suggéra le vieil homme. Regarde sous tous les lits.

— C'est déjà fait, triple andouille ! Je te dis que tu l'as laissé partir !

— Alors cours-lui après ! Suis sa trace !

— Dans le noir ? Tu me prends peut-être pour un chien de chasse ? »

Enfin debout, Alfred eut un rictus qui découvrit son unique dent.

« C'est de ta faute ! Quel besoin avais-tu d'aller chercher une autre bouteille ! T'es même pas capable de te passer de whisky pendant un misérable quart d'heure, alcoolique ! T'as ramené du poulet, au moins ?

— Quoi ?

— T'es pas passé au Kentucky Fried Chicken ? Mais j'ai

rien mangé de la journée, moi ! »

Jack battit des bras en signe de protestation. « Un poulet-frites ! Tu ne penses qu'à ça ! Va te faire foutre, toi et ton poulet ! »

Le visage d'Alfred s'assombrit.

« J'ai comme l'impression que tu es en train de manquer de respect à ton aîné.

— Ah ouais ? Attrape plutôt ça, Sherlock ! » Il lui balança le demi-poulet frit et la portion de frites qu'il avait achetés en ville. « C'est la dernière fois que tu fous tout en l'air, mon vieux. Une fois, dans le Kansas, on avait presque rattrapé Atkinson, mais il a fallu que tu fasses une crise d'asthme et qu'on t'emmène à l'hôpital. Et bien sûr, Atkinson nous a échappé. Une autre fois, dans le Montana, c'est ta voiture qui est tombée en panne et qu'on a mis trois jours à réparer. Atkinson s'est barré, évidemment. Quand on lui a mis la main dessus dans le Maine, t'as rien trouvé d'autre à faire que de jeter ta cigarette par la fenêtre et de foutre le feu à Salem's Lot. »

Alfred agita la main en signe de dénégation. « C'était pas ma faute ! C'était une catastrophe naturelle ! Et en plus, les gens là-bas étaient cinglés. L'endroit ne me revenait pas. Un gosse avait même essayé de me mordre le cou.

— On s'en fout. Vingt fois, au moins, nous avons été assez près d'Atkinson pour renifler son odeur, et vingt fois, c'est toi qui as tout fait foirer.

— Moi, tu en es sûr ? » Alfred lui jeta un regard furibond. Ses yeux brillaient d'une haine primaire. « Et la dernière fois ? Atkinson était dehors avec les deux jambes cassées et tu décides de rentrer à l'intérieur pour fumer une cigarette. Il se sauve en rampant. En rampant, bordel de merde !

— Ça aussi, c'était ta faute, rugit Jack en retour. Il a fallu que tu ailles pisser !

— Ma prostate est plus grosse qu'un ballon de foot ! Tu sais parfaitement qu'il me faut une heure pour la vider !

— Si on avait ces quarante millions de dollars, tu pourrais te la faire enlever, ta putain de prostate ! »

Tremblant de rage, Alfred s'approcha de lui.

« Personne au monde ne m'enfoncera jamais un scalpel dans la queue, je te le dis ! Je préférerais que tu me la suces !

— Malade mental ! hurla Jack. Pervers ! »

Alfred chercha sa canne des yeux. Ne la voyant pas, il avança ses deux mains tordues et fit mine de serrer le cou de son fils.Jack lui balança son poing dans la gueule. Il recula en titubant. Deux filets de sang parallèles coulaient de ses narines.

Incrédule, il regarda Jack.

« Tu m'as frappé »

Jack sourit.

« Y'a un début à tout, pas vrai, Pop ?

— *Je vais te donner une correction dont tu te souviendras !*

— Avec quoi, connard ? *Le gamin a emporté ta putain de canne !* »

Alfred plongea sur son fils. Soûl comme il l'était, il rata son coup et atterrit sur la table, dont les pieds cédèrent instantanément sous son poids. Il s'écroula au milieu des débris de bois et de Formica. Jack saisit l'occasion pour lui sauter à pieds joints sur le dos, le faisant hoqueter à chaque bond. La bouteille de Ten High avait roulé plus loin, toujours prisonnière de son sac en papier.

« Je... te... tuerai... » haletait Jack, qui s'en donnait à cœur joie en dansant la polka sur le dos de son père chéri. « Pauvre... imbé... cile... »

Alfred roula sur le côté, cherchant son souffle. Il attrapa la cheville droite de Jack et le fit tomber à la renverse. Jack, lui-même fortement imbibé d'alcool, heurta violemment le plancher avec la tête, faisant trembler le mobile home, pendant que sa perruque voltigeait dans l'air pour aller s'aplatir contre le mur. Elle resta collée un instant sur la tapisserie comme une grosse tarentule informe, puis se décida à tomber...

Mais Alfred s'était déjà jeté sur la gorge de son fils, encore humide de pluie, et la serrait de toute la force de ses vieilles pattes crochues. Il enfonça profondément ses pouces dans la chair, bloquant la respiration de Jack qui changea instantanément de couleur, pour la plus grande joie de son père. Jack se débattait en râlant. Ses chaussures martelaient le plancher et ce qui restait de la table.

Il parvint à agripper le cou d'Alfred et appuya dessus si

fort qu'il entendit craquer quelque chose à l'intérieur. Les yeux pleins de larmes d'Alfred lui sortaient de la tête. Son visage vira à l'écarlate. Les deux hommes s'étranglèrent mutuellement pendant une bonne vingtaine de secondes. Puis l'emprise d'Alfred perdit de sa vigueur.

« J't'ai eu », croassa Jack en repoussant le vieil homme. A quatre pattes, Alfred tentait de reprendre son souffle. Il vit que l'innocente bouteille de Ten High était toujours planquée dans son sac en papier et l'attrapa par le goulot. Voyant que Jack se relevait, il se mit à genoux, la bouteille à la main, et la lança sur son fils.

Elle atteint Jack à la base du crâne, et le choc eut un écho sourd de cervicales fêlées. Par miracle, les os tinrent bon. Jack se roula par terre en hurlant, la tête entre les mains. Alfred lui courut après à quatre pattes, proférant des mots sans signification précise, pas mécontent de voir son fils se tordre sous la douleur et goûter à nouveau aux effets radicaux de l'éducation disciplinaire de Cumberland Père. Il leva la bouteille et la fracassa sur le front de Jack.

Cette fois, la bouteille se brisa. Un flot ambré de whisky mêlé à des morceaux de verre s'échappa du sac, et la pièce s'emplit de l'odeur forte de l'alcool. Jack s'assit, du whisky plein ses vêtements, le front ouvert et sanguinolent. Il clignait des yeux furieusement.

« Je devrais te foutre le feu », gronda Alfred.

Sans regarder, Jack lança son poing en avant. Dans le nez de son père, par un pur hasard. Alfred vit des étoiles, des planètes, et trois des lunes de Jupiter récemment découvertes. Il réalisa qu'il était en train de bouffer le tapis. Qui avait un goût de poussière très prononcé. Il essaya de se relever, mais l'effort s'avéra impossible à fournir.

« Connard !!! » hurla Jack en arrachant ce qui restait de la bouteille des mains d'Alfred. Deux longs éclats de verre avaient percé le papier détrempé. Marquant un temps d'arrêt suffisant pour savourer la haine qu'il avait ressentie à l'égard de son père tout au long de sa vie, son bras s'abattit. Des goutelettes de whisky s'éparpillèrent dans l'air. Les éclats de verre pénétrèrent facilement dans le dos du vieux Cumberland, qui se tordit comme un poisson hors de l'eau, la bouche crachant des injures.

Jack retira son arme improvisée. Et la planta une seconde

fois dans le dos de son père, se souvenant des coups de canne de son enfance, et de la façon dont Alfred continuait à lui taper dessus, même quand le sang coulait des fesses nues de Jack et que sa gorge ne lui permettait plus d'émettre un son tellement il l'avait écorché à force de crier. Il n'avait pas oublié que certaines fois, sa mère elle-même, hystérique, était venue faire lâcher prise à Alfred. Et il n'avait pas non plus oublié les fois où sa mère s'enfermait simplement dans la salle de bains pour vomir dans les toilettes.

Jack enfonça la bouteille brisée de toutes ses forces, qui pénétra dans le dos de son père en produisant un chuintement mouillé. L'un des éclats de verre cassa net, et il resta planté au milieu de la colonne vertébrale du vieil Alfred, telle une vertèbre sanglante qui aurait décidé de se faire la malle pour échapper aux rhumatismes. Les jambes d'Alfred gisaient sans vie. Du sang lui coulait de la bouche. Les injures devinrent des grognements plaintifs.

« Te... tuer... » grogna Jack qui continuait à donner de grands coups dans le dos de son père. Le sang accumulé sous la chemise d'Alfred se répandit sur le tapis en formant de petits ruisseaux écarlates. La respiration du vieillard, qui n'avait jamais été très brillante, devenait de plus en plus laborieuse. Sa tête roulait d'un côté à l'autre.

« Salaud », souffla Jack en plantant ce qui restait de la bouteille dans le cou tordu d'Alfred.

Alfred se détendit brusquement. L'éclat pointu avait traversé son cou et percé le pli épais de la peau de sa gorge, ainsi que le tapis. Du sang jaillissait de la blessure et formait une petite mare merveilleusement rouge.

Le souffle court, Jack se redressa. Son cerveau était prêt à exploser. D'étranges éclairs lui brouillaient la vue. Il resta ainsi un long moment, reculant de temps en temps pour éviter que la mare de sang n'atteigne ses genoux, se demandant quelles conséquences le geste qu'il venait de commettre allait avoir dans l'immédiat. Quand il eut retrouvé une respiration normale, les éclairs s'estompèrent. Il passa la main sur sa nuque et sentit sous ses doigts la présence d'une bosse.

« Le gamin, dit-il, les yeux étrécis par la fureur. Ce putain de gamin »

Il se releva et se pencha au-dessus de son père. Le sac

froissé et trempé de whisky recouvrait encore les débris de la bouteille plantés dans le dos de son père. Il le retira et contempla longuement le spectacle particulièrement original d'un vieil homme dont le cou s'ornait d'une moitié de bouteille de whisky profondément enfoncée dans sa chair, comme si on avait tenté de le clouer au sol.

Il se dirigea vers l'évier de la cuisine, sortit son briquet de sa poche et fit brûler le sac. Le whisky lui facilita la besogne : le papier s'enflamma en quelques secondes. Il fit disparaître les cendres par la bonde de l'évier, se lava les mains et les essuya sur son pantalon.

« Il y a certaines choses, dit-il à voix haute, qu'il faut que les flics sachent. Mais certaines choses seulement »

Il revint dans le living-room et marcha vers le mur, en prenant soin d'éviter la mare de sang dans laquelle baignait Alfred. Il se baissa et ramassa sa perruque. Elle était encore humide de pluie et de sueur. Il la frotta contre son pantalon.

« Certaines choses, dit-il tout à fait calmement. Certaines choses que les flics doivent absolument savoir »

Il alla à la porte et l'ouvrit en grand. Il rajusta sa perruque. L'espace d'une seconde, il eut une sorte de ricanement, très bref. Son visage se changea en une caricature, exprimant à la fois un état de choc et une profonde peine.

« Il n'est pas question que ce gamin tue mon père sans payer pour son acte », dit-il.

Il démarra la vieille Dart et se mit à la recherche du poste de police de Wabash Heights, afin de signaler qu'un crime ignoble venait d'être commis.

Le sergent Roy Mallone, connu de ses collègues des forces de police sous le nom de Roly-Poly Roy, était en train de se taper une de ces insupportables gardes de nuit au poste de police principal de Wabash Heights, quand un étranger, coiffé d'une perruque bon marché, fit irruption dans les locaux pour demander instamment qu'on venge la mort de son père. Roly-Poly Roy, qui était habitué aux individus bizarres et aux coups de téléphone louches au milieu de la nuit, s'installa confortablement dans son fauteuil en skaï, prit un stylo sur le bureau et le fit placidement rouler entre ses doigts. Comme l'étranger insistait, et que son histoire ne semblait pas être l'une de celles que débitent les poivrots après une soirée bien arrosée, Roy propulsa son fauteuil en direction d'un tiroir un peu plus loin, l'ouvrit, et en sortit un formulaire vierge. Poussant un soupir résigné, il plaça la pointe de son stylo sur la première ligne du formulaire.

« Le nom du plaignant ? demanda-t-il.

— Moi ! » Jack Cumberland avait hurlé. Son front profondément entaillé pissait le sang, et son visage était parcouru de zigzags vermillons du plus bel effet. Il était trempé, et pas seulement à cause de la pluie. Pour autant que Roly-Poly put en juger, ce mec était rond comme une queue de pelle et probablement en train de faire une grave crise de delirium tremens. Au cours de ses dix-huit ans de service dans la police, Roy avait tout vu : les ivrognes qui venaient signaler l'atterrissage de hordes de Martiens dans le champ de blé de leur voisin, ceux qu'un ami amenait malgré leurs protestations et qui avaient vu quelque chose dans le noir sans que l'ami en question ne puisse certifier si l'éléphant était vraiment rose. Quand une bagarre éclatait à la Wabash Tavern, Roy, qui pesait quatre-vingt-quinze kilos et mesurait un mètre quatre-vingt-dix, poussait un profond soupir, levait les yeux au plafond, et partait accomplir son devoir de policier, qui consistait, en de telles occasions, à cogner dans le tas. Honnêtement, dix-huit années passées à ce genre d'activités avaient conduit Roy au bord de la dépression nerveuse. Il avait donc pris l'habitude de garder une bouteille de Ten High cachée derrière les dossiers où étaient classés les rapports, et quand il était de garde, la nuit, il lui arrivait souvent d'aller vérifier certains dossiers. Et là, à deux heures moins le quart du matin, il était enfin lui-même, comme l'était le reste du troupeau de rats qui vivaient dans cette bonne ville de Wabash Heights, c'est à dire fin bourré.

« Qui c'est, moi ? demanda Roy.

— Quoi ?

— Vous n'arrêtez pas de me hurler dessus. C'est qui, moi ? »

Jack fronça les sourcils.

« Mon nom ? »

Il cessa de parler et il réfléchit. Qui était-il ce soir, exactement ? Fallait-il qu'il soit Jack Cumberland, ou fallait-il qu'il soit quelqu'un d'autre, pour des raisons élémentaires de sécurité ? Il jeta un coup d'œil autour de lui, pensant à toute allure, aussi vite que son esprit le lui permettait. Ce poste de police était un taudis. Le bâtiment en préfabriqué avait la taille d'une remise de jardin, avec une cellule individuelle au fond. Jack n'avait pas l'intention de s'y faire enfermer pour fausses déclarations.

« Jack Cumberland », dit-il.

Roy écrivit le nom, soigneusement. « Motif de la plainte ?

— Mon père a été assassiné.

— Lieu du crime ?

— Dans notre mobile home. Quartier ouest »

Roy le toisa d'un regard professionnel parfaitement neutre.

« Vous voulez dire à Shitty City ? »

Jack haussa les épaules. Toute la ville n'était-elle pas merdique ?

« J'en sais rien. On vient juste de s'installer.

— Heure à laquelle l'incident s'est produit ?

— Il y a dix minutes. Peut-être quinze. C'est ce gamin, vous comprenez. Il s'est introduit chez nous et nous a attaqués. Il avait une bouteille cassée à la main et il m'a d'abord frappé, puis il a poignardé mon père. Au moins quatre ou cinq fois. Dans le dos. Mon Dieu, il y a du sang partout » Il feignit la répulsion. « C'était horrible. Si brutal, si violent... Si vous voulez mon avis, c'est le crime du siècle.

— A vous entendre, on dirait que vous avez raison » Roy posa son stylo sur le bureau. « Excusez-moi une minute, il faut que j'aille ranger ça dans le dossier.

— Maintenant ? Et mon père ?

— Vous m'avez bien dit qu'il était mort ?

— En effet.

— Les cadavres ne se promènent pas au milieu de la nuit. Je suis à vous dans une minute »

Il s'extirpa de son fauteuil, tourna le dos à Jack, et fonça dans la pièce où étaient rangés les dossiers. Ouvrant un tiroir, il en tira sa bouteille de Ten High. Une légère excitation lui envahissait les tripes, sans qu'il la prenne très au sérieux. Quelqu'un se faisait tuer dans cette ville une ou deux fois par an seulement. Les meurtriers arrivaient généralement à filer dans un état voisin avant que la police n'ait le temps de les rattraper, ce qui arrangeait parfaitement les affaires de Roy. Le boulot s'en trouvait nettement simplifié. Il avala six grandes lampées de whisky, étouffa un rot dans sa main, et fourra le formulaire dans le tiroir, avec les autres. Puis il remit discrètement la bouteille à sa place. Il ferma le tiroir, prit sa casquette, et passa de l'autre côté du bureau.

« Allons jeter un coup d'œil »

Ils sortirent sous une pluie battante. Le moteur cliquetant encore sous l'effet du refroidissement, la Dart de Jack était garée à côté de la voiture de police de Wabash Heights. Passant à côté de la voiture bleu et blanc, Roy se dirigea vers la Dodge. Il ouvrit la portière du côté du passager et s'installa sur le siège en faisant grincer les ressorts.

« Hé, dit Jack. On ne prend pas la voiture de patrouille ? On n'a pas besoin du gyrophare ? »

La réponse de Roy tarda à venir.

« Les pneus sont à plat. Il y a une bande de punks qui vient les crever toutes les nuits.

— Mais vous n'avez même pas vérifié !

— Pas besoin. Le garagiste d'à côté vient les changer tous les matins.

— Ah bon ? » Jack s'accroupit. Les quatre pneus du véhicule de la police étaient effectivement à plat. Un pic à glace dépassait de l'une des roues. Il ferma les yeux, secouant la tête. Quelle ville.

« Et d'ailleurs, dit Roy pendant que Jack mettait le moteur de la Dodge en route, vous savez où se trouve votre mobile home. Moi, je trouve qu'ils se ressemblent tous. Faudrait foutre le feu à tout ça, je vous le dis. Trop de rats. Et les gens qui vivent là-bas... Que des nègres et des pouilleux. S'ils étaient un tant soit peu malins, ils viendraient habiter en ville et se tiendraient correctement. C'est une bonne petite ville que nous avons ici, et Shitty City serait une verrue sur n'importe quelle carte. C'est ce juif Murray Landsberg, d'Indianapolis, qui est propriétaire du terrain. Ça ressemble bien à un youpin, non, de faire vivre les goys dans des caravanes, vous ne trouvez pas ? Le vieux Murray, lui, il habite un palace quelque part, ailleurs. Qu'il reste avec ses copains juifs. Moi, Wabash Heights me suffit. Y'a pas un seul juif dans le coin, que d'honorables travailleurs. Des gens bien.

— Attendez, dit Jack amèrement, en prenant la direction de chez lui, vous êtes né ici, non ? »

Roy eut un large sourire. Il rota, et l'habitacle de la Dodge se remplit des effluves explosifs du Ten High.

« Et comment, que je suis né ici, dit-il. Pour ça, vous avez vu juste »

Et au grand déplaisir de Jack, il se mit à entonner « Sur les rives de la Wabash », dans une octave qui, au jour d'aujourd'hui, reste encore à identifier.

C'était avec, dans les oreilles, une version encore plus décadente de "L'appel de l'Indiana" que Jack gara enfin la Dodge à côté du mobile home où se trouvait le cadavre de son père. Il stoppa le moteur et attendit que la voiture finisse de hoqueter et de rendre l'âme. Roy chercha un moment la poignée de la portière, et sortit de la voiture en poussant un grognement, sa ceinture de flic et son holster craquant eux aussi sous l'effort. Il observa les fenêtres éclairées du mobile home, rajustant à deux mains son pantalon qui, visiblement, lui rentrait dans la raie de ses énormes fesses. Il renifla ses doigts, soupira, et se dirigea vers l'escalier.

Jack le suivit, le cœur battant. C'était le moment de vérité. Dans un soudain accès de lucidité, il lui vint à l'idée que le vieil homme n'était pas mort mais simplement blessé, et que toute son histoire allait s'écrouler. Ou qu'il avait eu le temps d'écrire un message avec son sang avant de pousser son dernier soupir. D'une façon ou d'une autre, le vieil Alfred trouverait de toute façon le moyen de foutre le bordel. Il en avait toujours été ainsi.

Roy poussa la porte. Jack jeta un œil par-dessous son bras tendu. Une mare de sang, dans laquelle le vieux baignait. La bouteille plantée dans le cou. Rien n'avait bougé. Le vieil emmerdeur était mort. Définitivement.

« Sale affaire, dit Roly-Poly en hochant la tête. Vous dîtes que c'est un gamin qui a fait ça ?

— Exactement. Il a frappé à la porte en disant qu'il vendait des abonnements à des revues, et Pop l'a laissé entrer. Il aime bien les gamins qui gagnent leur argent de poche après l'école.

— Je croyais qu'il était rentré par effraction.

— J'ai dit ça ? »

Roy se gratta la tête. « Je ne sais plus. Pourquoi la table est-elle dans cet état ?

— Le gamin et moi, on s'est battus. Il m'a assommé avec cette bouteille. Quand je suis revenu à moi, Pop était mort. Poignardé » Donnant dans le pathétique, il fit mine de retenir ses larmes. « Mon pauvre papa »

Roy lui tapa sur l'épaule, manquant de le faire tomber.

« Remettez-vous, mon vieux. Il n'en avait plus pour longtemps, de toute façon » Il soupira profondément. « Je ne vois pas la nécessité de demander une autopsie. Une ambulance ne servirait pas à grand-chose non plus. Il est possible qu'on trouve quelques empreintes sur la bouteille. Je me mettrai en rapport avec les gars de la police d'Etat dès mon retour au poste, et ils enverront quelqu'un du labo. Vous pourriez me décrire le gamin ?

— Certainement, répondit Jack promptement. Il portait un turban blanc et il avait un bras dans le plâtre. Toutes ses dents étaient cassées. Il avait les deux yeux au beurre noir, et il portait un jeans. Il s'appelle Arnold White »

Roy le regarda, bouche bée.

« Comment diable avez-vous eu toutes ces informations ? »

Jack mit un certain temps à répondre. Il se le demandait aussi.

« Eh bien, dit-il, je lui ai dit que je ne voulais pas m'abonner, et il m'a dit que personne ne disait non à Arnold White, et il s'est jeté sur moi.

— Quel âge a-t-il ? »

Jack eut un mouvement d'épaules.

« Douze ans, à peu près »

Roy se gratta le front.

« Attendez un peu. Vous êtes en train de me raconter qu'un gosse de douze ans avec un bras dans le plâtre et les deux yeux pochés s'est débrouillé pour vous assommer et ensuite tuer votre père ? C'est une histoire de dingues »

Jack sourit faiblement. Son cœur menaçait d'éclater à l'intérieur de sa poitrine.

« Quand je vous disais que c'était le crime du siècle... A mon avis, le gamin avait pris des trucs. Du PCP, ou un de ces produits qui vous donnent une force surhumaine. Vous en avez déjà entendu parler, non ?

— Oui, bien sûr. Mais la plupart des gosses de Wabash Heights ne prennent pas ce genre de substances. Trop cher pour eux. Ils s'en tiennent à la fumette et à l'alcool, et d'ailleurs, cet endroit pue le whisky. J'imagine que c'est à cause de cette bouteille cassée. Votre père buvait ? »

Méprisant, Jack renifla.

« Certainement pas. Il était croyant, que son âme repose en paix. Témoin de Jéhovah, voilà ce qu'il était »

Roy hocha la tête.

« Ah oui, nous en avons quelques uns ici aussi. Le vieux Liddey. Encore un dont il faudrait se débarrasser » Il coinça ses pouces sous sa ceinture et jeta un dernier coup d'œil autour de lui. « On viendra poser les scellés demain matin, avec les gars de la police d'Etat.

— Et le gamin ? Vous allez lancer un avis de recherche, j'espère. Il faut absolument le retrouver avant qu'il recommence.

— On va laisser la justice d'Etat s'en occuper. Pour le moment, il faut que je retourne à mes dossiers. Vous me ramenez en ville, d'accord ? Sans vous offenser, voir votre père comme ça, ça me rend malade » Du menton, il indiqua la porte. « On y va ? »

Jack serra les mâchoires, impuissant.

« Vous voulez dire que c'est fini ? Arnold White tue mon père, et tout ce que vous faites, c'est retourner à vos dossiers ? Mais il faut rassembler une équipe, passer le quartier au peigne fin, lâcher les chiens sur ses traces ! D'ici à demain matin, le gamin se sera tiré en stop à Albuquerque.

— C'est pas impossible, dit Roy qui faisait des vœux pour que les choses se déroulent précisément ainsi. Je passerai un appel-radio dès que nous serons de retour au poste, mais je doute qu'il serve à quelque chose. Le gamin peut tout aussi bien rentrer chez lui et on n'aura qu'à le cueillir. Je sais où il habite, j'irai vérifier »

Il sortit et descendit lourdement l'escalier en ciment. Jack lui emboita le pas, claquant la porte derrière eux. La pluie fine qui tombait lui brûlait le visage. Il était fou de rage. Ce gros flic était un sombre connard. Dans n'importe quelle ville digne de ce nom, la dénommée Shitty City aurait déjà grouillé de policiers, de représentants du FBI et du SWAT, de lampes-torches, de chiens... La totale, quoi. De toute évidence, la police locale en tenait une bonne, et elle n'avait rien de plus pressé que de retourner à sa bouteille. Jack, qui n'ignorait rien de la façon de dissimuler une bouteille d'alcool pour la boire pendant les heures de travail, avait vu ce gros connard de flic tisaner discrètement avant qu'ils ne quittent le poste de police. Un type pareil n'allait pas laisser un meurtre le déranger dans sa petite routine. Et dire qu'il n'avait même pas une voiture potable à sa disposition... Quelle genre de ville était-ce donc ? La police d'Etat n'arrangerait rien. Ils ne trouveraient pas d'empreintes sur la bouteille, ils remettraient le corps à Jack pour un enterrement qu'il était incapable de payer, et ils continueraient à vaquer à leurs occupations variées.

Ils montèrent dans la Dodge et Jack, obéissant, mit le moteur en route. Une seule chose le consolait : le vieux grigou avait fini par crever. Il ne pourrait plus dorénavant tout faire foirer. Le partage du trésor dont ils avaient convenu des années auparavant était à présent nul et non avenu. Et Jack se retrouvait seul à la tête des quarante millions de dollars.

A moins qu'il ne dégotte quelqu'un avec qui partager. Quelqu'un qui connaîtrait cette ville suffisamment bien pour savoir où pouvait aller se réfugier un garçon de douze ans avec un bras cassé. Quelqu'un qui connaîtrait le gamin comme son propre fils.

Peut-être quelqu'un comme son beau-père.

Jack souriait largement en quittant l'allée de graviers de Shitty City pour s'engager sur la US 40 en direction de Wabash Heights.

Beau-Papa était apparemment un authentique salopard. Méchant, et sûrement bête comme ses pieds. Mais pas assez bête pour refuser d'échanger son gamin contre, disons, un million ou deux de dollars en or massif.

- 9 -

DANS LE HANGAR

« Vous êtes mort ! » hurla Arnold au nez de Norman Parker.

Le vieux Normie, qui, au cours de sa vie, n'avait jamais rendu service à personne, était devenu fort obéissant, maintenant qu'il était mort. Et il se dépêcha de tomber en avant, la face contre l'horrible tapis mauve. Ses yeux globuleux semblaient en fixer intensément la trame, comme si les puces de l'Indiana s'étaient donné rendez-vous pour y exécuter un fascinant ballet.

Arnold en resta sur le cul, stupéfait. Les clés durement gagnées lui échappèrent des mains et percutèrent le sol, troublant le silence de mort qui régnait maintenant dans la pièce. Il passa sa langue sur ses lèvres desséchées et tenta sans succès d'avaler sa salive. Il avait compris. Il avait compris très exactement ce qui venait de se passer. Dans son esprit, tout était aussi clair que l'image de Louis Creed debout à côté du cimetière des animaux, son fils mort dans les bras, aussi clair que Jack Torrance défonçant son propre visage à coups de maillet, tout en dansant la polka dans le hall d'entrée de l'Overlook Hotel. Pour le dévoreur de bouquins qu'était Arnold White, tout était aussi limpide que les visions provoquées par la lecture des œuvres de King, bien qu'il ait su qu'il ne s'agissait que de fiction littéraire, et que rien de tout de cela ne pouvait arriver dans la réalité.

Et pourtant. Norman Parker était un zombie. Un horrible vieux zombie, certes, mais un zombie tout de même. Un zombie bleuâtre.

Il se prit à souhaiter que Stephen King fasse à ce moment même irruption dans le living-room, avec son traitement de texte Wang à quinze mille dollars sous le bras, ses chaussures couvertes de boue, son regard meurtrier de myope et ses millions dépassant de ses poches, et qu'il lui dise quel devait être son prochain geste. La situation exigeait un véritable professionnel. Arnold savait parfaitement qu'il n'avait rien à faire dans cette histoire. Il recula loin du corps de Norman Parker et heurta le sofa jaune, dans lequel il se laissa tomber, épuisé. *Je suis là,* se dit-il, à la fois étonné et incrédule. *Je suis là, quelque part, sur une page, et quelqu'un est en train de me lire. Mon Dieu, faîtes que les lecteurs se précipitent à la fin du livre pour qu'ils me disent si, oui ou non, je deviens fou à la fin de l'histoire.*

Dehors, les bourrasques de vent avaient repris. Elles s'engouffraient en feulant sous la toiture en piteux état de la ferme de Norman Parker, et les gouttières en profitaient pour émettre de longs gémissements . La pluie martelait les carreaux des fenêtres. Le réfrigérateur dans la cuisine se mit en marche en tressautant, indiquant bruyamment que son moteur avait un besoin urgent d'être graissé.

Puis, sans prévenir, il n'y eut plus d'électricité. Le frigo expira dans un hoquet.

« Sainte Isis... » dit Arnold que la soudaine obscurité avait surpris.

Trempé, glacé, il resta assis sur le sofa, souillant les coussins qui n'étaient pourtant pas en meilleur état que lui, et il écouta le grondement du vent. Norman Parker allait se relever, et il s'avancerait lentement vers lui, menaçant, les bras tendus. Il imagina qu'il entendait sa respiration rauque. Il lui sembla distinguer dans le noir deux points lumineux, ignoblement jaunes et phosphorescents, les yeux de zombie de Norman Parker perçant la nuit. Comme deux minuscules miroirs, ils reflétaient tous les feux des forges de l'enfer. Rentrant la tête dans les épaules, Arnold cligna des paupières, et quand il regarda à nouveau, les points lumineux avaient disparu.

Retenant son souffle, il attendit, tous les sens en éveil.

La maison craquait et vibrait, et soudain, des tuiles se détachèrent du toit et s'écrasèrent dans un fracas.

La lumière revint subitement, et tout lui sembla normal, tel qu'avant la coupure d'électricité.

« Satanés bouquins, se dit-il intérieurement. Satanés films d'horreur »

Norman Parker n'avait pas bougé. Qu'il soit ou non un zombie, ou une quelconque créature des ténèbres, il n'avait pas bougé d'un centimètre. Les fils électriques qui reliaient la ferme de Norman au reste du réseau étaient anciens, et pas très fiables. Quand le vent soufflait, les lignes avaient tendance à ne plus fonctionner. A Wabash Heights, cela arrivait souvent, et la même chose venait de se produire ici. Quand il pleuvait et qu'il y avait des rafales de vent, l'électricité sautait tout le temps, et les interruptions de courant successives prenaient alors l'allure d'un véritable light-show. Arnold estima que la coupure avait duré une trentaine de secondes environ. Ce qui lui avait suffi pour imaginer que le vieux Normie s'était remis sur ses pieds et qu'il s'amenait vers lui en titubant, dans le but ultime de boire son sang chaud et de se repaître de sa chair. Mais Normie n'avait pas bougé d'un poil.

Arnold tentait de se relever, alourdi par le poids de son plâtre, quand il remarqua un détail qui fit instantanément choir son cœur au fond de son estomac et se dilater son sphincter.

Le tapis était couvert de traces de boue qui allaient des pieds de Norman à Arnold, pour s'arrêter à un mètre de ce dernier. Là, les traces indiquaient qu'on avait piétiné sur place, pressentant que la lumière était sur le point de revenir, et qu'on s'était dépêché de reprendre sa place par terre, devant la télé.

« Non, c'est impossible, se dit Arnold. Non, vraiment, ce n'est pas possible. »

Sauf que, sauf que…

Le vieux Normie tenait son porte-clés, serré dans l'une de ses mains mortes. Le porte-clés qu'Arnold avait lâché quelques instants auparavant. Sans bouger…

… Non, je ne crois pas, c'est impossible…

… le vieux Normie s'était débrouillé pour récupérer ses clés.

Arnold sauta sur ses pieds. C'en était assez de ce Norman Parker. Il marcha vers lui et lui arracha les clés de la main. Aucune protestation, hormis celles du vent et de la pluie. Faisant un détour pour éviter le corps, Arnold passa devant le fauteuil préféré de Norman, celui dans lequel il était mort…

… Non, je ne crois pas, c'est impossible…

… et il se dirigea vers la porte d'entrée.

Au moment où il poussait le panneau de la moustiquaire

installée devant la porte, la lumière s'éteignit à nouveau. La pluie se hâta de former une petite flaque d'eau sur le seuil et, dans un grincement de gonds rouillés, Arnold sortit, heurtant le chambranle de son bras plâtré.

Derrière lui, il y eut un deuxième choc en écho. Et le souffle d'une respiration.

Arnold repoussa violemment la porte d'entrée, ce qui fit trembler la carcasse de la vieille baraque. Il sauta par-dessus les marches de l'escalier et atterrit dans la boue, rétablissant l'équilibre de son bras valide. Les clés tintaient au bout de ses doigts. Il prit à gauche et courut vers le hangar, évitant dans sa course les divers appareils agricoles abandonnés dans la cour depuis des années.

Il avait le cadenas du portail du hangar dans la main quand il entendit s'ouvrir, puis se refermer, la porte de la maison. Des pas mal assurés descendirent les marches en bois une par une.

Sois cool, Raoul, se dit Arnold en tentant d'ouvrir le cadenas à l'aide des clés qu'il essayait successivement l'une après l'autre. La rouille en avait coincé le mécanisme, et le métal était froid comme un galet charrié par un torrent de montagne. Il pencha la tête pour essayer de se protéger de la pluie qui lui coulait dans les yeux. Il y avait au moins trente clés attachées au porte-clés, et elles dégageaient une forte odeur de cuivre mouillé. Ses doigts tremblaient, et il se répétait que *s'il lâchait les clés, il signait son arrêt de mort.* Tout à coup, un éclair aveuglant déchira le ciel, transformant le monde, l'espace d'une seconde, en un cauchemar blême. Il tourna la tête du plus vite qu'il put, et eut le temps d'apercevoir nettement la maison de Norman se découper sur le ciel blafard , avec son toit qui s'affaissait et ses murs décrépis qui attendaient vainement un coup de peinture, et, debout sur les marches devant la porte d'entrée, la carrure maigre de Norman, les bras pendant de chaque côté de ses jambes squelettiques, les yeux exorbités, le visage d'une sinistre teinte bleue, zombie visiblement plongé dans la plus grande des confusions.

Arnold lâcha les clés.

Les pas traînants de Norman se dirigèrent vers lui, aspirant la boue à chaque pas avec un bruit particulièrement odieux.

Arnold se mit à genoux, cherchant les clés à tâtons parmi la paille détrempée qui jonchait le sol devant le portail du hangar. Il tenta de la dégager par poignées entières, le souffle court, la gorge sèche. Les clés étaient tombées à la verticale, bordel de merde, et elles n'étaient certainement pas parties faire un tour. Il quadrillait le sol de sa main libre en s'aidant de ses doigts qui dépassaient du plâtre. Il perçut un léger tintement et sentit sous ses doigts l'anneau de métal froid, qu'il ramassa sans perdre une seconde.

Norman était tout près.

« Vous êtes mort ! lui hurla Arnold. Je vous ordonne d'être mort ! »

Un nouvel éclair illumina le ciel, éclairant Norman à genoux sur le sol. Il bougeait la tête d'avant en arrière, semblant étudier la proposition d'Arnold, puis se décida à s'effondrer dans un giclement sonore, face contre boue, comme le soldat qui prend en pleine poitrine la balle fatale.

Arnold se releva. Il avait horriblement mal à la tête. Ce qui lui rappela qu'il était passablement ivre, et que les picoleurs connaissent tous ce genre de migraine, inévitable. Dommage que les alcooliques n'aient pas tous un zombie collé à leurs basques. Pendant ce temps-là, ils ne seraient pas en train de taper sur leurs gosses.

Il se réattaqua au cadenas. Aucune des clés ne semblait être la bonne. Au loin, le tonnerre résonnait sombrement. Les nuages se dirigeaient maintenant vers l'est ; la pluie avait perdu de son intensité, comme si les dieux avaient justement décidé de pisser un bon coup sur Wabash Heights, une dernière fois, avant de mettre le cap sur Indianapolis. Un bref éclair blanc cisailla l'horizon. Arnold jeta un rapide coup d'œil derrière lui. Norman Parker était toujours couché par terre, le visage dans la boue qu'il avait griffée de ses doigts tordus par l'arthrite, et qui était restée collée entre ses phalanges, telles d'épaisses verrues noires. Ses talons étaient tournés vers le ciel, et le cuir vert foncé de ses bottes luisait sous la pluie. Il avait parfaitement l'apparence d'un cadavre tout à fait capable de se lever et de marcher, si l'envie l'en prenait soudain.

Enfin, l'une des clés libéra le cadenas qui s'ouvrit dans un *crouiiik !* enroué. Il le dégagea du moraillon et le jeta au loin, puis il remit les clés dans sa poche et commença à tirer sur les battants du portail. Celui de droite s'ouvrit péniblement d'une dizaine de centimètres, raclant la terre boueuse et la couche de brins de paille. Très vite, les gonds se turent, et le bas de porte refusa de bouger davantage. Arnold la secoua furieusement, malmenant le vieux bois qui protestait à chaque secousse. Le haut du battant allait d'avant en arrière sans pour autant libérer le bas, toujours embourbé. De l'intérieur du hangar s'échappait une puanteur grasse, provenant des montagnes de rebut entassées là depuis des siècles. Arnold passa au battant gauche, délaissant momentanément le droit. Impossible de le faire bouger d'un pouce. Il avait probablement été cloué le jour où les gonds avaient cédé, des années auparavant. Peut-être aux alentours de 1940, à en juger par l'état de délabrement avancé dans lequel se trouvait la ferme de Norman Parker, très loin d'être un modèle du genre. Ce jour-là, Norman avait dû se contenter de replacer les gonds l'un dans l'autre et de clouer le tout sur le portail. Une réparation qui en valait bien une autre, avait du se dire le vieux Normie.

Mais comment ouvrir ce fichu portail ? Il devait quand même bien l'ouvrir de temps en temps, ne serait-ce que pour y déposer des ordures, étant donné la puissante odeur de pelures de bananes en décomposition qui se faisait sentir par le portail entrebâillé. De toute évidence, il fallait soulever les battants de ce dernier tout en les tirant vers l'avant. Pour un homme adulte, même de l'âge de Norman, c'était facile. Pour un gamin qui n'avait qu'un seul bras valide, c'était plus dur.

Il coinça le cadenas dans le creux de son bras, et il tira de toutes ses forces. Le métal froid et rugueux lui déchirait la peau du bras et les tendons. Il se pencha et tenta de glisser ses doigts sous le battant. Le bois était pourri et s'effritait en morceaux spongieux. Il se redressa. C'était ridicule. Il avait sué sang et eau pour arriver devant ce hangar, et voilà que le portail refusait de s'ouvrir.

« Ah, Isis, dit-il en frappant du pied le mélange de boue et de paille qui lui posait pourtant un problème majeur. Isis ki Osirus. »

Les nuages s'écartèrent, comme si Moïse en personne leur en avait donné l'ordre, et le rond brillant de la lune éclaira la ferme. Arnold retint sa respiration, se demandant si les mots magiques étaient responsables de cette éclaircie. Pour la première fois, il voyait clairement le hangar. Ce dernier était fait de plaques d'aggloméré assemblées de façon assez rudimentaire. Ce qui, des années auparavant, avait mérité le nom de peinture blanche était maintenant une triste pelade. Le battant gauche n'avait effectivement plus de gonds. Et il manquait le gond du haut au battant droit, ce qui expliquait pourquoi il s'enfonçait ainsi dans le sol. L'ensemble donnait l'impression de vouloir s'écrouler à tout moment.

Il était en train de se pencher en avant à nouveau pour tenter de faire passer sa main sous le battant, quand il entendit derrière lui une longue plainte gutturale. Il jeta un coup d'œil en direction de son vieux pote Normie. Ce dernier avait pris appui sur ses avant-bras et s'était soulevé hors de sa gangue de boue. Son visage ruisselait. Il renversa la tête en arrière et ses yeux s'ouvrirent, et le croirez-vous Messieurs-dames, ils brillaient d'une lueur jaune insoutenable, telles deux bougies plantées au fond de ses orbites. D'une pression des bras, il se mit à genoux. Il souleva sa botte, la planta fermement dans la gadoue, et se redressa en vacillant.

La panique s'empara de l'esprit d'Arnold, qui se rendait à présent compte de son incroyable stupidité, qui l'avait empêché de comprendre ce qui se passait réellement. C'étaient les mots magiques — ils ramenaient les morts à la vie, ces trois simples mots aux sonorités arabe ou égyptienne qui évoquaient des dieux oubliés depuis longtemps. Ces trois mots ne connaissaient qu'un seul antidote : pour conjurer le sort, il fallait convaincre le cadavre en question qu'il était mort une bonne fois pour toutes.

Faisant volte-face, Arnold s'appuya contre le portail du hangar, qui se referma. Ses pieds dérapèrent et il glissa le long du battant en bois, entraînant avec lui dans sa chute des écailles de vieille peinture et glissant avec suffisamment de force pour se mordre la langue au cours du choc. Il avait ramené Norman à la vie deux ou trois fois déjà, et il devenait de plus en plus difficile de convaincre le vieux fermier qu'il était à présent destiné à se faire bouffer par les vers, et qu'il devait donc arrêter de se prendre pour un figurant dans un film de George Romero. Arnold aspira profondément, résolu à se débarrasser définitivement de

Norman Parker.

« Tu es mort, dit-il d'une voix calme à Norman qui lui arrivait droit dessus. Je t'ordonne de tomber par terre. »

Norman sembla hésiter. Il prit une longue inspiration sifflante, et fit un grand pas vers Arnold.

« Tu es mort, criait Arnold proche de la crise de nerfs en se recroquevillant au pied du mur. Norman Parker, je t'ordonne d'être mort et de le rester jusqu'à la fin des temps.

Norman resta sourd à son ordre. Il persistait à avancer vers Arnold, de plus en plus près, et n'attachait visiblement aucune importance ni à l'antidote, ni au contre-sort que lui jetait désespérément Arnold. Ses bottes faisaient éructer la boue à chacun de ses pas, et les lueurs sinistres qui allumaient ses yeux semblaient avoir doublé d'intensité.

« Mort, tu es mort ! » lui cria Arnold d'une voix perçante. Puis, tournant les talons, il s'élança vers le champ de blé à la lisière des bois, qu'il connaissait déjà pour l'avoir arpenté un peu plus tôt. Il fit trois pas avant de se faire barrer le passage par un gros engin hérissé de piques, qu'Arnold, bien que peu rompu aux techniques agricoles, identifia immédiatement comme étant une batteuse à grain, dont Norman devait se servir à l'époque où il avait cloué le portail.

Manquant de glisser dans la boue et de perdre l'équilibre à chaque pas, il fit le tour de la batteuse. Norman le suivait de près en se dandinant. Il respirait fort, la bouche pleine de boue. Exortant ses baskets polonaises à battre leur propre record de vitesse, Arnold fonça droit dans le champ. Devant lui apparut quelque chose qui ressemblait à une grosse bombe de couleur claire, couchée sur le flanc et couverte de tâches de rouille. Arnold lança à ses baskets turbo l'ordre de l'éjecter et il tenta de sauter par-dessus l'obstacle. S'il avait eu ses lunettes sur le nez et moins de bière dans le sang, il y serait peut-être arrivé. Mais là, il se prit les deux pieds dans la bombe, et il s'étala de la même façon que Norman, la dernière fois où ce dernier avait consenti à obéir. C'est-à-dire tête la première dans la boue.

Etourdi, de la boue plein les yeux, il réussit à se mettre à quatre pattes. Il voulut se redresser mais quelque chose le retint en arrière.

Un doigt froid et mouillé s'était glissé sous son plâtre à la hauteur du poignet et grattait la chair tiède du bras d'Arnold. Il poussa un cri étranglé, connaissant les raisons qui poussaient Norman à s'intéresser de près au gibier de choix qu'il représentait, mais il vit pourtant derrière lui, de l'autre côté de la bombe, la silhouette squelettique de Norman passant à côté de la batteuse, l'ombre que projetait la lune à ses talons.

Arnold fit glisser sa main le long de la bombe, qui n'en était pas une puisqu'il s'agissait en fait d'une chaudière dont Norman s'était débarrassé des lustres auparavant. Un bout de tuyau en plomb dépassait du sommet et Arnold s'était débrouillé pour l'enfiler entre son bras et le plâtre.

Espèce de nul ! lui hurla son cerveau. *Triple-nul !*

Il secoua son plâtre. Telle une décharge électrique, la douleur se répandit dans toute la longueur de ses bras, et il supposa que c'était à cause des os fracturés dont les extrémités frottaient les unes contre les autres. Cela ne le troublait d'ailleurs pas outre mesure, considérant qu'il s'agissait d'une partie de pique-nique comparé à ce qui l'attendait quand Norman le Zombie Bleu aurait commencé à le manger tout cru, petit bout sanguinolent par petit bout sanguinolent.

Arnold tentait de se dégager frénétiquement, étonné par la résistance qu'offrait la couche de plâtre vieille d'un jour seulement. Le tuyau de plomb lui rentrait dans le poignet. Il avait dû en charrier, des litres d'eau chaude, ce tuyau. Il avait consciencieusement accompli son devoir et quand la chaudière était tombée en panne, il était venu mourir avec elle dans ce coin de la ferme. Mais peut-être sous l'influence des mots magiques, il avait décidé de se manifester une dernière fois. Et de rendre service à son ancien propriétaire en retenant prisonnier un petit garçon qu'il avait l'intention de bouffer pour son dîner.

Norman se rapprochait. Le jaune de ses yeux était plus intense que la clarté de la lune. Il ouvrit la bouche et de la bave boueuse se répandit sur son menton et sur son cou. Ses mains crochues se tendirent vers Arnold.

Arnold fit un bond en arrière et la chaudière tangua. A l'intérieur, quelque chose avait bougé. Comme des graines de courge séchées. *Ah-ha,* se dit Arnold à qui la terreur troublait l'esprit et que son bras faisait atrocement souffrir, *si la chaudière ne marchait plus, c'était parce qu'elle était encrassée par le calcaire.*

Les tibias de Norman percutèrent la masse blanche de la chaudière inutilisable, qui résonna longuement. Il vacilla pendant quelques secondes, portant son regard diabolique autour de lui, et, lentement, horriblement lentement, il baissa la tête en direction d'Arnold.

« Je te donne une dernière chance, glapit Arnold à son intention tout en cherchant à traîner derrière lui les cinquante kilos de la chaudière. Une dernière chance d'obéir à ton maître. »

Norman se baissa. Son ombre l'accompagna dans son geste, et vingt doigts vinrent enserrer en même temps la gorge d'Arnold. Dans ses yeux gros comme des ballons de football et jaunes comme de la bile, la même lueur brillait toujours. Son haleine glacée sentait la bière, la boue et les dents cariées. Arnold secouait la tête dans tous les sens, les oreilles pleines de terre. Une paire de mains froides se posa sur son cou pour le serrer en une sorte de caresse maladroite. Les deux pouces de Norman cherchaient à appuyer sur l'emplacement où, un jour, si Arnold avait vécu assez vieux pour cela, sa pomme d'Adam serait apparue.

« Tu es mort !!! » explosa Arnold alors que les mains froides resserraient inexorablement leur étreinte.

Arnold se débattit, mais son bras droit était toujours retenu par l'extrémité du tuyau qui dépassait de la chaudière. Il déterra des poignées de boue, au moins autant que l'avait fait Norman lors de sa dernière agonie officielle. Arnold ferma les yeux pour résister à l'atroce sensation d'étranglement. Sa tête vint heurter la paroi en métal, et la chaudière retentit des frottements du calcaire qui lui griffait les entrailles. Sa trachée était passée de la taille d'un doigt à celle d'une aiguille, puis à la taille de rien du tout.

Son estomac se gonflait au rythme des contractions de son diaphragme et de ses tentatives désespérées pour respirer. Chaque spasme s'accompagnait de points lumineux qui lui brouillaient la vue, bien qu'il ait eu les yeux fermés. Plus loin, quelque part, le sifflement d'une locomotive en route vers l'ouest retentit, comme pour indiquer que là-bas, près des champs de pétrole texan, vivait un homme qui était parti un jour sans dire au revoir à son fils.

Salut, Papa, pensa Arnold, et sa main retomba, inerte. Ses phalanges heurtèrent quelque chose.

Il devait y avoir un autre tuyau enterré à cet endroit.

Les doigts d'Arnold fouillèrent la boue et en sortirent l'objet.

Ce n'était pas un tuyau. C'était du bois.

Il se força à ouvrir les yeux.

Entièrement recouverte de boue, plus lourde à une extrémité, mais presque méconnaissable, c'était la canne à tête de lion du vieux Cumberland.

Arnold la fit glisser dans sa main. La tête de lion s'écrasa dans la boue. Il attrapa la canne par l'autre extrémité et la fit passer de son côté de la chaudière.

Semblant venir de plus loin que le bruit de la locomotive qui s'en allait vers le Texas, un craquement de bois coupé net se fit entendre. Il porta son regard sur la gauche et vit qu'il avait dans la main un bout de bois qui mesurait une trentaine de centimètres. Il le serra dans son poing avec une énergie renouvelée.

Il l'amena vers sa propre gorge, dans un geste qui lui parut se dérouler au ralenti, la strangulation accomplissant son effet asphyxiant. Il regarda droit au fond des ballons de football que Norman Parker avait à la place des yeux et il enfonça d'un trait la pointe du bâton dans le globe oculaire de gauche.

La lumière jaune s'éteignit, comme une bulle de savon qui crève. Un liquide clair coula le long du bâton, traçant sur la boue une fine rigole.

Arnold appuya plus fort. Le bâton toucha l'os et Arnold, qui avait de la culture, sut qu'il avait atteint le fond de l'orbite. Il appuya encore. Il y eut quelques résistances, puis le bâton passa au travers de l'orbite de Norman jusque dans la matière spongieuse de son cerveau, s'arrêtant contre la paroi de son crâne.

Norman lâcha la gorge d'Arnold. Il partit à la renverse, et le bâton glissa hors de l'orbite avec un bruit dégoûtant. Les fluides cervicaux du vieux Normie se répandirent sur sa joue gauche, mystérieusement ocre, presque fluorescents. Sa paupière flétrie de vieillard tombait comme un rideau de peau devant la cavité béante de l'orbite, désormais vide.

Arnold était cramponné au bout de bois, respirant librement à nouveau mais farouchement déterminé à ne pas lâcher le bâton salvateur, au cas où ce qui semblait être un coup de chance ne se transforme en un nouvel échec.

« Laisse-moi tranquille, maintenant », essaya-t-il d'articuler, mais sa gorge ne laissa passer qu'un filet de voix aphone digne du cri d'une souris. Il déglutit et de drôles de crachotements raclèrent sa gorge.

« Va-t'en, gargouilla-t-il, noyé par la douleur. Va-t'en. »

Norman Parker se tenait debout au-dessus de lui, le bas de ses jambes à partir des genoux caché par la chaudière, et un peu plus haut, la lueur jaune de son œil unique. Il bougeait à la façon d'un poivrot monté sur patins à roulettes. Le coup du bâton dans l'œil semblait avoir affecté son sens de l'équilibre. L'état des connaissances d'Arnold ne lui permettait pas de savoir avec certitude si la partie du cerveau qui gouvernait le sens de l'équilibre ne se trouvait justement pas collée au bout du bâton, en une masse glaireuse suspecte qu'il se hâta de secouer loin de lui, sa main menaçant d'en être recouverte. Etincelant sous la lune, des gouttelettes de cervelle volèrent dans la nuit avant de s'écraser quelques mètres plus loin, irradiant un jaune gerbeux.

« Va-t'en ! criait Arnold de sa nouvelle voix de fausset. Puisque tu refuses de crever, va-t'en ! »

Les mains de Norman retombèrent le long de son cadavre et il fit volte-face. Puis il s'éloigna.

Soudain, Arnold eut inexplicablement la quasi certitude qu'il se mettait en route pour l'état du Maine. Ou plus exactement, pour le cimetière de Ludlow, Maine. Il allait peut-être tomber en chemin sur Louis et Rachel Creed qui, ni l'un ni l'autre, ne verraient la moindre objection à héberger un cadavre.

Il lâcha le bout de bois et se passa doucement la main sur le front, interloqué par le cours de ses propres pensées. Ben voyons, Arnold, te voilà coincé derrière une chaudière au beau milieu de la nuit au bord d'un champ de blé dans l'Indiana, tu viens à l'instant d'éviter de te faire étrangler par un zombie, et tout ce à quoi tu penses, c'est à toutes *ces foutues histoires d'horreur, à tous ces bouquins et tous ces films que tu as lus et regardés dans ta vie,* alors que la véritable horreur dans tout ça, c'est que toi seul as le pouvoir de ressusciter les morts, le pouvoir de commander aux zombies (enfin, presque) et le pouvoir de découvrir un trésor qui vaut quarante millions de dollars, à condition seulement que tu puisses décoincer *ton bras de cette putain de chaudière !!!*

Il s'assit. L'intérieur de la chaudière protesta sèchement.

Norman Parker avait maintenant dépassé sa maison et il se dirigeait vers le chemin de terre qui menait à la route, titubant sur ses jambes mortes comme un homme qui a trop bu. *C'est parfait,* se dit Arnold. *Qu'il marche comme ça jusqu'à la ville et qu'il entre boire une bière à la Wabash Tavern. Mais surtout, qu'il reste loin de moi, le plus loin possible.*

Il reporta son attention sur le bout de tuyau coincé sous son plâtre. Il sortait du haut de la chaudière, faisait un angle à gauche puis à droite, et finissait sous le plâtre. Arnold orienta son bras vers le bas et tira, et le tuyau se dégagea aussi aisément que le bâton était sorti de l'œil de Norman. Arnold sut alors pourquoi on retrouvait tant de gens empilés les uns sur les autres après un incendie dans un restaurant ou un théâtre bondés. La panique leur faisait oublier comment ouvrir une porte. Si le panneau disait « Tirez », ils poussaient, et vice versa. Tout plutôt que rester la proie des flammes et de ce bouffon arrogant qu'on appelle La Mort. Arnold avait tout simplement mal lu le panneau qui disait, le plus simplement du monde : « Placez votre bras vers le bas et tirez. »

Il se releva et l'articulation de ses genoux craqua. Comme d'ailleurs le reste de son squelette. La douleur fusait d'une bonne douzaine de directions à la fois, mais surtout d'en dessous son plâtre. La chute par-dessus la chaudière avait fait redoubler d'intensité sa migraine et en plus, il avait maintenant mal à la gorge.

Et le portail, le portail du hangar. Qui était toujours coincé, sans personne dans les environs pour lui donner un coup de main.

Il repassa au-dessus de la chaudière et marcha en direction du hangar. Il se dit qu'il pourrait peut-être rappeler Norman pour lui faire ouvrir le portail et ensuite, le renvoyer dans le Maine. Le coup du bâton dans l'œil semblait l'avoir remarquablement calmé, mais pour combien de temps ? Il valait mieux le laisser vivre sa vie de mort tout seul.

Apparemment, il se dirigeait vers Wabash Heights. Vers l'est, en tout cas, et donc vers le Maine. A la vitesse à laquelle il progressait, il serait en ville à l'aurore, au grand étonnement des locaux, et se confectionnerait peut-être un écriteau qui dirait : "le Maine ou la mort", afin de continuer sa route en stop. Arnold n'en avait pas grand-chose à faire...

Sauf que...

Un Norman Parker tout bleu et tout mort marchant, les bras ballants, dans les rues de Wabash Heights susciterait sans doute quelque intérêt. Certaines personnes pourraient avoir envie de savoir pour quelles raisons Norman se trimballait avec un œil crevé et un écriteau d'auto-stoppeur dans sa main boueuse. Boueuse et bleue. Nul ne pourrait comprendre ce qui le poussait à aller dans le Maine (actuellement le quartier général de tous les revenants de la planète), mais quelqu'un voudrait sûrement découvrir ce qui lui était arrivé.

Ce qui aurait pour conséquence d'attirer les foules ici, à la ferme. A la ferme, au hangar, et donc à Arnold.

Arnold pressa le pas. La lune commençait à décroître et pâlissait progressivement, se reflétant dans la boue et les flaques d'eau, froide, impartiale. Le vent était tombé quand les nuages s'étaient dissipés, et par-dessus les bruits de ventouse que produisaient ses pas, Arnold percevait distinctement le son des bottes de Norman qui broyaient le gravier, tandis qu'il s'éloignait pour remplir son absurde mission.

Il serait en ville à l'aube. Non. Peut-être allait-il plutôt foncer droit devant lui et disparaître dans les bois qui bordaient la US 40. Peut-être même allait-il ouvrir un stand au bord de la route et vendre des cageots de melons. Qui pouvait savoir ?

Arnold réfléchit. Le rappeler, lui faire ouvrir la porte, voire le faire creuser ? Risquer de se faire étrangler à nouveau par ces mains calleuses ? Le bout de bois était quelque part par terre, dans l'obscurité. Le fusil de Norman (qu'Arnold pensait vide, puisqu'il avait tiré ses deux coups avant de finir comme massue) était lui aussi dans le coin, là où l'avait fait tomber Norman lors de son infarctus, alors qu'il était loin de se douter de l'ampleur des réserves d'énergie juvéniles qu'il lui restait encore.

Fallait-il courir un tel risque ? Ou pas ?

Arnold s'arrêta à côté de la batteuse à grains, observant la silhouette sombre du zombie qu'il avait personnellement créé, une créature couverte de boue, comme l'était Arnold lui-même, qui progressait lourdement dans la clarté de la lune, laissant derrière lui les spectres de la rangée d'ormes qui bordait le chemin. Son ombre, une authentique ombre zombie, ne le quittait pas d'une semelle. Pourquoi avait-il (Norman) essayé de le (Arnold) tuer ? Pourquoi diable un zombie voudrait-il s'en prendre précisément à l'être humain qui l'a ressuscité d'entre les morts, hein, pourquoi ?

Puis, comme si une image spectrale venait d'entrer latéralement dans son champ de vision, Arnold vit Atkinson couché dans ses draps d'hôpital frais et craquants, en train de griffer l'air autour de lui et de s'asphyxier peu à peu, ses poumons racornis ne parvenant même plus à aspirer leur dernière goulée d'air.

Isis ki Osirus. Ne prononce ces mots que lorsque tu en auras vraiment besoin.

Mais bien sûr. Le truc, le hic, le double sens. On te donne trois vœux, mon pote, et sur les trois, il y en a deux de trop. Il faut savoir ne pas abuser. Demande donc à n'importe quel junkie qui s'était juré de se fixer une fois, pour voir, une seule fois, juste une fois pour voir l'effet que ça fait. Pose-lui la même question dix ans de zone plus tard, quand il a eu le temps de vendre son âme au diable et que tu le retrouves en train de crever la gueule ouverte dans un caniveau au sud de Times Square, dans l'un de ces quartiers où les rats se régalent des oreilles des clodos et des yeux des junkies qu'ils viennent ronger pendant leur sommeil. Tu peux t'amuser, mon pote, mais faut pas abuser.

Beurk. Le froid fit frissonner Arnold. Norman Parker ne le concernait plus. Toute tentative de rapprochement ne ferait que mener au désastre. Et de toute façon, il était déjà presque arrivé au bout du chemin, là où passait la US 40 qui l'emmènerait où bon lui semblerait.

Arnold contourna la batteuse et revint vers le hangar. Il

tira sur le battant du portail qui céda de quelques centimètres avant de subir la loi de la gravité universelle et de s'enfoncer, en toute logique, un peu plus profondément dans le sol. Arnold saisit le battant par la tranche et essaya de le soulever. Par une chaude journée d'été, le bois aurait sans doute été plus léger, mais en l'occurrence, il était imbibé d'eau et pesait le double. Impossible de le soulever. Arnold poussa un grognement de dépit. Rassemblant toutes ses forces, soufflant et haletant, il tenta à nouveau de forcer le passage, tirant sur le bois qui sentait le pourri et qui ferait vraisemblablement la joie d'un troupeau de termites à la sortie de l'hiver. En vain. Il se remit alors à gratter le bourrelet de boue que le pied du battant avait accumulé. Il tira le battant vers lui à nouveau, ramenant encore une fois de la terre mélangée à des brins de paille, qu'il rejeta plus loin. Il recommença la même opération. Le portail persistait à s'enfoncer de plus en plus profondément. Ce foutu battant était capable d'aller jusqu'en Chine, si on le laissait faire. Arnold referma le tout.

Il touchait au but, certes, mais le but en question restait hors d'atteinte.

Quelque chose attira son attention. La lumière était revenue dans la maison Parker, et les rectangles lumineux des carreaux se dessinaient nettement, étincelants de gouttes de pluie. Ondulant à peine sous le vent, la ligne électrique qui reliait le poteau à la maison pendait nonchalamment, légèrement affaissé, comme tout le reste de la ferme, et il projetait sur le sol gris-blanc une longue ligne sombre qui traversait le reflet clair de l'unique fenêtre dans le mur nord de la maison. Arnold se concentra : maisons avec fenêtres, granges avec fenêtres, hangars avec fenêtres... N'y avait-il pas une loi qui interdisait de construire un bâtiment quelconque sans y percer au moins une ouverture ou deux ?

Il fit le tour du hangar, passant du côté éclairé par les lumières de la maison. Les mauvaises herbes lui arrivaient aux genoux et ses pas faisaient rouler des boîtes de bière vides. Le mur pelé du hangar était sur sa droite, pourri et surtout aveugle. Il le longea et jeta un coup d'œil de l'autre côté.

Il y avait bien une fenêtre dans le mur du fond, à un mètre vingt environ au-dessus du sol. L'ouverture était assez grande pour laisser passer deux gamins de la taille d'Arnold. Souriant de satisfaction, Arnold s'approcha. Quelqu'un avait même eu la gentillesse de casser les carreaux. Il se mit sur la pointe des pieds et regarda à l'intérieur. Par le toit défoncé, la lune dardait ses rayons blafards à travers l'obscurité qui régnait sous le hangar, faisant briller le métal des boîtes de bière vides et des éclats de verre. L'odeur était si forte qu'elle aurait pu tuer une mouche en plein vol. Arnold retira sa tête du carreau et fit la grimace : il allait lui falloir supporter la puanteur pendant de longues heures, mais il était prêt à tout.

Il avait besoin de trois choses. Une chaise sur laquelle monter, une lampe pour s'éclairer, et une pelle pour creuser. Une fois qu'il l'aurait déterré, il lui faudrait résoudre le problème du transport du sarcophage jusqu'à Terre Haute, où se trouvaient une ou deux boutiques spécialisées dans le commerce de l'or et de l'argent. A moins qu'il ne l'apporte dans une fonderie et ne demande qu'on en fasse des lingots. Ou qu'il ne le propose à Swope, une galerie d'art dont le propriétaire serait ravi de payer une grosse somme d'argent pour un authentique sarcophage...

... cercueil ???

... précieuse relique volée en Egypte en 1932.

Arnold s'en revint vers la maison, pensant à Tout-Ankh-Amon et au fabuleux sarcophage dans lequel *il* avait été inhumé. Intégralement fait d'or massif, avec un couvercle de la forme de la dépouille de son occupant, dont la tête ressemblait effectivement aux traits authentiques de Sa Majesté. Arnold croyait se souvenir qu'elle était même sertie de rubis à la place des yeux. Cumberland avait laissé entendre qu'il s'agissait d'un sarcophage d'une très grande valeur, et pas d'un sac de doublons abandonné par des flibustiers ou d'un container rempli de lingots. Mais la nature du trésor importait peu à Arnold. Il représentait quarante millions de dollars, et avec ce genre de somme, n'importe qui pouvait accomplir des miracles. Il devenait possible de quitter Wabash Heights pour toujours ; il devenait envisageable d'installer sa mère et ses deux sœurs dans un domaine digne du roi Tout lui-même, un domaine quelque part au Texas, pas loin des puits de pétrole et d'un père qui était parti, mais qui reviendrait sûrement quand il entendrait parler de la fortune que son fils avait amassée.

Gravissant les marches de l'escalier, il accorda un dernier regard au chemin de terre qui menait à la route et il décida qu'il vendrait les rubis des yeux du sarcophage afin de pouvoir louer un camion. Un fourgon ferait parfaitement l'affaire. Cela lui permettrait de dégager le sarcophage de son trou, et il n'aurait qu'à acheter le silence du chauffeur. Les deux yeux en rubis, à eux seuls, vaudraient sûrement une petite fortune.

Le seul problème, c'était le temps. Il y avait deux possibilités : soit Norman Parker le célèbre Zombie Bleu était en ville le lendemain matin, soit il n'y était pas. Dans le second cas, Arnold avait tout le temps nécessaire pour agir secrètement. La première hypothèse, par contre, signifiait que la ferme Parker grouillerait de flics dès l'aube. Il se pouvait même que la télé locale juge bon d'apporter ses caméras pour filmer toute l'affaire.

Il pénétra dans la maison et prit une chaise dans la cuisine. Passant à côté du réfrigérateur, il repéra une boîte d'allumettes graisseuse posée au-dessus du four. Il la fourra dans sa chemise. Se sentant suffisamment équipé, il ressortit, traînant la chaise derrière lui jusque sous la fenêtre du hangar.

L'odeur nauséabonde manqua de le suffoquer. Il se boucha mentalement les narines, fit passer son plâtre par l'ouverture, puis il commanda à ses pieds de le propulser et il se hissa par la fenêtre. Il s'était attendu à tomber à même le sol, ou, plus drôle, sur une bouteille brisée, mais il s'aplatit sur des sacs-poubelle que le choc éventra. Divers détritus en jaillirent, l'enveloppant d'un nuage de poussière grasse. Il se débattit et parvint à se relever, non sans avoir poussé sur le côté toutes sortes de daube. Il craqua une allumette et s'étonna presque de ce que le hangar et son stock d'ordures n'explosent pas, telle une bombe à retardement.

La minuscule flamme de l'allumette éclaira une bonne partie du hangar. Autour de lui, s'étendait une mer de sacs-poubelle, certains noirs, d'autres marron, quelques-uns blancs. Les murs du hangar n'avaient jamais été peints et l'âge leur avait donné une teinte grisâtre. Sur de vieilles étagères s'entassaient des boîtes de peinture rouillées, des outils de jardin, des choses en cuir, divers objets que Norman avait amassé et dont aucun n'avait l'air d'être utilisable, ou même simplement récent. Accrochés à de vieux clous rouillés et tordus, différents instruments fort utiles pendaient le long des murs. Norman était l'heureux propriétaire d'une pioche. Et d'une houe. Et aussi d'une pelle, et même d'une lanterne.

Pour Arnold, l'endroit méritait le nom de Paradis des Fossoyeurs.

Il se haussa sur la pointe des pieds et attrapa la lanterne. Au cours de l'opération, il se brûla les doigts à la flamme de l'allumette et manqua de se casser la figure dans les sacs en plastique. Il en alluma une autre et la tint au-dessus de sa tête pendant qu'il s'appliquait à décrocher la lanterne de son clou. La tenant par sa poignée rouillée, il la secoua et entendit du liquide remuer à l'intérieur. N'étant pas un expert en lanternes datant des Années Folles, il lui fallut trois bonnes minutes et quatorze allumettes pour en comprendre le fonctionnement. Les manettes et les leviers ne se laissaient pas faire et protestaient dès qu'Arnold faisait mine de les actionner, saupoudrant ses doigts d'une fine poussière de rouille.

Une fois qu'Arnold eut compris comment ôter le verre de la lanterne, il alluma la mèche en moins de deux allumettes. Et la lumière fut. Arnold replaça le manchon en verre sur la lanterne et la lanterne sur son clou, et il posa la boîte d'allumettes sur une étagère. Puis il s'essuya les mains sur sa chemise.

« Plus une seconde à perdre », murmura-t-il et il se mit au boulot.

Un éventuel promeneur, clochard ou voleur de poules, aurait pu être intrigué par la lumière que répandait la lanterne à travers l'unique fenêtre du hangar. Et ce promeneur, curieux, aurait pu avoir envie de jeter un coup d'œil à l'intérieur.

Mal lui en aurait pris, car il aurait reçu en pleine poire l'un des sacs-poubelle qu'Arnold lançait frénétiquement à travers l'ouverture.

Arnold faisait le ménage.

- 10 -

UN SUJET ENTERRE

Quand le matin revint sur Wabash Heights, Arnold avait déjà creusé un trou de quatre-vingt-dix centimètres dans la couche de saletés que des décades passées à l'abri du hangar avaient transformées en poussière plus dure que la pierre. Son seul problème, à part celui de manier la pelle d'une seule main, de supporter la première gueule de bois de sa vie et de survivre à la puanteur qu'exhalait la montagne d'immondices, c'était de savoir où creuser. Le hangar mesurait quatre mètres cinquante sur trois, et il avait commencé ses fouilles au milieu, à la lueur de la lanterne qui jetait une lumière froide sur la terre couverte de paille et la matière brillante des sacs-poubelle qu'Arnold s'était contenté de pousser sur le côté. D'innombrables boîtes de bière étincelaient dans les coins sombres ; L'ombre d'Arnold lui tint compagnie jusqu'au lever du soleil, silhouette maigrichonne tenant dans ses mains l'ombre d'une pelle. Vers quatre heures du matin, une souris fila hors de sa cachette sans prévenir et traversa comme une flèche le champ de vision d'Arnold. Surpris, il sursauta et lâcha la pelle, manquant de tomber à la renverse. La souris se précipita dans un trou qui de toute évidence lui convenait mieux que le précédent. Puis le silence ne fut plus rompu que par le bruit de la pelle creusant la terre et celui de la respiration d'Arnold.

Son intention avait d'abord été de forer une première cavité à la verticale, mais le trou s'agrandit sans qu'il l'ait voulu, la terre s'effritant au fur et à mesure des coups de pelle. Le soleil, maintenant haut dans le ciel, tapait sur le toit du hangar où il commençait à faire chaud. Arnold, debout au fond du trou qui lui arrivait aux épaules et se demandant vaguement s'il parviendrait à en sortir, planta sa pelle dans la terre pour la millionième fois, et celle-ci heurta quelque chose qui résonna sourdement. Tonk ! La chose en question semblait à la fois résistante et presque souple.

Les battements de son cœur s'accélérèrent. En équilibre précaire sur la pente du trou, il gratta plus profondément du bout de la pelle. La sueur ruisselait sur son visage et y traçait tout un réseau de gouttelettes, qu'il essuya de la manche. La pelle avait bien heurté un objet plat et dur. Quelque chose était enterrée là-dessous.

Mais bien sûr que quelque chose est enterré là-dessous, tronche d'âne ! Pourquoi crois-tu que tu es au fond de ce trou ? Dépêche-toi de creuser avant que Norman Parker ne déboule en ville.

A grands coups de pelle, il évacuait la terre hors du trou, provoquant une véritable tempête de poussière. A force de tenir la pelle d'une seule main, il s'était esquinté les doigts et il se demanda s'il serait capable un jour de rouvrir le poing. Le mouvement de ses épaules semblait suivre les battements de son cœur, et il lui semblait que cette nuit passée à respirer de la poussière lui avait empli les narines de tonnes de matière indésirable. Quelle importance ! Avec quarante millions de dollars, il serait en mesure de louer les services d'un maître d'hôtel spécialement chargé de lui ramoner le nez dix fois par jour.

Très vite, il lui fut impossible d'enfoncer davantage la vieille pelle de Norman Parker. La chose dure résistait. Dans un soupir de soulagement, Arnold posa l'outil devenu inutile au bord du trou et il s'agenouilla, se forçant à ouvrir la main et à détendre ses tendons contractés par l'effort fourni depuis tant d'heures. Puis il commença à écarter la mince couche de terre qui recouvrait encore sa découverte.

Quelque chose se planta dans son indes et il étouffa un cri, reculant instinctivement la main. Il se releva et regarda son doigt à la lumière.

Une longue écharde dépassait de son doigt à la hauteur de l'articulation.

Il l'arracha avec les dents. *C'est dangereux, de violer les tombes,* se dit-il avec philosophie en recrachant l'écharde. Parfois, il arrive que les tombes se défendent.

Il se remit à genoux et approcha son visage de la surface en bois. Elle dégageait une odeur malsaine, une odeur de saleté qui serait restée intouchée depuis, disons, 1932.

Soigneusement, il repoussait la poussière en décrivant un large cercle sur la surface de l'objet. Il ne s'agissait pas, comme il l'avait d'abord cru, d'un panneau de bois unique, mais au contraire d'une série de planches mal équarries et mal assemblées. Son cœur battait la chamade. Ni la lumière de la lanterne ni celle du jour ne pénétraient assez profondément dans le trou pour qu'il puisse clairement y voir.

Et alors ? se dit-il, impatient. *Atkinson a bien dit qu'ils l'avaient mis dans une caisse en bois où était marqué "Pièces détachées". Il n'y a rien de mystérieux là-dedans et je n'ai absolument pas besoin d'y voir. Il faut que je creuse, nom de Dieu, c'est tout.*

Avec une grimace, il fixa le manche de la pelle. Toutes les articulations de sa main étaient douloureuses, sa bouche sèche et pleine de poussière. Il avait envie de pisser. Cela faisait des heures qu'il n'avait rien mangé, des jours peut-être, et son bras gauche, son bras valide, lui semblait aussi lourd que le droit. Il avait passé la nuit à creuser, et le plus gros du boulot restait encore à faire. S'il y avait eu davantage de lumière au fond du trou, il aurait constaté que sa main s'ornait de quatre magnifiques ampoules, dont l'une s'était crevée, prête à saigner. Il se rendit compte qu'il n'était pas en état de continuer, et qu'il fallait qu'il se repose, quelques instants au moins.

Il rampa hors du trou, et ses pieds déclenchèrent de petites avalanches qui recouvrirent ce qu'il avait mis au jour. Une fois en pleine lumière, baignant dans les effluves de poubelle, il se dirigea vers la lanterne et la décrocha de son clou pour la rapporter au bord du trou, qui rappelait étonnamment le cratère d'un volcan après une éruption. Il tint la lanterne soulevée au-dessus de sa tête et examina le fond de son œuvre.

C'était le fond d'un trou. Il ricana sans savoir ce à quoi il s'était, en fait, attendu, et il abaissa la lanterne. La flamme vacilla et il remarqua alors un sifflement de mauvais augure. Après tout, la lanterne lui avait été utile toute la nuit et elle pouvait s'accorder un moment de répit si elle le désirait. Mais d'abord...

Il saisit la pelle et la planta au fond du trou, grattant la terre qui recouvrait à nouveau les planches jusqu'à ce que ces dernières soient dégagées. Il retira alors la pelle et la posa sur le côté, conscient que l'état de ses mains avait gravement empiré.

Il souleva la lanterne au-dessus du trou. La flamme était prête à expirer, mais dans sa faible lueur, il distingua les planches en bois sale. Et, écrits avec une encre qui avait séché cinquante-huit ans auparavant, ces lettres : ECES D TA HE S.

Toute sa salive sécha instantanément. Ses lèvres étaient collées à ce qui restait de ses dents, sa langue cramponnée à son palais. *Trouve les lettres manquantes, mon vieux. Voyons si tu peux résoudre l'énigme. Souviens-toi qu'il ne s'agit pas d'une surprise : tu as passé la nuit à creuser pour en arriver là et tu n'es donc pas le moins du monde surpris, mais ton cœur bat si vite qu'il serait capable de s'arrêter et toi-même, tu es sur le point de faire pipi dans ton pantalon... Pourtant, si quelqu'un a le droit de crier de joie, c'est bien toi. ECES D TA HE S. PIECES D TACHE S. PIECES DETACHEES. Exactement comme le vieil Atkinson avait dit.*

La lanterne mourut. Arnold la posa à terre, les genoux tremblants, fébrile. Sa bouche s'agrandit d'un sourire qui faillit faire sauter tous ses points de suture.

ECES D TA HE S. Abracadabra, une autre formule magique, mais cette fois synonyme d'immenses pouvoirs. A l'intérieur de cette caisse reposait un trésor qui défiait l'imagination, un trésor plus important que l'argent ou la puissance, ou même que la célébrité.

Un tel trésor représentait une chance de fuir Wabash Heights, et de retrouver un père qui avait disparu en oubliant de dire au revoir.

Arnold se dirigea vers la fenêtre, marchant à sa façon lui aussi comme un zombie. Il l'escalada sans vraiment s'en rendre compte. Et sous le soleil brillant d'avril, il rentra dans la maison pour y faire un brin de toilette et manger un morceau.

Il restait encore beaucoup à faire, et son temps était compté.

Jack Cumberland fut tiré de son sommeil d'ivrogne par le claquement de deux portières. Il se redressa automatiquement, désorienté, et se demanda d'où venait toute cette lumière. Il avait passé la plus grande partie de sa vie d'adulte à se réveiller dans des endroits plus déconcertants les uns que les autres, et la sensation n'était par conséqunt pas trop perturbante. Il s'assit et son épaule gauche heurta quelque chose. Son esprit lui fit savoir qu'il s'agissait du volant, et il sut alors où il se trouvait.

La Dodge. Il avait raccompagné ce connard de flic au poste de police et il était revenu au mobile home pour y attendre les types de la police d'Etat, mais l'idée de s'allonger à proximité d'un cadavre était plus qu'il n'en pouvait supporter. Il avait alors décidé d'attendre dans la voiture. Au cours de la nuit, il avait glissé et avait continué à dormir le visage enfoui dans le siège avant.

Il se frotta le visage. Quel dommage qu'il n'ait pas eu une paire de serre-joints à sa disposition, histoire de maintenir ses os en place ! Son crâne lui donnait en effet l'impression qu'il allait imploser à tout instant. Clignant des yeux, il aperçut, garée à côté de la Dodge, une jolie Chevrolet neuve et deux hommes qui en sortaient, tous deux vêtus de costumes impeccables, arborant un air dédaigneux qui n'échappa pas à Jack. L'un des hommes aperçut Jack et se pencha à la portière de la Dodge.

Dans un insupportable grincement de gonds à l'agonie, Jack s'extirpa de sa voiture. Il aspira une grande bouffée d'air frais et printanier. Qui lui donna immédiatement la nausée. Il vit sa perruque posée sur le siège et se hâta de la ramasser. Il se la mit sur la tête et quand il fut certain qu'elle n'en bougerait plus, il se redressa. Il claqua la portière et une charge de dynamite lui explosa dans les oreilles, lui arrachant des larmes. Il se doutait qu'il offrait un spectacle lamentable, mais les parents proches des victimes de meurtre n'étaient pas censés péter la forme. Il fit le tour de la voiture et s'approcha de celui des deux hommes qui s'était penché à la portière.

« Je m'appelle Jack Cumberland », dit-il, des larmes roulant sur ses joues. Jusque-là, tout se passait pour le mieux.

L'homme lui lança un regard froid.

« Vous aviez un lien de parenté avec la victime ? »

Jack montra le mobile home.

« C'était mon père. Il s'est fait tuer la nuit dernière. Vous en avez mis, du temps, à venir !

— On vient d'avoir l'appel », répondit l'homme.

Il portait une cravate intensément blanche en fibre synthétique, qui semblait renvoyer les rayons du soleil directement dans les yeux de Jack, ce qui n'arrangeait pas son état mental. Son co-équipier, qui portait un gros sac noir ressemblant à une mallette de médecin, examinait le sol avec attention, comme s'il avait été à la recherche d'un mégot de cigarette à fumer.

« Et en plus, on est à une demi-heure de Terre Haute. » D'un geste, il indiqua le mobile home. « Le corps est toujours à l'intérieur ? »

Jack fit oui de la tête.

« Oui, personne n'y a touché. Vous voyez, le gamin a fait irruption hier dans la nuit et... »

Le flic agita la main.

« La police locale nous a donné tous les détails. » Il sortit de sa poche un petit carnet. « Adolescent connu sous l'identité d'Arnold White. Il s'est battu avec vous, vous a assommé à l'aide d'une bouteille de whisky et a poignardé votre père avec les tessons de la bouteille. »

Il fixa les traces de sang séché sur le visage de Jack. Ce dernier évita son regard, sachant que le regard des flics était en général capable de vous percer un trou au fond de l'âme pour y lire ensuite toutes vos pensées comme en un livre ouvert.

« Costaud, ce petit White, non ?

— Costaud ? Eh bien, euh, non, pas vraiment. Qu'allez-vous en faire quand vous l'aurez attrapé ? »

Le flic haussa les épaules.

« Le remettre à la justice, quoi d'autre ? Il est mineur, et par conséquent il ira en prison. Si vous souhaitiez le voir condamné à mort, détrompez-vous. J'ai horreur d'être brutal, mais la loi est la loi. Personnellement, vu la façon dont augmente la délinquance juvénile, je passerais tous ces petits salauds à la chaise électrique à partir de huit ans.

— Me sera-t-il possible de le voir ? De lui parler ?

— Pour lui tordre le cou à la première occasion ? Ça m'étonnerait. »

Le flic referma son carnet et le fit disparaître dans sa

poche. « Si vous avez l'intention de chercher à vous venger, à votre place, j'oublierais. A partir de maintenant, la loi est seule juge, que ça vous plaise ou non. Vous comprenez ce que je veux dire ?

— Bien sûr, dit Jack d'une voix rassurante. C'est juste que j'aurais aimé dire à ce garçon que... que... »

Le flic fronça les sourcils.

« Que quoi ?

— Que je lui pardonne. »

Le flic en resta bouche bée. « Que quoi ?

— Que je... Je lui pardonne. Je suis, euh, Témoin de Jéhovah, et très pratiquant. Il se trouve que nous ne croyons pas, euh, en la vengeance. Nous, on pardonne, vous voyez ? Et le pardon, c'est la clé du Paradis. »

Du bout de sa chaussure, le flic grattait le sol, l'air embarrassé.

« Oui, bon, enfin c'est au juge pour enfants de décider ça.

— Je souhaiterais vraiment le voir dès que vous l'aurez fait prisonnier.

— Ça n'est pas de mon ressort, je vous dis ! Il faudra qu'il prenne un avocat, la cour peut décider de le remettre en liberté si les charges contre lui sont moins fortes que ce que je pense, ou de vous interdire de le rencontrer si son avocat pense que cela pourrait lui porter préjudice. Et le gamin lui-même peut tout à fait refuser tout entretien avec vous, je n'en sais foutre rien ! Un tas de trucs pourrait faire foirer ce genre de demande, vous savez. La justice, c'est pas comme Perry Mason !

— Mais il faut absolument que je puisse lui parler. Pour, hum, pour apaiser mon âme. »

Le pied du flic avait fini par creuser un trou dans le sol. Il entreprit de le reboucher, toujours du bout de sa chaussure. Son coéquipier, lui, continuait à regarder fixement par terre, l'air complètement dépassé.

« Je ne peux rien faire, désolé. On vous tiendra au courant de la situation, ça va comme ça ?

— Oui, bien sûr », dit Jack amèrement. Il fit un geste en direction du mobile home. « Bon, eh bien allons voir ce que le petit — enfin, je veux dire ce pauvre enfant égaré a fait à l'intérieur. »

Mais le flic leva la main pour l'arrêter.

« Non, m'sieur, nous n'avons plus besoin de vous. Nous n'acceptons pas la présence des civils sur les lieux du crime pendant l'enquête. Allez donc vous occuper de vos affaires de, euh, religion, pendant ce temps. La police de Wabash Heights vous préviendra de la date à laquelle vous pourrez récupérer le corps, à moins que le médecin légiste ne décide de le garder plus longtemps. »

Le flic tourna les talons, visiblement soulagé d'en avoir fini avec ce Témoin de Jéhovah avant qu'il n'ait eu le temps d'essayer de lui refiler un tract et le petit discours de propagande habituel. Lui et son collègue allaient sans doute s'en donner à cœur joie dès qu'ils auraient refermé la porte du mobile home. Ils s'éloignèrent. Jack se retrouva seul et il se demanda s'il n'avait pas tout fait foiré. Que la justice mette la main sur le gosse et le juge pour meurtre, de longues années risquaient de s'écouler avant que Jack n'ait une chance de lui parler. Maintenant que le brouillard de whisky qui lui troublait les idées commençait à se dissiper, il se rendait compte qu'il s'était foutu dans un sacré merdier. Le petit Arnie avait pas mal de choses à raconter, comme entre autres le fait qu'on lui avait couru après en pleine nuit, qu'il s'était fait kidnapper alors qu'il se trouvait devant le porche d'entrée d'une maison sous lequel il était venu se réfugier en réclamant de l'aide, que le vieil Alfred lui avait donné une raclée à coups de canne... Et il faudrait alors qu'à son tour, Jack réponde à un tas de questions particulièrement embarrassantes.

Il s'appuya contre la Dodge. Le front contre la carrosserie, il resta un long moment à tenter de calmer les démons de la trouille qui s'agitaient dans son cerveau. Pourquoi n'avait-il pas simplement enterré le vieux quelque part ? Pourquoi ne l'avait-il pas jeté dans un fossé ? Ou brûlé dans le mobile home ? Pourquoi n'avait-il pas disposé du corps de l'une des mille façons dont il est possible de se débarrasser d'un cadavre, quand on le veut vraiment ? Mais pourquoi avait-il appelé les flics, nom de Dieu ? Où avait-il donc eu la tête ?

Il se prit la tête à deux mains, écoutant une petite voix au fond de lui qui disait que dans cette position, au moins, si jamais l'envie prenait aux flics de jeter un coup d'œil par la fenêtre, ils le croiraient en train de pleurer, alors qu'il s'auto-invectivait violemment. L'histoire d'Arnold s'introduisant par effraction dans le mobile home (à moins qu'il n'ait dit que le gamin vendait des abonnements à prix réduits, il ne s'en souvenait plus) ne tenait pas debout ; non seulement le gosse était souffreteux, mais il avait en plus un bras dans le plâtre. La police ne mettrait pas longtemps à compter les trous dans le tissu de mensonges qu'avait raconté Jack et à dévoiler son vrai visage. Jack le Meurtrier, Jack le Parricide, Jack le Ravisseur de Petits Garçons. Le trésor ne rapporterait rien à personne pour la bonne raison que son propriétaire allait être l'invité d'honneur d'un barbecue organisé à la prison, convié à exécuter un petit boogie-woogie de vingt-cinq mille volts, ligoté à une chaise.

Ouais. Cette fois, il avait tout fait foirer. Tel père, tel fils. Déficience génétique. Appelez ça comme vous voudrez, Papa lui avait transmis la capacité d'exceller à une chose, et une seule : faire tout foirer.

Il se dit que la meilleure solution qui lui restait, c'était de fuir, de quitter cet Etat pourri, de se trouver une nouvelle identité, d'oublier la perruque frisée au profit de quelque chose moins compromettant. Cela faisait un petit moment qu'il avait envie d'être blond, et l'heure semblait être venue.

Mais en ce qui concernait le trésor, ce trésor qui ne cessait d'être à portée de sa main, il était plus proche que jamais. Arnie savait où il était. Arnie était probablement d'ailleurs déjà en train de le déterrer. Et même si les flics le retrouvaient, il serait assez malin pour ne pas en parler. Même s'il était accusé de meurtre, et condamné, ce que Jack trouvait maintenant parfaitement absurde, il ne resterait pas en prison très longtemps et, à sa sortie, le trésor serait toujours là, l'attendant aussi patiemment qu'il l'avait fait au cours des cinquante-huit dernières années.

Jack releva la tête et ouvrit les yeux. Devant lesquels pendouillait la perruque. Il la repoussa sur le sommet de son crâne avec un méchant sourire. Toute sa vie, il avait couru après ce trésor. Il avait maintenant trente-sept ans et il sentait l'odeur de l'or tout proche, si proche qu'il était presque possible de le toucher, avec au-delà, là où la vision du trésor passait le relais à l'imagination, le spectre de la chaise électrique. Ce qui suffisait largement à rendre un homme fou. S'il avait été moins résistant, Jack se serait effondré comme un robot en panne se dévissant de toutes parts, tombant en pièces détachées sur le gravier devant l'entrée du mobile home, alors que ce dernier aurait aisément pu rapporter quatre cents dollars, à condition seulement de trouver un acheteur myope doté d'un portefeuille bien garni.

Jack se passa la main sur le front. L'argent. Quelle bonne idée ! Il était fauché comme les blés, sans aucun revenus. Il n'avait plus le temps de chercher un job, et rien qui le fasse vivre en attendant son premier salaire, en admettant qu'il se trouve rapidement du boulot. Il n'avait rien mangé depuis l'avant-veille. Quarante millions de dollars l'attendaient quelque part, mais l'héritier légitime de cette fortune n'avait pour l'instant pas assez d'argent pour bouffer, et pis encore, pour boire. Incroyable, renversant, hallucinant.

« Ce putain de gamin », grommela-t-il en s'assurant qu'il était toujours d'une seule pièce, en dépit des multiples signes de désagrégation mentale qui l'assaillaient. Il était en mauvais état. Si jamais il retrouvait ce gamin, il lui arracherait tous les membres les uns après les autres et se servirait de ses os pour en faire une canne. C'était son seul espoir de continuer sa route.

Il fit le tour de la Dodge, se souvenant de ce qui l'avait frappé la veille au soir. Il connaissait l'adresse du gamin. C'était son dernier atout, et il saurait l'utiliser à bon escient, cette fois. Il allait faire une proposition au féroce beau-père du petit merdeux et, à eux deux, ils retrouveraient très vite ses traces. Mais il fallait se dépêcher.

Il démarra la voiture et prit la direction de Wabash Heights. Avec un peu de chance, le féroce beau-père serait chez lui en ce vendredi après-midi, et ils feraient affaire...

... Sauf que le beau-père n'était pas à la maison, ce qui était typique de la chance qui avait caractérisé la vie de Jack au cours de ses trente-huit ans d'existence. De l'autre côté de la moustiquaire qui barrait la porte d'entrée, se trouvait une femme timide, vêtue d'un chemisier fané et d'une paire de jeans rapiécés. Une vieille odeur de bacon se faufila par la porte ouverte ; ah, les odeurs de cuisine, cette fameuse Friturose, comme les avait autrefois nommées une publicité. Cette baraque en était de toute évidence affligée. Mais l'estomac vide de Jack en profita néammoins pour se plaindre.

« Savez-vous où je pourrais le joindre ? demanda-t-il le plus civilement qu'il put.

— Il travaille », dit la petite femme. Elle avait l'air traumatisée. Apparemment, la vie avec le beau-père ne ressemblait pas à une visite à Disney World.

« Et où travaille-t-il ? » dit Jack.

Elle sembla perplexe. « Je ne sais pas s'il aimerait que je vous le dise.

— Hé, pas de problèmes, dit Jack, rassurant. Il me connaît. On s'est déjà rencontrés plusieurs fois, et il m'a toujours dit de passer le voir quand j'en aurais envie. on fait des affaires ensemble. »

Elle le regarda droit dans les yeux. *Mon Dieu,* se dit-il brusquement, *c'est vrai que je ne ressemble à rien. J'ai du sang partout sur la figure et cela fait des semaines que je n'ai pas pris un bain. Je pue le whisky à vingt mètres, et si je ne portais pas une perruque, elle ne m'aurait même pas regardé.*

« Il travaille à l'atelier de carrosserie Hyman & Fils, dit-elle après une longue hésitation. Mais il est plutôt de mauvaise humeur. Il s'est battu hier soir. »

Comme si je n'étais pas au courant, pensa Jack. *Je regardais par la fenêtre pendant que tu lui flanquais de grands coups de poêle à frire sur la tête. T'es plutôt mauvaise, pour un petit bout de femme comme toi. Pas comme ma pauvre mère, cette incapable.*

« Ah oui, dit-il en lui souriant. Je crois que j'ai repéré l'endroit en ville. C'est dans la Main Street, n'est-ce pas ? A gauche après le bar ? »

Elle acquiesça. Un bébé se mit à pleurer au fond de la maison. Elle se prépara à refermer la porte.

« Une seconde, dit Jack. Le petit Arnold est-il à la maison ? »

Elle sursauta, ses yeux bruns s'agrandissant sous l'effet de la surprise. « Arnold ? Non, pourquoi ? Vous êtes... Vous êtes de la police ? »

Jack s'accrocha aux oreilles son meilleur sourire, pendant que son esprit, rompu aux mensonges mais généralement maladroit dans leur formulation, faisait le tri entre diverses faussetés, les examinant toutes afin de sélectionner la meilleure. L'opération lui prit deux secondes.

« Bien sûr que non. Il se trouve que j'ai eu un accident de voiture il y a deux jours, et je suis allé à l'hôpital. » Il se toucha le front. « J'ai fait un coma de plusieurs heures, mais comme je ne suis pas assuré, ils m'ont jeté dehors dès mon réveil. Ils n'ont même pas nettoyé le sang de mes blessures. J'étais dans la même chambre que le petit Arnold, et nous avons sympathisé. Je lui ai promis de lui rendre visite. »

Il arborait un grand sourire pendant qu'elle jaugeait la véracité de ses dires.

« Vous avez sympathisé avec lui quand vous étiez dans le coma ?. » dit-elle en fronçant les sourcils.

Whoops. Encore un coup de l'ADN de Papa.

« J'avais quelques instants de lucidité, malgré tout, dit-il sans s'attarder. Bref, vous ne savez pas où est le petit Arnie ? »

A sa grande surprise, la femme se mit à pleurer, et il sut tout de suite qu'elle avait mordu à l'hameçon de son mensonge, et qu'elle avait même avalé le fil, la canne à pêche, et la boîte à asticots. Cette idée le remplit de fierté.

« Roy Mallone est passé ce matin. Il a dit qu'Arnold avait tué un vieil homme à Shitty... enfin, je veux dire au parc de mobile homes. Mais Arnold était censé aller directement chez Joey, c'est ce que je lui ai dit. Et j'ai aussi dit à Mallone qu'Arnold n'avait rien à faire de ce côté là de la ville, et il m'a dit que la police de l'Etat le recherchait. Je ne sais pas ce que je dois faire... La police ne sait pas où il est, je ne sais pas où il est, mais je sais qu'il est blessé et que... Et qu'il faut faire quelque chose et que moi, je ne peux rien faire ! »

Jack la regarda pleurer. Ses sanglots se mêlaient parfaitement aux harmonies vocales du bébé. L'odeur de bacon se faisait insupportable.

« Vous ne connaissez pas un endroit où il aurait pu aller se cacher en cas de besoin ? demanda Jack que le concert commençait à fatiguer. N'avait-il pas une cachette spéciale, un endroit secret où personne ne le trouverait ? Une maison planquée dans un arbre, une grotte quelconque ? »

Elle secoua la tête, impuissante, de grosses larmes lui

coulant sur le menton.

« Je n'en sais rien. Il a toujours été si gentil. Comment a-t-il pu se mettre dans de pareils ennuis ? »

Parce qu'il m'a fait chier, chère madame, pensa Jack sauvagement, se clouant son sourire sur les lèvres avant qu'il n'ait le temps de disparaître à jamais.

« Je vais vous dire un truc, dit-il. J'ai quelques journées libres, et je vais en profiter pour chercher Arnold. J'ai travaillé pour la CIA, autrefois, et si quelqu'un peut retrouver Arnold, c'est bien moi.

— Vraiment ? » dit-elle, son visage traversé par un mélange bizarre de joie et de désespoir que Jack trouva étonnamment attirant. *Fais prendre un bain à cette femme, coiffe-la et maquille-la un peu, et ce sera une beauté.*

« Comme je vous le dis », répondit-il.

Elle disparut hors de sa vue. Bouche bée, Jack fixait toujours le pas de la porte où elle s'était tenue. Qu'avait-il encore fait ? Attention, regardez bien, la dame qui était là n'y est plus ! Il s'aplatit le nez contre la moustiquaire, la cherchant en vain des yeux. Des meubles bon marché, des jouets de bébé éparpillés un peu partout, une table à repasser dont la housse était déchirée, un poste de télé dont on avait baissé le son. Mais pas de dame en vue. Cela signifiait-il qu'elle avait compris que Jack mentait et qu'elle était allée chercher un fusil pour l'abattre sans plus attendre, ou qu'elle était allée prévenir les flics ? Ou quoi ?

Il allait se barrer quand elle réapparut. Elle ouvrit la porte et tendit à Jack le plus gros des livres de poche qu'il eût jamais vus. Le bouquin pesait au moins un demi-kilo.

« J'ai économisé pendant des semaines, dit-elle. Quand vous l'aurez retrouvé, donnez-lui ceci. Dîtes-lui que Maman lui avait acheté ce livre pour son anniversaire, mais que maintenant, eh bien… »

Elle se remit à sangloter. Jack recula d'un pas, commençant presque à se sentir affecté par l'aura de misère, quasi palpable, qui se dégageait de l'ensemble de la maison. Ça puait le bacon et le manque de chance. Il quitta le porche d'entrée, ravi de partir, et traversa la pelouse pelée devant la maison. Une fois dans sa voiture, il jeta le livre sur le siège à côté de lui et démarra la Dodge, direction Main Street via Kentucky Street. Arrivé à la Wabash Tavern, il tourna à gauche, pensant toujours à la jolie dame et au monstre qu'elle avait épousé, et regretta amèrement de ne pas même avoir un dollar en poche pour s'offrir une bière. Ou n'importe quoi susceptible de le débarrasser de l'amertume qu'il gardait dans sa bouche. Pour avoir Arnold, il allait lui falloir s'arranger avec le monstre. Or, à cet instant précis, il aurait préféré le tuer. Mais l'or du trésor l'attendait, et l'une des clés était justement en train de travailler chez Hyman & Fils, Carrossier...

... dont l'atelier se trouvait à six rues de la taverne. Jack se gara à côté d'une vieille Chrysler rouillée qui, pour des raisons qui n'appartenaient qu'à elle, n'avait plus de portières. Se préparant mentalement à cette nouvelle épreuve, il sortit de sa voiture et se fraya un chemin jusqu'à l'entrée des Etablissements Hyman & Fils. A l'intérieur, il faisait sombre, mais on étouffait. Quatre ou cinq véhicules à des stades d'épuisement divers occupaient l'endroit. Sur la gauche, quelqu'un était en train de taper sur quelque chose ; à droite, un immense rideau de vinyle pendait du plafond, couvert de tâches de peinture de coloris différents, et plus nombreux que Jack n'en avait jamais vu. Une silhouette se déplaçait derrière le rideau, un pistolet à la main, et l'odeur forte de la peinture fraîche prenait à la gorge.

Il prit le temps de laisser ses yeux s'habituer à la pénombre, tentant de réprimer le sursaut qui le traversait à chaque fois que l'homme invisible tapait sur le métal d'un grand coup de masse. Vint alors s'ajouter au bruit celui d'une sableuse pneumatique qui fut mise en marche au fond de l'atelier, crachant des étincelles. Les plombs dentaires de Jack vibraient à l'unisson. Cet endroit était le pire châtiment que puisse endurer un individu affligé d'une sérieuse gueule de bois et, comme le voulait la tradition d'hospitalité en usage à Wabash Heights, personne ne semblait se rendre compte de sa présence.

Il se dirigea vers le rideau en plastique et chercha vainement une ouverture. Il se résolut alors à le soulever et glisser sa tête par-dessous.

Un homme portant un masque à gaz se tourna vers lui en agitant son pistolet à peinture et en criant une suite de mots étouffés. Jack saisit au passage «sors d'ici tout de suite, connard », et jugea bon de ne pas insister. Finalement, un gars vêtu d'une combinaison de mécano rapiécée s'approcha de lui en traînant les pieds, se planta une cigarette entre les lèvres et lui dit :

« Qu'est-ce que c'est, que vous voulez ?

— Faut que je parle à Monsieur White. »

L'homme sortit un briquet. Il jeta un coup d'œil par-dessus son épaule droite, puis par-dessus son épaule gauche. Jack se demanda s'il avait vraiment l'intention de l'allumer, étant donné que les vapeurs de peinture étaient si denses qu'on aurait pu nager dedans. Sans se démonter le moins du monde, l'homme alluma sa cigarette. Jack se prépara à l'explosion finale avec une sorte de regret et de lassitude. Quelle façon de quitter la planète !

Mais il n'y eut pas la moindre explosion. L'homme prit une longue bouffée qu'il expira soigneusement au visage de Jack, et il dit :

« Y'a pas de M'sieur White, ici. »

Jack fronça les sourcils. White était le nom de famille d'Arnold. Comment la préposée au listing de l'hôpital avait-elle donc appelé le beau-père ? Wargle ? Wopple ? Whipple ?

« Et de Monsieur Whipple ?

— Weasel ?

— Non, Whipple.

— Weasel Whipple.

— Qui Whipple ?

— Il fait du bruit là-bas, dans le coin, dit l'homme en montrant du doigt la partie de l'atelier qui se trouvait sur la gauche de Jack. Il est plutôt de mauvaise humeur, aujourd'hui. D'encore plus mauvaise humeur que d'habitude, si c'est possible. Il s'est fait attaquer à coups de batte de base-ball hier soir. Ce connard a la gueule explosée. Je vous conseille de faire attention à vos os, si vous voyez ce que je veux dire.

— Je vois très bien, dit Jack.

— Bon, eh bien je vais faire une petite pause. Les vapeurs de peinture, ça me grille les poumons. »

Il se dirigea vers la sortie, un léger nuage de fumée bleue à sa suite. Jack secoua la tête, de plus en plus inquiet, se demandant pourquoi le sort continuait ainsi à s'acharner contre lui. Il révisa en vitesse quelques techniques de base de karaté, estima qu'une attaque directe entre les deux yeux suffirait à le tirer d'affaire si l'entrevue tournait mal, et se mit en route pour la confrontation avec Weasel Whipple.

Tournant le dos à Jack, Weasel était accroupi devant l'aile avant droite d'une Pinto rouge délabrée. L'un de ses bras était passé à l'intérieur et, de l'autre, il frappait la carrosserie, un énorme marteau dans son énorme poing fendant l'air à chaque coup. Sur son cou, de longues traînées de sang séché. La petite dame l'avait vraiment bien arrangé, si bien que c'était un miracle s'il s'était réveillé ce matin. Mais son amnésie concernant les événements de la veille, elle, ne relevait pas du tout du miracle.

« Excusez-moi », hurla Jack.

Il continua à taper. Jack se rapprocha, prêt à faire machine arrière si le besoin s'en faisait sentir. Puis il remarqua les oreilles de Weasel. De petits bâtonnets blancs en dépassaient. Les cotons-tiges. Jack s'en était lui-même servi lorsqu'il lui était arrivé de travailler dans des endroits bruyants. Le truc ne marchait pas très bien, mais il avait au moins l'avantage d'empêcher le cerveau de se répandre par les oreilles.

Il toucha l'épaule de Weasel, qui tomba à genoux en se cognant la tête contre la carrosserie. Il sortit son bras du garde-boue. Il tenait dans sa main gauche un poids en métal de la grosseur d'un poing.

« C'est pour quoi ? grogna-t-il.

— Il faut qu'on parle affaires », dit Jack.

Weasel tourna vers lui un œil rond énorme. Et aussi rouge que la Pinto. L'œil vint se fixer sur le visage de Jack.

« Encore vous », s'écria-t-il.

Pour un homme de sa corpulence, il fut vite debout. Et avant que Jack n'ait eu le temps de se rendre compte de quoi que ce soit, le marteau fendait déjà l'air telle une massue. Par pur réflexe, il leva le bras gauche pour se protéger, et le manche en bois s'écrasa sur son poignet. Il bondit en arrière en hurlant de douleur. Heureusement, le coup ne l'avait pas atteint en pleine tête, car sa violence lui aurait certainement défoncé le crâne. Pour l'instant, son poignet restait la seule partie de son anatomie à être totalement hors d'usage.

« Ow ! hurlait-il. Putain, vous m'avez cassé le poignet !

— T'as encore rien vu », répliqua Weasel en lui assenant un nouveau coup.

Jack se rendit compte que ni le karaté ni un doigt dans l'œil ne lui seraient d'un quelconque secours. Il opta pour la fuite pure et simple. Lancées à sa poursuite, les lourdes bottes de Weasel faisaient crisser le ciment. Jack, qui courait à toute allure, ne put éviter l'homme sorti fumer une cigarette quelques minutes auparavant, et il l'envoya valdinguer contre le coffre d'une voiture. Sa cigarette, une Camel filtre, fut projetée en l'air en tournoyant comme un minuscule bâton de majorette. Jack, lui, ne remarqua rien de tout cela, pas plus qu'il ne se rendit compte que la cigarette retombait dans ses cheveux. Tout ce qui l'intéressait, c'était de mettre la plus grande distance possible entre lui et ce fou furieux qu'était le beau-père d'Arnold White. Il se faufila entre deux voitures, laissant sur un morceau de carrosserie qui dépassait un peu de son pantalon et un bout de peau. Derrière lui, le marteau s'abattait régulièrement. Weasel poussait des grognements dignes d'un ours, et Jack se le représentait en train de courir pesamment à ses trousses. Mais il n'avait pas l'intention de se retourner pour vérifier si Weasel ressemblait bien à un grizzli en colère. Il piqua un sprint vers sa Dodge Dart dès qu'elle fut en vue, priant pour que la batterie regorge d'électricité et démarre au premier tour de clé, Weasel n'étant pas du genre à lui laisser une chance de s'en tirer sans dégâts.

Il se jeta sur la portière de la Dodge, le cœur battant à se rompre. La douleur dans son poignet gauche était insupportable. Il referma la portière au moment précis où Weasel arrivait près de la voiture. La collision fut à la fois bruyante et salvatrice. Dans le choc, la vitre explosa et les sièges avant furent instantanément couverts de débris de verre qui brillaient comme des diamants. Weasel, lui, rebondit et vint s'abattre en agitant les bras sur une Datsun bleue qui était née trop tôt pour savoir que son véritable nom était en fait Nissan. Il lâcha le morceau de métal qu'il avait à la main et ce dernier tomba près de la roue arrière gauche. Jack se rua dessus et le ramassa. Le bout de métal en question avait la forme d'une petite enclume. Quand Jack se redressa, Weasel avait récupéré et l'attendait de pied ferme, prêt au combat.

Il leva le marteau au-dessus de sa tête. Les talents de karateka de Jack se réveillèrent enfin, et à l'aide du morceau de métal, il para le coup. Weasel recommença aussitôt, grognant de plus belle. A nouveau, Jack esquiva et le marteau s'abattit sur le métal dans un jaillissement d'étincelles. L'impact avait sérieusement ébranlé le bras de Jack, mais rien de tel que le métal pour parer aux inconvénients du métal.

« T'as de la chance, connard », rugit Weasel en réattaquant.

Conk ! Les os du bras de Jack vibrèrent sous le choc, mais il n'y avait pas d'autres ripostes.

« Je veux seulement vous parler, haleta Jack alors que Weasel se préparait à nouveau à frapper.

— Eh bien, vas-y », répondit-il, rigolard.

Conk !

« Ça peut vous rapporter de l'argent ! »

Le marteau levé haut au-dessus de sa tête, ses deux mains suantes agrippées au manche, Weasel marqua une hésitation.

« Comment un infirmier de merde pourrait-il me rapporter de l'argent, hein ?

— Je ne suis pas un infirmier, je fais des affaires.

— Des affaires, mon cul ! »

Et férocement, il abattit le marteau en direction de Jack. Qui para le coup. Etincelles. Jack remarqua avec une légère inquiétude qu'une petite foule s'était rassemblée près de l'entrée de l'atelier et observait le spectacle. Voilà qui n'était pas bon du tout. Tout cela devait rester privé.

« Il faut que je retrouve Arnold », dit Jack à Weasel, qui avait le bras levé.

Le marteau brilla au soleil.

« Retrouve-le et fais-lui sa fête », dit Weasel.

Conk !

« Ecoutez, on ne va pas se battre toute la journée. Vous pouvez vous faire beaucoup d'argent, si vous m'écoutez trente secondes. »

Un intérêt soudain se manifestant au fond de ses yeux noirs, Weasel le regarda, à bout de souffle.

« C'est combien, beaucoup ? »

Un œil sur le marteau, Jack s'essuya le front. Le soleil

était particulièrement chaud, aujourd'hui.

« Il est impossible d'en parler ici. Trop de gens pourraient nous entendre. » Il baissa la voix d'un ton. « Mais je vous garantis que je peux faire de vous un homme riche, très riche. Plus riche que tout ce que vous avez jamais imaginé. »

Weasel fit mine de poser son marteau.

« T'as intérêt à dire la vérité. A cinq heures, ce soir, à la Wabash Tavern. J'y serai.

— Entendu. » Il désigna le marteau que Weasel avait toujours à la main. « C'est terminé ? Ce morceau de métal commence à se faire lourd. »

Weasel déposa le marteau sur le coffre de la Datsun.

« J'en ai plus besoin. »

Jack sourit, détendu.

« Vous me faites donc confiance ?

— Non, fit Weasel en lui rendant son sourire. Y'a tes cheveux qui sont en train de cramer. »

Jack exécuta alors à l'intention des spectateurs amassés devant l'entrée de chez Hyman & Fils un ballet des plus fascinants, écrasant à grands coups de talon rageurs sa perruque en flammes.

- 11 -

ARRIERES-PENSEES

Un sandwich au pastrami dans une main et un verre de lait l'attendant posé à côté de l'évier, Arnold errait dans la maison en se demandant pourquoi diable Norman Parker mangeait du pastrami, alors qu'il avait plutôt une tête à bouffer de la viande. Le pastrami était recouvert d'une fine couche de poivre qui, après quelques bouchées, chauffait agréablement la bouche ; le goût devait en être plus agréable accompagné de bière. Inspectant l'intérieur du réfrigérateur, Arnold avait considéré la possibilité d'en boire une, puis finalement s'était dit qu'il en avait définitivement terminé avec la boisson. L'alcool, avait-il découvert, était en fait une sorte de poison à action double : il vous envoyait d'abord dans un univers où tout semblait agréable et confortable, puis il vous précipitait ensuite sans parachute dans un désert inhospitalier où vous vous tordiez de douleur jusqu'à en devenir fou. Dans ces conditions, il préférait s'en passer.

La maison conservait encore un peu de la fraîcheur de la nuit passée, mais cela n'allait pas durer longtemps. Les rayons de soleil qui se glissaient dans les fentes des persiennes traçaient sur le lino de la cuisine et sur le tapis sale des lignes de clarté. Arnold essayait de ne pas regarder les traces de pas qui souillaient le sol, et il mangeait son sandwich en évitant du regard les larges empreintes qui s'arrêtaient à quelques dizaines de centimètres du sofa. Si l'électricité n'était pas revenue la veille au soir, si elle avait tardé quelques secondes de plus, les horribles yeux jaunes se seraient rapprochés d'Arnold de plus en plus près, et les horribles mains glacées se seraient finalement posées sur son cou. Et, cette fois, il n'y aurait pas eu la moindre canne à tête de lion pour le sauver.

Il déambulait dans la chambre à coucher, se frottant la gorge du dos de la main. La chair était enflée et probablement tuméfiée, ce qui était relativement sans importance, puisque son visage l'était déjà aussi. La commode de Norman, couverte de poussière, était encombrée de tout un bric-à-brac parfaitement inutile, dont un tas de pièces de monnaie et un vieux paquet de biscuits. Derrière un amoncellement de boîtes de bière vide, se trouvait un cadre doré dont le bord était ébréché. La photo en noir et blanc qui datait d'avant la naissance d'Arnold représentait une grosse dame souriant gauchement à l'appareil, un chapeau, aujourd'hui démodé, sur la tête. Une main mal intentionnée avait dessiné, sur le verre du cadre, une paire de moustaches qui lui donnait l'air bête. *Dis bonjour à Madame Parker,* pensa Arnold, se demandant si elle n'allait pas réapparaître aujourd'hui. Sûrement pas. Si sa mémoire était bonne, Madame Parker était morte vingt ans auparavant.

Il sortit de la pièce en fronçant les sourcils. Bien sûr, elle était morte depuis longtemps, mais Norman Parker, qui était mort la veille, n'en était pas moins revenu à la vie. Tout ça ne voulait pas dire grand-chose. Les mots "Isis ki Osirus" semblaient détenir un pouvoir certain, mais après tout, ils pouvaient tout aussi bien signifier "Passe-moi les pommes de terre, s'il te plaît", en égyptien. Arnold pouvait-il pour autant se rendre dans le prochain cimetière et ressusciter les trépassés ? Sérieusement, il en doutait. Si c'était vrai, il y aurait eu depuis longtemps en Egypte une explosion démographique phénoménale, la population n'ayant de cesse de ramener ses morts sur cette terre en leur susurrant la formule magique à l'oreille. Or, l'Egypte n'était pas réputée comme étant un pays peuplé de cadavres ambulants. Le comportement de Norman devait forcément avoir d'autres explications.

Il termina le sandwich et dirigea ses pas vers la cuisine, ne sachant que penser. Le moins qu'on puisse dire, c'est que les choses s'étaient mal passées. Dieu seul savait maintenant où était passé le Zombie Bleu. Avec un peu de chance, il était allé se perdre dans les bois de l'autre côté de l'autoroute et il était tombé dans une fondrière. Il y en avait pas mal dans le coin, qui dataient des années cinquante, à l'époque où Peabody Coal, avec de nombreuses autres entreprises du même genre, déployait ses activités dans la région. Avec un peu plus de chance, on pouvait même imaginer que Norman avait traversé la route devant un semi-remorque lancé à quatre-vingts kilomètres à l'heure, et qu'il n'était plus qu'un petit tas d'os saignant au bord du fossé. Arnold n'avait aucun moyen de savoir ce qu'il était devenu.

La pendule sur le mur de la cuisine indiquait dix heures dix. Il restait encore beaucoup à creuser, et plus beaucoup de temps. Il posa le verre par-dessus la montagne de vaisselle sale qui encombrait l'évier, se rinça les doigts, et s'essuya les mains sur son jeans. Grossière erreur : précédemment bleus, ses jeans étaient devenus marron. Les ampoules de sa main brûlaient comme s'il l'avait trempée dans un bain d'acide. Sans gant, cette main ne tarderait à saigner. Et avec ce qu'il avait déjà enduré, une douleur supplémentaire était franchement la dernière chose qu'il désirait en ce moment.

Il retourna dans la chambre pour y chercher une paire de gants. Mais les tiroirs de la commode recelaient des slips, des caleçons, des chaussettes, des chemises, et même un numéro de Playboy dont les pages intérieures étaient collées entre elles. Mais pas de gants. Norman était un dur de dur. D'après ce qu'Arnold avait senti de ses mains la nuit dernière, il n'avait vraisemblablement jamais porté de gants de sa vie.

Des pansements. Arnold passa dans la salle à manger, s'exerçant à plier ses doigts douloureux, déterminé à ne pas continuer à creuser sans protection. Il avait une migraine atroce et mal à la gorge, son bras cassé lui donnait l'impression que le mal qui rongeait l'os ne le quitterait jamais, et ses tibias étaient toujours douloureux, après le choc avec la chaudière. Le pire de tout était quand même ses dents, qui le torturaient constamment. Il s'arrêta devant le poste de télé et, pour la première fois, évalua les dégâts. Six dents en moins en haut, six en moins en bas. Match nul. Les débris de celles qui restaient plantées dans ses mâchoires lui avaient égratigné toute la langue. Il se livra à une rapide évaluation et se dit qu'il y en avait pour des centaines de dollars de frais dentaires. Des centaines de dollars que Frank ne paierait jamais. Mais avec les quarante millions, ce serait par troupeaux entiers que les dentistes débarqueraient à la porte d'Arnold. Il pourrait même envisager d'être le premier millionnaire à s'offrir les services d'un dentiste installé en permanence à la maison. Cette idée le fit presque rigoler.

Il se dirigea vers la salle de bains. Une puanteur digne des pires toilettes publiques l'accueillit, preuve odorante que des dizaines d'années d'urine séchaient sur le sol. Dégoûté, Arnold vit que Norman appartenait à cette race heureusement démodée de personnes qui préfèrent jeter le papier hygiénique à la poubelle plutôt que tirer la chasse d'eau. Des problèmes de fosse septique, sans doute. Le petit récipient en métal posé à côté des toilettes débordait de bandes de papier hygiénique souillées. Des hordes de mouches, vrombissant furieusement, faisaient bombance. Arnold retint sa respiration et ouvrit l'armoire à pharmacie. Une boîte rouillée de sparadrap pré-découpé Band-Aids était posée sur la troisième étagère. Il l'attrapa d'un geste et retourna en courant dans la salle à manger, claquant la porte derrière lui. Il se laissa tomber dans le fauteuil en face de la télévision et s'autorisa enfin à respirer. Il choisissait la bonne taille parmi les différents pansements que la boîte contenait quand il se souvint brusquement que Norman était mort précisément dans ce fauteuil.

Comme catapulté, il en jaillit, renversant presque la télé. Il eut soudain besoin de quelque chose de rassurant et d'agréable pour rompre le silence pesant de cette maison hantée, et il alluma le poste de télé, afin que la voix des vivants fassent taire celle des morts. Le vieil engin RCA mit un moment à chauffer, et Arnold retourna sur le sofa pour soigner ses ampoules.

La télé diffusait une publicité enjôleuse qui avait pour but d'inciter les gens à appeler un numéro vert, afin qu'ils puissent obtenir davantage d'informations concernant une machine à muscler qui leur ferait un estomac plus dur qu'une dalle de béton. S'aidant de ses dents et des doigts qui dépassaient du plâtre, il était en train de soigner la troisième ampoule quand le bulletin d'information de la WTHI démarra, à dix heures et quart.

Arnold n'écoutait pas. Les affaires du monde ne l'intéressaient absolument pas, pas plus que les affaires de la Vallée. Ce ne fut qu'après avoir entendu le nom d'Alfred Cumberland que ses oreilles se dressèrent et que son esprit cliqua.

Le présentateur avait bonne mine, et c'est d'une voix à la diction parfaite que le petit homme affable annonça la condamnation à mort d'Arnold. Un bout de sparadrap collé sur la lèvre, soudain très inquiet, Arnold n'en croyait ni ses yeux ni ses oreilles.

« ... mort à la suite de multiples blessures, a été identifié hier dans la nuit par son fils, qui a déclaré avoir assisté à l'agression et avoir tenté, sans succès, de décourager l'agresseur. Ce dernier a d'ailleurs été identifié par la police locale, et il est actuellement activement recherché. Il s'agit d'un jeune habitant de Wabash Heights, qui se serait enfui à pied. Rappelons que la victime, Alfred T. Cumberland de Wabash Heights, était âgé de quatre-vingt-deux ans. Et maintenant, un coup d'œil aux prévisions météo après une communication de la Générale Agricole de Terre Haute. »

Des tracteurs envahirent l'écran. Arnold sauta sur ses pieds, faisant voler les pansements autour de lui.

« Je ne l'ai pas tué, dit-il, interloqué, à l'intention de la télé. Il f'est endormi. »

Ses protestations n'eurent aucune incidence sur le déroulement de la pub sur les tracteurs, qui informait le public qu'un plan de financement personnalisé pouvait être accordé aux acheteurs, après présentation d'un dossier.

« Il f'est... Il f'est fimplement endormi ! » cria Arnold.

Il sentait qu'il devait avoir l'air aussi stupide qu'Elmer Fudd quand il tirait dans le terrier du lapin. Tout le monde savait qu'Elmer Fudd n'attraperait jamais fe fatané lapin et qu'Arnold White ne convaincrait jamais de son innocence un poste de télévision.

Son esprit décrivait des cercles de plus en plus rapides, pendant que son cœur, lui, accélérait pour suivre le rythme. Sa bouche fut subitement plus sèche qu'avant qu'il n'aille boire dans la cuisine. Il fallait qu'il retourne immédiatement en ville, la question ne se posait même pas. Peu importait qu'il y aille à pied ou en stop, il fallait qu'il se débrouille pour se rendre au poste de police et s'expliquer là-bas. Il avait toujours les clés de Norman et peut-être pourrait-il dégoter quelque part un véhicule en état de marche, même s'il fallait pour cela qu'il apprenne à conduire, tout serait bon pour lui permettre de dire le plus vite possible aux flics qu'il était innocent. Personne n'avait poignardé le vieil homme, et Jack n'était même pas là quand Arnold avait quitté le mobile home, et de toute façon personne n'avait poignardé personne, des coups de canne, oui, et nombreux, mais on ne poignarde pas un homme avec une canne.

Sauf s'il s'agit du vieux Norman Parker, justement, si, il est possible de poignarder un homme à coups de canne, Arnold, parce que c'est exactement ce que tu as toi-même fait la nuit dernière, en plein dans l'œil, pop, zoom, droit dans la lune, avec un truc jaune dégueulasse qui a coulé sur le bâton, et des bouts de cervelle fluorescents qui volaient partout, la police ne croira certainement jamais ça, et les flics ne te croiront pas non plus quand tu leur diras que tu n'as pas poignardé Cumberland exactement de la même façon, ou vice versa, t'es cuit, mon kiki !

Il faillit s'effondrer en larmes tandis que la télé continuait gaiement à parler du temps qu'il allait faire aujourd'hui. Il l'éteignit, désespéré. Trente secondes auparavant, il s'était senti fou de bonheur à l'idée d'avoir découvert un trésor. Et maintenant, il avait l'impression de s'être dégonflé, tel un vulgaire ballon. Aucune somme d'argent ne pouvait le sauver désormais. Une cellule avec des barreaux aux fenêtres n'était pas l'endroit idéal pour dépenser quarante millions d'or massif.

Il se laissa tomber au fond du fauteuil de Norman, sans se soucier davantage des éventuels revenants ou du silence oppressant qui régnait dans la maison. Il était recherché par la police. Hors-la-loi. Ils allaient peut-être mettre sa photo sur le mur du bureau de poste. Les gens de Wabash Heights, toujours à l'affût d'une bonne occasion pour se faire de l'argent cash, n'hésiteraient pas une seconde avant d'organiser une gigantesque battue et de partir à sa recherche, le fusil de chasse à la main, impatients d'abattre la nouvelle star de Wabash Heights, l'Elephant Boy local dont la tête avait été mise à prix. Ils avaient fait pareil deux ans auparavant, quand Richard Carter, l'adolescent de Terre Haute qui avait flingué son père et sa mère au cours d'une crise provoquée par l'abus de drogues de toutes sortes, avait été signalé dans la région. Tout le monde avait arrêté de chasser le raton-laveur et s'était jeté à la poursuite de Carter. Une équipe de citoyens s'était formée. La récompense avait augmenté jusqu'à atteindre la somme astronomique de cinq cents dollars. Ce qui avait déclenché parmi les respectables citoyens de Wabash Heights, soulards, pères de famille qui battent leurs enfants et autres profiteurs du système, un méchant accès de fièvre carterine. Quand on avait su que Carter venait d'être appréhendé près de Chicago, toute la ville avait pri le deuil pendant une semaine. Envolés, les cinq cents dollars ! Disparue, la chance d'abattre un gamin affolé en proie à la panique ! Finie, la partie de chasse qu'avaient cru pouvoir s'offrir en toute impunité les bonnes gens de cette honorable bourgade ; ils en étaient une fois de plus réduits à braconner le daim, le raton-laveur et l'écureuil, qui sont tous, c'est bien connu, des ennemis jurés de la race humaine, tout juste bons pour la poêle à frire.

Arnold fit disparaître de son esprit l'anecdote concernant Carter, et il se concentra sur son propre sort. Décidément, l'affaire se présentait mal. Il n'était pas question qu'il retourne à Wabash Heights, mais avec Norman Parker dans les environs, livré à son instinct, il ne suffisait que de quelques heures pour que ce dernier ne débarque en ville et n'alerte tout le monde, qui se précipiterait à son tour sur Arnold. Il eut brièvement l'idée de charger le fusil de Norman, d'attendre les flics, et de descendre tous ceux qui s'approcheraient. Mais c'était à la fois stupide et inutile. Nul ne saurait alors jamais la vérité et une honte supplémentaire s'abattrait sur sa famille humiliée. Il se demanda ce que son père aurait fait confronté à une telle situation, mais à la réflexion, son père n'aurait jamais été placé dans ce genre de situation puisque son père n'avait pas un Frank Whipple à côté de lui qui créait d'impossibles ennuis ; son père était parti et avait laissé Frank Whipple le remplacer à la maison. Il n'écrivait jamais, il ne téléphonait jamais ; il s'en foutait et s'en était même peut-être toujours foutu.

Pourtant, Arnold se souvenait du temps avant le départ de Papa, des temps d'avant, comme il commençait à les nommer dans ses souvenirs, des temps d'avant quand Papa était assis à la table du petit déjeuner, engouffrant ses corn-flakes de la main droite pendant que de la main gauche, il tenait ouvert le journal du jour, levant de temps en temps vers eux des yeux fascinés par ce qu'il lisait, et certainement qu'à ce moment-là, il ne songeait pas à partir. Puis le sens de la réalité lui revenait et il sermonnait alors Arnold et Melissa, leur disant qu'ils allaient être en retard à l'école, avant de retourner à sa lecture, sans se rendre compte que lui-même n'était pas en avance. Il portait un pantalon noir et une chemise blanche à laquelle était accroché un badge Kroger. Le badge disait John White, sans une lettre de plus ou de moins. John White qui travaillait comme caissier chez Kroger et qui rêvait en secret d'un autre destin. Depuis sa naissance, Arnold avait été bercé par le cliquetis sourd de la vieille machine à écrire Remington de Papa, qu'il gardait dans sa chambre sur un plateau. Après le dîner, il emportait sa chaise dans sa chambre et il fermait la porte. Et Arnold entendait le bruit d'une feuille de papier qu'on glisse dans la machine à écrire. Le cliquetis commençait alors, irrégulier, comme les salves successives d'une mitraillette. Pour Arnold, un tel comportement était normal, et il pensait que tous les pères de famille agissaient ainsi. Une fois, à sept ans, assez grand pour éprouver une certaine curiosité, il avait demandé à Maman ce que Papa faisait enfermé dans sa chambre. Il travaille, avait-elle répondu, et la discussion s'était arrêtée là.

A l'évocation de ces souvenirs, Arnold sentit de grosses larmes lui cuire les yeux. Papa tapait sur sa Remington du dîner au coucher, s'interrompant seulement pour venir border Arnold et Melissa et les embrasser, ses longues mains exhalant une odeur douceâtre d'épicerie, le regard lointain, hypnotique, comme si la Remington lui avait volé son âme et ne la lui rendrait que quand la tâche de la nuit aurait été accomplie. Il retournait dans sa chambre, parfois en marmonnant des paroles confuses que lui seul comprenait, et Arnold s'endormait au son des salves de la machine à écrire, qui crépitait jusqu'à tard dans la nuit. Et le matin suivant, il retrouvait Papa à la table du petit déjeuner, ni très frais ni très dispos, son journal à la main, et le rituel se perpétuait.

Deux ans auparavant, Arnold avait été malade. Grippe intestinale. Maman était partie au Laundromat ; Angie n'était pas encore née et Melissa était à l'école. Papa était au travail. Alors qu'Arnold regardait la télé, une soudaine curiosité s'était emparée de lui sans crier gare, et il s'était rendu dans la chambre pour fouiller un peu. Il ne savait pas ce qu'il cherchait, et encore moins ce qu'il allait trouver. Vaguement honteux, il avait regardé dans les tiroirs de la commode. Il y avait trouvé des vêtements. Il avait regardé sous le lit, dans l'espoir inavoué que quelques cadeaux de Noël y aient été prématurément dissimulés, et il n'y avait guère vu que des moutons. Mais on était seulement au printemps, et Arnold s'était dirigé vers le placard, qu'il avait néanmoins passé en revue. Au-dessous des vêtements qui pendaient sur leur cintre, se trouvaient plusieurs boîtes en carton. Deux d'entre elles étaient remplies d'affaires de bébé usagées, qui attendaient la naissance d'Angie. La troisième boîte était énorme et pourvue d'un couvercle qui pouvait se retirer. Le dessus et les côtés de la boîte étaient ornés d'un petit homme-céleri qui souriait sur son étiquette, au-dessus de "Les meilleurs produits de Californie". Arnold avait ôté le couvercle. A l'intérieur étaient empilées de grandes enveloppes marron. Les sourcils froncés, il en avait ouvert une, et en avait tiré une fine liasse de feuilles tapées à la machine.

Une histoire quelconque, pas très longue. Une lettre était retenue à la liasse par un trombone. Elle informait quelqu'un du nom de "Collaborateur" que la rédaction ne comptait pas publier la nouvelle pour le moment, mais merci quand même.

Au-dessous de la pile d'enveloppes, il y avait une couche de feuilles d'environ trente centimètres. Intrigué, Arnold les feuilleta une par une, puis il décida qu'elles devaient former le manuscrit d'un livre, d'un roman qui n'avait pas encore été publié, peut-être. Il s'apprêtait à lire la nouvelle quand la porte d'entrée s'ouvrit. Maman était de retour, chargée de linge. Arnold fourra l'histoire dans l'enveloppe et remit le tout dans la boîte, puis il referma la porte du placard et se hâta hors de la chambre. Mais il en avait vu suffisamment, et il savait maintenant ce que signifiait la machine à écrire.

Papa essayait de devenir écrivain.

Un jour de l'hiver qui suivit, alors qu'Arnold était sur son lit en train de lire un vieux Spiderman et que Maman et les filles étaient sorties, Papa franchit l'entrée avec, dans les bras, la boîte à l'homme-céleri. La porte qui donnait sur le jardin claqua. Arnold attendit quelques minutes, se demandant ce qui se passait, sa bande dessinée oubliée. Où Papa pouvait-il donc emporter sa boîte d'histoires, qu'il avait passé tant de soirées à écrire ?

Arnold se glissa hors de son lit et trottina sur le sol glacé. Il entr'ouvrit la porte et fit un pas dans la froide nuit de novembre. Une bourrasque de vent fit voleter son pyjama. Il vit son père au bout de l'allée, à côté d'un gros bidon où l'on déposait généralement les ordures. Des flammes jaillissaient en un cercle de feu orange que le vent couchait sur la gauche. Le visage clairement visible dans la lueur des flammes, Papa jetait méthodiquement les feuilles une à une dans le feu. Ses traits avaient une expression vieillie et désabusée, en dépit de ses trente-cinq ans.

Arnold se rejeta en arrière, mal à l'aise, conscient que l'étrange rituel qui s'accomplissait sous ses yeux était une affaire strictement privée, qui ne concernait que son père et ses propres créations ratées, ces histoires qui étaient nées d'une Remington décrépite sans jamais trouver par la suite une maison d'édition qui veuille bien les publier. Arnold éteignit la lumière de la chambre et tomba dans un sommeil léger mais agité, pendant que Papa passait par les flammes le boulot de longues années.

Le jour suivant, John White partit travailler et ne revint jamais chez lui. Maman reçut une carte postale du Texas huit jours plus tard. La carte représentait des puits de pétrole en action dans le désert, sur fond de ciel d'un bleu immaculé. Elle ne racontait pas grand-chose. Elle ne faisait mention d'aucune adresse.

Ces souvenirs amers défilèrent dans l'esprit d'Arnold à la façon de ces films au ralenti, qu'on a trop vu pour qu'ils puissent encore signifier quoi que ce soit. Papa avait voulu être écrivain, et cela avait grandemant contribué à le faire fuir de chez lui.

« J'aimais bien quand tu étais caissier », chuchota Arnold, conscient maintenant que les larmes roulaient librement sur ses joues et s'écrasaient sur ses cuisses. Il comprenait parfaitement ce besoin désespéré de partir. Son rêve à lui avait été de découvrir de l'or et de payer la rançon qui les délivrerait, lui, sa mère et ses sœurs, de la destinée à laquelle Papa les avait contraints. Il connaissait le pouvoir d'un rêve, et cette connaissance pouvait se résumer ainsi : un rêve n'a de réel pouvoir que lorsqu'il se réalise. Un rêve échoué est un fardeau très lourd.

S'essuyant le visage de la main, il se leva du fauteuil. Quarante millions d'or massif, mais qui auraient pu tout aussi bien être en plomb. Il fallait qu'il se sauve. Mais à pied, il n'irait nulle part. Ils pouvaient déjà préparer une nouvelle affiche à punaiser sur le mur du bureau de poste : Arnold White, recherché pour vol de voiture. Ou pour vol de camion. Cela dépendait de ce dont Norman Parker disposait pour aller d'ici au Texas.

Il sortit de la maison, tirant de sa poche le trousseau de clés de Norman. Garé dans l'herbe à côté du chemin, il y avait un vieux pick-up peint en vert. Lançant un regard plein de regrets au hangar, Arnold s'approcha du véhicule. Toutes ces heures passées à creuser. Tout ça pour rien.

A première vue, le pick-up ne lui dit rien de bon. De grosses lettres écaillées fixées sur la calandre proclamaient que c'était un pick-up .ORD. La rouille avait bouffé les ailes depuis déjà longtemps, et les pneus étaient lisses au-delà de toute définition. Les bords du châssis étaient percés en plusieurs endroits, et la portière n'avait plus de poignées. Arnold, debout sur le marchepied, actionna la poignée intérieure, qui émit un grincement fâché, et la portière s'ouvrit, à contrecœur.

Il s'assit derrière l'immense volant. Une odeur de poussière et de vieille bière imprégnait la cabine, lui rappelant celle de la Malibu de son beau-père Frank. Arnold se dit qu'il faudrait qu'il s'y habitue, le Texas n'étant pas la porte d'à côté. Il chercha la clé de contact dans le trousseau et en essaya plusieurs, sans succès. Il en trouva enfin une qui rentrait. Les aiguilles rouges des jauges dans le tableau de bord se hissèrent péniblement à leur nouvelle marque. Celle qui indiquait la quantité d'essence dans le réservoir atteignit la gradation qui marquait un quart de réservoir et refusa d'en bouger. Arnold la contempla avec effarement.

D'accord, gros malin, et l'essence ? Comment vas-tu acheter de l'essence ? Combien de pleins faut-il faire pour aller au Texas ? Et au fait, à quel endroit au Texas, exactement ? D'où avait été envoyée cette carte postale, hein ? Austin ? Dallas ? Trou-dans-le-Mur ?

Il tourna la clé de contact et coupa le circuit électrique,

observant tristement les jauges revenir à leur place initiale. Il n'avait pas d'argent pour acheter du carburant et, de toute façon, il ne savait même pas conduire. Dans le plancher du camion était planté un levier. Un schéma en forme de H était dessiné au sommet du levier. Du bout du pied, il pressa sur la pédale et constata qu'elle s'enfonçait pratiquement à fond, en appuyant bien. Bon, avec un peu de temps, de la patience et beaucoup d'efforts, il parviendrait sans doute à apprendre à conduire le pick-up. Mais il ne voyait pas comment il allait apprendre à ce dernier à rouler le réservoir vide.

Il posa sa tête douloureuse sur le gros rond noir au milieu du volant et fixa le bout de ses chaussures sales. Ses orteils en compote se ressentaient encore de l'unique poussée qu'il avait exercée sur la pédale ; combien de fois faudrait-il qu'il appuie sur la pédale d'ici au Texas, à supposer que cette vieille guimbarde accepte de s'y rendre ? C'était foutu. Il était tel l'écureuil prisonnier de sa roue qui, de toutes ses forces, court en rond. Il ferma les yeux. L'impasse totale. Tout ce qu'il lui restait à faire, c'était de s'abandonner au désespoir en attendant que toute la ville débarque à la ferme, et fermer les yeux jusqu'à ce que le sommeil l'emporte, pour la première fois au cours des trente dernières heures. Fermer les yeux et ne plus voir la lumière, la souffrance et l'échec. Dormir, seulement dormir, et peut-être ne jamais rouvrir les yeux.

Les yeux.

Il se redressa, le regard fixé sur le pare-brise fendu, mais regardant pourtant ailleurs. Ses traits avaient pris l'expression du finaliste qui est allé au tapis pendant tout le match et qui repère enfin la faille dans la défense de son adversaire.

Les yeux.

Le sarcophage avait des rubis en guise d'yeux, c'était certain. Des rubis de la taille d'une balle de golf. D'aussi gros rubis rapporteraient aisément un bon paquet de dollars dans n'importe quelle bijouterie de Terre Haute. S'il parvenait à déterrer la caisse et à forcer le couvercle, il pourrait enlever les rubis (ou les émeraudes... les saphirs... *les diamants ???*), les vendre et se faire payer cash. Des centaines de dollars. Des milliers. Suffisamment pour mettre de l'essence dans les réservoirs d'une armada de camions.

Assez pour s'offrir en route les meilleurs Holiday Inns. Et assez pour louer, dès son arrivée là-bas, les services d'un détective privé texan qui se mettrait illico à la recherche de Papa.

Il poussa la portière et sauta dans l'herbe, plus léger de dix kilos maintenant que l'horrible sentiment d'échec ne pesait plus sur ses épaules. Il restait encore un espoir, et pas des moindres. Il allait lui falloir travailler dur, et vite. Il claqua la lourde portière, ce qui eut pour résultat de faire s'écouler des charnières une fine poussière de rouille, et repartit en courant en direction du hangar. L'exaltation familière était de retour et, avec elle, le sens de sa mission de pirate. Il ne fallait quand même pas oublier qu'il avait un trésor à découvrir, quoi.

Alors qu'Arnold se faufilait à travers l'ouverture au fond du hangar, un homme du nom de Bart Raymond était sur le point de battre le record local en matière de pêche à la ligne, en attrapant la plus grosse perche qu'on ait jamais pêchée dans les eaux de la Wabash. A l'aube de cette journée de vendredi, il s'était installé avec sa canne à pêche dans sa barque en aluminium Jon, une embarcation de trois mètres qu'il avait achetée d'occasion deux ans auparavant, pour le prix très intéressant de soixante-dix dollars. Le moteur avait coûté un peu plus cher, mais c'était un Johnson, garanti trois ans. Il avait même changé l'hélice en métal contre une autre, celle-là en plastique transparent, que les poissons étaient censés ne pas remarquer. La batterie était une Sears Diehard, garantie cinq ans, et bon sang, elle tournait comme une horloge. Sa canne à pêche, une Shakespeare, était parmi les meilleures cannes en graphite actuellement disponibles sur le marché. Le moulinet Daiwa, un modèle haut de gamme. Pour sa partie de pêche du jour, Bart avait choisi dans son énorme boîte à appâts une grosse cuillère, et il avait fixé à l'hameçon un morceau de couenne de porc, afin que les pouvoirs respectifs et conjugués des deux éléments soient pour les grosses perches aussi irrésistibles que le chant des sirènes, excitant par la même occasion leurs papilles gustatives.

Le monstre se montra vers dix heures vingt. Bart, un grand barbu à la mode de Wabash Heights, ôta sa casquette de base-ball et la remit sur sa tête dans un même geste, comptant mentalement jusqu'à trois, habitude qu'il avait prise afin de ne pas perdre l'hameçon en tirant trop tôt. Il ne voulait surtout pas que la perche qui taquinait sa ligne avalât l'appât, mais il ne souhaitait pas non plus qu'elle le recrachât à cause de sa précipitation. C'était une question de timing. Il agrippa la ligne à deux mains et tira violemment vers le haut, faisant clapoter son embarcation.

Bingo. La perche s'était retournée et elle tirait maintenant sur l'hameçon, dévidant le fil hors du Daiwa pendant que le frein, parfaitement ajusté, se mettait à crier tel un minuscule moteur subitement enragé. Bart laissa filer le poisson, infléchissant sa fuite vers la gauche de l'étang, loin des souches et des branches mortes vers lesquelles la perche risquait de revenir, emmêlant ainsi irrémédiablement le fil de la ligne. Ce qui serait en vérité une grande honte, dans la mesure où Bart avait déjà compris, grâce à la protestation caractéristique émise par le frein du moulinet, que cette perche là était une splendeur. Sans doute assez grosse pour la faire empailler par Don Marston, le taxidermiste local.

Le frein se tut subitement. La ligne redevint lâche. Bart moulinait à fond, tandis que la perche se faufilait sous la barque, un vieux truc qu'elle utilisait pour entortiller le fil autour de l'hélice, ce qui risquait d'obliger ensuite Bart à le couper, à son grand déplaisir. Ni la cuillère ni le morceau de couenne n'avaient de valeur, mais à la pensée de raconter cette histoire ce soir à la Wabash Tavern et de devoir avouer qu'elle se finissait mal, les battements de son cœur s'accéléraient et le sang affluait à ses oreilles. S'il y avait une chose à laquelle les hommes de Wabash Heights attachaient du prix, plus qu'à leur boulot, c'était bien leurs talents de chasseur et de pêcheur. Si cette perche s'avérait être le monstre que Bart pressentait, et s'il parvenait à l'attraper, il pourrait raconter l'histoire de son heure de gloire pendant des années, et il ne s'en priverait pas, car s'il est une chose qu'un pêcheur préfère encore à la pêche, c'est raconter des histoires, et Bart ne faisait pas exception à la règle.

La perche changea de cap à nouveau et fila. Bart la laissa faire, sachant pertinemment que la bataille ne faisait que commencer. Subitement, la perche fit volte-face. Bart actionnait furieusement le moulinet, arc-bouté dans la barque qui remuait dangereusement. Quelque chose bougea dans les fourrés au bord de l'étang, sur la droite, mais Bart n'y prêta pas attention. Sa ligne venait de subir une traction vers le bas, la perche étant plongée en profondeur. Le fond de l'étang était couvert d'une végétation aquatique assez dense et Bart tenta d'empêcher le poisson de s'y enfoncer. Obligeante, la perche fit alors un bond hors de l'eau, et elle resta suspendue, l'espace d'une seconde, au-dessus de la surface de l'étang, la gueule ouverte, se tordant dans tous les sens pour décrocher l'hameçon planté dans sa chair. Les yeux de Bart lui sortirent presque de la tête. Le bestiau mesurait au moins soixante-dix centimètres, et ses écailles noires et blanches striées de vert luirent dans le soleil, étincelantes. Essoufflé, Bart ralentit le moulinet. Il y avait une glacière pleine de bière à l'avant du bateau et il aurait bien aimé faire une pause et recharger ses batteries personnelles en alcool, mais la bataille engagée n'autorisait aucun temps mort, même pour une bière.

Suant et hors d'haleine, il combattit le poisson pendant six bonnes minutes. La chose qui avait bougé tout à l'heure sortit des broussailles et vint se planter au bord de l'eau. Bart risqua un œil dans sa direction. Un homme, probablement là pour regarder le spectacle. Il reporta son attention sur la priorité du moment. Le poisson était en train de se fatiguer et il ne tirait plus sur le frein, mais se contentait de garder la ligne tendue. Bart le ramenait lentement à lui, prêt à tout. Quand il fut prêt de la barque, signalant sa présence par quelques rides à la surface de l'eau agitée, Bart se pencha en avant, son épuisette à la main. Il faisait des vœux pour que cette dernière soit suffisamment grande.

Elle l'était. La perche se laissa cueillir, exécutant une dernière torsion au moment où Bart la déposait dans le fond de la barque. Elle s'immobilisa sur le côté, ses branchies s'ouvrant et se fermant comme un cœur qui bat, la gueule béante, ses gros yeux ronds fixés sur le soleil.

Bart posa sa ligne. Ses mains tremblaient. Il essaya d'avaler sa salive et se rendit compte que sa gorge était complètement bloquée. Il eut peur un instant d'avoir une crise cardiaque et de tomber raide mort dans sa barque à côté de la plus grosse perche de la région, mais son palpitant persistant à palpiter, il rassembla ses forces et réussit à rapprocher la glacière. Il en sortit une Falls City dont il fit promptement sauter la capsule. Le liquide s'engouffra dans sa gorge à la manière d'un coulée de glace en Antarctique, trop goûteuse et trop rafraîchissante pour supporter toute tentative de description littéraire.

Levant sa bière, Bart salua l'homme au bord de l'étang.

« J' l'ai eue ! gueula-t-il en montrant la perche. C'est la plus grosse putain de perche que j'aie jamais vue par ici ! »

L'homme restait planté là, les épaules tombantes, vacillant légèrement sur ses pieds. Il n'avait pas répondu au salut de Bart.

Bart tendit le bras vers le démarreur du moteur, qu'il actionna d'un geste, et dirigea la barque vers le bord de l'étang, un sourire radieux accroché aux oreilles. Il allait raconter à cet homme, dans les moindres détails, tout ce qui venait de se passer au cours des huit minutes qui venaient de s'écouler, afin qu'il ait tous les éléments en tête ce soir au bar, quand il ferait durer vingt minutes la description de la plus grosse perche jamais vue dans la région. L'histoire, comme toutes les histoires de pêcheur, commencerait par Bart se réveillant ce matin-là avec comme un pressentiment, la sensation qu'aujourd'hui, ce serait le Bon Jour.

En se rapprochant, Bart reconnut l'homme qui se tenait au bord de l'eau. C'était Norman Parker, un vieux timbré qui vivait à l'ouest de Wabash Heights. Il semblait en piteux état, ou complètement bourré. Sans doute les deux. Ce qui lui restait de cheveux gris formait des épis qui se dressaient tout droit sur son crâne. Il avait les bras ballants. Quelque chose avait laissé une traînée jaunâtre sur un côté de son visage, comme s'il s'était envoyé sans le faire exprès une giclée de moutarde dans l'œil.

Bart hissa la Jon sur la berge, soulevant adroitement le moteur avant qu'il ne racle le sol. Il regarda Norman, qui avait le regard fixé sur l'autre rive.

« Putain, votre œil ! Qu'est-ce qui s'est passé ? » lui demanda Bart, inquiet, son sourire disparaissant rapidement.

Norman lui fit laborieusement face. Le soleil formait un halo aveuglant autour de sa tête. Sous cet angle, il ressemblait à un épouvantail ravagé par les intempéries qu'on aurait suspendu à un clou.

« Norman ? »

Bart sortit de la barque, enjambant le poisson et la glacière. Les pieds dans la boue, soucieux de ne pas renverser sa bière, il tira la barque sur la berge. La perche décida qu'elle s'était assez reposée et elle donna un coup de queue.

Quand il se retourna, Norman avançait toujours en titubant et ses bottes s'enfonçaient dans la boue en faisant un bruit dégoûtant. Il tendait les bras droit devant lui, comme un somnambule.

« Qu'est-ce qui vous prend ? » lui demanda Bart qui s'approchait en clignant des yeux. En tant que dernières paroles, celles de Bart ne lui valurent pas d'entrer dans le Livre d'Or des Dernières Paroles Prononcées à Wabash Heights. Norman s'élança et planta ses doigts dans le cou de Bart. Deux pouces calleux vinrent bloquer sa trachée. Bart lâcha sa bière. Une mousse blanche se répandit en sifflant dans la boue, éclaboussant passage les bottes en caoutchouc vert de Norman. Les mains de Bart s'agrippèrent aux avant-bras maigres de Norman, mais trop tard : Bart était déjà à trente centimètres au-dessus du sol.

Les yeux de Bart lui sortaient vraiment de la tête. Ce qu'on voyait de son visage au-dessus de sa barbe avait viré au pourpre, une teinte magnifique. Il avait l'expression du type qui subit une intervention chirurgicale à cœur ouvert sans anesthésie générale. Il se tordait dans tous les sens, à l'instar de la perche en train d'agoniser au fond de la barque. L'un de ses pieds atteignit Norman directement à l'entrejambe, mais Bart n'en eut nullement conscience, ce qui n'était pas plus mal, puisque cela n'avait pas la moindre importance. La vie sexuelle de Norman (qui avait consisté en un abonnement à *Playboy* et des étreintes hebdomadaires avec ses vieilles poules) s'était définitivement éteinte la nuit précédente.

Bart expira trois minutes plus tard en gardant les yeux ouverts. Le poisson fit de même.

Norman le lâcha et s'en retourna dans les bois, prenant à peu près la direction de Wabash Heights et celle, plus probable, de Bangor, Maine.

- 12 -

ON PARLE AFFAIRES

Assis au bar, le menton dans les mains et le cul posé sur un tabouret grinçant, Jack Cumberland regardait les aiguilles de la pendule de la Wabash Tavern approcher de cinq heures, attendant que le temps passe, cet ennemi juré des gens qui n'ont rien à faire. La pendule Budweiser et ses aiguilles en plastique qui couraient vers nulle part lui rappelaient que le temps est justement incroyablement long à tuer quand on meurt soi-même de faim et de soif, et que de surcroît on n'a pas un sou en poche. D'autant que son attente risquait de n'être même pas récompensée, dans la mesure où il ne savait pas si ce Weasel Whipple viendrait pour parler franchement ou pour déclencher une nouvelle bagarre. Le type allait peut-être se pointer avec tous ses potes, armés de manches de pioche. il allait même peut-être s'amener avec un flingue.

Après sa remuante entrevue avec Whipple, Jack avait passé la journée au parc municipal de Wabash Heights, tristement assis sur ce qui restait d'un banc, à regarder pousser l'herbe, jetant sur sa montre de fréquents coups d'œil. A la place de l'estomac, il avait dans le ventre un nœud extrêmement douloureux, comme si on l'avait lavé à l'essence puis séché dans un micro-ondes avant de l'accrocher dans un stand de tir. Sa bouche avait le goût du chrome chauffé à blanc. En général, quand survenait la disette, Jack s'achetait un paquet de Marlboro et, bien que non-fumeur, il fumait une cigarette après l'autre dans le but d'apaiser sa faim, mais les temps étaient si durs qu'il ne pouvait même pas s'offrir ce pitoyable plaisir. Au bout d'une heure ou deux, quand l'ombre projetée par la balançoire devint presque inexistante, il arracha du sol humide une poignée d'herbes sauvages et, après en avoir retiré les feuilles et les épines, il essaya de les mâcher. Ce qui eut pour résultat de parsemer ses dents, qu'il n'avait pas lavées depuis des semaines, de minuscules débris verts, comme s'il s'était gargarisé avec de la ciboulette hâchée menu. A force de rester au soleil toute la journée, son crâne avait pris une teinte rose des plus laides. Par endroits, la peau était couverte de cloques, mais cette fois à cause du duel final avec sa perruque.

Un peu avant quatre heures, il se lassa du parc et décida de transporter son inaction au bar, qui avait l'avantage d'offrir des places à l'ombre. Là, il supplia le barman de lui servir une bière, prétendant qu'il venait d'arriver en ville et qu'en tant qu'employé à la mine, il souhaitait ouvrir un crédit, mais le barman, après l'avoir jaugé d'un œil expert, préféra ne pas prendre de risques inutiles avec un tel individu. Tout ce qu'il obtint fut un verre d'eau, qui manqua l'étouffer. Les bouteilles d'alcool alignées sur les étagères attendaient sagement d'être bues, brillant de tous les feux de leur contenu. Posés sur le rafraîchisseur à bière, se trouvaient un bocal géant rempli de saucisses à apéritif, une boîte en plastique de Frito Lay "goût bacon", un assortiment de choses à grignoter, et des olives aux oignons. Jack les contemplait, rêveur, le regard allant successivement de l'un à l'autre. Il y avait même, dans un emballage en carton, tout un choix d'aspirine, de Bufferin, d'Anacin et d'Alka-Zeltzer, bien rangés à portée de la main dans leur petite enveloppe individuelle en papier, et dont Jack aurait eu grand besoin pour soigner l'atroce migraine qui le tenaillait et diminuer la douleur de son poignet gauche, qui était maintenant de la taille d'un biceps. Quand le barman lui demanda s'il désirait un autre verre d'eau, Jack lui suggéra de se le foutre là où le soleil ne brillait jamais. Par représailles, le barman éteignit la télé, mais comme elle diffusait à ce moment-là un épisode de "Le compte est bon", Jack accepta la punition sans broncher.

Cinq heures. Et toujours pas de Whipple. Le bar jusque-là vide, commença à se remplir, ce qui n'arrangeait pas les affaires de Jack. Tout le monde s'amusait bien et échangeait des plaisanteries, et nul ne prêtait attention à Jack et à ses états d'âme, qui se sentait de plus en plus merdique. L'argent sortait des portefeuilles. Les bouteilles de bière claquaient sur le comptoir. L'alcool coulait à flots sur les glaçons. On réalluma la télé, et le bulletin météo annonça une autre série d'orages pour la soirée, désolé, braves gens. Le juke-box revint à la vie et se mit à gueuler de la country-music. Jack déménagea vers le fond du bar, entre le flipper et la table de billard, qui tous les deux portaient un écriteau indiquant qu'ils étaient en panne. Coincé à côté de la porte des toilettes, se trouvait un vieux distributeur automatique de friandises, et pour la dixième fois, Jack mit la main dans sa poche à la recherche de pièces de monnaie qui n'existaient pas.

Cinq heures et quart. Le désespoir de Jack allait grandissant, lui donnant l'impression qu'il allait s'y noyer. Ce connard de Whipple ne viendrait pas, c'était de plus en plus évident. La porte ne cessait de s'ouvrir, livrant le passage à des clients que la semi-obscurité du bar faisait cligner des yeux, mais toujours pas de Whipple. Jack fit un bilan de la situation, et il fut bien forcé d'admettre que ça craignait pour lui. Il lui faudrait retourner chez Whipple, non plus pour poser quelques questions polies à la maîtresse de maison, mais pour faire face à ce sauvage qu'elle avait épousé. Il y aurait probablement une autre bagarre, et Jack se sentait pour l'instant trop faible et trop vulnérable pour s'attaquer à nouveau à cet ogre.

Il décida d'attendre jusqu'à six heures. Whipple pouvait avoir été retenu à son travail. Il regarda distraitement un homme maigrichon qui portait une espèce d'uniforme passer devant lui et se diriger vers le distributeur automatique, qu'il ouvrit pour en faire l'inventaire qu'il relevait sur un petit carnet. Intéressé, Jack l'observa qui ressortait hors du bar, laissant la porte de la machine grande ouverte. Des sachets de chips multicolores étaient rangés les uns derrière les autres — des Fritos, des Doritos, des Indian Corn Chips, des Cheetos, et même des pretzels et du pop-corn. A l'idée d'avaler quelque chose de solide et de salé, il eut des crampes d'estomac. Il attendit un peu, les yeux fixés sur le distributeur ouvert, hypnotisé, les mâchoires crispées. Cette putain de machine était placée juste à côté de la porte des chiottes. N'importe qui pouvait passer et tendre la main pour se servir. Jack avait été assez rapide pour parer un coup de marteau. Il le serait certainement pour tenter sa chance avec le distributeur.

Il fit son propre inventaire de la situation, étudiant les

gens autour de lui. Ils discutaient entre eux, et les conversations semblaient animées. Le barman courait dans tous les sens pour servir tout le monde. Le bonhomme en uniforme, que Jack voyait parfaitement par la petite fenêtre de la porte d'entrée, était en train de sortir de son van de quoi recharger le distributeur.

Aux aguets, offrant instantanément l'image du criminel sur le point de commettre un délit, il se laissa glisser de son tabouret. Il n'avait pas besoin d'aller aux toilettes, mais ses mains justifiaient l'usage d'un peu d'eau et de savon. Il allait se mettre en route pour les toilettes quand quelqu'un le dépassa, le forçant à faire un pas de côté. Jack se rassit en grognant et attendit. Son poignet, dont il pensait qu'il était soit cassé, soit sérieusement endommagé, le faisait cruellement souffrir. Au bout d'une minute, l'homme sortit en remontant sa braguette, visiblement réjoui par quelque pensée intime, et il reprit sa place dans la foule.

Jack se précipita dans les toilettes avant que la vessie d'un autre petit plaisantin ne fasse des siennes. Il ouvrit la porte, jeta un regard en arrière puis sur les sachets de chips. Il pouvait presque les sentir, et Dieu que l'odeur était bonne... Il tendit la main et ramena deux sachets de Doritos Cool Ranch. Ils jaillirent du compartiment sans la moindre difficulté.

« Hé ! », cria quelqu'un.

Le cœur de Jack s'enfonça dans ses chaussures. Le maigrichon en uniforme était de l'autre côté du bar, un carton sur l'épaule, et il se frayait un chemin parmi la foule, tel un homme au milieu d'un champ de maïs dans l'Indiana. Il avait les yeux fixés sur Jack.

« Toi là-bas ! »

L'air bête, Jack regarda sa propre main, au bout de laquelle pendait lamentablement l'objet du délit, deux sachets bleu et blanc qui l'accusaient sans pitié. Affaires du jour, Votre Honneur : deux sachets de Doritos, d'une valeur de cinquante cents, dérobés, dans un distributeur Rowe dont la porte était ouverte, par l'accusé, un crime vil et plein de haine dont trente personnes peuvent témoigner. Nous demandons la peine maximale requise par la loi de l'Indiana, c'est-à-dire...

Silence. Au même moment, obéissant, le juke-box se tut.

L'écran de la télé noircit, alors que quelque part, un technicien de la WTHO devait se demander désespérément sur quel bouton il avait appuyé sans le faire exprès. La foule tourna son visage collectif vers le fond du bar. Et donc vers Jack. Le voile noir du calme le plus absolu venait de s'abattre sur la Wabash Tavern.

« Sale voleur ! » hurlait l'employé en uniforme en forçant le passage. Il faillit renverser son carton plein de bonnes choses sur le plancher. « Ote ta main de cette machine ! »

Jack ôta sa main. Par miracle, les sachets restèrent accrochés à ses doigts, comme si l'instinct de survie qui les commandait refusait de renoncer à la ration de calories du jour. Il fit mine de les reposer là où il les avait pris.

L'homme en uniforme, qui à en croire le badge qu'il portait s'appelait Jed Heathrow, lui arracha les sachets des doigts, vindicatif comme un bull-terrier. Jack comprit qu'il venait de commettre l'irréparable : il avait interféré avec le boulot de quelqu'un. Si le contenu du distributeur ne correspondait pas à l'inventaire, ce pauvre maigrichon risquait de se faire virer. Et s'il y avait une chose que cette ville mesquine respectait entre toutes, c'était le boulot. Honte aux chômeurs ; il ne leur restait plus qu'à se clouer les couilles à la plus haute branche d'un arbre et à sauter.

« Attendez, dit Jack, je suis désolé. J'ai glissé sur le sol mouillé et j'ai voulu me rattraper à la machine. Je crains d'ailleurs de m'être fait mal. »

Jed Heathrow regarda son poignet enflé.

« C'était l'autre main, étranger, et j'ai pas l'impression que le sol soit spécialement glissant. »

Il saisit les sachets de chips et les fourra dans le carton.

« C'était une simple erreur », dit Jack.

Furieux, Jed n'avait pas l'intention d'en rester là. « A qui tu cherches des embrouilles, Bozo ? Je finis ma tournée dans ce bar, et toi, tu me cherches des emmerdes ? »

Jack n'en revenait pas. Il aurait pu casser la gueule de ce poids-plume d'une seule main. Mais il vit que la foule s'était rapprochée, vibrante d'excitation, et que chaque paire d'yeux furibonds appartenait à une personne qui connaissait personnellement le maigrichon en uniforme. Monsieur Distributeur Automatique avait probablement grandi avec ces culs-terreux, était allé pendant les huit années réglementaires avec eux à l'école, s'était lancé dans la carrière enviable de préposé à la maintenance de machines à sous et se prenait dorénavant pour l'une des personnalités en vue du canton. Jack l'ignorait, mais c'était peut-être précisément le cas.

« Casse-lui la gueule, proposa quelqu'un à l'approbation générale.

— Ouais, vas-y, Jed. Personne ne sait qui c'est, de toute façon.

— Moi, s'il touchait à mes chips, je le tuerai.

— T'as raison, mec, je bois à ta santé ! »

Et ils levèrent tous leur verre à l'unisson, tels les acteurs d'un spectacle bien rôdé. Leurs yeux semblaient briller dans la pénombre comme ceux d'une horde de chats de gouttière. D'un même geste du bras, ils essuyèrent la bière de leurs lèvres et de leur barbe.

S'accroupissant lentement, Jed posa son carton par terre sans jamais quitter Jack du regard. L'interruption momentanée de la télé prit fin, mais le barman baissa le son pour ne rien perdre du show qui se déroulait en direct dans son bar.

Jed fit un pas en avant. Son poing partit. Sans réfléchir, Jack le bloqua de sa main blessée. Un éclair de douleur jaillit de son poignet, dévastant toute la longueur de son bras et grillant le fusible qui contrôlait le centre nerveux de l'organisme déjà bien éprouvé de Jack. Une bulle de rage acide éclata dans son cerveau. Il n'avait plus d'argent, il crevait de faim et son foie était en manque d'alcool fort. Il n'avait pas dormi depuis des nuits, et Weasel Whipple n'avait pas de parole. Tout ça ajouté au fait que ce minable l'accusait d'avoir voulu subtiliser deux misérables paquets de chips.

C'en était trop. Il frappa Jed Heathrow à la bouche, sentant s'ouvrir sous son poing la chair des lèvres de l'infortuné. Le sang se mit à couler sur le menton de Jed, qui alla s'écraser à reculons sur la table de billard, battant l'air de ses jambes maigres.

Jack les défia tous du regard, un sourire méchant à la bouche.

« Qui sera assez con pour en redemander ? » s'écria-t-il.

Ils furent tous volontaires. Une marée humaine s'avança sur Jack, écrasant le carton et son précieux contenu, réduisant à néant l'inventaire de Jed. Jack se réfugia contre la porte des toilettes, tentant d'évaluer ses chances dans ce qui s'annonçait comme un combat des plus inégaux. Ses notions de karaté lui permettaient de se battre contre quatre hommes à la fois, mais trente ? Même Bruce Lee, à ce stade, aurait opté pour la mitraillette.

Il s'engouffra dans les toilettes, où l'odeur de l'urine fraîchement pissée se mêlait à celle, plus ancienne, des dernières semaines. Il claqua la porte et s'y appuya, prenant appui d'un pied sur le siège des toilettes et se servant de son corps pour bloquer l'ouverture. Mais d'autres corps s'agglutinaient de l'autre côté, rendant la porte étonnamment lourde. Jack était en sueur. Quelqu'un tenta de fracasser une bouteille de bière contre la porte, s'y reprenant à trois fois avant de la faire éclater. La cuvette des toilettes menaçait de se desceller. Jack planta son épaule contre la porte avec une nouvelle vigueur et il se demanda combien de temps au juste il allait pouvoir tenir, considérant que dans trente secondes, la porte ou la cuvette finiraient par céder.

Il s'était trompé de vingt secondes. La porte commença à s'ouvrir, inexorablement. Des mains se faufilèrent par l'ouverture, lui griffant le visage, tentant de lui arracher les cheveux qu'il n'avait pas. Il mordait les doigts qui lui passaient sous le nez. Quelqu'un jura, le nombre des mains redoubla, puis un bras apparut, puis une épaule.

Jack fit un bond en arrière. La porte s'ouvrit d'un coup et six hommes à la fois s'écroulèrent dans les toilettes. Jack escalada cette montagne humaine qui gigotait à ses pieds, mais sa tentative d'évasion tourna court. Des poings menaçants l'assaillirent, et il en prit un dans le nez, ce qui eut pour conséquence immédiate de le faire retomber en arrière sur la montagne humaine, qui commençait d'ailleurs à se relever.

Alors, des dizaines de mains s'emparèrent de lui, des mains qui sentaient le tabac et la bière séchée. Il ferma les yeux et se protégea le visage de ses bras, une tactique de karaté plus connue sous le nom d'abandon. Coups de pied dans les tibias, orteils écrasés. Les coups de poing pleuvaient comme sous un orage de grêle. Quelqu'un saisit son poignet gauche et le tordit à fond, hautement amusé par les craquements sinistres des os malmenés. Jack poussa un hurlement et tenta de se dégager, mais il y avait trop de gens dans le petit réduit pour songer à bouger. Il sentit qu'on le soulevait du sol, ses cris soudain prolongés par un étrange écho, comme si l'on venait de lui mettre un seau sur la tête.

Il se rendit alors compte qu'il était à l'envers. Il ouvrit les yeux et ne vit autour de lui que du blanc. Sans enthousiasme, il accepta le fait qu'on était en train de le faire passer la tête la première dans la cuvette des chiottes. Tels des étaus, des mains enserraient fermement ses deux jambes.

« *Ho-hisse !* » cria quelqu'un.

Jack eut à peine le temps de prendre sa respiration avant de subir ce nouvel outrage. Sa tête s'enfonça vigoureusement, puis ressortit, un coup dans l'eau, un coup hors de l'eau. Jack, la Balayette Humaine, eut l'impression que le traitement durait une éternité. Puis il fut vaguement conscient que les mains lâchaient ses jambes une par une, et qu'on ne le levait plus aussi haut au-dessus de la cuvette. La dernière paire de mains quitta ses chevilles et ses genoux s'écrasèrent sur le sol, le bord de la cuvette lui rentrant dans le ventre. Toussant et crachant, il releva la tête hors de l'eau mousseuse. Une grande main l'attrapa par le collet et l'aida à se remettre sur ses pieds.

Il tourna la tête et se trouva face à face avec un Weasel Whipple rigolard et couvert de cambouis.

« J'ai l'impression que je suis arrivé juste à temps, dit-il. Mon vieux, on peut dire que tu te fais vite des amis. »

Jack remit de l'ordre dans ses vêtements. Il y avait encore un groupe d'homme massés sur le pas de la porte, et Jack frémit.

Weasel leur jeta un regard si haineux que Jack eut peur.

« Je vous ai dit de vous tirer, connards, gronda-t-il. Ce mec est avec moi. »

Ils décampèrent sans demander leur reste, comme un tas de feuilles mortes éparpillées par le vent. Ils retournèrent à leur table en grommelant. Weasel passa la tête par la porte des toilettes.

« Mike ! Envoie-moi une serviette ! »

Une voix distante :

« Je ne veux pas qu'on me foute de la pisse sur mes

serviettes.

— *Envoie-moi une serviette, putain !* »

Une serviette fut envoyée. Weasel l'attrapa au vol et la balança à Jack.

« C'est jour de paye, aujourd'hui, dit-il, pas content. La banque est ouverte jusqu'à six heures, mais il faut faire la queue. » Il regarda Jack qui s'essuyait. « Tu ne peux pas savoir le plaisir que j'ai eu à voir ce qui s'est passé, Monsieur l'homme d'affaires. Et ça se reproduira, si tu me prends pour une bille. »

Jack épongea sa chemise, puis il sécha ses mains.

« Je ne plaisante pas, Whipple. Je parle tout à fait sérieusement. »

Weasel prit une profonde inspiration.

« On verra ça. Viens, on va boire un verre. Je peux pas discuter si j'ai pas une bière à la main.

— Attends. » Trop content de s'en débarrasser, Jack lâcha la serviette qui s'affaissa sur le sol. « Il s'agit d'une affaire de la plus haute importance, qui doit absolument rester privée. Il y a trop de monde dans ce bar. »

Méprisant et désabusé, Weasel le toisa.

« Rien dans cette ville n'est privé. Demain matin, tout le monde fera des gorges chaudes de ton petit voyage dans la cuvette des chiottes. Ils se foutront tous de ta gueule dans ton dos. Amène-toi, je te défendrai s'il y a un problème. »

Il sortit. Jack le suivit, broyant sous ses pieds des débris de verre. Il aurait payé très cher pour ne pas être là. Alors qu'il suivait Weasel qui ouvrait la marche, les hommes au bar le toisèrent du regard, certains pouffant de rire, d'autres le provoquant ouvertement. Jack se sentait comme le pauvre gosse que ses copains de lycée humilient pendant les cours de gym ou à la récréation. Il s'était fait neutraliser aussi efficacement que s'ils avaient descendu son pantalon et lui avaient lacéré les testicules à coups de cutter. Il prit immédiatement la décision de se servir des quarante millions de dollars, quand il les aurait, pour faire raser la ville entière et recouvrir les ruines de sel. Ce qui n'empêcherait hélas pas les miasmes maléfiques qui planaient au-dessus de la région de continuer à empoisonner l'atmosphère. Pour s'en débarrasser une bonne fois pour toutes, il faudrait peut-être avoir recours au nucléaire.

Weasel s'approcha de son tabouret préféré, qui était occupé. Weasel chuchota quelques mots à l'oreille de l'intrus, qui se leva sans demander son reste. Weasel prit place. Jack se tenait derrière lui, se sentant de plus en plus ridicule, ce qui était particulièrement injuste, considérant qu'il aurait pu faire mordre la poussière à n'importe lequel des hommes ici présents, Weasel inclus.

Weasel pivota sur son tabouret.

« Assied-toi. »

Il montrait le tabouret à côté de lui, sur lequel était perché un individu en train de boire sa bière. Jack tapota l'épaule du buveur en soupirant. L'homme se retourna. Jack sentit son ADN se révulser ; une fois de plus, il venait de tout faire foirer.

C'était Jed Heathrow. Le sang sur son menton n'était pas encore sec. Ils se fixèrent du regard.

Le calme revint instantanément dans le bar. Jack se sentit glisser dans une dimension temporelle différente, le pays du déjà-vu. Cette rencontre avait eu lieu précédemment.

« Qu'est-ce qu'il y a ? » aboya Jed.

Ses lèvres éclatées étaient enflées et d'une jolie couleur violette.

« Puis-je emprunter votre tabouret ?

— Salaud de voleur », siffla Jed, ses yeux lançant des flammes.

Jack était forcé d'admettre que le maigrichon avait du cran. Mais c'était facile d'avoir du cran quand trente mecs étaient prêts à se rallier à votre cause. Les gens dans le bar commençaient à repousser leur chaise. Jed sauta du tabouret et brandit ses petits poings. D'appétissants effluves de bière émanaient de son haleine.

« Vas-y, montre-moi un peu ton karaté. Viens, montre-moi. »

Jack se recula, mais les supporters de Jed étaient déjà en train de se rassembler, telles des feuilles mortes qu'un coup de baguette magique remet en tas. Il déglutit et entendit distinctement un clic au fond de sa gorge, comme un revolver qu'on arme en prévision d'une nouvelle tuerie à Pas-Si-OK-Que-Ça Corral.

Le poing de Jed partit, mais cette fois la main de Weasel fut plus rapide. Elle tordit le poignet de Jed dans le sens inverse des aiguilles d'une montre, et le maigrichon fut instantanément à terre.

Weasel se leva.

« Bande d'enflures, tenez-vous à carreau, ou je lui casse le bras. Moi et mon copain chauve ici présent, on doit parler affaires. Il va faire de moi un millionnaire. »

Il sourit largement à ses concitoyens.

Des têtes se tournèrent vers eux, et on entendit des rires embarrassés. *Non,* pensa Jack, *non, non, non. C'est privé, crétin.*

Weasel lâcha Jed et lui tendit sa bière. Ecarlate, Jed débarrassa le plancher en fulminant et alla prendre place à une table à côté du juke-box.

« Alors », dit Jack en s'asseyant près de Weasel. Il respira à fond, se sentant proche du malaise, et il attendit que le bourdonnement des conversations veuille bien couvrir ses propres paroles. « Maintenant, toute la ville est au courant.

— La ville ne sait rien du tout. Mike ! »

Mike Taraday, qui avait fort à faire à l'autre bout du bar, fit un signe de la main pour le faire patienter.

« Il faut que nous trouvions Arnold », dit Jack en approchant sa bouche de l'oreille de Weasel aussi près que la décence le lui permettait. L'odeur de transpiration était insoutenable. « Il a en sa possession des informations vitales. »

Weasel couvrit de sa main le visage de Jack et le repoussa.

« Fais gaffe, mon pote. Tu pues vraiment de la gueule. Mike ! »

Mike agita la main.

« Ecoute, dit Jack à mi-voix. Il faut absolument que nous retrouvions ce garçon.

— Et moi, il faut absolument que je trouve une bière. Mike ! »

Les mains agrippées au bord du comptoir, Jack bouillait. Cela faisait des années qu'il attendait, et ce gorille le forçait à attendre encore. Il ne desserra pas les dents jusqu'à ce que Mike s'approche d'eux.

« Ecoute, Weasel, dit Mike en croisant les bras sur sa poitrine, ton ardoise a dépassé les bornes. Pas d'argent, pas de bière. Je me suis fait remonter les bretelles ce matin par le vieux Liddey.

— Allez vous faire foutre, toi et le vieux Liddey », l'interrompit Weasel. Du pouce, il montra Jack. « C'est mon copain qui a pas un poil sur le caillou qui régale, ce soir. D'accord, trésor ? »

Jack passa par toutes les couleurs de l'arc-en-ciel. Mike éclata de rire.

« Ton copain n'a pas une thune, Wease. Il a bu de l'eau toute l'après-midi. »

Les yeux étrécis par l'incrédulité, Weasel regarda Jack, dans une imitation relativement convaincante de Clint Eastwood à ses meilleurs moments.

« T'es en train de me dire, lança-t-il, que tu vas faire de moi un homme riche, alors que t'as pas un sou en poche ? Tu me prends pour un naze ou quoi ? »

C'est un peu ça, oui, se dit Jack in petto, mais il garda cette réflexion pour lui et sortit à la place son habituel assortiment de mensonges, cherchant celui qui serait susceptible de convaincre Weasel, tout en restant dans les limites du bon goût. Tout ce qu'il put trouver fut un sourire éclatant.

« Et merde », ronchonna Weasel en sortant son portefeuille. Il en tira un billet de vingt dollars et un autre de cinq, qu'il plaça sur le comptoir en face de Mike. « Prends vingt dollars pour payer ma note, et gardes-en cinq pour une City. Ça va comme ça ? »

Mike empocha le tout.

« C'est mieux que de marcher dans la merde, j'imagine. Tu offres un verre à ton ami ? Il a l'air d'en avoir rudement besoin. »

Dédaigneux, Weasel renifla et remit son portefeuille dans sa poche.

« Donne-moi deux secondes et je te réponds. »

Il se tourna vers Jack.

« T'as plus qu'à me convaincre, vieux. »

Réfléchissant à toute vitesse, Jack tenta d'humecter ses lèvres d'un peu de salive, mais sa bouche était plus sèche qu'un buvard, à cause de la prise de bec avortée avec Jed Heathrow et ses copains. Le niveau sonore dans le bar avait chuté d'environ vingt décibels.

Weasel abattit son poing sur le comptoir, faisant valser les cendriers.

« *Une* Falls City, Mike. Grouille-toi.

— Tu veux des olives avec ta bière, Weasel ? demanda Mike d'une voix doucereuse.

— Fous-les-toi au cul, tes olives, glandeur. J'ai dit une bière. »

Mike s'éloigna en se marrant. Une fois de plus, le cœur de Jack se retrouva au fond de ses pompes. Une mort causée par une excessive sobriété était maintenant imminente, mais elle semblait devoir être précédée par un autre accrochage, cette fois avec son nouvel associé. Bon Dieu, cette ville de merde était peuplée de gens merdiques. Il enfouit sa tête dans ses mains, enfin résolu à accepter son destin tel qu'il semblait devoir être. Il entendait Weasel respirer bruyamment. Lentement, ses doigts martelaient le comptoir, égrenant un étrange compte à rebours.

Les doigts s'immobilisèrent. Ainsi que la respiration. Jack commençait à glisser du tabouret, les coudes ancrés sur le comptoir, trop fatigué et trop mal pour songer à relever la tête.

« Quel genre de trésor ? » demanda Weasel sur le ton de la conversation en allumant une cigarette.

Jack leva les yeux vers lui.

« Un sarcophage, souffla-t-il.

— J' t'ai déjà dit que je parlais pas français, fumier. Exprime-toi en bon américain.

— Un cercueil de momie égyptienne. En or massif.

— *En or massif !* »

Seigneur, viens-moi en aide, se dit Jack, dont le seul souhait était de se cogner la tête contre le comptoir jusqu'à ce que mort s'ensuive. Au lieu de ça, il acquiesça, conscient des regards d'une douzaine de personnes fixés sur lui.

« Combien ça vaut ?

— Une paire de millions.

—*Une paire de millions ? De dollars ?*

— S'il te plaît, ne hurle pas, le supplia Jack. Au nom de Dieu, ne hurle pas.

— T'as la gueule de bois, c'est ça ? Raconte. Et où il est, cet or massif ?

— Personne ne le sait. Sauf Arnold, ton fils.

— C'est pas mon fils. Comment ça se fait, qu'il soit au

courant ?

— Quelqu'un lui a dit, à l'hôpital. »

Weasel frappa à nouveau sur le comptoir.

« Mais bien sûr ! D'accord ! Voilà pourquoi t'étais là-bas ! Voilà pourquoi t'as essayé de le kidnapper ! Je comprends tout, maintenant ! »

Tu parles, se dit Jack, totalement déprimé. *Je ne doute pas un seul instant que tu aies tout compris, tout comme le reste des péquenots dans ce bar ce soir.*

« Il faut qu'on retrouve Arnold, et vite. A l'heure qu'il est, il est peut-être déjà sorti de l'Indiana. »

Weasel se mit à rire.

« Le petit merdeux est à la maison, avec le nez dans un de ses putains de bouquins. »

Mike revint vers eux avec une bière et la monnaie. Weasel lui rendit un dollar.

« Abreuve mon pote, Mikey. Il est complètement déshydraté. »

Mike haussa les épaules et partit quérir la bière. Jack se sentit immensément soulagé. Il avait presque envie de chialer ; pour une bière, il aurait été capable de vomir ses tripes sous les yeux de trente inconnus. L'espace d'un terrifiant instant, il craignit d'être devenu alcoolique, mais la certitude qu'il arrêterait de boire dès que ce cauchemar aurait pris fin le réconforta.

« On boit nos bières, et puis on part à la recherche du gamin, dit Weasel. Je lui ferai cracher la vérité, à ce petit merdeux. En supposant qu'il y ait quelque chose à cracher, bien sûr. Mais comme j'ai dit, si tu me fais marcher, je te crève. Et en plus, tu me dois quatre-vingt-dix cents. »

Jack opina du bonnet, sans quitter des yeux le barman du nom de Mike qui était en train de sortir du gros frigo en aluminium une Falls City, complètement hypnotisé par le rituel qui consistait à décapsuler le long goulot de la bouteille. Il vit la bière arriver vers lui comme en un rêve, un rêve très agréable. Elle était maintenant devant lui, une vraie bière déjà payée, aussi brune que l'oreille d'un mulet, disparaissant sous une fine buée qui disait sa fraîcheur. Il tendit la main et s'en saisit. Quand elle fut à ses lèvres, sa hâte à la boire le fit baver, et une coulée de liquide ruissela sur son menton et sur le comptoir.

« On y va ? » demanda Weasel en faisant mine de se lever. Il avait déjà fini sa bière, bien que Jack ne l'ait pas vu la boire. Un véritable aspirateur, ce gars-là.

De retour dans la réalité, Jack secoua la tête, indiquant de la main qu'il était incapable de prononcer un mot pour l'instant. Son estomac s'était épanoui comme une fleur, mais son œsophage, lui, s'était changé en banquise. Il se frappa la poitrine du plat de la main, et la glace fondit. « C'est pas la peine. Arnie n'est pas chez toi.

— Tu dis des conneries.

— Je suis passé. Ta bonne femme m'a dit qu'elle l'avait envoyé chez des amis. »

Weasel eut l'air sincèrement étonné.

« Pour quoi foutre ? Et quand ?

— La nuit dernière, après qu'elle t'a assommé avec la poêle. »

La main de Weasel se porta à ses cheveux. Du bout des doigts, il frotta les bosses qui ornaient son crâne.

« Elle a fait ça, cette salope ? »

Cette salope, se dit Jack, *est encore trop bonne pour toi.*

« Je t'assure. Tu étais en train de tabasser Arnie.

— Ah ouais ? » Weasel eut un sourire mauvais. « Dommage que je me souvienne pas de ça. » Il se mit à taper du poing dans le creux de sa main gauche. « Attends que je rentre à la maison. J'vais l'amocher, cette fois, cette salope. Elle va saigner un peu, et après, t'en fais pas qu'elle va me dire où le petit morveux s'est barré.

— Elle n'en sait rien, dit Jack. Je lui en ai déjà parlé. »

L'idée qu'il avait lâché le molosse enragé sur la pauvre petite dame le mettait mal à l'aise, mais bon, la vie est dure pour tout le monde, n'est-ce pas, et chacun d'entre nous a ses problèmes, pas vrai ? Dans l'immédiat, son principal souci était de parvenir à mettre la main sur l'une des bouteilles d'alcool rangées sur l'étagère au-dessus du rafraîchisseur.

Weasel lui lança un regard foudroyant.

« Mais t'es de la police ou quoi ? Qui t'a donné la permission de parler à ma bonne femme ?

— Ne le prends pas mal, dit Jack, qui voyait s'ammonceler les nuages noirs de l'Embrouille sur le front crispé de Weasel. J'ai passé ma vie à rechercher ce dont je te parle, et l'expérience m'a permis de découvrir que le miel donne parfois de meilleurs résultats que le vinaigre. J'ai dit à ta femme que j'étais un ami d'Arnie, et je t'assure qu'elle ne sait vraiment pas où il est actuellement. Elle l'avait envoyé passer la nuit chez la famille d'un gosse qui s'appelle Joey, mais il n'y est pas allé. Même les flics ne savent pas où il est.

— Les flics ? Qu'est-ce que les flics ont à voir là-dedans ?

— Ah. » Jack sourit. Il avait la main, enfin. « C'est tout une histoire, mais j'avoue que je raconte mieux quand j'ai une bière à la main. Mais si on me donne une bonne vieille bouteille de whisky, alors là, je ne m'arrête plus.

— Mmm. » Weasel comprit le message. Il sortit de son portefeuille un autre billet de vingt dollars. « Souviens-toi d'une chose, dit-il à Jack en lui faisant renifler l'effigie d'Andrew Jackson, si tu me racontes des conneries, t'es mort. Personne t'a jamais dit que ta gueule ressemblait à une boule de bowling sans les trous pour mettre les doigts ?

— Si, souvent, répondit Jack calmement.

— Il se pourrait bien que je te fasse quelques trous, alors attention. Mike ! »

Mike, visiblement débordé, vint quand même prendre la commande.

« Une bouteille de Ten High pour mon copain qui pue de la gueule. Et une autre pour moi. »

Mike fit un clin d'œil à Jack.

« Alors, on va à la chasse au trésor, les garçons ? Il va pleuvoir, vous devriez mettre vos bottes en caoutchouc. »

Weasel tenta de le choper par le col de sa chemise, mais rata son coup.

« Je mettrai mes bottes en caoutchouc quand tu te les sortiras du cul, barman de mes deux. Sers-nous nos deux bouteilles, et ferme-la. »

A l'abri derrière son comptoir, Mike rigolait.

« Deux bouteilles du whisky préféré du Tout-Wabash Heights, et des olives. Sans oublier les oignons, pas vrai ? »

Weasel bondit, mais Mike était déjà loin.

« Pédé », gronda Weasel en se rasseyant. Il se retourna vers Jack. « C'est bon, Monsieur Propre, t'as ta bouteille. C'était quoi, cette histoire avec les flics ?

— Eh bien, dit Jack, il semblerait qu'Arnold ait tué un homme, hier soir. »

Weasel en resta bouche bée. Au fin fond de ses prunelles sombres, Jack pouvait voir les mécanismes mentaux de Weasel Whipple s'accommoder avec difficulté de cette nouvelle information. Puis il éclata d'un rire sonore.

« T'es taré ou quoi ? Ce petit merdeux n'est même pas capable de tirer la queue d'un chat !

— C'est ce que tu crois. Alors, pourquoi la police d'Etat est-elle à sa recherche ?

— Qui ?

— T'as déjà entendu parler de Roy Mallone ?

— Roly-Poly ? C'est pas un mec de la police d'Etat.

— Non, mais il les a contactés ce matin par radio. J'étais là quand ils sont venus examiner le corps. Pour dire toute la vérité, l'homme qu'Arnie a tué, c'était mon père. Poignardé. »

Weasel accueillit cette dernière révélation avec la plus grande stupéfaction, ce qui lui donnait un air particulièrement débile. Jack eut l'impression de s'adresser à un homme au dernier stade de la maladie d'Alzheimer, à qui on demande comment il s'appelle : ses sourcils broussailleux formaient au-dessus de ses yeux glauques une ligne continue de poils et il suçait ses dents comme s'il venait de leur découvrir une intéressante saveur. Il se leva soudain de son tabouret et se mit à agiter les bras.

Oh non non non, se dit Jack, atterré. *Pas de déclarations publiques.*

« Hé, gueula Weasel. Quelqu'un ici a-t-il entendu parler d'un meurtre que le fils de ma femme aurait commis ? La tête de nœud à côté de moi prétend qu'Arnold a tué son père. »

Il y eut un non collectif. Weasel se laissa tomber sur son tabouret, l'air non plus stupéfait, mais au contraire agressivement sûr de lui.

« Pas de chance, Boule à Zéro. Je vais aller montrer à ma bonne femme comment on tient une poêle, et je reviens t'en foutre une sur le coin de la gueule. J'ai failli marcher dans ta combine, et je dois admettre que c'était plus intéressant que la téloche, alors tu vois, j' suis gentil, et je t'autorise à dégager vite fait avant que je m'énerve vraiment. »

Il écrasa sa cigarette dans un cendrier, remit les vingt dollars dans son portefeuille, et se leva. Jack le retint par le bras.

« Attends. Je peux le prouver. Viens avec moi dans mon mobile home et je te montrerai. Il y a du sang partout. Les flics auront probablement fouillé toute la baraque. Sinon, on peut aussi aller directement au poste de police et parler à Roy Mallone. »

D'un geste, Weasel se libéra de l'étreinte de Jack, s'apprêtant à lâcher des paroles dont ce dernier devinait déjà qu'elles ne seraient pas agréables à entendre, mais Mike le barman choisit précisément ce moment pour poser sur le comptoir deux bouteilles de Ten High.

« J'ai entendu parler du meurtre, dit-il en s'adressant à Jack. Votre nom, c'est Cumberland ?

— C'est bien ça, dit Jack.

— Je ne me souviens pas du prénom, mais je me souviens très bien du nom. Cumberland. A la télé, ils ont dit que la police avait identifié l'assassin, et que ce serait un gosse de Wabash Heights. Les flics sont à sa recherche. » Il regarda Weasel. « On dirait que ton petit suit les traces de son nouveau papa, Weasel. T'as pas poignardé un homme, toi, il y a deux ans, à Terre Haute ? Dans le dos ? »

Weasel l'ignora.

« Tu t'appelles Cumberland ? demanda-t-il à Jack. Ton père a vraiment été assassiné ?

— C'est ce que j'essaie de te dire depuis tout à l'heure.

— Et c'est Arnold qui a fait le coup ? Comment le savent-ils ? »

Jack arbora un sourire où se mélangeaient l'angoisse de l'orphelin et la satisfaction du délateur.

« Je l'ai vu de mes propres yeux, mon ami. »

Weasel se rassit. Il avait l'air perplexe mais aussi bizarrement fier, comme le serait un père si son fils obèse et poltron venait de réussir un superbe home-run. Rêveur, il sortit son portefeuille et paya les bouteilles de whisky.

« Deux millions en or, hein ? Et Arnold sait où ils sont ?

— C'est d'ailleurs le point essentiel de toute l'affaire.

— Et tout ce qu'on a à faire, c'est de le retrouver ?

— C'est pas plus compliqué.

— Et on partage en deux ? Fifty-fifty ? Un million

chacun ?

— Couillon qui s'en dédit. »

Weasel dévissa le bouchon de sa bouteille de Ten High. Jack vit que ses mains tremblaient, et il le regarda avec une fascination certaine avaler le quart de la bouteille. Jack l'imita, rendant grâce aux dieux des liqueurs et autres spiritueux de lui sourire enfin. Mais il fut moins heureux de s'apercevoir que Weasel avait grimpé sur son tabouret et réclamait l'attention de l'assistance, ce qu'il obtint quasi immédiatement.

« Je m'adresse à tous les enfoirés dans ce putain de bar qui se sont foutus de ma gueule, dit-il en vacillant lourdement sur son tabouret. J'ai une dernière chose à vous dire avant de devenir millionnaire. »

Il reposa bruyamment sa bouteille sur le comptoir à côté du coude de Jack et se redressa. Jack le vit qui tripotait sa ceinture, et il ferma les yeux. Une affaire strictement privée ? Elle était carrément dans le domaine public, maintenant. Comme Weasel l'avait si bien dit, demain matin, toute la ville en parlerait. Surtout parce que, parce que...

Jack rouvrit les yeux, souhaitant de toutes ses forces de ne pas voir ce qu'il savait qu'il allait voir.

Weasel avait tombé le pantalon et il était en train de montrer son cul à l'aimable assistance.

- 13 -

L'OR QUI BRILLE

A cinq heures et demie, à peu près à la même heure où Jack Cumberland subissait une humiliation sans nom dans les toilettes de la Wabash Tavern, Arnold White arrêta de creuser. Ce qui était une bonne chose : sa main gauche s'était ouverte à cinq ou six endroits différents, enduisant d'abord le manche de la pelle du liquide qui s'écoulait des ampoules, et ensuite, rendant ce dernier glissant et difficile à manier, en raison du sang qui coulait des coupures. Le sandwich au pastrami qu'il avait mangé sept heures auparavant avait depuis longtemps déserté son estomac, lui laissant en souvenir une sensation de brûlure particulièrement pénible, provoquée par le poivre que ses muqueuses internes ne supportaient pas. Avec une régularité inquiétante, il avait des étourdissements qui frôlaient la perte de conscience, et son bras cassé, qu'il avait mis en service quand le fait de manier la pelle d'une seule main était devenu par trop éprouvant, présentait tous les signes d'une sérieuse inflammation, voire d'une grave infection. Il imaginait la gangrène rampant sournoisement dans sa chair tel un ignoble chancre verdâtre, et il se figurait même parfois qu'il pouvait en sentir l'odeur de pourriture infâme que le plâtre refluait. Mais l'odeur provenait seulement des ordures, le leg infesté de mouches que Norman Parker avait laissé au monde des vivants, monde qu'il avait quitté et où il était pourtant revenu tant de fois.

Le trou avait fini par devenir immense, la terre qu'Arnold creusait étant des plus friables. Quand Arnold posa enfin la pelle et se mit debout devant la caisse qu'il avait entièrement dégagée, il mesurait un mètre quatre-vingts en largeur et trois en longueur. Il eut une brève pensée pour les livres sur la Première Guerre mondiale qu'il avait lus, et qui racontaient comment les soldats des deux camps ennemis avaient creusé plus de deux mille kilomètres de tranchées, dans lesquelles ils s'étaient ensuite battus, et au fond desquelles ils étaient morts. Il était incapable d'imaginer ce que représentait une telle tâche, bien que son propre arrière-grand-père ait combattu lors de la Grande Guerre et y ait survécu, d'après ce qu'avait raconté John Arnold White. Papa disait que ce dont se souvenait l'arrière-grand-père, c'était d'avoir creusé ces foutues tranchées.

Mais c'était fini, tout ça, la guerre comme les trous. La caisse et sa drôle d'inscription, "Pièces détachées", étaient enfin à la lumière du jour, pour la première fois depuis plus de cinquante ans. La victoire avait été chèrement remportée. La partie la plus difficile à dégager avait été celle à l'ouest, car la terre à cet endroit s'était avéré être plus dure que de la pierre. Nul besoin d'être un génie pour se rendre compte que le toit en piteux état fuyait juste au-dessus depuis des années. La caisse elle-même était endommagée et d'une couleur plus sombre, comme pourrie, et les planches du couvercle avaient tendance à se disjoindre. C'était par ce côté, où la terre était trop humide pour s'effriter, qu'Arnold ressortait du trou sans craindre que les pelletées si durement évacuées ne retombent à nouveau au fond.

Dans un nuage de poussière, il s'écroula le visage en avant sur l'une des montagnes qu'il avait créées. La chaleur sous le hangar avait atteint aux environs de midi une température suffisante pour cuire des cookies, estimait Arnold. Il avait quitté sa chemise il ne savait plus combien de temps auparavant, s'en servant comme d'une serviette jusqu'à ce qu'elle soit trempée, puis il l'avait jetée dans un coin. A force de rester tant d'heures dans une semi-obscurité, il lui semblait que ses yeux étaient devenus comme ceux d'une chouette, et l'idée qu'il lui avait fallu travailler à la lueur d'une lanterne paraissait maintenant des plus absurdes. Il savait pourtant que la nuit allait tomber d'ici une heure ou deux, et que ses yeux de nyctalopes redeviendraient aveugles. Le facteur temps, inhabituellement précieux depuis le début de cette épreuve, était plus que jamais une denrée vitale. Il fallait qu'il ait trouvé les rubis, qu'il les ait vendus et qu'il ait pris la route avant que Norman Parker n'arrive à Wabash Heights (ou à Bangor, ou dans n'importe quelle ville susceptible d'attirer un zombie à qui il manquait un œil).

Il se releva à moitié, le visage maculé de poussière. Il parvint à se mettre à genoux et il resta dans cette position un long moment, balançant d'avant en arrière, souhaitant ardemment que le dentiste-maison fasse son apparition et lui arrache ce qu'il restait de ses dents et qui lui donnait envie de hurler. Ah, les rêves, les souhaits. Son propre père avait ainsi rêvé d'un coup de baguette magique qui l'aurait transporté loin de la pauvreté de son existence et loin de Wabash Heights, mais en récompense pour ses années de labeur, il n'avait jamais obtenu que d'impersonnelles lettres d'éditeurs lui signifiant leur refus. Arnold comprit dans un bref éclair de lucidité les raisons pour lesquelles il avait gardé secrètes ses folles ambitions : les gens de Wabash Heights l'auraient crucifié sur place s'ils avaient su. Il serait instantanément devenu la risée générale, lui, le caissier de Kroger qui se croyait écrivain. Bien installés dans la routine mortelle de leur emploi mesquin, les ouvriers spécialisés, les mineurs et autres chauffeurs de camion auraient eu trop peur que leur ego ne souffre de la réussite de John A. White. Car ainsi démasqués, le ratage absolu de leur vie aurait éclaté au grand jour. Par conséquent, ils ne pouvaient que piétiner et ridiculiser le rêve de leur ennemi, avant qu'il n'ait le temps, en toute innocence, de leur faire un mal bien involontaire.

De l'histoire ancienne, qu'il valait mieux oublier, se dit Arnold. Une histoire aussi ancienne que la guerre dont les tranchées avaient été creusées par ceux qui croyaient en la victoire, mais qui s'était quand même terminée par la victoire des uns et la défaite des autres. Les vainqueurs étaient rentrés chez eux sous les acclamations de la foule, les perdants sous l'opprobre général, mais au bout du compte ceux qui étaient morts l'étaient vraiment sans que la planète ne s'arrête pour autant de tourner. Arnold avait lu quelque part qu'on avait ensuite appelé les survivants la "génération perdue". Ils avaient combattu jusqu'à la fin, mais la guerre leur avait pris leur âme.

Comme Papa. Quelque part, traumatisé et sans aucun espoir, terrifié par une guerre que sa propre ambition avait déclenchée, il avait déclaré forfait. La guerre était finie, la guerre était perdue. Les morts qui jonchaient le champ de bataille n'étaient pas des cadavres humains mais ses histoires et ses livres, et au lieu de les enterrés, il les avait fait brûler au fond du jardin.

Tu réfléchis trop, Arnold, tu le sais ? Voilà à peine deux secondes que tu es immobile, et déjà tu es allé trop loin. Lève-toi et occupe-toi.

Arnold se leva en essayant de ne pas prendre appui sur son pied gauche, celui que le charmant Frank avait écrasé avec la portière sur le parking de l'hôpital il y avait déjà si longtemps. Pour le moment, il fallait qu'il évacue toutes pensées se rapportant à son père et aux merveilleuses métaphores historico-philosophiques qu'il lui évoquait. Trop de livres d'histoire, trop de questions à propos de son père et du fantôme qu'il était devenu, telles étaient les raisons de tout cela. Les élucubrations mentales devenaient de plus en plus inutiles ; peut-être Papa avait-il saupoudré ses manuscrits d'une trop forte dose de cérébralité, et c'était ce qui les rendait puants. Ou peut-être les manuscrits n'avaient-ils pué qu'au moment où ils avaient brûlé. Papa avait été loin d'être idiot ; il était habile avec les mots, il adorait écrire, il avait lu plus de livres qu'aucun homme n'est obligé de le faire.

Arrête ! Mets-toi au boulot !

Il commença à fouiller le hangar à la recherche d'un levier quelconque. Les choses ne peuvent pas à la fois être et avoir été, et Arnold n'avait pas de temps à consacrer à la deuxième catégorie. Il ne lui en restait d'ailleurs que bien peu pour s'occuper des choses du présent.

Un pic était accroché sur le mur, derrière l'étagère où Arnold avait trouvé la lanterne. Il le décrocha, surpris par le poids de l'engin, et le tira jusqu'au bord du trou, puis le fit descendre au fond en le traînant derrière lui. De toute évidence, son précedent propriétaire avait jugé bon de le laisser sous la pluie plus d'une fois, comme le reste, et le bout pointu du pic était rongé par la rouille. Arnold donna de petits coups sur le bois mou de la caisse, préférant ne pas tout faire éclater au risque de perforer ce qui se trouvait à l'intérieur, mais les planches étaient vieilles et la pointe émoussée du pic ne parvenait pas à les entamer.

Levant le pic à la hauteur de sa poitrine, Arnold frappa plus fort. Un craquement se fit entendre, et il lui fallut faire un effort pour retirer le pic du trou qu'il avait ouvert. Il le posa à côté de lui et se mit à genoux pour regarder à l'intérieur de la caisse.

Le noir le plus complet.

Approchant ses narines, il renifla. Rien. Du moins rien qui puisse couvrir l'odeur entêtante de la saleté ambiante.

Bon, eh bien, creusons donc un trou plus gros, se dit-il en se relevant et il se remit à l'ouvrage, détachant délicatement de petites parcelles de bois, à la manière d'un sculpteur maniant le ciseau. Vite lassé — *je vais y passer la nuit,* se révolta-t-il — il fit entrer la pointe du pic par l'ouverture qu'il avait pratiquée et arracha une planche entière. Les clous grincèrent, vrillant le silence. Arnold posa à nouveau le pic à ses pieds et s'arc-bouta sur la planche jusqu'à ce que les clous à l'autre extrémité cèdent dans une ultime protestation. Il balança la planche qui rebondit contre le mur du hangar avant de retomber sur les sacs-poubelle. Effrayée, la souris qui habitait en dessous laissa échapper un couinement.

Arnold contempla la longue bande sombre qui traversait le couvercle de la caisse. L'excitation des premiers instants était revenue, et avec elle l'exaltant frisson de l'aventure. Voilà de l'or, braves gens, voilà le métal qui rend fous les hommes. Il tomba à genoux, le cœur battant. L'instant du triomphe, enfin.

L'or avait l'air bizarre. L'or n'avait pas du tout l'air d'être en or. On aurait plutôt dit de vieux sacs en jute. Ça sentait le moisi et la paire de tennis longtemps portée. Il se souvint alors que le vieux Atkinson, au moment de rendre l'âme, l'avait pris pour un jeune Egyptien et lui avait confié son secret. *On l'a fait passer sous le nez des douaniers planqué dans une caisse marquée "Pièces détachées".* Il avait simplement oublié de mentionner qu'ils l'avaient d'abord recouvert de jute.

Arnold glissa une main à l'intérieur et attrapa le jute. Il tira dessus. Mais le jute, après cinquante-sept ans d'immobilité parfaite, ne se laissa pas faire. Arnold comprit que le sarcophage était en fait entouré de plusieurs couches de jute, sur lesquelles pesaient il ne savait combien de kilos d'or massif.

Il attrapa le manche du pic de ses mains sanglantes et

commença à arracher le reste des planches.

Un homme du nom de Spack Laird, d'humeur exécrable après une rude journée passée à conduire un chariot élévateur dans l'aciérie à Terre Haute, fit irruption dans la Wabash Tavern à six heures et quart, un casque de sécurité blanc et sale sur la tête, le visage maculé de fumée de diesel, et vit son beau-frère Jed Heathrow assis à une table près du juke-box. Un certain Jimmy Hallis lui emboitait le pas, un jeune homme insignifiant qui avait récemment étonné tout le monde en épousant la jeune sœur de Spack, Agnes. Dix ans auparavant, Jed Heathrow s'était marié avec Gertrude, la sœur aînée de Spack, provoquant le même genre de stupéfaction. Les Laird étaient réputés pour être une famille bizarre et peu respectable, et les rumeurs d'inceste et de consanguinité qui couraient à leur propos depuis des générations n'avaient jamais été complètement démenties.

Les deux hommes se frayèrent un passage jusqu'à la table de Jed et prirent place à côté de lui. Spack lança un regard haineux au juke-box, sachant que ce dernier risquait à tout moment de se mettre à hurler. Il ouvrit la bouche pour jurer, mais d'un geste, Jed le fait taire en montrant le bar. Fronçant les sourcils, Spack se retourna lui aussi vers le bar où les clients s'agglutinaient, comme tous les vendredis soirs. Portant ensuite les yeux sur Jed, il remarqua que ce dernier avait la bouche en sang. La curiosité fut trop forte.

« Qu'est-ce qui se passe ? chuchota-t-il.

— C'est Weasel, chuchota à son tour Jed en le montrant du doigt. Lui et ce connard de chauve. Ils ont essayé de me casser la gueule. Apparemment, ils ont un tuyau à propos d'un trésor enterré quelque part. »

Spack ouvrit de grands yeux. Il venait de passer dix heures à s'assourdir dans une usine dont les machines faisaient plus de bruit qu'un Jet au décollage, et il fallait maintenant qu'il se farcisse des histoires à dormir debout, alors qu'il crevait d'envie de boire une bière. Il en arrivait à se demander si toute la ville n'était pas devenue folle.

« Mike ! s'écria-t-il. Par ici ! »

Mike leva le nez et ses yeux croisèrent ceux de Jed. Il lui fit signe qu'il l'écoutait.

« Il me faut une Bud, cria Spack. Non, mets-en trois. »

Mike fit oui de la tête. Spack reporta son attention sur Jimmy et Jed, les deux idiots qu'il avait la malchance de compter parmi sa famille et qui ne lui servaient guère qu'à flatter son ego, qu'il avait considérable. Ils admiraient et respectaient son casque de sécurité et sa situation professionnelle. Ils l'écoutaient même avec une réelle fascination raconter sans fin ses merveilleuses histoires au volant de son chariot élévateur. Des tarés, sans aucun doute, mais ils formaient le noyau dur du fan-club de Spack Laird, dont les ramifications, à en croire l'étrange raisonnement de Spack, s'étendaient dans le monde entier.

Mais pour l'instant, ils ne regardaient pas Spack avec leur habituelle obséquiosité, leur attention étant captivée par ce grand crétin de Weasel Whipple et cet autre mec dont le crâne s'ornait de grosses cloques. Vexé, Spack lança un coup d'œil sur les deux hommes au bar, et entendit Weasel parler d'un million de dollars.

« Mais quel est le problème ? dit Spack à Jed. Y'aurait-il un quelconque connard qui a eu la chance de gagner le gros lot en Illinois ? »

Il se figurait que ce serait suffisant pour attirer l'attention de ses deux beaux-frères et entamer une nouvelle fois une discussion animée sur le thème d'une éventuelle loterie dans l'Indiana. Il savait que les deux hommes y étaient farouchement opposés, persuadés que la Bible mentionnait quelque part une interdiction concernant les jeux de hasard faite par Dieu ou Jésus, à moins que ce ne soit par l'un des saints compères. Spack prenait un immense plaisir à démolir leurs arguments dérisoires en faisant étalage de ses connaissances économiques, qu'il était censé avoir acquises grâce à un cours par correspondance. Il prétendait d'ailleurs avoir pris des cours sur tous les sujets qu'ils abordaient au cours des heures qu'ils passaient ensemble à picoler. Au plus profond de son esprit, il savait que s'il n'établissait pas devant les deux autres la preuve flagrante de sa supériorité intellectuelle, un sentiment bizarre lui tordrait alors les tripes et le ferait transpirer à grosses gouttes. La réputation des Laird était une lourde responsabilité.

Jed s'approcha de lui, ignorant sa remarque.

« Ecoute un peu ça, Spack. Le mec chauve est une espèce de détective. Il sait où se trouve une grosse quantité d'or enterrée quelque part. Lui et Weasel sont en train de passer un marché. »

Spack souleva son casque et s'essuya le front. Le juke-box crachotait, annonçant par là qu'il n'allait pas tarder à faire retentir suffisamment de décibels pour lui arracher son bleu de travail.

« Tu disais ? » demanda-t-il en poussant sa chaise loin de la dangereuse machine multicolore.

Il sortit deux cigarettes du paquet qu'il avait dans la poche, en enleva les filtres, et se les fourra dans les oreilles.

« Chut », dit Jimmy Hallis, l'homme qui avait épousé les cent cinquante kilos que pesait la sœur de Spack. Il posa un doigt sale sur ses lèvres. « Ils disent qu'Arnold, le gamin de Weasel, sait où il est.

— Où est quoi ?

— L'or », dit Jimmy en se penchant vers Spack de telle manière que ce dernier pouvait compter les points noirs qu'il avait sur le nez. Jimmy travaillait à l'autre bout de la ville, chez McCauley, comme tourneur-fraiseur. Spack avait incidemment appris que la baignoire du taudis dans Walnut Street, que Jimmy appelait sa maison, était bouché depuis plus de huit mois, et que pendant ces huit mois, Jimmy s'était bien gardé de toucher une savonnette. « On dirait que c'est celui qui trouvera le magot qui le gardera, Spack », résuma-t-il.

Spack était sur le point de faire un commentaire désobligeant quand Mike se précipita sur la table avec trois bouteilles de Budweiser.

« Deux dollars soixante-dix, Spack. »

Spack lui tendit trois dollars. Ses beaux-frères ignorèrent totalement son geste généreux, les yeux fixés sur ce qui se passait dans son dos, tels des gosses rivés sur la télé à l'heure des dessins animés. Spack regarda Mike.

« Ces branleurs sont défoncés ou quoi, Mikey ? »

Mike haussa les épaules en ricanant.

« Je dirais plutôt que c'est la fièvre de l'or. Pas mal d'oreilles ont doublé de volume récemment. Il semblerait que Weasel et son copain soient sur la piste d'un cercueil en or massif.

— D'un quoi ?

— C'est ce que j'ai compris. Un cercueil de momie, un de

ces trucs comme celui du Roi Tout-Ankh Amon. Le chauve a passé sa vie à le chercher, et d'après ce qu'il dit, il serait dans le coin. A moins qu'il ne soit dans un autre Etat. Mais il suppose que le fils de la femme de Weasel sait où il est. »

Jimmy Hallis fronça les sourcils et se retourna vers Mike.

« C'est n'importe quoi, Mike. Si le gamin est au courant, comment se fait-il que Weasel ne le soit pas ? Ou pourquoi il n'a pas fait cracher au gamin tout ce qu'il savait ?

— Mon Dieu, répliqua Spack alors que Mike s'éloignait sans prendre la peine de répondre, vous êtes tellement bouchés que c'en est gênant. Mais il n'y a plus de momies depuis longtemps ! Celle du Roi Tout-Ankh Amon était la dernière, et ils l'ont coupée en tranches pour voir de quoi les momies se nourrissaient. Ils ont tout foutu sous un microscope, et ils ont découvert des grains de blé et du pollen. J'avais fait un devoir là-dessus au collège. Les momies bouffaient du blé et du pollen. »

Le regard vide, ils le fixèrent un moment sans rien dire. Puis leurs yeux et leur attention se reportèrent irrésistiblement sur le bar et l'or dont on y parlait.

« Vous êtes vraiment complètement barjo », pesta Spack en avalant une gorgée de bière.

Le juke-box tonitruait si fort qu'assis aussi près, il était impossible de reconnaître la chanson qui passait. Spack chercha des yeux une meilleure table et, en voyant une libre à l'autre bout du bar enfumé, il était sur le point d'abandonner Jed et Jimmy à leur triste sort quand quatre clients décidèrent de s'y asseoir. Il les injuria copieusement. La Wabash Tavern était maintenant plus pleine qu'un œuf. Spack reposa bruyamment sa bière sur la table et haussa la voix en direction de Jimmy et Jed :

« Quelqu'un devrait balancer une grenade sur cette putain de machine à bruit ! Je voudrais vous raconter ce qui s'est passé au boulot aujourd'hui ! »

Jimmy fit un vague signe de la tête. Quant à Jed, il n'avait rien entendu, trop occupé à tendre lecou pour ne rien perdre des paroles échangées par Weasel et son compagnon au sujet de leur incroyable affaire. Il n'avait même pas entamé sa Bud. Spack s'en saisit et l'agita sous son nez.

« Hé, reviens sur terre, Jed ! »

Jed cligna des yeux.

« De quoi ?

— Mais tu ne peux même plus entendre ce qu'ils se disent », lui hurla Spack au visage. Il lui tendit sa bière, l'air mauvais. « Bois. Il faut que je vous raconte ce qui s'est passé à l'usine aujourd'hui. Ils ont donc embauché ce grand black et ils m'ont dit qu'il fallait que je lui montre le boulot, comment faire fonctionner son chariot, où prendre le chargement, tout le bordel. Il s'agit d'un de ces contrats de réinsertion sociale, vous savez de *quoi* je parle, non ? Bref, je lui dis... Jed ? »

Jed n'avait pas soutenu son attention jusqu'à ce stade de l'histoire de Spack. La cupidité lui avait fait à nouveau tourner la tête vers le bar. Spack eut l'impression qu'il ne lui restait plus qu'à s'adresser au juke-box déchaîné. Les yeux rivés sur le dos de Weasel, Jimmy aussi était bouche bée, ce qui permettait à Spack d'avoir une vue plongeante sur ses chicots pourris. Lui non plus n'avait pas touché sa bière. Spack reposa la Bud de Jed sur la table. Une soudaine frayeur était apparue au tréfonds de son être, l'horrible sensation habituelle qui le saisissait quand personne n'était disposé à admirer le gros salaire qu'il gagnait chaque mois, sa nouvelle Ford, son beau casque de sécurité ou les cours par correspondance qu'il n'avait jamais pris.

Il comprit qu'il lui fallait réfléchir très vite. Ses frangins par alliance venaient d'être frappés d'une attaque virulente de fièvre orifère, exactement comme Mike l'avait diagnostiqué. Il devait contre-attaquer au plus tôt, sous peine de voir son ego se réduire comme une peau de chagrin.

Une illumination subite se fit dans son esprit. Suffirait-elle ? Peut-être.

« C'est un trésor que vous voulez ? dit-il si bas qu'il aurait pu ne s'adresser qu'à lui-même. Un authentique trésor à déterrer, c'est donc ce qu'il vous faut ? »

Jimmy pointa une oreille.

« De quoi tu parles ? demanda-t-il, surpris, les yeux toujours tournés vers le bar. Qu'est-ce que t'as dit ?

— Un trésor », dit Spack d'une voix forte.

Il s'appuya contre le dossier de sa chaise et se croisa les mains sur le ventre.

Jimmy donna un coup de coude à Jed qui sursauta et lui accorda un regard. Jimmy désigna Spack du menton.

Ce dernier avait enfin obtenu leur attention. Et pour être tout à fait honnête, il savait *réellement* où était enterré un certain trésor. En fait, il l'avait même vu, de ses yeux vu, des années auparavant, alors qu'il était enfant. Mais jusqu'à aujourd'hui, il n'y avait jamais repensé.

« Quel trésor ? demanda Jed. Encore un cercueil de momie ?

— Ouais, ajouta Jimmy, que les lumières du juke-box faisaient luire de tous les pores dilatés de sa peau grasse. Tu sais où il y a un autre trésor, toi ? »

Radieux, Spack leur sourit, soulagé de voir ses craintes disparaître.

« 1932, ça vous rappelle quelque chose ? » leur demanda-t-il.

Ravi de lire l'ébahissement sur leur visage, il se rapprocha de la table. Et quand Weasel et son pote quittèrent le bar, avec chacun une bouteille de whisky à la main, ils étaient tellement pris par ce que leur racontait Spack que ni Jimmy ni Jed ne se rendirent compte de leur départ.

Quelques minutes plus tard, les trois hommes partaient à leur tour.

Il fallut vingt minutes à Arnold pour retirer toutes les planches qui formaient le couvercle de la caisse. Il jeta le pic par-dessus le bord du trou avec ce qui s'avéra être sa dernière réserve d'énergie, et se tint debout sur son trophée, épuisé, à bout de souffle. Des gouttes de sueur dégoulinaient de son front, tâchant le jute. Il sentait sous ses pieds d'étranges irrégularités. De toute évidence, il ne s'agissait pas là d'un couvercle de cercueil ordinaire. Il tomba à genoux et cogna contre la surface du cercueil, dissimulée à ses yeux par l'épaisseur du jute. Il eut l'impression de toucher de la pierre. Arnold eut un large sourire. De l'or massif, baby, un vrai cercueil de roi. Quelle meilleure façon d'expédier le roi au royaume du repos éternel, que de l'équiper d'une jolie paire de rubis en guise d'yeux ?

Il rampa le long du couvercle en tâtant les creux et les bosses qu'il sentait sous ses mains. Le sarcophage avait été initialement ligoté par une corde épaisse qu'Arnold avait fait sauter à l'aide du pic. Mais le jute était toujours en place, solidement maintenu par le poids de l'ensemble. Avec un couteau, il s'en serait aisément débarrassé, mais il n'avait pas de couteau, et son seul objectif était de trouver les yeux, ces merveilles brillantes qui représentaient l'argent et l'essence pour le voyage au Texas.

Il arriva au bout du cercueil...

... c'est un sarcophage, mon vieil Arnold, pas une vulgaire boîte en sapin, un vrai sarcophage en provenance d'Egypte, le pays de l'or, des Pharaons, du Nil, de Boris Karloff et de Peter Lorre, de la Momie, du Retour de la Momie, de la Vengeance de la Momie, de la Fiancée de la Momie, du Fils de la Momie...

... Arrête tes conneries, Arnold...

... la momie s'avançait dans la clarté opalescente de la lune, un bras tendu, ses pieds raclant le sol, ses yeux brillants de haine sous ses lourdes paupières, les lèvres parcheminées couleur de cendres, ramenée à la vie par les dieux antiques et leurs incantations, nourrie on ne sait trop comment de feuilles de thé et de tanin, poursuivant sa vengeance aveugle...

... ARRETE TOUT DE SUITE, ARNOLD, TU ES EN TRAIN DE TE FAIRE PEUR...

... la Main de la Momie, la Patte du Singe, le Blob, Frankenstein, Dracula, Michael Landon dans le gymnase d'un lycée, Louis Creed près du cimetière indien...

Arnold passa sa main ensanglantée sur son front. Merci, Hollywood, se dit-il, merci, Bram Stoker, merci, Mary Shelley, merci à tous ceux sans qui ce cauchemar n'aurait pas été possible, mais surtout merci à vous, Monsieur King, pour avoir changé Arnold White, un jeune garçon ordinaire, en un crétin mort de trouille.

Chassant ses terreurs imaginaires loin de son esprit, il se mit à gratter l'emplacement sous lequel devaient se trouver les yeux de la momie. Après tout, le sarcophage de Tout-Ankh Amon avait fait le tour des musées du monde entier, et jamais aucun visiteur ne s'était fait étranglé par le bon Roi.

Le jute venait en minuscules brins torsadés que les doigts abîmés d'Arnold arrachaient péniblement. Autant essayer d'ouvrir un sac de blé sans préalablement en défaire la couture. Il saisit le jute à deux mains et tira dessus de toutes ses forces, le visage contracté par l'effort.

Riiiiiiip !

Il retomba en arrière, manquant de s'assommer sur les quarante millions de dollars. Se débarrassant des deux poignées de jute, il se releva et inspecta les déchirures.

Dans les derniers rayons du soleil, l'or massif darda vers Arnold l'éclat mat de sa noble matière. Les deux trous semblaient le regarder. *Qu'est-ce qui t'a retenu si longtemps, Arnold, mon ami ? Je repose ici depuis 1932, et avant cette date, je suis resté pendant cinq siècles dans un pays que tu ne verras jamais, où m'ont façonné des mains depuis longtemps retournées à la poussière. De quoi ai-je l'air ? Terni par les années ? Jamais de la vie. Je suis éternel, immuable, immortel. Touche-moi et tu connaîtras mon pouvoir.*

Arnold toucha. C'était froid Il semblait y avoir — mais ce n'était peut-être qu'une impression — une infime vibration qui courait sous ses doigts. Un frémissement, comme peut en émettre un câble porteur d'une charge mortelle d'électricité, telle une ligne à haute tension pourtant dûment isolée. Arnold balaya cette impression, tremblant de soulagement et en proie à un vertige qui frôlait la folie. Le souffle court, oublieux de la rage de dents qui vrillait à nouveau ses mâchoires, il se mit debout. Deux soirs plus tôt, il avait été un pantin disloqué par les coups de poing de Frank Whipple, Grand Maître du Désastre. Aujourd'hui, il était riche.

Mais l'or appartiendrait bientôt à quelqu'un d'autre. Tout ce qu'il voulait, C'étaient les yeux en rubis, les rubis de son salut, comme Dorothy au royaume d'Oz qui n'avait qu'à frapper trois fois le sol de ses précieux talons pour que la magie s'accomplisse.

Il arracha le jute, découvrant le visage doré de l'occupant anonyme de ce mémorial. Le visage était immense et parfaitement dessiné, mais ce n'était pas le visage d'un homme qu'Arnold avait sous les yeux dans la lumière du jour finissant. L'horreur germant dans son cerveau telle une fleur terrifiante, Arnold se rejeta en arrière.

C'était une gueule de chacal, au profil caractéristique, avec un museau allongé et des canines acérées. Les oreilles étaient longues et pointues. Le petit œil unique avait la forme d'une amande, mais il n'était pas le moins du monde en rubis.

Paniqué, Arnold déchira frénétiquement le reste de la toile de jute. Une fois de plus, il s'était fié à son instinct de garçon de treize ans, pour qui un sarcophage ne pouvait qu'être serti de pierres précieuses, à la façon d'un cookie aux pépites de chocolat, et une fois de plus, il était cruellement déçu.

C'était de l'or, effectivement. D'un bout à l'autre, c'était bien de l'or. Comme si la chose contenue à l'intérieur du sarcophage avait tenté de passer à travers le couvercle, la forme d'un homme était modelée dans le métal à la façon d'un gigantesque bas-relief. Aucun détail n'avait été omis, ni les sandales de l'homme ainsi représenté ni son inquiétante tête de chacal. Il portait une sorte de jupe plissée. Autour de son cou, un collier, et à ses doigts, des bagues, mais les bijoux eux aussi étaient moulés dans l'or.

Un chasseur de trésor serait mort d'un infarctus foudroyant à la vue d'une telle quantité d'or. Mais Arnold, lui, enfouit sa tête dans ses bras courbaturés et se mit à pleurer. Tous les traumatismes de ces dernières heures revinrent en même temps — les fractures de ses os, les dents cassées, les hématomes et les ampoules. De la merde, tout n'était que de la merde, une accumulation de merdes diverses dont la route qu'on appelait La Vie était jonchée, une route qu'il suivait depuis treize ans en titubant et qui faisait mal. Des emmerdements et de la merde, des coups et des blessures. Cela ne pouvait·être qu'une version locale de la promenade le long de la route pavée de briques jaunes, sauf que cette route, elle, ne menait pas à Oz, mais sous le hangar d'un mort dont le seul héritage s'avérait être principalement de nouvelles blessures et de nouveaux coups.

Il n'y avait pas de rubis. Rien qu'un couvercle en or qui pesait beaucoup plus lourd que du plomb, et qui n'était d'aucune utilité au garçon qui s'était donné tant de mal pour le déterrer.

Il se laissa glisser le long de la paroi du trou qu'il avait mis seize heures à creuser. Il enfouit son visage dans la terre, désespéré, souhaitant de toutes ses maigres forces se changer en taupe, afin de creuser un tunnel dans le sol, et de passer le restant de son existence dans l'ombre fraîche d'un souterrain. Sous terre, là où les morts reposent en paix et où les vers grouillent, sans jamais avoir besoin de voir la lumière du jour. Sous la terre, c'était la paix, la sécurité, le repos éternel.

La lumière diminuait. Electrisé par la souffrance, Arnold aspira une goulée d'air fétide, sentant qu'enfin, le sommeil allait l'emporter loin des mille choses qui le tenaient éveillé. Une partie de son cerveau se débrancha, le libérant ainsi de l'intolérable, et il entendit dans le lointain la voix de son père, une voix distante et distraite avec, en fond sonore, le cliquetis incessant des touches de la machine à écrire frappant en vain le papier.

Il se réveilla quelques minutes plus tard — l'intensité de la lumière qui passait par la petite fenêtre du hangar n'avait guère baissé — tiré de son assoupissement par la souris qui avait élu domicile dans le hangar et que la faim avait justement tirée de son trou. Un léger bruit lui fit ouvrir ses yeux brûlants de fatigue. Quelques secondes de répit en quarante-huit heures — bienvenue au club des chasseurs de trésor de l'Indiana, Gentil Lecteur. Il se mit à genoux et observa l'homme-chacal venu des temps immémoriaux, figé dans l'or. En se concentrant, il rassembla dans son esprit quelques bribes d'égyptologie, souvenirs d'une ancienne leçon d'histoire, des années auparavant.

Le professeur, Monsieur Bender, s'était servi d'un projecteur de diapositives pour leur montrer les pyramides et certains monuments parmi ceux qui tenaient encore debout. Tous les murs des anciens temples étaient sculptés et couverts de hiéroglyphes, avec des hommes de profil vêtus de jupes plissées, représentés dans d'étranges poses. Même les énormes colonnes qui soutenaient les constructions étaient décorées.

« Celle-ci, disait M. Bender en faisant avancer le chariot du projecteur, représente le nom du roi Tout-Ankh Amon. Vous remarquerez que l'inscription se trouve à l'intérieur d'un cartouche. Tous les noms des Pharaons étaient ainsi gravés, pour indiquer leur rang de dirigeant et de divinité. »

Click.

« Nous voyons ici le roi Tout-Ankh Amon après sa mort.

Vous remarquerez que sa dépouille est entourée de prêtres. Ils ont à la main des bâtons d'encens, dont on pensait alors qu'ils attiraient la bienveillance des dieux. »

Click.

« Nous voyons ici le Grand Prêtre, l'embaumeur royal, dont le rôle était de préserver le corps du roi défunt au cours de son voyage éternel pour l'autre vie. Vous remarquerez qu'il a une tête de chacal. Cette créature mi-homme mi-chacal se retrouve dans tous les sites funéraires, ce qui démontre la croyance bien établie à l'époque dans les pouvoirs mystiques du chacal. Aucune preuve de l'existence d'une telle créature n'a évidemment jamais été établie. »

Une pause. Quelques rires peu convaincus parcoururent la classe. Quand M. Bender faisait une pause, c'était afin que ses élèves puissent apprécier son sens de l'humour.

Click.

« Nous voyons ici la Grande Pyramide, la dernière des sept merveilles du monde. Vous remarquerez que bien qu'elle soit encore admirablement préservée, le temps et les intempéries... »

Arnold fit cesser la projection mentale. *Youpi,* s'écria-t-il intérieurement. *Je suis peut-être debout sur le sarcophage d'un authentique homme-chacal. Je vais même peut-être pouvoir le ramener à la vie. A moins que je ne décide de m'en foutre totalement.*

Il commençait à se hisser hors du trou quand une pensée lui traversa soudain l'esprit. Il réfléchit et se laissa glisser à nouveau près du sarcophage.

Le couvercle montrait un homme-chacal portant un collier autour du cou et de nombreuses bagues. Cela n'était-il pas censé être une représentation de l'occupant, homme-chacal égyptien, dont le nom était encore inconnu ? Un garçon résolu ne pouvait-il pas soulever le couvercle et jouer...

... *urk !...*

... les détrousseurs de tombe ? Oter les bagues de ces doigts morts, faire passer le collier par-dessus cette tête de chacal ? Une tête qui, pour Arnold et tous ceux à qui il restait quelque sens commun, n'était en fait que les restes momifiés et racornis d'un ex-grand prêtre qui n'avait pas exercé ses fonctions depuis cinq siècles. Toutes les autres possibilités s'étaient évaporées. Dans ces conditions, pourquoi ne pas soulever ce sacré couvercle et piller un peu le cadavre ?

Avant que les éclats de peur éparpillés dans son ventre ne se rassemblent pour former un gros bloc de terreur, Arnold tendit le bras et attrapa le pic. Déterrer des cercueils enterrés était une chose, mais les ouvrir et regarder à l'intérieur en était une autre, et des moins ragoûtantes. C'était un truc bon pour Frankenstein.

Il fit sauter une partie de la paroi de la caisse, faite d'un bois plus dur que le couvercle qui ne se laissait pas aisément mettre en pièces. Il mit de côté les débris de bois et, passant sa main le long du sarcophage, sentit sous ses doigts un semblant de rebord. Quittant le couvercle, il vint s'accroupir dans la terre au fond de son trou démesuré. *Sésame, ouvre-toi,* se dit-il, et glissant ses doigts sous l'étroit rebord, il tenta de soulever le couvercle.

C'était une plaisanterie, qui réclamait une pause et des rires au fond de la classe. Voici Arnold, la huitième merveille du monde, myope et polytraumatisé, en train d'essayer de soulever d'une seule main cent ou cent cinquante kilos d'or massif. Ce n'est donc pas sa force qui nous étonne, les enfants, mais son incommensurable bêtise. Arnold, au piquet.

Il se leva, abattu, confondu par sa propre stupidité. la dernière possibilité qui lui restait venait de s'évanouir. Il ramassa le pic et en enfonça la pointe sous le rebord. Il appuya de toutes ses forces sur le manche, mais c'était comme essayer de faire bouger un arbre. On pouvait dire que ces Egyptiens de l'Antiquité avaient eu de l'adoration pour les choses lourdes. Des pyramides, des statues de la taille de la tour Eiffel, des colonnes sculptées derrière lesquelles on aurait aisément pu cacher un bus. Mais où prenaient-ils autant d'énergie ?

Posant le pic à côté de lui, il s'assit dans la terre, les jambes croisées, songeant à des perceuses, à des marteaux, à des ciseaux à bois, à de la dynamite. L'aventure tout entière commençait à puer autant que les ordures du vieux Normie.

Normie. C'était une idée. Après sa crise cardiaque, Normie s'était senti en pleine forme, et même beaucoup plus costaud qu'avant. En tant que personne décédée, Normie était aussi fort qu'Arnold Schwarzenegger. Mais malheureusement, dans son nouveau rôle de zombie, Normie s'avérait être un véritable ours, peu enclin à obéir aux ordres. De toute façon, il se trouvait maintenant à des kilomètres de la ferme, et en admettant qu'Arnold le retrouve et le persuade de revenir, il n'avait aucune garantie de le forcer à soulever le couvercle. Il était d'ailleurs plus probable qu'il essaie d'étrangler Arnold pour ensuite se repaître de sa chair.

Arnold plaça son coude sur son genou et laissa peser sa tête dans sa main. Le dilemme était épineux, digne d'Einstein. Comment un garçon de treize ans serait-il capable de soulever une plaque d'or plus lourde qu'une Wolkswagen ? Il n'y avait pratiquement aucune prise digne de ce nom sur l'extérieur du sarcophage. A condition d'être à l'intérieur, pousser le couvercle par en dedans était relativement envisageable, mais cette solution exigeait de trouver un moyen de rentrer dans le sarcophage. De plus, il y avait déjà quelqu'un. Atkinson en personne l'avait dit.

Il fera ce que tu lui diras de faire.

Arnold leva la tête, ses pensées s'accélérant soudain. La réponse se cachait au fond de son esprit, depuis le début, et elle attendait de jaillir en criant : « Surprise ! »

Radieux, il sourit de toute la longueur de ses lèvres suturées.

« Okay », dit-il à voix haute, touchant du bout de la langue les points de suture où perlait le sang. Il se pencha en avant et, assez fort pour faire voleter un petit nuage de poussière, il cria à l'intention du sarcophage la formule magique.

« Isis ki Osirus ! »

Une éternité s'écoula. Arnold patienta, tel un Peau-Rouge qui attend son tour pour tirer sur le calumet de la paix, et l'éternité silencieuse résonnait à ses oreilles.

Un cercueil phoniquement isolé ? Sans personne à l'intérieur ? Il fera ce que tu veux, certes, mais à condition qu'il soit d'humeur à s'exécuter.

« Soulève le couvercle », cria-t-il.

Rien. Arnold se tapotait le genou du bout des doigts.

« Pousse plus fort ! »

Il lui sembla alors que quelque chose craquait, produisant

un bruit de papier qu'on froisse, mais ce n'était que la petite souris que le cri d'Arnold avait réveillée et qui avait repris sa tournée d'exploration des lieux.

Et puis le couvercle bougea. Légèrement sur le côté, légèrement vers le haut. L'or racla l'or. Un long ruban de lumière incandescente s'échappa du cercueil, illuminant les genoux d'Arnold.

Soudain, ses poumons tentèrent d'aspirer plus d'air qu'ils ne pouvaient en contenir. Il se rua vers le bord du trou, faisant refluer des vaguelettes de terre vers l'ouverture apparue sous le couvercle du sarcophage. La fente lumineuse qui s'élargissait exhalait une odeur à côté de laquelle les sacs-poubelle de Norman semblaient parfumés à la rose ; c'était une odeur putride de matière végétale humide, de poussière âcre et de viande décomposée. Surtout de viande décomposée, une puanteur rappelant les viscères de poulet et les pommes de terre pourries.

Le couvercle continuait à progresser. Clignant des yeux, Arnold fixait la lumière, à la fois plein d'espoir et terrifié. Il vit apparaître un premier bras, puis un second. Ils étaient entourés de gaze terreuse, dont les bandes s'étaient défaites avec l'âge. Le couvercle était maintenant à trente centimètres au-dessus du cercueil, légèrement incliné vers le bas.

Arnold se força à redescendre, impatient de voir les mains et les bagues qu'il imaginait, ainsi que le collier, lui aussi sans doute en or massif constellé de rubis. La lumière aveuglante. Il approcha sa tête du plus près qu'il en eut le courage, respirant par la bouche pour éviter l'horrible puanteur.

La lumière provenait des yeux de la momie, puissants comme des lampes-torches, qui n'étaient en rien comparable aux faibles veilleuses de Norman Parker. Arnold ne pouvait détacher son regard du visage de la momie...

... momie ? Mais de qui se moque-t-on ? Ce n'est pas une momie, c'est un chacal, exactement comme celui du couvercle, le roi de l'embaubement lui-même, nous voilà donc face à un homme-chacal, le dieu immortel qui retirait les tripes des pharaons pour les assaisonner d'herbes fines...

Sa tête n'était pas bandée et il avait des oreilles pointues et velues. Son museau s'était décomposé des lustres auparavant, laissant apparaître en guise de canines de véritables défenses d'ivoire jauni. Son énorme langue desséchée et d'une infâme couleur marron était nichée dans la bouche.

La tête tout entière se tourna vers Arnold dans un bruit de toile émeri qu'on frotte et posa son regard sur lui. Le couvercle tressaillait. Arnold réussit à détacher ses yeux de cette incroyable face d'animal et se rendit alors compte que le bras droit du chacal, d'apparence parfaitement humaine, était en train de s'effriter. Des morceaux de gaze et de viande desséchée se détachaient les uns après les autres, à la manière d'une statue antique dont le plâtre tombe en ruine.

La momie (le chacal ?) se désintégrait.

« Pousse le couvercle ! » Arnold glapissait, la gorge plus sèche que la gaze sale qe la momie, dont le bras droit ne consistait désormais plus qu'en un bout d'os noirâtre. Le couvercle plongea brutalement, et on entendit un craquement sec de vieux os égyptien. Tout le long du sarcophage, s'étirait maintenant une ouverture large d'une dizaine de centimètres, irradiant une intense luminosité.

« Ouvre-le ! hurlait Arnold. Ouvre-le ! »

Le couvercle trembla, faisant mine de reprendre sa place initiale.

« Stop », dit Arnold qui voyait ses chances s'évanouir. La momie était trop faible. La momie avait besoin d'une petite remise en état avant de fonctionner correctement. Sachets de thé et tanin, comme Atkinson avait dit, et le vieux bandit était bien placé pour savoir de quoi il parlait.

« Meurs », grogna Arnold.

La mumière disparut et la fente entre le sarcophage et son couvercle passa au noir.

Malheureux, déprimé, Arnold resta assis là un long moment.

- 14 -

Le .ORD

Le vieux .ORD, délabré et branlant, démarra au premier tour de clé, comme si l'étrange vibration du sarcophage était suffisamment forte pour réparer les mécaniques en panne depuis des années. Après quelques hoquets, le moteur décida de tourner, secouant Arnold sur le siège fatigué comme s'il avait été assis sur un tracteur. Du bout de son pied malade, il appuya sur l'embrayage, s'attendant à une réaction quelconque de la part de l'antique véhicule, mais ce dernier ne bougea pas d'un millimètre, se contentant de vibrer pendant que la pédale, privée de graisse depuis trop longtemps, grinçait dans son logement.

Il tripota les différents boutons du tableau de bord, actionnant par hasard celui qui allumait les phares. Au cours de la demi-heure qu'il avait passée au fond du trou à ruminer d'étranges pensées, la nuit s'était installée dans le ciel, chassant la moindre lueur de jour. Comme l'avait prédit en s'excusant le présentateur du bulletin météo de la WTHO, de gros nuages annonciateurs d'orage étaient arrivés de l'ouest, cachant les étoiles de leur masse sombre. L'air était lourd des senteurs de la pluie toute proche ; Arnold s'en moquait, mais il avait laissé sa chemise sous le hangar et la température se rafraîchissait. Il claquait des dents, mais ce n'était pas à cause du froid.

Il n'avait jamais conduit de voiture de sa vie. Une fois, quand il était petit, son père l'avait pris sur ses genoux et l'avait laissé tourner le volant, mais Arnold ne s'était pas occupé des pédales, et de plus, il s'agissait d'une voiture à boîte automatique. Le .ORD démodé possédait trois pédales, recouvertes de caoutchouc usé, et bien qu'Arnold ait su à quoi chacune d'elles correspondait, il se sentait bien incapable de les actionner en même temps, sans compter qu'il lui fallait également manœuvrer l'énorme engin et *passer les vitesses*. Pour accomplir un tel exploit, mieux valait être une pieuvre.

Et la jauge du réservoir d'essence, cette jauge problématique. L'aiguille orange ne décollait pas de la gradation indiquant le quart du réservoir. Etait-elle cassée, ou indiquait-elle au contraire qu'il restait un peu d'essence ?

Arnold enfonça à nouveau la pédale de débrayage à fond, saisit le levier de vitesses, l'enclencha sur la gauche, et le tira vers lui. Le changement de vitesse s'accompagna de craquements fatigués, faisant vibrer son bras fracturé. Il accéléra. Le moteur s'emballa et une fumée bleutée jaillit du pot d'échappement, qui n'avait pas été nettoyé depuis 1967. Arnold lâcha la pédale. L'.ORD fit un bond en avant, des mottes de terre volant sous les pneus arrière. Arnold se mit en route.

En fait, il était en route vers la porte d'entrée de la maison de Norman. Le paysage qui défilait à travers le pare-brise sautait dans tous les sens, les phares découpant des cercles désordonnés dans l'obscurité environnante. Il tourna l'immense volant, trop grand pour lui, vers la droite, et bien qu'il n'ait pas été un expert en matière de direction assistée, il se rendit vite compte que le vieux débris n'en bénéficiait pas. Il parvint à rater la maison, et rentra dans un arbre.

Tout se calma instantanément. Les phares n'éclairaient plus rien, et une pluie de bourgeons, tombés des branches de l'arbre, s'abattit sur le toit du camion.

Je ne pense pas que nous allons renouveler l'expérience, se dit Arnold. Son front s'ornait d'une bosse naissante, résultat du choc contre le volant. Il fit redémarrer le moteur, poussa le levier de vitesses dans toutes les directions possibles, et finit par trouver la marche arrière. Les roues dérapèrent dans une flaque de boue, mais le camion recula suffisamment pour tenter un nouveau départ.

Cette fois, il tourna à fond le volant sur la droite avant de démarrer. Il passa une vitesse et débraya. Des paquets de boue volèrent. Le .ORD avança en cahotant, ses phares dans l'axe du chemin, et Arnold constata avec satisfaction qu'il maintenait une trajectoire plus ou moins rectiligne. Sans ses lunettes, il ne voyait autour de lui qu'une masse vert sombre et marron foncé, mais il n'en était pas pour autant aveugle. Le moteur vrombissant et l'aiguille du compteur marquant vingt-cinq kilomètres à l'heure, Arnold suivit le chemin et arriva près de la US 40.

Il posa ses deux pieds sur les pédales, l'un sur l'embrayage, l'autre sur le frein, et il pesa dessus de tout son poids. Le .ORD continua à rouler gaiement, menaçant de traverser la route en ignorant la ligne blanche pour aller directement s'écraser dans les fourrés en contrebas. Il tenta désespérément de changer de vitesse en actionnant le levier comme un fou, mais ses efforts restant vains, il se jeta sur le frein et pompa. La vieille mécanique réagit à ce traitement, et injecta le liquide des freins dans les roues, qui s'immobilisèrent.

Arnold respira. Le nez du camion était au milieu de la chaussée, orienté vers l'est, la direction que voulait prendre Arnold. Il manœuvra encore un peu l'immense volant, passa cette bonne vieille première, fit hurler le moteur et démarra dans un jaillissement de boue. Du plafond de la cabine tombait une fine poussière, et les bières vides qui jonchaient le plancher s'entrechoquaient au rythme de la progression du .ORD. Arnold s'engagea sur la voie de droite et prit la direction de Wabash Heights, roulant à la vitesse époustouflante de vingt-cinq kilomètres à l'heure.

Une idée lui avait traversé l'esprit, un peu plus tôt, alors qu'il était assis au fond de son trou et que la nuit tombait. Cette nouvelle option se trouvait en ville, très exactement dans Main Street, US 40, Maplewood Avenue, il ne souvenait plus du numéro.

Arnold White, fugueur, soupçonné de meurtre, activement recherché par la police et par tous les chasseurs de prime du coin, se préparait à ajouter un nouveau titre à ses exploits précédents.

Il s'apprêtait à devenir un voleur.

Weasel et son nouvel ami, eux, étaient justement en train de jouer (mal) le rôle des Parents Désespérés à la recherche de leur Petit.

Jusqu'à maintenant, Weasel ne s'était jamais vraiment rendu compte à quel point il connaissait mal le fils de sa femme, ni ce qu'il faisait ni où il allait. Son rôle dans cette comédie devenait de plus en plus restreint, d'abord parce qu'il n'était pas le père désespéré qu'il prétendait être, et ensuite parce qu'il commençait à trouver qu'il perdait son temps. Il avait craqué un quart de son salaire en bière et en whisky pour son nouveau partenaire Crâne d'Œuf et lui-même, sans parler des vingt dollars qu'il avait donnés à Mike pour couvrir une partie de son compte à la Wabash Tavern, ce trou sordide où ils faisaient payer la bière le double de son prix, et dont le patron, le vieux Liddey, allait à la messe trois fois par semaine dans un mobile home minable à Terre Haute, où des évangélistes hystériques, Témoins de Jéhovah, lui bourraient le crâne de conneries dans le but ultime de vider son compte en banque. La montre de Weasel indiquait qu'il serait bientôt huit heures, et il ne savait plus chez qui aller demander des nouvelles d'Arnold…

« … Mon beau-fils Arnold White a disparu, Madame. Vous ne l'auriez pas vu, par hasard ?…

— … Désolée, mais je ne connais personne de ce nom. »

… Weasel commençait à penser que tout cela ne rimait à rien et que Dôme-de-Chrome était cinglé.

Mais une partie de ce qu'il disait était pourtant vraie. Arnold était recherché pour meurtre, Mike Taraday l'avait confirmé. Et toujours d'après Mike, la victime était bien le père de Crâne d'Œuf.

Mais quel rapport tout cela avait-il avec un putain de cercueil ?

Assis dans sa vieille Malibu devant le 1298 Forest Street, il attendait, en buvant sa bouteille de Ten High, que Crâne d'Œuf ait fini de demander à la maîtresse de maison (tous les hommes valides de Wabash Heights se trouvant pour l'instant dans leur bar habituel) si elle avait vu Arnold. Crâne d'Œuf était oncle Jack, Weasel était lui-même. Ils avaient fait les trente maisons de la rue sans aucun résultat, et les deux hommes en avaient marre.

Marchant le long du trottoir, Jack revint vers la Malibu. Prenant place sur le siège du passager, il tendit la main vers sa bouteille personnelle posée sur le plancher de la voiture et il s'envoya une bonne lampée de whisky. Le visage blafard sous la lueur des lampadaires, les yeux comme deux billes noires, Weasel le regardait faire.

« Laisse-moi deviner, dit-il. N'ont pas vu Arnie depuis des mois. »

Jack fit oui de la tête.

« Tu le gardes enfermé ou quoi ?

— C'est à cause de ses putains de bouquins. Ce petit connard a tout lu, de *Winnie l'Ourson* à *Moby Dick*. D'ailleurs, il est peut-être à la bibliothèque. Si le dernier bouquin de terreur de ce connard d'écrivain célèbre est sorti, je te parie qu'Arnold est allé le chercher. »

Jack jeta un coup d'œil sur sa montre, un modèle digital qui luisait dans l'obscurité.

« A cette heure-ci, c'est sûrement fermé. Je crois plutôt que le gamin s'est tiré en stop dans un autre Etat. »

Weasel but une nouvelle gorgée de whisky. Il était dégoûté. Dire qu'il pourrait être à la maison en train de tabasser sa femme. Mais pas question, le Rasé ne voulait pas en entendre parler.

« Je lui ai déjà parlé et elle ne sait rien, répétait-il à Weasel, alors que l'alcool chauffait lentement l'organisme de Weasel et la haine qui rongeait son cœur. Et puis, si tu tues ta femme, tu ne pourras pas venir chercher le trésor. »

Weasel reboucha sa bouteille et démarra. Les rues en pente de Wabash Heights qu'éclairait le phare unique de la Malibu déroulaient leur morne ruban d'asphalte. L'état de rage contenue et d'ébriété naissante dans lequel il se trouvait présentement ne lui avait pas permis de remarquer dans le rétroviseur que les phares de plusieurs voitures les suivaient depuis le début de la soirée.

« On va où, maintenant ? demanda Jack.

— Je connais encore un endroit. C'est une femme qui vendait des produits Avon dans le temps, après que son mari s'est barré. Elle avait besoin d'argent. »

Ils prirent à droite, puis à gauche, puis encore à droite. Weasel gara la voiture. Discrètement, ceux qui les suivaient s'arrêtèrent aussi.

« A toi de jouer, Crâne d'Œuf.

— Je m'appelle Jack, je te dis, et c'est pas mon tour.

— D'accord, branleur, va frapper à la porte pendant que je pisse un coup. Comme ça, on sera quittes. »

Weasel regarda Jack se frotter la tête de ses mains. Il commençait à se dire que Jack s'était échappé de l'hôpital psychiatrique Katherine Hamilton, à Terre Haute, et qu'il avait échoué à Wabash Heights, comme tous ceux qui avaient un grain. C'était une explication parfaitement vraisemblable. La ferme de Kate la Folle, comme les gens du pays l'appelaient, était le seul endroit de ce genre à des kilomètres à la ronde. Et cette quête de maison en maison, à la recherche d'un gamin qui pouvait être partout ailleurs, était elle-même passablement irrationnelle.

Jack marcha jusqu'à la porte d'entrée et s'entretint un instant avec la femme qui lui ouvrit, pendant que Weasel soulageait sa vessie à côté de la voiture. Ils se trouvaient dans Blakely Avenue, l'un des quartiers les plus rupins de la ville, là où vivaient les employés de banque et les fonctionnaires qui avaient la chance de travailler à Terre Haute dans des emplois dignes de ce nom. Ce gros connard de Spack Laird habitait un peu plus haut, lui et sa nouvelle Ford toute neuve, et Weasel dirigea le jet d'urine en direction de la masse sombre de sa maison, comme ça, par plaisir. Plus loin, c'était la résidence imposante de Harley Gimbel, celui qui lui lançait des regards haineux et dont l'épouse avait l'allure d'une pétasse, et qui s'était tant moqué de lui lors de l'épisode de l'oignon. Weasel pissa dans cette direction aussi, toujours résolu à faire goûter un de ces jours à la femme de Harley ce qu'il tenait en ce moment même à la main.

Il remontait son pantalon quand il remarqua les voitures garées le long du trottoir derrière la Malibu. Il ne lui semblait pas les avoir vues quand il était arrivé dans la rue. A l'intérieur, il distinguait plusieurs personnes, qui visiblement étaient occupées à boire des bières.

« Bande d'enflures », grommela-t-il en retournant s'asseoir dans sa voiture. La moitié de la ville lui courait au cul, à ce qu'il semblait. Quelle affaire ! Ils gaspillaient à la fois leur temps et leur essence.

Jack revint, l'air dégoûté. Il se laissa tomber sur le siège du passager et se frotta la tête.

« T'as mal à la tête, Boule de billard ?

— Ouais. T'es certain qu'Arnold ne peut pas être ailleurs ?

— On peut jamais être sûr de rien. Sauf qu'on est suivis.

— Hein ? » Jack se retourna. Il essaya de voir quelque chose à travers le morceau de plastique qui tenait lieu de pare-brise arrière. Son visage exprimait le plus intense désarroi. « Super, gémit-il. Et en plus, ils sont nombreux.

— C'est l'habituelle bande de mecs qui cherchent à se faire un peu de fric en braquant les bagnoles, dit Weasel en démarrant. Je retourne au bar. Tu veux que je te dépose chez Kate ?

— Qui ça ?

— Personne. »

Weasel accéléra. Derrière eux, des phares s'allumèrent. Dans un sens, c'était flatteur. Ces enfoirés s'étaient bien marrés quand il s'était fourré cet oignon dans le nez. Mais maintenant, c'étaient eux les dupes de l'affaire. Piètre vengeance, mais c'était un début.

« Faut prendre les petites routes de campagne, dit Jack. Celles qu'Arnold connaît. On n'a qu'à commencer par le coin de mon mobile home. D'ici à demain matin, on peut couvrir des centaines de kilomètres, et en profiter pour semer ces connards. »

Weasel tourna la tête vers lui et lui lança un regard méprisant.

« Désolé de te dire ça, mais moi, je retourne à la Wabash Tavern. Tu peux te foutre ton cercueil et ta momie au cul. J'ai presque fini ma bouteille de whisky et j'ai besoin d'un remontant. Souviens-toi que j'ai des trucs à faire avec ma bonne femme ce soir. Je vais lui préparer un petit dîner à mon idée, dans une grande poêle à frire. »

Jack se frotta à nouveau le crâne. Il n'avait pas vraiment mal à la tête — à vrai dire, il se sentait même redevenu humain, grâce au Ten High et à son incroyable pouvoir régénérant — mais sans la protection de sa perruque, sa tête lui semblait dénudée et vulnérable. Mais ce qui était vraiment pénible, c'était de se rendre compte que, finalement, ce Weasel n'en savait pas plus sur Arnie que n'importe qui. Pourtant, sans lui — s'il persistait à prendre Jack pour un cinglé — il n'y aurait plus un seul espoir, et il n'y aurait surtout plus rien à boire. Les dernières ressources financières de Jack avaient disparu avec la canne à tête de lion qu'Arnold avait emportée. Elle aurait pu aisément rapporter à Jack deux ou trois cents dollars, et sans cet argent, Jack avait toutes les chances de crever de faim dans cette ville inhospitalière. La meilleure chose qui puisse maintenant lui arriver, c'était de se faire ramasser par la police et de passer la nuit au poste, où il serait nourri, seulement pour cela, il lui fallait commettre un délit quelconque, mais il n'avait envie que d'une chose, c'était d'étrangler Arnold White de ses propres mains.

« Le sarcophage *existe* vraiment, dit-il à Weasel alors que la Malibu s'engageait dans une rue sordide. Enfin, je veux dire le cercueil de la momie », se hâta-t-il de préciser avant que son ignare de partenaire n'ait le temps de penser qu'il parlait en étranger.

« Ouais, j'ai vu des photos de trucs dans ce genre. Mais j'en ai jamais vu dans le coin.

— Je suis certain qu'il est à Wabash Heights. L'homme qui l'a volé était né ici, et il est revenu passer ses vieux jours dans sa ville natale. Est-ce que le nom d'Atkinson te dit quelque chose ? »

Plein d'espoir, il regarda Weasel, dont les yeux noirs ne semblaient pas exprimer le moindre sentiment, à part la haine et les effets du whisky.

« Rien du tout, grogna Weasel.

— Mon père et lui étaient en Egypte en 1932. C'était l'époque de la grande Dépression, et ils étaient associés. Atkinson qui avait un diplôme universitaire en histoire, d'ailleurs probablement faux, s'est fait embaucher comme archéologue. Mon père l'a accompagné. Pendant huit mois, ils ont exploré la Vallée des Rois à la recherche de tombeaux inviolés. Les pyramides avaient déjà été pillées, et la plupart des temples, démolis. Mais les Egyptiens considéraient la Vallée des Rois comme un endroit dangereux, où ils ne s'aventuraient pas. Tu me suis ? »

Weasel baissa sa vitre et jeta sa bouteille de whisky vide. Elle s'écrasa bruyamment contre la chaussée.

« Ils ont fait boire un vieux qui connaissait bien la région et l'ont forcé à leur dire où ils pourraient trouver un tombeau qui n'ait pas encore été ouvert. Il leur a parlé de la tombe de Ktis. Ils ont creusé pendant deux semaines avant de la trouver, mais ce n'était pas un tombeau ordinaire. Tu dis que tu as vu des photos de celui du Roi Tout-Ankh Amon, qui avait été enterré comme... comme un roi, avec de l'or partout, une barque grandeur nature pour le transporter dans l'autre monde et des urnes pleines de pierres précieuses, le tout pour une valeur de plusieurs millions de dollars. Mais ce Ktis, lui, avait été enterré sans tout cet attirail. Comme si les anciens avaient voulu se débarrasser de lui, et le ranger dans un coin où personne ne le retrouverait jamais. Le vieil Egyptien disait que ce n'était ni un homme ni un dieu. C'est-à-dire que les Egyptiens croyaient que...

— Crache le morceau, le coupa Weasel. Je te donne trente secondes.

— Ktis, poursuivit Jack, n'est pas un nom de roi, ni un nom de dieu. Ce n'est même pas un nom. C'est une... créature.

— Vingt secondes.

— Ktis fut inhumé dans un cercueil en or. Papa et Atkinson l'ont rapporté de la Vallée des Rois, qui sait comment. A dos de mulet, dans un camion volé, par leurs propres moyens, je ne sais pas, mon père ne racontait jamais la même histoire. Le fait est qu'ils l'ont sorti de la Vallée. Et c'est alors que Atkinson a trahi. Il a poussé mon père dans le port pour se débarrasser de lui. Ensuite, il a dissimulé le... le cercueil de la momie quelque part dans le pays. Il a toujours pensé que ce Ktis n'était pas vraiment mort, et il prétendait même qu'une nuit, avec le vieil Egyptien, il l'avait fait se lever et marcher. Il était fêlé, bien sûr, mais le cercueil en or existe bel et bien, et qu'il vaut plus de qua... *Enfin*, plus de deux millions de dollars, cachés non loin d'ici. Arnold sait où il est. On le fait fondre, et la moitié du butin te revient. Un million de dollars.

— Fais-moi plaisir, tu veux ? » dit Weasel d'un ton très calme.

Jack se renfrogna.

« Bien sûr, quoi ?

— Passe-moi la bouteille. »

A contrecœur, Jack lui tendit la bouteille. Elle était pratiquement vide, de toute façon.

Weasel arrêta brusquement la voiture dans un virage. L'escorte de voitures qui les suivait fit de même.

Il attrapa la bouteille par le goulot, dévissa le bouchon, et vida le contenu ambré qui subsistait au fond dans le trou au milieu de sa barbe qui lui tenait lieu de bouche. Puis, plus rapide que l'éclair, il la fracassa contre le tableau de bord. Le verre explosa et des débris volèrent dans tous les sens.

Jack se ratatina sur son siège, cherchant la poignée de la portière.

Weasel pressa ce qui restait de la bouteille contre le cou de Jack, qui revit d'un seul coup les images de son propre forfait, conscient des dégâts irréparables que pouvaient faire de tels éclats.

« Jure-moi que c'est vrai », rugit Weasel.

Péniblement, Jack avala sa salive. Telles de grosses aiguilles de seringue hypodermique, trois pointes de verre étaient en train de lui perforer le cou. Il sentit du sang chaud couler le long de son col de chemise. Pourquoi avait-il sous-estimé ce maniaque, ce bourreau d'enfant qui passait ses journées à taper sur de la tôle ? Ses mains fouillèrent la portière à la recherche d'une poignée qui semblait subitement avoir disparu.

« J'en ai planté des plus forts que toi », menaça Weasel.

Incapable de trouver la poignée, Jack retrouva néammoins sa voix, mais on aurait dit celle de Mickey Mouse, étrangement grinçante.

« Tout est vrai, je le jure sur la tombe de ma mère. J'ai dit la vérité.

— Décris-moi Kate la Folle. »

La panique s'empara de Jack. Pardon ?

« C'est un bâtiment en brique à côté d'un hôpital, hurla Weasel. *Quel est le nom de cet hôpital ?* »

Jack ferma les yeux, persuadé que le whisky avait fini par rendre Weasel complètement malade.

« Quel est le nom de l'hôpital ?

— County General ! cria Jack. Notre-Dame des Fleurs ! Saint-Quelque Chose ! Qu'est-ce que le nom d'un putain d'hôpital a à voir avec notre affaire ? »

Weasel ricana. Il lâcha Jack et jeta le goulot brisé de la bouteille sur la banquette arrière. Saisissant le levier de vitesses, il redémarra et sortit du virage.

« On va aller boire un verre, dit-il. On va prendre deux autres bouteilles, et on va explorer les environs. Ça te va ? »

Les doigts pleins de sang, Jack se massait le cou. Il eut l'impression qu'il allait s'évanouir. « Mais nom de Dieu, lâcha-t-il, prêt à craquer. Nom de Dieu, Weasel, qu'est-ce qui t'a pris ?

— Kate la Folle, c'est l'asile à côté de l'Union Hospital, répondit Weasel. J'ai passé dix jours là-bas en cure de désintoxication. Pas chez les fous, chez les alcooliques. J'imagine que t'y es jamais allé, hein ? Tu t'es pas échappé de chez les fous ? »

Traumatisé, Jack ne trouva rien à répondre. Il n'y était effectivement jamais allé, et il ne pensait pas qu'il irait un jour.

Pendant les deux kilomètres que durait le trajet jusqu'à Wabash Heights, Arnold découvrit qu'à l'aide de la pédale de débrayage, il était possible d'atteindre les trente miles à l'heure en passant une autre vitesse. Il avait malencontreusement une fois passé une vitesse au hasard, et le moteur s'était emballé, menaçant d'exploser, plus bruyant qu'un tir d'obus et rugissant tel un poumon d'acier dont la valve aurait été mal refermée. Mais en quelques tâtonnements, il était parvenu à calmer le camion et à lui faire reprendre une allure plus paisible. Le paysage défilait tranquillement par les fenêtres de la cabine. Sans le savoir, il avait enfin trouvé la seconde, et cela s'avérait amplement suffisant.

De temps en temps, une voiture le rattrapait, pleine de gens qui s'en allaient ou qui revenaient de faire la fête en ce vendredi soir, et elle opérait un dépassement dans un grand tourbillon de poussière et de boue, avant de reprendre sa place sur la chaussée, ses feux arrière se confondant bientôt avec les lumières des maisons et des lampadaires des faubourgs de Wabash Heights. Arnold passa devant le panneau qui disait WABASH HEIGHTS : BIENVENUE DANS NOTRE JOLIE CITE, mais que quelqu'un de plus avisé avait recouvert d'un graffiti à la peinture fluo orange. Ce slogan, plus véridique que le précédent, proclamait en grandes lettres baveuses : VILLE DES MORTS. Il ralentit, la vitesse étant limitée à trente-cinq kilomètres à l'heure, et tenta de se grandir, dans l'espoir de se faire croire qu'il avait seize ans et qu'il savait parfaitement ce qu'il était en train de faire. Au cas où les flics l'arrêteraient. En ce qui le concernait, il était mort de trouille.

Il rebondit sur son siège en passant par-dessus la voie ferrée qui accueillait tous les visiteurs de passage dans cette charmante bourgade, et continua jusqu'au premier feu rouge, appuyant sur les freins autant de fois que nécessaire pour les faire réagir. Le camion s'arrêta en vibrant de toute sa tôle, de moins en moins coopératif, vraisemblablement sur le point de tomber en panne. Arnold pensa à l'essence, et au merdier dans lequel il serait si le vieux machin décidait de rendre son dernier soupir au milieu du carrefour.

Une voiture stoppa à côté de lui, l'auto-radio hurlant de la country-music assez fort pour couvrir les hoquets d'agonie du .ORD. Arnold jeta un coup d'œil. Des ados qui buvaient de la bière. Au milieu, il y avait une fille. Sa jupe était relevée jusqu'à la taille et le chauffeur avait la main dans sa culotte. Ils riaient aux éclats. Le feu passa au vert, et la voiture démarra dans un hurlement sauvage de caoutchouc brûlé, laissant Arnold dans un nuage de fumée bleutée. Les yeux fixés sur la route, il lâcha l'embrayage. Le moteur du .ORD bredouilla une excuse et expira.

Un vent de panique souffla sur Arnold alors qu'il tentait de tourner la clé de contact. D'une main tremblante, il essaya à plusieurs reprises de ranimer le moteur. Le .ORD toussa. Le .ORD s'étouffa. Le .ORD râlait et fulminait comme un dragon mourant. La lumière des phares perdit de son intensité, et puis ces derniers s'éteignirent complètement.

Un profond silence s'abattit sur le carrefour, troublé seulement par le tintement des clés et les pulsations du sang d'Arnold dans ses oreilles. Le .ORD était définitivement mort. Toutes les jauges étaient revenues à zéro, à l'exception de cette sale menteuse de jauge d'essence qui marquait toujours un quart de réservoir. Arnold appuya sur l'accélérateur, se souvenant que son père lui avait dit une fois qu'il ne fallait jamais procéder ainsi sous peine de noyer le moteur. Mais en l'occurrence, peu lui importait de noyer le moteur jusqu'à ce qu'il supplie qu'on l'embarque sur l'Arche de Noé, dans la mesure où il ne tournait même plus.

Arnold réfléchit. Le feu passa au rouge. Arnold réfléchit encore. Le feu passa au vert. Quelques voitures le dépassèrent sur la file de gauche, pressentant que le gars dans le camion sans feux de position avait des ennuis, le vendredi soir n'étant pas le bon moment pour jouer les bons samaritains.

Arnold se dit alors que le moment était venu d'éclater en sanglots. Le .ORD avait représenté son dernier espoir, et il lui avait paru en assez bon état quand il l'avait trouvé chez Norman et qu'il avait démarré du premier coup. Comment une batterie pouvait-elle se vider en aussi peu de temps ? Il n'y connaissait rien en voitures ni en mécanique, et encore moins en .ORD. Les vagues notions qu'il avait sur le sujet provenaient toutes d'un livre qu'il avait lu, mais c'était une histoire fantastique, et pas précisément un manuel destiné aux utilisateurs de véhicules à moteur. L'histoire en question parlait d'une épave et d'un adolescent qui en tombe amoureux, et elle racontait comment il découvrait que la bagnole était hantée, et qu'il fallait la pousser à reculons pour la faire marcher. Une bande de punks l'ayant démolie, l'adolescent, qui s'appelait…

… *Arnold ?!!!*

… Arnie Cunningham, la poussait pendant toute une nuit et finissait par la réparer.

Le feu passa au rouge, un rouge sale qui semblait avertir le monde que la fin était proche. Arnold n'était pas un personnage d'un roman de Stephen King et ce vieux .ORD ne s'appelait pas Christine. Si ce bon vieux Stevie avait décidé d'intituler son bouquin .ORD au lieu de Christine, Arnold aurait peut-être su ce qu'il fallait qu'il fasse, parce que Stevie aurait décrit point par point la marche à suivre. Stevie aurait marqué :

« Afin de faire redémarrer le .ORD, notre héros Arnie ne le fit pas rouler à reculons, non ; au lieu de ça, il récita les mots magiques, et le .ORD revint à la vie. »

Arnold haussa les épaules. Cela valait quand même la peine d'essayer.

« Isis ki Osirus », dit-il sans trop y croire, et il tourna la clé de contact.

Malheureusement pour lui, il n'avait pas pris la peine préalablement d'enfoncer la pédale de débrayage, et, rugissant comme un lion qui vient de se prendre la patte dans un piège, le .ORD bondit en avant, les roues arrière patinant sauvagement sur l'asphalte, à grand renfort de fumée. Perdant tout contrôle, Arnold fut projeté contre le dossier de son siège, dont les ressorts se plantèrent dans son dos nu. A cet endroit de Maplewood Avenue, il y avait un léger virage, mais .ORD ne s'en préoccupa pas un seul instant. Plus loin, se tenait un poteau téléphonique, mais .ORD l'ignora. .ORD avait une mission à accomplir. Alors qu'Arnold combattait bravement la force d'inertie qui le maintenait plaqué contre son siège et tentait d'agripper le volant, .ORD percuta le poteau, et Arnold atterrit la tête la première contre le tableau de bord, passant à travers l'immense volant.

.ORD gronda, probablement insulté par l'incident. L'arrière du camion rebondissait tel un trempoline. Le poteau téléphonique, sans doute déjà affaibli par de précedentes rencontres avec des conducteurs trop éméchés pour négocier correctement le virage, se mit à pencher lentement en avant, comme un arbre qu'on abat. Les câbles se tendirent, attendant que le poteau ne s'abatte complètement et que .ORD ne finisse de l'escalader.

Arnold chercha du pied l'embrayage, le trouva, et appuya dessus de toutes ses forces. Il avait toujours la tête coincée dans le volant, mais il se rendait compte que le camion redescendait progressivement. Il entendit un puissant crissement métallique. Le moteur s'emballa, bien que le pied d'Arnold n'ait pas été sur la pédale.

« Recule ! » cria Arnold, qui se sentait telle une version burlesque de Charlie McGee essayant désespérément de tenir les rênes de ses mille chevaux-vapeur. « Recule ! »

Le camion freina si brutalement qu'Arnold fut à nouveau projeté contre le pare-brise. Puis le moteur revint à un vrombissement plus régulier et moins déchaîné. Arnold se désengagea du volant, et constata en se redressant que le pare-chocs avant du .ORD était resté accroché sur le poteau, à plus d'un mètre du sol, et qu'il l'ornait maintenant à la manière d'une bouche chromée souriante. Des fils cassés retombait une gerbe d'étincelles, qui rebondissait sur le toit du camion et sur le trottoir.

Il jeta un coup d'œil autour de lui, essayant d'embrasser toutes les directions à la fois. Personne en vue. Pas de témoins.

Il ne perdit pas de temps et passa la marche arrière. Les pneus du camion de Norman Parker gémirent. Toujours personne en vue. Il enclencha la première vitesse disponible qu'il trouva sous sa main, qui s'avéra être la quatrième, et débraya.

Le moteur hoqueta. Puis il cala.

Arnold se mordit les lèvres, sans faire attention à la douleur. « Je t'ai dit de reculer, pas de t'arrêter », murmura-t-il en tournant la clé, prenant la peine cette fois de débrayer préalablement. Le moteur revint à la vie en hurlant de ses six vieux pistons soudain hystériques, à qui le traitement déplaisait, de toute évidence. C'était plus que ne pouvaient en supporter les tympans d'Arnold. « Ralentis », dit-il en essayant de couvrir le vacarme.

.ORD se calma. Arnold trouva la première, libéra la pédale, et se remit en route, au milieu du nuage de fumée opaque que produisait le camion, polluant ainsi l'atmosphère de cette fin de soirée, que menaçait déjà l'orage en provenance de l'ouest. Il allait pleuvoir, et beaucoup.

- 15 -

SPACK, JIMMY, JED

Spack, Jimmy et Jed firent irruption dans la Wabash Tavern, tous les trois ensemble, un peu après huit heures, trois hommes d'âge moyen à des stades divers de délabrement physique, provoqué par trop de cigarettes et trop d'années passées à taquiner la bouteille. Jimmy, qui fermait la marche, avait dans les mains un gros bloc de boue dégoulinant. De haut en bas, l'uniforme de Jed n'était qu'une sculpture ambulante en terre noire. Seul Spack semblait avoir échappé à la boue : sa combinaison grise aux armes de l'Anaconda Company portait les mêmes taches de cambouis que celles qu'il arborait tous les jours, invariablement, quand il rentrait du boulot. Le faible éclairage de la taverne fit apparaître sur son visage un rictus figé qui le faisait ressembler, de loin, à un porc. Il avait l'allure d'un homme qui tient son destin entre ses mains, et qui sait où il va.

La plupart des clients de l'honorable établissement étaient progressivement revenus au fur et à mesure que la soirée avançait, ainsi que Spack s'en fit la remarque en cherchant du regard une table libre. Ils avaient dû en avoir marre de pourchasser en vain la Malibu antédiluvienne de Weasel dans les rues défoncées de Wabash Heights. Bien fait pour eux. Tu parles d'un cercueil de momie.

Il ne restait qu'une table libre, et plus un seul tabouret vacant au bar. La table était justement celle qu'il avait désertée à cause du juke-box tonitruant, dont le volume sonore avait dû être réglé dans les entrailles de l'Enfer. Par chance, pour l'instant, il était silencieux, toutes lumières clignotantes, ses haut-parleurs géants ne vibrant plus que de leur charge normale d'électricité. Quand Spack se laissa tomber sur une chaise, son rictus avait disparu, et il attendit que Jed veuille bien garer son cul quelque part. Jimmy Hallis étant sur le point de les rejoindre, son tas de boue à la main, Spack fit un signe à Mike. Comme tout le monde dans le bar, Mike regardait Jimmy avec une expression de totale stupéfaction. Spack nota que ce zonard de Weasel Whipple et son pote avaient repris leur place au comptoir. Les imbéciles avaient tous deux une bouteille neuve de Ten High posée sur le comptoir en face d'eux. Spack allait leur montrer ce qu'était un véritable trésor.

« Mets ça là-dessus », dit-il à Jimmy, qui fit comme on lui disait.

Des rigoles de boue s'élancèrent à l'assaut du plateau de la table, éclaboussant le sol en tombant. La femme de Harley Gimbel, May, se dirigeait alors vers le juke-box derrière eux, des pièces de monnaie dans une main et une bouteille de Falls City dans l'autre. Intriguée, elle s'arrêta à leur table.

« C'est ton gâteau d'anniversaire, Spack ? » dit-elle en éclatant d'un rire aigu.

— Hé, Spack, ajouta quelqu'un d'autre, dont il chercha le visage dans l'assistance, j'ai déjà entendu dire que les Laird bouffaient de la merde, mais j'en avais jamais vu une aussi *grosse !* »

Le sourire de Spack à ce moment-là fut hideux à voir ; le plaisantin pouvait être n'importe qui, y compris ce babouin de Weasel. Mécontent, il se tourna vers Jimmy.

« Vas-y, sors-le du bocal, Hallis », grogna-t-il.

May s'éloigna en gloussant comme une poule soûle et glissa quelques pièces dans la fente du juke-box. Pour la première fois de sa vie, Spack en fut plutôt heureux. Ainsi, cette bande de losers ne pourraient pas entendre les cris de surprise qu'allaient pousser Jed et Jimmy à la vue du trésor. Caché dans la boue, se trouvait quelque chose qui valait plus d'argent que Jed n'en avait gagné, en un an, à remplir ses distributeurs automatiques, et plus encore que Jimmy n'en gagnait, en deux ans, à percer des trous dans des plaques de métal chez McCauley. Peut-être même plus que Spack en personne en six mois de chariot élévateur. On était loin du million de dollars qu'était censé rapporter le cercueil de la momie, c'était certain, mais quand même, la chose représentait une coquette somme.

Jimmy était en train d'essayer d'ôter la boue qui recouvrait le bocal en verre qu'ils avaient déterré près du Chicker's Pond, à côté du terrain vague tout en longueur pompeusement dénommé Aérodrome de Wabash Heights.

Spack considérait comme un trait de pur génie le fait d'avoir été capable de le retrouver, après toutes ces années. Quel âge avait-il à l'époque ? Huit ans ? Neuf ans ?

« Je tiens le couvercle », dit Jimmy. Il fit la grimace en essayant de le dévisser. Le bocal boueux n'offrait aucune prise. Il restait un morceau d'étiquette collé sur le verre, qui montrait le logo d'une quelconque société spécialisée dans la mayonnaise vers les années quarante, et que tout le monde avait oubliée. Jimmy poussait de petits grognements tout en forçant sur le couvercle.

« Ah, passe-moi ce foutu machin », lui intima Spack, et Jimmy lui tendit le bocal, que la rouille avait rendu comme du papier de verre.

De ses grosses mains molles et grasses, il força sur le couvercle, qui céda finalement. Le bocal lui-même paraissait peser trop lourd par rapport à ce qu'il contenait, à savoir de l'air. Au cours des années, il s'était vraisemblablement rempli d'eau. Quelle importance ? se dit-il.

Il posa le couvercle sur la table et enfonça la main dans l'eau noire. Son cœur battit plus vite. Jed et Jimmy étaient tous les deux penchés en avant, les mâchoires pendantes et les yeux brillants d'excitation. L'eau croupie se répandit sur la table boueuse. Le juke-box s'était remis à gueuler, et une chanson de Johnny Cash résonnait dans toutes les oreilles, résolument dissonante.

« Je l'ai », dit Spack, qui l'avait effectivement. Il le brandit.

« Une pièce de cinq cents, souffla Jimmy.

— Un nickel, répéta Jed.

— Un nickel mouillé, reprit Jimmy.

— Un nickel rouillé », dit Jed.

Ils avaient raison. Tournant et retournant la pièce entre ses doigts, Spack l'examina, les sourcils froncés. May Gimbel fit irruption derrière lui et passa sa tête par-dessus son épaule. Autour d'elle flottait des effluves de parfum bon marché. « C'est quoi ? voulut-elle savoir.

— Une pièce, murmura Jimmy.

— Un nickel », grommela Jed.

Elle rigola.

« Beaucoup de boue pour un si petit nickel, qu'en penses-tu, Spacko ? Il date de quand ? »

Il regarda attentivement la pièce, tout en essayant de ne pas respirer tant qu'elle serait à côté de lui.

« Mille neuf cent trente-deux, lui dit-il, les sourcils toujours froncés. Je l'ai enterré quand j'était gosse. Je l'avais trouvé quelque part et à l'époque, il était tout neuf et vraiment brillant. Ça doit valoir très cher de nos jours.

— Excuse-moi, mais il est horriblement oxydé.

— Elle a raison, dirent à l'unisson Jimmy et Jed. Il est très oxydé. »

Spack se leva d'un coup et renversa sa chaise qui tomba contre le juke-box. May Gimbel s'éloigna en gloussant.

« Hep, vous autres, cria-t-il assez fort pour couvrir la musique. Qui sait combien vaut un nickel de mille neuf cent trente-deux ? Un nickel oxydé ?

— Moi, j't'en donne quatre cents », répondit quelqu'un que Spack n'identifia pas, mais qu'il mit tout de suite sur sa liste rouge.

« Personne ici ne fait la collection de pièces anciennes ? cria-t-il à la cantonade. Personne ? »

On l'ignora. Il faillit se rasseoir sans se rappeler que sa chaise était tombée, et se redressa à temps.

« Il y a une boutique spécialisée dans les pièces anciennes à Terre Haute », dit-il à Jimmy et à Jed, qui semblaient profondément déçus. Il sentait leurs doutes qui rongeaient son ego. Il s'était trop avancé en parlant de son trésor, et il avait intérêt maintenant à ce qu'on lui dise à Terre Haute que son nickel valait une petite fortune. Il jeta un coup d'œil à sa montre. Il était déjà huit heures et demie, mais la boutique restait probablement ouverte jusqu'à neuf heures. Il fallait qu'ils se dépêchent.

Il sortit son portefeuille de sa poche et en tira trois dollars. « Allez-y, ordonna-t-il aux deux autres. On peut arriver à Terre Haute à temps, si on part tout de suite. Jimmy, nettoie le bordel qu'on a foutu sur la table, et toi, Jed, file-lui un coup de main, d'accord ? Moi, je prends trois bières pour la route, mais avant, je vais pisser. »

Il fonça vers le bar, commanda trois bières à Mike, et se précipita vers les toilettes. Agité comme il l'était, il ne regardait pas devant lui et il heurta ce qui lui sembla être un mur de brique humain, qui se rendait dans la direction opposée. Il rebondit sur l'obstacle, manquant de perdre son casque. Rétablissant l'équilibre, il se rendit compte qu'il venait de rentrer dans Weasel lui-même, qui semblait de fort mauvaise humeur.

« Putain, tu pourrais regarder où tu fous les pieds », gronda Weasel en montrant les dents, qu'il avait particulièrement entartrées.

Spack ouvrit la bouche pour parler. Il ne connaissait pas spécialement bien Weasel, mais assez pour savoir qu'il valait mieux ne pas s'y frotter. Il décida que ce n'était pas le moment de lui chercher noise.

« Désolé, dit-il. Pas fait exprès. »

Les yeux noirs de Weasel le parcoururent de haut en bas.

« Mais t'es ce gros fumier de Terre Haute. »

Spack leva la main.

« C'est moi, mon pote.

— J'suis pas ton pote.

— Bon, eh bien disons, chère connaissance, dit Spack.

— Même pas », dit Weasel. Il tourna le regard vers la porte des toilettes que quelqu'un venait de refermer. « Et voilà, j'ai raté mon tour, gros lard. T'es complètement miro ou quoi ?

— Bon, écoute… » dit Spack.

Weasel tendit sa grosse main et attrapa le casque de Spack, qu'il plaça sur sa propre tête. Le casque était trop petit d'au moins huit tailles.

« Maintenant, c'est moi qui fait l'important, pas vrai ? Pas vrai ? »

Les yeux de Spack s'étrécirent. Mon Dieu, quelle journée !

« Tu ferais mieux de me rendre ça tout de suite, dit-il, mais le ton de sa voix ne parvint pas à le convaincre lui-même.

— Viens le chercher », dit Weasel, menaçant.

Spack ferma les yeux. Non, pas aujourd'hui, pas maintenant, pas ça. Un défi lancé à la Wabash Tavern était aussi sérieux, pour ne pas dire sacré, qu'un duel entre deux gentlemen du Sud avant la guerre de Sécession. Il ne pouvait pas reculer. Tout ce qu'il espérait, c'était que Jimmy et Jed soient toujours dans le coin, dans la mesure où, à eux trois, ils avaient des chances de faire taire ce gros tas.

Weasel leva le poing. Spack le regarda faire avec une

étrange fascination, se demandant combien lui coûteraient des dents neuves ; et si le nickel lui rapporterait assez d'argent pour payer la note du dentiste. Mais une main passa derrière Weasel et bloqua le poing dans son élan.

Weasel fit volte-face. Spack vit alors que la main appartenait au chauve qui avait tant fasciné Jimmy et Jed. Il avait sur le cou de longues traînées de sang séché.

« On n'a pas de temps à perdre à des conneries, dit le chauve. On est venus ici pour acheter du whisky, pas pour rigoler. »

Weasel libéra sa main, furieux.

« Boule de billard, dit-il, je crois que je vais te tuer. »

Spack en profita pour se tirer, abandonnant son casque aux bons soins de Weasel, ou à ceux du Christ, peu importait. Ce gros lard pouvait même en faire une mangeoire pour les oiseaux, s'il en avait envie. Il jeta trois dollars à Mike Taraday, qui lui tendit en échange un sac en papier brun, et il gagna la sortie. Dehors, l'air était frais, et sa nouvelle Ford l'attendait. Il se précipita à l'intérieur, et jeta le sac sur les genoux de Jed. Cinq secondes plus tard, ils filaient le long de Maplewood Avenue, en direction de l'ouest, le moteur ronronnant, la transmission automatique plus douce que de la soie.

« Où est ton casque ? » demanda Jimmy en se penchant vers lui, l'air soucieux. Jed sortit une bière du sac en papier et la lui tendit.

« Je l'ai oublié sur le comptoir » dit Spack.

La Budweiser de Jimmy s'ouvrit dans un sifflement.

« Vaudrait mieux retourner. »

Spack fit non de la tête.

« Ils sont gratuits, c'est pas grave.

— Gratuits ? Super ! »

Seigneur, viens-nous en aide, se dit Spack, et il fit rugir son moteur aussi fort que possible. Le feu qui marquait la limite de la ville passa au vert au moment où il se préparait à le brûler. Il vit sans s'en inquiéter qu'un pauvre mec au volant d'un vieux pick-up était tombé en panne dans le carrefour. Du conducteur, on ne voyait que la petite silhouette penchée sur le tableau de bord, probablement en train d'essayer de faire repartir le moteur. Qu'il aille se faire foutre, qu'ils aillent tous se faire foutre, que le monde entier aille se faire foutre. Spack avait dans sa poche une petite fortune — en étant optimiste, évidemment. Il jeta un coup d'œil par-dessus son épaule et saisit la bière que Jed lui tendait, déjà ouverte. Plein de gratitude, Spack s'en saisit d'une main tremblante et la but d'un trait, clignant des yeux sous l'effet du liquide dans sa gorge. Mon Dieu, mais pourquoi la bière de la Wabash Tavern était-elle toujours aussi froide ? D'ailleurs, pourrait-il jamais y retourner tant que ce yéti qu'on appelait Whipple serait là ? Il en doutait sérieusement.

Comme par magie, Maplewood Avenue était devenue la US 40, une ligne droite qui fonçait à travers la fôret obscure en direction de Terre Haute. Spack se força à arrêter de boire pour garder un peu de bière pour plus tard, mais un simple coup d'œil à la bouteille lui apprit qu'elle était déjà vide. Remerciant Dieu d'avoir créé la bière et le chauve d'avoir stoppé Weasel, il renversa le cou en arrière pour en déguster les dernières gouttes, les yeux mi-clos. La Ford dévia un peu de sa trajectoire et mordit le bord de la chaussée, mais Spack s'en rendit compte et contre-braqua à gauche quand, d'un même élan effrayé, Jimmy et Jed s'écrièrent à l'unisson :

« Fais gaffe !!! »

Spack regarda à nouveau la route, la bouteille de bière bêtement coincée entre les dents. Dans la lumière crue de ses phares Ford F-250, il vit une sorte de créature marron, de grande taille...

... un yéti ?...

... en train de se jeter sous les roues de la Ford, à moins de trois mètres d'eux. Spack ne le quitta pas des yeux, ses phares trouant la nuit, et il attendit que son pied écrase le frein ou que sa main tourne le volant à fond sur la gauche, au risque de déraper ou de faire un tête-à-queue, bref, s'attendant à n'importe quoi sauf à ce qui arriva.

Il savait qu'il s'agissait d'un homme avant même de le percuter. Il reconnut la forme de son crâne, celle de ses épaules, et même les deux trous noirs de ses yeux. Il fut vaguement conscient du hurlement des pneus et de son pied s'écrasant enfin sur la pédale, mais il était trop tard. La Ford se cabra en heurtant l'obstacle, puis l'homme rebondit en l'air comme un ogre sorti des bois, les bras en croix, et vint s'écraser contre le pare-brise. Des bouts de verre s'éparpillèrent dans l'habitacle, atteignant Spack en plein visage, alors que les pneus continuaient à crisser sans sembler vouloir s'arrêter. Jed Heathrow laissa échapper un grognement sourd, puis il poussa un cri d'une voix suraiguë. Il venait de prendre la tête de l'étrange piéton en pleine poitrine.

Selon Spack, la Ford mit au moins quatre heures à s'immobiliser sur la chaussée, tandis que le paysage se stabilisait peu à peu. Le tout ne prit en fait que quatre secondes. Il avait reçu, dans l'un de ses yeux écarquillés par l'incrédulité, un minuscule éclat de verre, et la douleur lui vrillait la tête. D'un œil, il examina la situation et vit que la Ford était en travers de la route.

« Enlevez-moi ça de là ! » hurlait Jed qui tentait de se débarrasser de son fardeau.

La tête de l'homme qu'ils venaient de tuer avait glissé sur les cuisses de Jed, et ce dernier crevait visiblement d'envie de s'en éloigner au plus vite. Alors que Jed se pressait contre Jimmy et le repoussait contre la portière, Spack vit qu'une sorte de liquide jaunâtre s'était répandu sur la banquette.

« On a intérêt à filer en vitesse, dit Jimmy d'une voix blanche. Sinon, on est bon pour conduite en état d'ivresse. Tu vas te retrouver en cabane pour les dix prochaines années. »

Cela mit un terme aux dernières hésitations de Spack. Laissant la gomme de ses pneus sur la route, il passa la marche arrière. Puis, une fois dans le bon sens, il fonça vers l'ouest, ayant ajouté un nouveau délit à la liste des étranges choses faites alors qu'il était ivre, à savoir prendre la fuite après avoir causé un accident. Il espérait de tout son cœur que personne ne remarquerait les jambes de l'homme qui dépassaient du pare-brise. Le volant était gras dans ses mains, et il se rendit compte que la terreur lui avait fait serrer sa bouteille de bière au point de la briser. Les débris de verre qui jonchaient ses cuisses provenaient, en fait, de ses mains. Emporté par un tourbillon de confusion, il arracha avec ses dents ceux qui étaient encore enfoncés dans sa chair. Un vent frais pénétrait par le pare-brise cassé, et il accéléra. Quatre-vingts kilomètres à l'heure, puis cent, puis cent-trente.

« Il vaudrait mieux se débarrasser de ce mec, dit Jimmy, on pourrait croiser la police. »

A ce moment précis, le mec se redressa et tourna la tête vers eux, le visage recouvert de mèches de cheveux gris.

Jed poussa un nouveau hurlement. Quand il eut fini de crier, il s'écria :

« C'est Norman Parker ! Il n'est pas mort ! »

Norman Parker ? se dit Spack qui ne comprenait plus rien. *Pourquoi ce vieux débris se trouvait-il sur la route à une heure pareille ?*

« L'hôpital, dit Jed. Demi-tour. »

Spack, trop choqué pour réfléchir, se prépara à obéir, mais Jimmy Hallis agita les bras, et par la même occasion sa bouteille de bière.

« Putain, non ! Si on va à l'hosto, c'est foutu. Ils feront passer l'alcootest à Spack. Non, il vaut mieux s'en débarrasser. Et Seigneur, Spack, ralentis ! T'es à plus de cent-cinquante ! »

Spack ralentit. Ses pensées s'entrechoquaient sans parvenir à être cohérentes.

Jed, toujours serré contre Jimmy, secoua la tête.

« Quelqu'un risque de nous repérer ! Accélère ! »

Spack accéléra. Pendant ce temps, Norman Parker inspectait l'intérieur de la Ford break à l'aide de ce qui restait de son œil, d'où dégoulinait un liquide couleur moutarde. Prêt à vomir, Spack eut un haut-le-cœur.

« Prends à gauche ! cria soudain Jimmy. Suis le chemin de terre ! »

Des deux pieds, Spack freina à mort, laissant à l'asphalte une nouvelle couche de caoutchouc de qualité supérieure. Il tourna le volant à gauche, traversa la ligne blanche, et se retrouva sur les graviers du chemin qui menait à la ferme .

« Arrête-toi devant la maison », ordonna Jimmy.

Spack s'engagea dans la cour bourbeuse de Norman. La maison était éclairée. La lumière des phares projeta de longues ombres pointues derrière l'amas de matériel agricole abandonné là par le vieux Parker.

« Arrête le moteur. Et nom de Dieu, éteins tes phares. »

Spack fit ce qu'on lui disait. Sa main saignait. Devant lui, Norman s'agitait. Comment le vieux bonhomme avait-il pu survivre à un choc pareil ?

« Bon, dit Jimmy, tout le monde dehors. »

Ils sortirent de la Ford. Dehors, une brise humide soufflait.

« Il faut l'emmener à l'hôpital, gémit Jed en regardant les jambes de Norman qui sortaient du pare-brise en pédalant inutilement.

— Pas question, dit Jimmy. D'ailleurs, c'est comme s'il était mort. Spack ? T'es toujours vivant ? »

Penché devant la roue avant, Spack répondit par une gerbe de bière où se mêlaient les restes de son repas de midi.

« Viens, dit Jimmy en tirant Jed par la manche. Grimpe là-dessus. On va le sortir de là. »

Il escalada le coffre de la voiture, tandis que Spack finissait de se vider dans la boue et que Jed restait planté là, tremblant de tous ses membres.

« Je ne veux pas le toucher, dit Jed.

— Chochotte. Je te jure que je veux ma part de ce nickel, s'il m'arrive quelque chose. »

Jimmy lui attrapa les pieds et le tira vers lui. Le cou de Norman resta coincé sur un éclat de pare-brise. Jimmy soufflait comme un beau diable, le métal de la carrosserie ployant sous ses genoux.

« Tu es en train de lui couper la tête, gémit Jed.

— Ta gueule. »

Jimmy tira plus fort. Le verre s'enfonça plus profondément dans le cou de Norman Parker. Sa tête était curieusement renversée en arrière. Jed recula, s'attendant à voir jaillir le sang, mais rien ne se passa. Dans la faible lumière qui éclairait la scène, il pouvait voir que le cou de Norman avait été découpé en deux parties distinctes par le verre tranchant. L'arrière de son crâne se trouvait actuellement entre ses omoplates. Jed se cacha les yeux, souhaitant en faire autant avec ses oreilles, histoire de ne plus entendre l'horrible bruit que produisait le cou de Norman, le bruit que fait un poulet fraîchement tué quand on lui arrache une patte. Des tendons lâchèrent.

« Voilà, c'est fait », dit Jimmy à bout de souffle. Il fit rouler Norman sur le capot, et ce dernier s'abattit aux pieds de Jed.

Spack se redressa, verdâtre dans la lumière qui leur parvenait des fenêtres de la maison.

« Qu'est-ce qui se passe ? demanda-t-il d'une voix rauque.

— On le fout dans la Ford et on le balance dans un étang, n'importe où », dit Jimmy. Il regarda Spack. « Tu peux conduire ? »

Secouant la tête, Spack se frotta le cou de sa main intacte.

« On n'a pas de blocs de ciment, Jim. Le corps va d'abord couler, puis il va flotter. Non, il faut qu'on l'enterre.

— C'est pareil. » Jimmy sauta du capot et fit le tour de la voiture. Il ouvrit le coffre arrière. « T'as une pelle là-dedans ?

— Non.

— Merde. » Il referma le coffre violemment. « Parker doit en avoir une. T'as une lampe électrique ?

— Non.

— Génial. » Il regarda la maison, puis le hangar. « Je vais nous en trouver une. On peut passer dans la boue avec ton engin ? Il faut l'enterrer le plus loin possible de façon que personne ne le retrouve jamais.

— Sais pas. »

En grommelant, Jimmy se dirigea vers le hangar. Il faillit déraper dans la boue en voulant éviter les nombreux obstacles qui encombraient la cour. Il arriva devant le portail du hangar, trouva le cadenas ouvert et tira le battant. Qui se bloqua. Mais comme il s'y connaissait en menuiserie branlante, lui, il souleva le battant de quelques centimètres et le dégagea. Une forte odeur de poubelle et de pourriture l'assaillit, mais Jimmy était également accoutumé à ce genre d'odeurs.

Il pêcha au fond de sa poche son briquet, qu'il alluma. Il pénétra sous le hangar.

Quelques secondes s'écoulèrent. A côté de la Ford, claquant des dents à cause du froid, Jed Heathrow se disait qu'il aurait mieux fait de prendre un manteau.

Spack Laird tentait de soulager sa main coupée et son œil amoché.

Ce fut le cri soudain de Jimmy, un cri sauvage, qui les fit accourir vers le hangar. Oubliés le froid, la main blessée et l'œil douloureux.

Dix minutes plus tard :

Jed. Le briquet est brûlant. T'es sûr qu'il n'y a pas une lanterne dans le coin ?

Jimmy. Ouais. Spack, essaie de soulever ce côté.

Spack. C'est trop lourd. On aurait besoin d'un chariot élévateur ou un truc dans le genre.

Jimmy. Jed, file-nous un coup de main.

Jed. Et la lumière ?

Spack. On s'en fout. Descends dans le trou et aide-nous à soulever ce machin.

Jed. Ça pèse des tonnes. Il nous faudrait un levier ou un truc comme ça.

Spack. Il a raison. Où est-ce qu'on peut en trouver un ?

Jimmy. A mon boulot. Chez McCauley. Ils en ont un.

Spack. T'as une clé pour rentrer ?

Jimmy. Non, mais puisque je ne vais plus avoir besoin de bosser, on fracturera la porte, d'accord ?

Spack, Jimmy, Jed : trois hommes radieux sortant d'un trou au fond duquel ils n'avaient absolument pas le droit d'aller, un trou qu'Arnold avait mis seize heures à creuser.

Spack, Jimmy, Jed : trois des hommes actuellement les plus heureux de la planète, qui se dirigeaient vers la Ford break, en route pour Wabash Heights et une fortune telle que personne n'en avait jamais rêvé.

Spack, Jimmy, Jed : trois hommes qui avaient soif.

- 16 -

EN VILLE

Arrivé à mi-parcours de la traversée de Wabash Heights, Arnold était tranquillement arrêté à un feu rouge au croisement de Maplewood Avenue et de Kentucky Street, le moteur du camion, comme neuf et récemment amélioré par la méthode égyptienne connue sous le nom : « Passez-moi donc les pommes de terre, s'il vous plaît », tournant au ralenti de toute la puissance de ses pistons, quand la voiture bleu et blanc du Wabash Heights Police Department se plaça derrière lui, dans le but de le surprendre en flagrant délit dès la première fausse manœuvre.

Son cœur, qui semblait depuis peu se localiser en permanence au fond de sa gorge, se mit à battre sourdement et intensément, et ses oreilles se mirent à bourdonner. Le rétroviseur du .ORD était sale et fendu, mais il avait gardé ses propriétés réfléchissantes et il ne pouvait par conséquent mentir. Arnold distinguait même le visage pâle du flic au volant, qui fumait une cigarette en envoyant la cendre par la fenêtre. Arnold le contempla avec une fascination malsaine. C'était le chasseur qui court après les tueurs et les voleurs de voiture. Il le vit qui tendait le bras pour prendre dans la portière une petite bouteille de whisky et en avaler une rasade. Il reboucha la bouteille et la fit disparaître. Et ensuite il klaxonna.

Le cœur d'Arnold sauta d'un bond dans son cerveau et se mit à battre la chamade, si fort qu'il lui était impossible de produire la moindre pensée cohérente. Sa vue lui jouait des tours et sa vision se dédoubla, d'abord, pour ensuite se brouiller complètement, jusqu'au noir total. Il cligna des yeux et tout redevint normal, mais le flic était toujours là, avec sa voiture si basse qu'on aurait dit une panthère bleu et blanc prête à bondir et à tuer. Une panthère également capable de se servir d'un avertisseur, parce que le flic avait recommencé à klaxonner.

Les yeux d'Arnold se portèrent sur le feu. Il était vert. Arnold en resta bouche bée, paralysé par le soulagement. Le flic voulait simplement qu'il avance.

Il lâcha l'embrayage et le .ORD cala.

« Non, oh non », gémit Arnold en attrapant la clé de contact. Il la tourna et le camion commença à hennir et les phares à s'éteindre, comme ils l'avaient déjà fait au carrefour dont le poteau téléphonique s'ornait maintenant d'un magnifique sourire en acier chromé de plus d'un mètre de large. Le flic l'avait-il déjà vu ? Allait-il l'identifier comme appartenant à ce camion ? Le .ORD allait-il démarrer et le flic s'arrêter de klaxonner ?

Le moteur s'arrêta complètement de tourner. Les phares s'éteignirent. Le feu passa au rouge.

« Ooohhh », fit Arnold de plus en plus inquiet. Le flic ne klaxonnait plus et il avait ouvert sa portière,posant sur la route un pied fatigué. Quand il verrait que le conducteur du camion était un garçon de treize ans, il en chierait une brique, puis, cette pénible opération achevée, il procéderait à son arrestation. Même si l'avis de recherche concernant Arnold n'était pas encore dans tous les bureaux de poste du monde entier, ce flic local ferait tout de suite le rapprochement. Il sortit de sa voiture, se redressa, claqua la portière, rectifia légèrement la position de son chapeau et, une cigarette entre les lèvres, il s'approcha d'un pas lourd vers le .ORD et Arnold.

Faisant semblant de réparer le branchement électrique situé sous le démarreur, Arnold se pencha en avant. Des gouttelettes de sueur étaient apparues sur son front et sur sa lèvre supérieure. *Tu aurais intérêt à trouver mieux,* lui dit une petite voix au fond de lui. Il était quasiment nu et la température s'était nettement rafraîchie : ce genre de détail n'échapperait pas au flic. Il était trop petit pour conduire, et plus maigre encore que le gringalet qui se prend du sable dans la figure dans la publicité pour Charles Atlas et son Bullworker. Ses côtes étaient couvertes de bleus, sans parler de son dos, suite à la raclée administrée par son cher beau-père. Il avait de la boue plein les cheveux et son jean ressemblait au fond d'une rivière asséchée, les cailloux en moins. Ce que nous avons là, Monsieur l'Agent, c'est Un Suspect.

Le flic tapa à la vitre, utilisant pour cela, Arnold en était sûr, le bout de son revolver. Sans se redresser, Arnold agita une main, d'un geste qui indiquait que tout allait bien, qu'il ne fallait pas s'inquiéter, que le flic n'avait qu'à passer son chemin, faire du stop, ou encore aller se faire foutre. Tout sauf ouvrir la portière.

Mais il ouvrit la portière. Les gonds du .ORD grincèrent comme les portes d'un mausolée, ou plutôt comme les gonds du couvercle d'un cercueil qu'on ouvre après des siècles passés dans l'obscurité. Arnold remuait les fils électriques sous le tableau de bord dans tous les sens, désirant ardemment que se produise une étincelle qui prouverait qu'il était familier avec la conduite du camion et ses manières incontrôlées. Le levier de vitesse lui rentrait dans l'épaule.

« C'est la batterie qui est morte, non ? » demanda le flic, de manière relativement posée.

Arnold prit une voix basse. « Ouais.

— Il va vous falloir la pousser sur le bas-côté. Vous êtes en train de bloquer la circulation. »

Une voiture klaxonna. Puis une autre. Tous les fêtards étaient de sortie, ce soir.

« Alors ? » demanda le flic.

Arnold lâcha les fils électriques qu'il avait à la main. La plaisanterie était finie. Il se rassit.

« Hééé !!! » lui hurla le flic dans l'oreille, si fort qu'Arnold manqua en perdre l'équilibre. Arnold tourna la tête vers son accusateur. Les os de son cou craquèrent misérablement, comme ils le feraient quand on le pendrait haut et court, s'imagina-t-il.

Le flic n'était plus là. Arnold n'avait en face de lui que l'immeuble de l'autre côté de la rue. Il se pencha par la portière et inspecta les environs. Le flic fonçait dans Maplewood Avenue, son holster lui battant la hanche. *« Vous là-bas, les punks !* hurlait-il. *Arrêtez-vous ! »*

Arnold eut un froncement de sourcils. Rigolant bruyamment, une bande de jeunes dévalait la rue. Et plus loin, couvrant le raffut, quelque chose sifflait.

Arnold regarda la voiture du flic. Un pic à glace dépassait de la roue arrière, qui semblait être en proie à une crise sévère de dégonflement foudroyant.

Il regarda devant lui. Le feu passa au vert.

Il était temps de passer les patates.

« Isis ki Osirus », dit-il, et le .ORD commença à avancer. Ce n'était pas la bonne vitesse, mais il avançait quand même, et c'était tout ce qui importait dans l'immédiat. Les immeubles qui bordaient Maplewood Avenue défilaient à nouveau. Arnold ferma la porte qui grinça horriblement et poursuivit sa route, à la vitesse d'un vieux pépère qui se promène le dimanche après-midi. Il se demandait ce qui avait bien pu arriver aux pouvoirs magiques du .ORD, car ce dernier semblait être dans un état pitoyable. Il débraya et passa la seconde. Pas mieux. Il accéléra. Légère amélioration, sans plus. Les phares s'allumaient et s'éteignaient alternativement. Le moteur n'en pouvait plus de hoqueter lamentablement. Arnold faisait des bonds sur son siège au rythme des cahots de la promenade. C'était comme être juché sur un bâton-sauteur à quatre roues.

Il dépassa un pâté de maisons, puis un autre. La rue suivante était Clark Street, et il fallait qu'il prenne à gauche. Le feu était rouge quand il atteignit le croisement, mais il passa outre, arc-bouté sur le vieux volant, tentant d'y voir clair dans l'enchevêtrement des choses qu'il discernait (mal) de l'autre côté du pare-brise. Il cherchait la boutique de Don Marston, qui devait se trouver quelque part par là. Si seulement il avait eu ses lunettes, il aurait pu reconnaître les façades des maisons. La boutique de taxidermie de Don Marston était située dans son garage, en bordure de l'allée qui passait derrière sa maison. Une fois, il y avait des années de cela, Papa l'avait amené ici pour récupérer un poisson qu'il avait fait empailler pour l'un de ses amis, et il se souvenait du nom de la rue, Clark Street, mais pas du numéro de la maison. Ni de celui de l'allée.

Arnold décida au hasard et prit la première allée qui se présenta. Elle était à peine plus large que le camion mais elle sembla pourtant vaguement familière. La plupart des garages donnaient sur l'allée, mais tous semblaient sur le point de s'écrouler. Arnold se souvenait que celui de Don Marston était en meilleur état. Il s'agissait d'une construction prévue pour deux voitures dont les fenêtres étaient grillagées, au cas où un chasseur démoralisé ait voulu dérober une tête de daim plutôt que d'admettre que la saison était ratée pour lui. Les murs du garage étaient marron. Marron, avec un toit blanc.

.ORD proféra son dernier éternuement et mourut définitivement. Arnold passa les patates à plusieurs reprises, sans d'autres résultats qu'une faible lueur s'allumant brièvement dans les phares.

Ne prononce pas ces mots trop souvent. Tout ce dont on abuse perd de son pouvoir.

Il sortit du camion. La brise le surprit et il frissonna. Les constructions alentour dataient de l'époque où les garages étaient conçus pour accueillir des Model T de taille réduite, et il aurait été impossible d'y faire rentrer une voiture autre que les modèles étrangers de petite taille. Puisque personne à Wabash Heights n'avait l'intention de conduire l'un de ces véhicules assemblés par un mangeur de choucroute ou un descendant de ceux qui avaient bombardé Pearl Harbor, les garages étaient tous devenus des entrepôts à vocations diverses, comme celui de Don Marston, pendant que les immenses Chevrolet et autres Buick rouillaient tranquillement le long des trottoirs.

Le garage de Don Marston était un peu différent des autres. Il y avait établi son commerce, et les clients y apportaient indifféremment les animaux qu'ils souhaitaient faire empailler et l'argent pour régler leur facture. Le bâtiment était présentable, et Arnold se souvint qu'il régnait à l'intérieur une odeur bizarre, du genre de celle à l'intérieur du sarcophage, une senteur puissante de viande faisandée et de produits chimiques, d'animaux momifiés et de momies empaillées.

Arnold marcha en direction du garage. *Une momie ?* se demandait-il. *Cette chose est-elle vraiment une momie ?* Oui, bien sûr, enveloppée de bandelettes comme elle l'était, ça ne pouvait être qu'une momie. Pourtant, cette tête insolite, cette tête d'animal... Une tête de chacal. Ce n'était pas une momie ordinaire. C'était, sans le moindre doute, un monstre d'une étrange espèce, une créature mythique comme les licornes ou les chevaux-volants. Sauf que cette chose-là *existait* bel et bien, ou du moins, avait existé, des siècles auparavant. Le fait de passer les pommes de terre la ramenait à la vie, certes, mais la vie en question n'était pas spécialement durable. Elle avait même un bras en moins maintenant, à cause de l'impatience dont Arnold avait fait preuve en ouvrant le sarcophage. Grave erreur. Des sachets de thé et du tanin. C'était ce qu'Atkinson avait dit. Le monstre avait besoin de sachets de thé et de tanin.

Profondément absorbé par ses pensées, Arnold faillit passer devant un très joli garage à deux portes sans le remarquer. Quand ce fut fait, il s'arrêta, sans même s'interroger sur les raisons de son incroyable chance et de sa fabuleuse mémoire, ou chercher à savoir si Don Marston aurait ce qu'il voulait. Il avait froid, et tout ce qu'il désirait, c'était rentrer quelque part et avoir chaud.

Un autre souvenir lui revint en mémoire : la porte d'entrée se trouvait sur le côté du garage. Monsieur Marston n'ouvrait les deux grands portails que lorqu'il avait besoin de peindre au pistolet, et ils étaient évidemment fermés à cette heure de la nuit. Arnold fit donc le tour, ramassant en chemin un gros caillou avec lequel casser une fenêtre et faire sauter le contreplaqué si cela s'avérait nécessaire.

Mais ce fut inutile. Un rayon de lumière passait sous la porte. Il tourna la poignée et s'aperçut que la porte n'était pas fermée. Il se colla contre le mur du garage, content de sentir un peu de chaleur. A l'intérieur, on entendait une radio, et quelqu'un qui bougeait.

Il aurait dû apporter avec lui la tête de lion de la canne du vieux Cumberland, se dit-il. La tête de lion en or. Don Marston n'aurait pas refusé de lui échanger un peu de tanin contre de l'or massif.

Et maintenant ? se demanda-t-il, épuisé. Se cacher dans un coin et attendre que Don Marston quitte les lieux, même si cela devait tarder, et ensuite fracturer la porte ? Ou bien aller à la maison et prendre quelques sachets de thé dans la boîte rouillée que Maman rangeait toujours près du réfrigérateur ? Cela lui prendrait environ une heure, et d'ici là, le vieux Marston serait parti se coucher. Non ?

Adossé au garage, tremblant de froid et claquant des dents, Arnold appuya son front contre sa main, celle avec laquelle il avait creusé pendant si longtemps que même les pansements s'étaient désintégrés. Il n'y comprenait absolument plus rien. Il avait besoin d'un bon lit et d'une bonne nuit de sommeil. Il avait besoin de s'alimenter, voire de boire un verre d'eau. Il avait besoin d'un père qui vienne le border le soir dans son lit avant de s'en retourner aux cliquetis de sa Remington, pour écrire des histoires qui finiraient brûlées au fond du jardin. Il avait besoin d'une machine à remonter le temps qui l'emporterait le plus loin possible de ce calvaire qui n'en finissait plus.

La porte s'ouvrit sans un bruit, et Don Marston sortit à reculons de son garage, portant deux grandes bassines en plastique blanc. Il vit Arnold et eut un mouvement de recul.

« Mais qu'est-ce que c'est que ça ? » s'exclama-t-il, les bassines à la hauteur de ses genoux.

Arnold leva les yeux vers lui.

« Je ne sais pas », dit-il en s'effondrant sur le sol mouillé, le visage contre terre, et il se mit à sangloter dans l'herbe qui exhalait un parfum amer de temps jadis et de printemps disparus à jamais.

« Du tamin ? » dit Don Marston d'un ton incrédule. « Tu veux dire du tanin ? »

Arnold fit oui de la tête. Il était affalé sur le fauteuil pliant que Marston réservait aux clients de son atelier, et il buvait une grande tasse de potage instantané de Cup-o'-Soup Lipton. Marston avait pris place sur un haut tabouret en bois, devant l'établi, ses pieds chaussés de pantoufles posés sur l'un des barreaux, et ses petites lunettes à la Benjamin Franklin perchées au bout de son nez. Il souriait à Arnold d'un air très paternel. Arnold se souvint alors qu'on l'appelait toujours le vieux Don Marston. Il était vieux, effectivement.

Vingt minutes s'étaient écoulées depuis que Marston, marmonnant des paroles indistinctes, avait abandonné ses bassines et fait rentrer Arnold dans le garage. Il avait installé Arnold dans le fauteuil pliant et avait disparu. Il était revenu un instant plus tard avec une tasse de potage, de la soupe aux champignons qu'Arnold, en dépit de son aversion pour ces derniers, avait englouti en se brûlant la bouche, dans sa hâte.

« Pourquoi diable en as-tu besoin ? » lui demandait maintenant Marston.

Tout autour d'eux, les murs s'ornaient des splendeurs de son art si particulier : des têtes de cerfs immobiles montées sur des plaques en métal brillant ; un assortiment de poissons figés dans un ultime saut, dont les écailles mortes luisaient sous le vernis ; dans un coin, un malard énamouré sur sa branche ; dans un autre, un raton-laveur s'apprêtant à grignoter une noisette. Sur le mur à l'est, accrochées à des crochets métalliques, pendait une douzaine de peaux d'animaux fraîchement écorchées, d'un jaune fétide. Et enfin, suspendus au plafond, d'innombrables bois de cerfs et de daims. Le hobby collectif de Wabash Heights se trouvait entièrement résumé dans cette pièce : tuer et empailler toutes sortes d'êtres vivants.

Arnold leva le nez de sa tasse.

« J'ai un animal qui est mort et que je voudrais... garder.

— Comment... ton chien est mort ? Ecoute-moi, Arnold, ce n'est pas une très bonne idée que de vouloir...

— Non... Ze veux dire non, pas... pas mon fien », bredouilla Arnold.

Son défaut de prononciation le rendait dingue. Le potage mijotait dans son estomac, crémeux à souhait, mais bon sang, comme il avait mal aux dents ! Mais cette fois, pas de ce poivre qui lui avait mis l'estomac en feu. Norman Parker pouvait aller se faire voir avec son pastrami.

« De quoi s'agit-il, alors ?

— F'est un écureuil mort que z'ai troufé.

— Séché ?

— Oui, à cauve du foleil, fous foyez. Mommifié. »

Marston hocha lentement la tête.

« Il me semble qu'il aurait plutôt du pourrir.

— Je l'ai trouvé dans la cave, se hâta d'ajouter Arnold.

— Du soleil dans ta cave, c'est ça ? »

Arnold regarda sa tasse. En silence, il but une gorgée de potage. Il y avait une pendule sur le mur, et seul son tic-tac rythmait les mensonges d'Arnold.

« Voilà, commença Marston au bout d'une minute. En taxidermie, il faut que l'animal soit frais. Tous les ans, j'ai comme client un crétin qui a pendu son cerf dans un garage chauffé et qui décide ensuite qu'il veut en faire un trophée. Impossible. L'odeur seule suffirait à tuer même un vieux renard comme moi. » Il remonta ses lunettes. « Enfin, il faut que ton animal soit mort depuis moins de dix jours, maximum, à moins que tu ne l'aies congelé. Mais même congelé, il y a toutes les chances pour que la fourrure se détache pendant le trempage.

— Le trempaze dans le tanin.

— Dans ceci. » Marston se leva de son tabouret et se baissa pour fouiller sous son établi. Quand il se redressa, il avait à la main une bouteille d'eau de Javel blanche. Il en montra l'étiquette à Arnold. « Contro-Tan, ils appellent ça, et tous les tanneurs s'en servent. Peu importe. Le principal ingrédient, c'est du tanin, qui comme toutes les autres saloperies de ce genre me coûte une fortune.

— Combien ?

— Pour un pot comme celui-ci ? Trente dollars. Tu te rends compte. »

Arnold se rendait tout à fait compte. Mais pourquoi n'avait-il pas emporté la tête de lion avec lui ?

Marston posa le pot sur l'établi et se dirigea vers les peaux accrochées au mur. Il en décrocha une et la tint d'une main, à l'horizontale. Elle se maintint dans cette position, tel un parapluie jauni. De l'ongle, Marston gratta contre la peau. « Plus dure que du bois, pas vrai ? Mais cette peau a déjà été travaillée, ce n'est donc pas grave. Il me suffit de la faire tremper dans de l'eau, et d'ajouter du Contro-Tan. L'eau assouplit la peau, et le tanin la renforce. Tu as compris ? »

Arnold acquiesça.

« Donc, il faut faire tremper dans l'eau d'abord.

— Tout juste. Tu dois bien mouiller la peau, et ensuite rajouter le tanin. Moi, je me sers d'un pinceau. » Il remit la peau sur son crochet. « Mais en ce qui concerne ton écureuil mort, c'est encore autre chose. Il est possible qu'il ait des gaz dans les viscères qui le fassent exploser plus ou moins rapidement. »

Arnold avala une autre gorgée de potage aux champignons. Il n'y avait aucun espoir que la momie — le monstre — explose. Mais qu'elle tombe en ruine, peut-être.

Marston retourna à son établi. Il jeta un long coup d'œil à Arnold.

« Ils ont relevé le numéro de la voiture qui t'as renversé ? C'était une voiture ou un semi-remorque ? »

Arnold eut presque envie de sourire.

« Non. Je suis tombé dans l'escalier de la cave.

— Ah. Tu es tombé. Moi aussi, il faut que je fasse attention. Mes hanches sont rouillées, à présent. C'est que j'ai presque soixante-dix ans, peut-être plus, va donc savoir... Comment va ton papa ? »

Arnold sursauta. Il avait failli renverser la tasse de potage sur sa poitrine. « Hein ?

— John. Je me souviens très bien de lui. Et de toi, aussi. Vous êtes venus ici il y a un mois ou deux pour acheter un poisson à quelqu'un, n'est-ce pas ?

— C'était il y a deux ans, dit Arnold.

— Ah. » Du plat de la main, Marston se frotta le haut du crâne. « Je travaille trop, sans doute. Ne crois pas tout ce qu'ils racontent avec leurs histoires : être son propre patron, c'est très difficile, et les journées passent comme le vent. Toujours au supermarché, ton père ?

— Non.

— Il s'est fait virer, hein ? Quelle saloperie que cette ville ! S'il n'y avait pas les tavernes, je crois qu'elle exploserait. Mais personne ne le remarquerait, alors... » Il croisa ses mains ridées et poussa un profond soupir. « Je me souviens des jours anciens, à l'époque de l'usine de briques. L'Amitex employait des centaines de personnes qui fabriquaient des tonnes de briques vernissées. Mais qui utilise des briques vernissées de nos jours ? Personne. Ton père écrit toujours ? »

Cette fois, un peu de potage éclaboussa la poitrine d'Arnold.

« Quoi ?

— Ecrire. » Marston fit le geste de gribouiller quelque chose. « Des histoires, des romans, des machins comme ça. Il me semble qu'il y a quelques mois, deux gars sont passés par ici avec deux cerfs, ou deux poissons, je ne sais plus. Nous dirons donc qu'il y a quelque temps, ces deux chasseurs étaient ici, et ils m'ont parlé de l'Auteur Célèbre. Je leur ai demandé de qui ils parlaient. Et ils m'ont dit qu'il s'agissait du John White qui travaille au supermarché. Ils rigolaient bien, tous les deux, et ils se moquaient de lui en disant que toute la ville était au courant et le prenait pour un fou. Moi, je le comprends, cet homme. Etre son propre employé, ce n'est pas la joie, il ne faut pas croire tout ce qu'ils racontent. Et si écrire un livre, c'est comme remplir des étiquettes, je n'aimerais pas faire ça. Surtout comme gagne-pain. A quoi cela peut bien servir ? »

Du bout du doigt, Arnold essuyait le potage de sa poitrine. A quoi ça sert ? Mais à plein de choses... Comme Papa debout au fond du jardin, le visage contracté, pitoyable, et les flammes orangées s'échappant du bidon, et les mots partant en fumée. Papa qui part.

Les yeux d'Arnold s'embuèrent. Toute la ville était au courant ? Peut-être que Papa avait montré une histoire particulièrement réussie à un ami, quelqu'un en qui il avait confiance, et toute la ville avait été immédiatement au courant. Ils s'étaient sans doute passé le manuscrit de l'un à l'autre en hurlant de rire. Quelle crise ! L'Auteur Célèbre de Wabash Heights ? Essayons d'abord d'envoyer un homme sur Mars.

« Non, dit-il simplement.

— C'est peut-être mieux ainsi. J'ai démarré dans la taxidermie dans les années quarante... Ou peut-être bien dans les années trente... Sais plus. Enfin, tu aurais dû les entendre quand j'ai quitté l'usine pour monter cette affaire. Tu vas crever de faim, me disaient-ils. Tu n'y arriveras pas, qu'ils me disaient. Et puis, quand j'ai commencé à gagner un peu d'argent par-ci par-là, ils ont dit que j'étais trop paresseux pour me trouver un vrai boulot. Ils ont dit que je me servais de la taxidermie pour me croiser les bras toute la journée. Et ça a duré des années, tout le temps où j'ai travaillé à mon affaire, et je peux te dire que j'étais prêt à quitter cet Etat, mais à l'époque, j'avais vendu ma voiture pour acheter de quoi manger, et je n'allais certainement pas partir à pied. Donc, j'ai persévéré, et j'ai ignoré les rires et les moqueries et les réflexions cruelles que font les gens. Le pire, c'était qu'au bout d'un moment, j'ai vraiment fini par crever de faim. Et c'est vrai que je passe la plupart de mes journées à me croiser les bras. Mais pendant que je fais ça, je travaille, et entre douze et seize heures par jour, et c'est ce qu'ils n'ont jamais compris. Une fois, un homme que je considérais comme un ami m'a dit de but en blanc que si je ne me mettais pas à la recherche d'un emploi sérieux, il me forcerait à le faire. Je n'ai pas besoin de te dire que je me suis planqué en attendant que cette idée *lui* passe. »

Arnold le regarda, frottant si fort ses dents les unes contre les autres que la douleur semblait infiniment exquise. Il ferma les yeux pour empêcher ses larmes de couler, et il se trouva embarqué dans la machine à remonter le temps, sauf qu'elle l'avait ramené droit à cette nuit glacée de novembre, où il grelottait dans son pyjama debout sur les marches de l'escalier, alors que son père réduisait à néant ses espoirs dans les flammes.

Il ouvrit les yeux et l'image s'enfuit. En face de lui, se tenait Don Marston, assis sur son tabouret, en train de tripoter ses lunettes. Il avait passé un doigt derrière chaque verre et se frottait les yeux, valises comprises. Arnold se rendit compte que le vieil homme s'était laissé aller à un peu de nostalgie. Avait-il donc tant souffert, pour que le souvenir de cette époque révolue le touche encore aussi profondément, quarante ans plus tard ?

Marston renifla.

« Satanés produits chimiques. Mais que fait donc ton papa, s'il ne travaille ni à l'épicerie ni à ses histoires ?

— Il est parti au Texas, répondit Arnold d'une petite voix.

— Ah, je vois. Pour chercher du travail, j'imagine. Et vous allez bientôt le rejoindre, c'est ça ? »

Arnold fixa la tasse sans répondre. Il avait presque fini le potage, mais son estomac était redevenu douloureux, bien que le poivre ne soit pas à blâmer cette fois.

Marston fronça les sourcils.

« Cet écureuil, il est très spécial, n'est-ce pas ? »

Arnold fit oui de la tête. Un nouveau mensonge à ajouter aux autres. Quelle importance ?

Marston s'accroupit à nouveau sous l'établi. Il en ressortit un pot de Contro-Tan neuf.

« Je vais te le donner, Arnold, parce que je pense que tu en as plus besoin que moi. Ce n'est pas facile tous les jours, pour toi, d'après ce que je vois. Je vais même te faire cadeau d'un pinceau. Mais laisse-moi d'abord te raconter une histoire. »

Arnold lança un coup d'œil à la pendule. Il ne tenait plus en place. Mais Marston agita son index sous son nez.

« On en a pour une minute, et je tiens à ce que tu saches que tu es le premier humain à entendre ce que je vais te raconter, bien que je jure devant Dieu que j'en ai parlé aux murs maintes et maintes fois, quand il est tard et qu'il n'y a personne dans l'atelier. » Il posa le pot neuf à côté de l'ancien, sur l'établi. « Un soir, alors que j'étais établi à mon compte depuis trois ans et que je n'avais pas encore gagné un sou, je rentrai dans la chambre que j'occupais alors et je trouvai un petit mot, sur ma porte, disant que j'étais en retard de trois mois pour le loyer et que je devais par conséquent avoir vidé les lieux le lendemain matin. L'année précédente, il avait fallu que je vende ma voiture, mais j'étais fauché. J'avais des dettes partout. En ville, j'étais la risée générale, et personne ne voulait me faire travailler. Oh, j'avais bien un poisson par-ci, un cerf par-là, de quoi faire bouillir la marmite de temps en temps. Mais ce soir-là, je suis allé à la Wabash Tavern, qui existait déjà, dans l'espoir de me faire payer une bière et d'oublier mes soucis. Personne ne m'a rien offert. On m'a même dit plusieurs fois que si je n'étais pas aussi paresseux, j'aurais de quoi payer mes propres bières. C'est là que j'ai compris que j'étais devenu un mendiant, exactement comme ils l'avaient prédit. Pourtant, je travaillais depuis des années, me perfectionnant sans cesse, améliorant ma technique, pratiquant mon art jusqu'à en devenir fou. »

Il passa son doigt sous le verre de ses lunettes.

« Ah, ces produits chimiques ! Ce soir-là, vois-tu, je suis rentré chez moi et je me suis assis sur la couverture qui remplaçait le lit que j'avais également vendu, et j'ai décidé que c'était fini. J'avais tout essayé, mais ça ne marchait pas. Au lieu de voir mon rêve se transformer en une réalité, je le voyais qui partait en cendres. Mais il était hors de question que je retourne à l'usine, où je serais resté toute ma vie la risée de tout le monde, et où on m'aurait montré du doigt en m'appelant Monsieur On-Te-L'-Avait-Bien-Dit. Je souffrais comme si on m'avait enfoncé un poignard en plein cœur. J'ai donc ouvert le four et j'ai fourré ma tête à l'intérieur. Puis j'ai ouvert le gaz. A l'époque, il fallait l'allumer avec une allumette, tu comprends, mais je n'avais pas d'allumettes pour la bonne raison que je n'avais rien mangé depuis deux jours. Bref, me voilà avec la tête dans ce vieux four blanc, et j'ai commencé à respirer le plus profondément possible, en souhaitant que le gaz agisse vite et que je ne souffre pas. J'ai dû rester comme ça un quart d'heure, puis je me suis rendu compte que je n'étais pas mort. En fait, je ne sentais même pas l'odeur du gaz. »

Il eut un petit sourire narquois.

« Ils m'avaient coupé le gaz, Arnold. Je n'avais pas payé la facture, et ils avaient résilié mon abonnement. Je m'en suis rendu compte et je me suis relevé, et après avoir passé une minute à contempler ce four inutile, j'ai commencé à rigoler, puis à me marrer franchement, et j'ai fini par hurler de rire comme une hyène. J'étais écarlate. J'étais si pauvre que je ne pouvais même pas me permettre de mourir. C'est alors que j'ai décidé que personne nulle part ne m'empêcherait jamais de faire ce que j'avais à faire, parce que j'avais *un rêve* à réaliser, moi, et parce que les rêves ne meurent que si on les laisse crever. Je suis retourné à ma boutique, qui se trouvait être l'arrière-cour de ma mère, qui m'avait presque renié, et je l'ai suppliée de me donner du papier d'emballage de boucherie. Et j'ai commencé à faire des affiches. J'ai dû en faire une centaine. Ensuite je les ai collées partout en ville, je suis allé en stop à Terre Haute, et j'en ai mis partout là-bas aussi. Le jour suivant, j'avais du boulot et les gens m'apportaient des animaux à empailler. Au bout de quelques années, quand ils se sont rendu compte que je gagnais bien ma vie, ils ont commencé à faire la gueule. Ça m'a rendu malade de supporter ces hypocrites, mais depuis, le temps a tout effacé. Et aujourd'hui, l'un de mes poissons est suspendu dans la Wabash Tavern, bien que j'aie juré devant Dieu que je n'y remettrai plus jamais les pieds. Cet endroit est un lieu de perdition pour tous les minables qui vivent dans cette ville. »

Il ouvrit un tiroir et en tira un pinceau. Il prit le pot neuf de Contro-Tan et posa le tout aux pieds d'Arnold.

« Tu me paieras quand tu pourras, Arnold. Tu peux aller t'occuper de ton écureuil, maintenant. »

Arnold se leva. Sa gorge était serrée. « Merfi », dit-il en lui tendant la tasse vide. Il mit le pinceau dans sa poche et attrapa le pot de sa main valide. Il se dirigea vers la porte. Une bourrasque de vent s'engouffra dans la pièce. Une pensée lui traversa l'esprit et il referma la porte.

« Vous auriez des sachets de thé, Monfieur Marfton ?

— Des sachets de thé ? » Marston le regardait, intrigué. « Tout le monde a des sachets de thé rangés quelque part. Pourquoi ?

— Ma maman m'avait envoyé en chercher. »

Marston se croisa les bras sur la poitrine.

« Bien. Je suppose que j'ai entendu des choses plus étranges que celle-ci, mais encore une fois, peut-être que non. Du Lipton fera-t-il ton affaire ?

— Vous n'avez pas de thé égyptien ?

— Ce bon vieux Lipton est justement fait de thés qui viennent du monde entier. Attends-moi une seconde, je reviens tout de suite. »

Tenant la tasse d'un doigt, il sortit. Quelques minutes plus tard, il était de retour avec une pleine poignée de sachets de thé. Il les fourra dans la poche arrière d'Arnold. « Paré ? N'hésite pas à venir me rendre une petite visite, j'en ai parfois sacrément marre de faire la conversation avec ces trouducs qui se vantent d'avoir tiré le plus gros cerf de la région alors que tout ce qu'ils ont dans leur coffre, c'est un petit daim avec des bois grands comme ton doigt de pied. Et puis, j'aimerais bien savoir ce que devient ton père.

— Entendu », dit Arnold en ouvrant la porte. Puis il se ravisa et la referma à nouveau. Don Marston avait été plus que gentil, et il abusait de sa bonté, mais il fallait le faire. « Pourriez-vous m'accompagner quelque part en voiture ? demanda-t-il.

— Je serai ravi de te rendre ce service, répondit vivement Marston, mais ils m'ont retiré mon permis de conduire l'année dernière, à cause de mes yeux. Je me suis trop servi de mes yeux en travaillant, et je le paye aujourd'hui. » Il toucha du doigt ses lunettes. « Et malgré ça, je n'y vois pas à un mètre. »

Arnold fut un peu déçu. Seulement un peu. Il avait reçu pendant la dernière demi-heure plus de chaleur humaine qu'il n'en méritait, dans la mesure où il s'était initialement rendu chez le vieil homme pour le voler. En guise d'au revoir, il agita les doigts qui dépassaient de son plâtre.

« Une dernière chose, Arnold », dit Marston avant qu'il n'ait eu le temps de franchir la porte.

Arnold se retourna.

« Ils ne coupent pas toujours le gaz à temps, tu sais. »

Arnold secoua la tête. Il sortit et, remontant l'allée, passa devant le camion définitivement hors d'usage. Il tremblait encore quand il arriva dans la rue.

- 17 -

LES PIEDS DANS LE PLAT

« Merde, dit Jimmy Hallis, haletant. Ça ne marchera jamais. Le moellon tombe en morceaux.

— Recommence encore un coup, dit Spack. Elle va péter. »

Jimmy souleva le bloc de ciment par-dessus sa tête, un bloc qui aurait été très pratique pour ancrer Norman Parker au fond d'une mine de façon définitive, s'ils en avaient disposé plus tôt. Jimmy l'avait déniché dans un coin, mais comme défonceur de cadenas, ce n'était pas l'idéal. Ils se trouvaient devant la porte d'entrée de McCauley Machine & Welding, l'entreprise de ferronnerie où travaillait, jusqu'à ce soir du moins, Jimmy Hallis, et où trônait un gros palan monté sur un trépied, capable de soulever quatre tonnes, qui n'attendait que de se faire voler. L'entreprise McCauley, qui n'était en rien comparable à l'Anaconda Company, consistait en un bâtiment en bois coiffé d'un toit métallique et posé sur une dalle de béton. Comme chez Hyman & Sons Body Shop, où travaillait Weasel, le bâtiment était cerné par un amas de ferrailles diverses et de pièces mécaniques que quelqu'un avait sans doute trouvé utile, un jour lointain. Les quatre employés de McCauley étaient chargés de transformer tout ça en divers éléments, dont avait besoin l'unique client de l'entreprise, une usine de tracteurs de Fort Wayne.

Jimmy éclata le bloc de ciment contre le gros cadenas qui tenait la porte fermée. Il y eut un épais nuage de poussière, et ce qui restait du bloc se retrouva par terre. Jimmy fit un bond en arrière dans un cri muet de douleur, se frottant les mains.

« Merde alors, dit Spack. Jed, trouve donc un genre de levier.

— Où veux-tu que je trouve ça ? Je ne vois même pas mes propres mains.

— Jimmy ? Où peut-on trouver une barre à mine ?

— Je ne sais pas. La plupart des trucs entassés là-bas ne nous servira à rien.

— Merde. »

Ils étaient debout dans l'obscurité et le vent leur soufflait dessus, s'infiltrant sous leurs vêtements.

« Ça va faire très mal, dit enfin Spack. Mais on n'a pas le choix. »

Il rebroussa chemin en direction du break Ford, qu'il avait garé près du bâtiment, et il ouvrit la portière du conducteur. Il se pencha à l'intérieur et passa sa main sous le siège. Il ressortit un gros holster provenant d'un surplus de l'armée, qu'il ouvrit d'un geste sec, faisant apparaître la crosse d'un calibre 45. C'était son Niggerchaser, le bien nommé, car sa fonction était de calmer toute tentative d'émeute qu'aurait pu fomenter la population de couleur, en admettant que cette dernière sorte un jour de sa torpeur complaisante. Il gardait avec l'arme des balles SilverTip à charge creuse, réputées idéales pour abattre n'importe quel manifestant un peu trop bronzé. Il tira l'arme de son étui et rejoignit les deux autres.

« C'est quoi que tu as là ? » demanda Jed.

Spack ôta le cran de sécurité et le fit claquer.

« Ça devrait répondre à ta question, non ? »

Jimmy et Jed reculèrent de quelques pas. Spack repéra les contours du cadenas et posa le gros canon du Niggerchaser au milieu. Le sourire aux lèvres, il s'enfonça un doigt dans l'oreille gauche. Bon Dieu, cela faisait des années qu'il attendait de pouvoir tirer sur quelque chose avec ce truc. Dommage qu'il n'ait pour cible qu'un vieux cadenas rouillé.

Boom !

Le cadenas n'avait sans doute jamais entendu parler de la marque Masterlock, qui garantissait son inviolabilité, et il éclata en morceaux. Spack enleva la partie en U qui était restée accrochée à la porte et la jeta au loin.

« Allons-y », dit-il en poussant la porte, martial, son révolver à la main. L'épaisse fumée âcre qui avait suivi l'explosion ne lui déplaisait pas, au contraire. « Le palan. »

Jimmy et Jed pressèrent le pas. Jed se prit les pieds dans quelque chose et trébucha.

« On peut allumer la lumière ? dit-il d'une voix

mourante.

— Pas question, crétin, gronda Spack. Jimmy, tiens-le par la main, fais quelque chose, bordel ! Moi, je fais le guet. »

Jed se releva, et lui et Jimmy s'enfoncèrent dans l'obscurité tandis que Spack attendait à la porte. Spack les entendit se cogner à divers obstacles, puis Jed se cassa une nouvelle fois la figure. Jurons, grognements, mauvaise humeur. Spack se prit à espérer qu'un gardien, autant que possible de couleur, fasse irruption dans l'atelier afin qu'il puisse l'abattre froidement. Il savait qu'aucun jury blanc siégeant à Wabash Heights ne lui en tiendrait rigueur.

Il y eut un bruit de chaînes. Jimmy et Jed respiraient bruyamment et tiraient derrière eux le palan métallique. Ils furent rapidement de retour à la porte, à bout de souffle.

« Ça va aller ? demanda Spack pour qui le palan était toujours invisible.

— Laisse-moi plier les pieds du truc », chuchota Jimmy, et il y eut de nouveaux claquements. « C'est bon, Jed, vas-y. »

Jed poussa un grognement. Ils sortirent l'engin par la porte, une longue chaîne traînant derrière eux et dans laquelle Jed se prit les pieds à nouveau. Il s'étala une nouvelle fois par terre et se mit à hululer de douleur.

« La ferme ! dit Spack en colère. Tu veux que quelqu'un nous entende ? »

Ils chargèrent le palan dans la Ford. Spack remit son revolver sous son siège et fit démarrer le moteur du break. Ils s'éloignèrent dans la nuit, fous de joie, fous de cupidité, fous de bière.

« Putain, mais c'est dingue ! » cria Jack Cumberland.

Le fait qu'il ait crié ne posait aucun problème, car lui et Weasel se trouvaient toujours à la Wabash Tavern, et tout le monde criait aussi. La pendule Budweiser marquait dix heures, et ses aiguilles persistaient à aller nulle part. Exactement comme Weasel.

« Mike ! hurla Weasel. Deux autres ! »

Mike Taraday courait dans tous les sens, comme tous les soirs de paye. Il lui fit comprendre qu'il avait saisi le message. La fumée était si épaisse qu'on aurait dit un homme perdu dans le brouillard. Le juke-box gueulait comme un sourd.

« On a des trucs à faire ! s'excitait Jack. Il faut retrouver le gamin ! »

Weasel lui lança un regard. Ses yeux étaient vitreux. Il était congestionné, et sa barbe était humide de bière. Il avait toujours, juché sur son énorme tête, le casque ridiculement trop petit qu'il avait confisqué à Spack. Il ressemblait à une caricature obscène du Père Noël, dans une version prolétaire tout à fait superflue. Après sa brève rencontre avec Spack Laird, Weasel n'avait pas tué Jack ainsi qu'il l'avait annoncé, et il s'était contenté de s'asseoir au comptoir pour finir de se finir. Jack avait compris qu'il tentait de noyer sa colère à grand renfort de Falls City, mais cette fois, la noyade se laissait désirer.

« Ça ne te coûte rien, que je sache ? dit Weasel dans un reniflement méprisant.

— Merci, j'apprécie ta générosité. Une bière de plus et on y va.

— La nuit ne fait que commencer. Et en plus, il y a de jolies petites chattes, dans le coin. » Weasel jeta un regard autour de lui. Il essaya de se mettre une cigarette entre les lèvres et rata son coup. « Toute ma paye y est passée, grommela-t-il en s'enfonçant le filtre de la cigarette autour des lèvres. Toute ma putain de paye.

— On n'a qu'à arrêter. Filons avant que tu ne sois trop bourré pour conduire.

— A toi de conduire. Je te montrerai le chemin. »

Jack serra les dents. Son univers, toujours plus ou moins près de la catastrophe, semblait sur le point de se désintégrer totalement. Il doutait même que Weasel puisse encore lui être d'une quelconque utilité. Mais il avait de l'argent, et pas Jack.

Les bières étaient arrivées. Pendant que Weasel payait, Jack leur accorda un regard qui manquait d'enthousiasme. Ses tripes étaient surchargées de bière et d'alcool. Sa tête débordait. Arnold White était probablement en train d'admirer le sarcophage en or, peut-être même d'en faire des lingots qu'il s'apprêtait à vendre le plus vite possible. A la pensée des lingots, le cœur de Jack s'arrêta de battre.

« J'y vais, dit-il. Passe-moi dix dollars pour acheter de l'essence. »

Weasel éclata d'un rire d'ivrogne. « Tu ne vas nulle part sans moi, et je ne te prête pas dix dollars. Bois ta bière. »

Furieux, Jack but. La porte du bar s'ouvrit brutalement, et trois clients firent irruption, s'ajoutant à la foule. Jack reconnut l'un d'entre eux : c'était le grand type que Weasel avait failli frapper et à qui il avait piqué son casque. Jack eut une vision en Vista-Vision de ce qui allait suivre immanquablement : Weasel se retourne, aperçoit le mec en question, ils se battent, les flics arrivent, des gens se font arrêter, et c'est le bordel général. Et Jack perd son papa-gâteau et passe les deux prochaines semaines à mourir de soif.

Il se retourna promptement vers sa bière. Weasel était en train de regarder en direction de la porte. Ses sourcils formaient au-dessus de ses yeux une seule ligne de poils hérissés.

« Bon », dit-il en se levant.

Jack sauta sur ses pieds et se fraya un chemin à travers la foule. Il arriva près de Spack et de ses compères, qui cherchaient des yeux une table à laquelle s'installer. Ils avaient l'air incroyablement de bonne humeur.

« Hé ! » leur cria-t-il. Ils se tournèrent vers lui. « Vaudrait mieux que vous foutiez le camp d'ici ! »

Spack prit immédiatement l'air belliqueux.

« Quelqu'un nous cherche des histoires ? »

Jack sentit un souffle chaud sur sa nuque.

« Oui, moi », dit Weasel, d'un ton sans équivoque.

Les yeux de Spack dévisagèrent Weasel. Son visage s'affaissa. Jack comprit que l'idiot avait déjà oublié qu'il était dans la mire de Weasel depuis leur accrochage de tout à l'heure. Mais à sa grande surprise, au lieu de tourner les talons et de s'enfuir en courant, il sourit largement et ses yeux s'illuminèrent.

« On va acheter cet endroit, mon vieux. Et on va aussi acheter le fonds de commerce de Hyman & Sons. Tu ne pourras plus travailler, ni boire un coup. Je pense même que nous allons acheter toute la ville, et quand ce sera fait, on te jettera hors de Wabash Heights. C'est pas vrai, les gars ? »

Sourires radieux des deux autres.

Weasel poussa Jack sur le côté, qui s'affala sur le juke-box, au détriment du disque qui passait à ce moment-là, gâchant une très jolie chanson de Merle Haggard. Dans le silence qui suivit les soubresauts de l'aiguille sur le vynile, Weasel hurla : « Putain de syndiqué ! », puis il se jeta sur Spack.

Jack se redressa pendant que commençait, à trois pas de lui, la Troisième Guerre mondiale. *Pourquoi parlait-il de tout acheter, d'un seul coup ?* se demanda-t-il. *Même un salaire de syndiqué ne lui permettait pas de s'offrir la ville entière.*

Les poings jaillirent, frappant principalement l'atmosphère enfumée de la taverne. Weasel était trop soûl pour se battre. Jimmy Hallis saisit sa barbe et lui fit baisser la tête suffisamment bas pour que Spack cogne dedans. Le casque trop petit roula sur le sol. Jed lui bourrait les tibias de coups de pied. Jack sauta sur le petit homme maigre et l'attira plus loin.

« Qu'est-ce que c'est que cette histoire ? Vous allez racheter toute la ville ? » lui hurla-t-il dans l'oreille.

Jed essaya de lui balancer un coup de poing, mais Jack esquiva. Emporté par son élan, Jed décrivit un cercle sur lui-même et s'écroula sur le juke-box. Merle Haggard eut un nouveau hoquet, comme s'il avait chanté dans un mauvais micro. Les gens commençaient à regarder le spectacle.

« Réponds-moi », dit Jack en envoyant son poing en avant.

Jed se dressa de toute sa hauteur, l'œil mauvais. Il lui tira la langue.

« C'est ceux qui l'ont trouvé qui le gardent, Crâne d'Œuf. On vous a eu. »

Jack sentit ses forces l'abandonner. Ceux qui l'ont trouvé ? Nom de Dieu de nom de Dieu. Ils avaient retrouvé Arnie et le sarcophage pendant que ce branleur de Weasel se bourrait la gueule à la Falls City.

Il remarqua à peine que Jed le frappait au visage. Il battit en retraite, avec dans la bouche le goût salé de son propre sang et celui, non moins amer, de ce nouvel échec.

« Où est-il ? s'écria-t-il d'une voix étranglée de falsetto. Où est-il ? »

Jed le frappa à nouveau, et cette fois, l'envoya par terre, puis il s'attaqua à Weasel à coups de pied. Jack, saignant du nez, était assis sur le sol de la Wabash Tavern, totalement désespéré. La moitié de la vie de Pop réduite à néant. Sa propre existence foutue. Tout espoir avait disparu. Trois guignols avec l'intelligence collective d'une puce avaient réussi là où des dizaines d'années de recherche intensive n'avaient rien donné. Pop avait sacrifié sa vie à cette quête insensée. Jack avait donné son foie, ce qui n'était pas rien. Et tout ça pour rien. A moins que...

Il se pencha en avant et attrapa Weasel par une jambe. Il tira dessus violemment, et Weasel s'écrasa sur le sol comme un obus, faisant vibrer les fondations de la taverne.

« Vous feriez mieux de filer, les gars, leur cria Jack. Je fais du karaté. »

Ils s'immobilisèrent, tandis que Weasel se tordait sur le sol. Jed dit :

« Il ne ment pas, Spack. Je l'ai vu faire. Et puis, faut qu'on y aille. »

Spack desserra les poings.

« D'accord. On fera la fête après. »

Ils sortirent. Jack lâcha Weasel et rampa vers la porte avant qu'elle n'ait le temps de se refermer. Il les vit prendre place à bord d'une Ford rouge et blanc. Les phares s'allumèrent et la Ford recula dans la rue, puis s'éloigna vers l'ouest, dans Main Street.

Il se releva, cherchant dans ses poches les clés de sa voiture. Ni Dieu ni Diable ne l'empêcheraient de suivre cette Ford. Seulement Weasel, qui s'était remis sur pied tout seul, changé en torpille de cent vingt kilos. Il se jeta sur Jack qui se jeta à son tour sur la porte. Ils tombèrent ensemble sur le trottoir, Weasel finissant sa course dans le caniveau, Jack tentant de reprendre sa respiration et se demandant ce qui avait bien pu déclencher une telle explosion nucléaire. Il se mit à genoux et tenta désespérément de faire fonctionner ses poumons avant l'asphyxie fatale.

Weasel se releva. Il s'approcha en titubant de Jack et l'aida à reprendre son souffle en l'étranglant.

« Urk, dit Jack. Urgle-awk. »

Les gens se pressaient à la porte de la taverne. Ils riaient à gorge déployée, et le bruit de leurs rires fit dans l'esprit de Jack, au bord de ce royaume perdu qu'on nomme Perte de Conscience, l'effet d'un écho bizarre, qui lui rappela cette zone grise qui s'étend à la frontière du sommeil, là où dansent des fantômes et où murmurent des voix. Il vit trente-six chandelles s'allumer devant lui. La tête de Weasel formait une lune blanche et chevelue au premier plan de son champ de vision.

Sa main gauche, celle dont le poignet était démis, se leva sans qu'il lui ait rien demandé. Son poing visa la barbe de Weasel, et il cogna. Une douleur lui mordit le coude, mais la lune avait disparu, ainsi que les étoiles. De part et d'autre, on l'encourageait et on le huait.

Weasel était tombé à la renverse. Il tenta à nouveau d'agripper Jack.

« L'or, croassa Jack en se mettant à genoux. Ils l'ont trouvé. Faut les suivre. »

Weasel, également à genoux, s'apprêtait à disputer un deuxième round, le poing levé. Il hésita.

« Hein ?

— Le gros type et ses copains. Ils l'ont trouvé.

— Qui a dit ça ?

— Le maigre.

— Le mec du distributeur ? Il t'a dit ça ? »

Jack fit oui de la tête en se massant le cou. Weasel tendit les bras vers lui, mais cette fois, ses grosses mains aidèrent Jack à se relever. Puis Weasel se redressa.

« On prend ta voiture cette fois, Jack. Et pour l'amour du ciel, on se grouille. »

Ils sortirent de la Wabash Tavern et se dirigèrent vers la Dodge de Jack.

Une minute plus tard, il ne restait plus un seul client dans le bar.

« Je crois qu'on est suivis, dit Jimmy tandis que Spack brûlait un dernier feu rouge.

— Ah ? » Spack jeta un coup d'œil dans le rétroviseur extérieur. Derrière eux s'allongeait une file de voitures longue d'un bon kilomètre, tous phares allumés. Il agrippa le volant. « Bon, qui a cafté ? »

Jed ne desserra pas les dents.

« Il ne nous reste plus qu'à semer ces connards. » Il écrasa l'accélérateur et éteignit les phares. De grosses gouttes de pluie s'écrasèrent sur le pare-brise.

« Whoaou, dit Jimmy. On n'y voit plus rien.

— T'as pas besoin de voir quoi que ce soit. Je prends cette route aller-retour cinq fois par semaine, t'es au courant ? Je la connais par cœur. »

Il jeta un coup d'œil dans le rétroviseur et constata que la procession prenait du retard. Il alluma le plafonnier : il roulait à soixante-quinze miles à l'heure. Honni soit le flic qui oserait l'arrêter ce soir. Le canon du Niggerchaser était encore chaud, et avec tout l'or qui les attendait, il paierait sans problème la caution, et hop, direction Rio de Janeiro.

« On approche, je crois, dit Jimmy au bout d'un instant.

— D'accord, d'accord. » A contre-cœur, Spack réduisit la vitesse et appuya sur le frein, détestant de toute son âme celui qui avait inventé les freins et les feux-stop. Mais les voitures qui les suivaient étaient distantes d'un mile au moins, et le chemin qui menait à la propriété de Norman Parker se dessinait sur la gauche. Il prit le virage dans une gerbe de gravillons, que la pluie détremperait vite. Il déboula dans la cour boueuse de Norman et coupa le moteur.

« Tout le monde dehors, et vite. »

Ils sortirent en claquant les portières derrière eux. Jimmy et Jed déchargèrent le palan et le poussèrent péniblement vers le hangar. Spack surveillait l'autoroute. La première voiture dépassa l'embranchement de la ferme. Trente secondes plus tard, le reste du convoi fit de même, suivant son éclaireur aveugle. Spack sourit. On ne conduit pas un chariot élévateur pendant vingt ans sans apprendre quelques trucs utiles.

Il s'élança vers le portail du hangar. Le battant gauche était toujours coincé dans la boue. D'une poussée, il le décloua et le fit tomber par terre. Jimmy et Jed pénétrèrent sous le hangar. Il les entendit s'affairer autour du palan.

« Il me faut de la lumière pendant que j'installe cet engin », dit Jimmy.

Jed sortit son briquet. Jimmy se mit à l'œuvre, accomplissant ainsi ce qu'il savait faire de mieux, à savoir déplier les pieds du palan, éclairé par la flamme dansante du briquet Bic de Jed. Des bruits métalliques résonnèrent sous le hangar. Spack observa la mise en place de l'engin, qui avait la forme d'une pieuvre à trois tentacules, posée sur des plaques de métal en guise de pattes, avec pour tête une énorme poulie.

« Bon, dit Jimmy. Spack, aide-moi à le soulever. Deux pieds de ce côté, et le troisième de l'autre. »

Spack s'approcha.

« Tu veux dire qu'il faut que je le penche ?

— Evidemment. »

Ils déséquilibrèrent le palan, qui se tint sur deux pieds, le troisième étant au-dessus du trou.

« C'est bon, lâchez tout. »

Ils lâchèrent tout. Jimmy s'occupa de la chaîne, la fixant sur la poulie. Jed se plaignit que son briquet commençait à lui brûler les doigts.

« Encore une minute. »

Jimmy sauta au fond du trou. La chaîne, dont les trois extrémités se terminaient par des crochets adaptables, faisait un boucan d'enfer. Des choses cliquetèrent. Jimmy remonta.

« C'est fait. »

Jed alluma une cigarette à l'aide de son Bic surchauffé. Ses mains tremblaient. La flamme s'éteignit brusquement, et ils se retrouvèrent dans le noir. Seul le bout rougeoyant de sa Marlboro était encore visible.

« Tu parles d'une lampe », souffla Jimmy qui tirait sur la chaîne. Au bout d'une minute, elle fut parfaitement tendue et il commença à grogner. « Putain, c'est lourd, dit-il. Il aurait fallu prendre les autres poulies.

— Ouais, et c'est juste le couvercle, répliqua Spack. La vraie came est en dessous.

— On va avoir du boulot pour soulever tout ça. Comment allons-nous transporter ce truc dans le break ?

— Sur notre dos, j'imagine. Ça pèse combien ?

— Difficile à dire. J'ai installé trois poulies, et même comme ça, j'ai du mal. Deux cents kilos, facile.

— On va se débrouiller. Mais il faudra peut-être aller chercher les autres poulies pour soulever le reste. Dommage que tu n'y aies pas pensé plus tôt.

— Voilà ce que c'est, quand on se dépêche. »

Il y eut un raclement. Le couvercle semblait avoir bougé. Spack essaya de percer l'obscurité.

« Ton briquet, Jed. »

Jed s'exécuta. Spack constata alors que les pieds du palan, profondément enfoncés dans le remblai de terre qui bordait le trou, s'étaient stabilisés et commençaient à remplir leur office. Incliné vers l'avant, le couvercle pendait au bout de la triple chaîne, percutant les bords du trou dans son ascension. Jimmy sentait la vieille chaussette pleine de thon avarié, mais cela ne gênait pas Spack. Jimmy était un sacré bosseur.

En moins de quatre minutes, dont la majeure partie se passa dans l'obscurité, à cause du briquet de Jed qui refroidissait, le couvercle était parvenu à hauteur d'homme. Spack remarqua une nouvelle odeur. Une odeur de pourriture. Eh bien, se dit-il, rien de plus normal pour un cercueil, même un drôle de cercueil comme celui-ci. Il ne risquait pas de sentir la rose. Ce truc devait avoir au moins cent ans.

Il courut à la Ford et manœuvra de façon à garer l'arrière du break le plus près possible de l'entrée du hangar, en évitant de se servir des freins. Le coffre étant déjà ouvert, ce ne fut qu'après être sorti de la voiture et en avoir fait le tour, pour pénétrer à nouveau dans le hangar, qu'il marcha sur quelque chose et qu'il se souvint de Norman. Avec un cri de dégoût, il fit un bond en arrière ; au moment où Spack lui avait marché dessus, le cadavre avait laissé échapper un soupir poussiéreux. Quand ils auraient fini, se jura Spack, il jetterait le corps de ce bon Monsieur Parker au fond du trou, et il y reposerait pour l'éternité. Mais quand on se rendrait compte de la disparition du vieux, les flics fouilleraient sans doute la propriété. Il s'occuperait de cet épineux détail plus tard. L'or d'abord.

Son briquet à la main, Jed était à genoux au bord du trou, les yeux écarquillés. Jimmy s'agenouilla à côté de lui et plongea la tête au fond. *Seigneur,* pensa Spack, *si le couvercle se détache, tu vas te retrouver avec une crêpe en guise de crâne.*

« Nom de Dieu, murmura Jimmy. Spack, regarde-moi ça. »

Spack se mit à genoux dans la terre et regarda. Il lui fallut s'y reprendre à trois fois avant de se convaincre que ce qu'il avait sous les yeux était réel. « C'est un homme-loup, dit-il en s'éclaircissant la gorge. Exactement comme celui du couvercle. »

Ruisselant de sueur, Jimmy hocha la tête. « T'as vu ses

canines ? Je ne voudrais pas avoir *ça* planté dans le cul.

— C'est une momie, dit Jed gravement. L'un des bras est arraché.

— Sans blague ? »

Ils se regardèrent en silence. Spack dit enfin : « On s'en fout ? »

Ils s'en foutaient.

« Alors, mettons le couvercle dans la Ford. Je vais prendre ce côté, et vous, vous prendrez l'autre. Et ne glissez pas, ou vous vous retrouverez dans les bras de Médor. »

Il rigola et se mit en position. Etant donné le sol meuble, l'opération était risquée, mais pour ce genre de trouvaille, il aurait été capable de faire un saut périlleux pieds nus sur des tessons de bouteille. Il attrapa le couvercle à deux mains. Le bord faisait un peu moins de cinq centimètres de large et semblait émettre une vibration imperceptible, qui lui chatouillait les doigts. Les chaînes étaient tendues à fond.

« Okay, Jed, mets ton briquet dans ta poche et pousse. Il faut éviter de toucher aux crochets, ou sinon tout va tomber sur Lon Chaney ici présent. » Il rigola. « Vous êtes prêts ? »

Ils étaient maintenant dans l'obscurité la plus totale. On entendit s'entrechoquer les menus objets que Jed avait dans la poche.

« Prêts. »

Spack poussa. Ses pieds dérapèrent, mais il tint bon. Le truc était incroyablement lourd, mais ils y arriveraient. De l'épaule, il écarta la chaîne et entendit les deux autres faire de même.

« C'est bon ?

— C'est bon. »

Ensemble, ils déportèrent le tout sur le côté. Les poumons de fumeurs de Jed sifflaient dans le silence, et les puissantes odeurs corporelles de Jimmy tournoyaient autour d'eux, portées par les courants d'air qui rentraient sous le hangar par le portail ouvert. Il leur fallut du temps, mais aucun d'entre eux ne lâcha prise ni ne perdit l'équilibre. L'un des tibias squelettiques de Jed heurta la Ford, et avec un grognement de soulagement, il posa son côté du couvercle sur le battant ouvert du coffre.

« Okay, Jimmy, dit Spack. Allons-y, il faut le faire

rentrer dans le coffre. Jed, ton briquet. »

Ils firent glisser le couvercle dans le coffre. Il rentrait parfaitement à l'intérieur. Spack tourna son visage vers le ciel, laissant la pluie le rafraîchir. Son cœur battait un peu vite à son goût. Il se demanda si dans sa colère, Dieu n'allait pas le foudroyer d'une crise cardiaque pour le punir d'avoir tué Norman Parker et de lui avoir volé son secret. Il n'était pas très porté sur la religion, mais Spack avait quand même un certain respect pour les revenants. Il sortit le nickel rouillé de sa poche et le lança vers le ciel, tel un petit talisman censé atténuer quelque peu la gravité de l'action qu'il venait de commettre. A ce moment précis, un éclair trancha les nuages sombres au-dessus de sa tête. Soudain inquiet, Spack se réfugia sous le hangar.

« Et maintenant, le plus dur, dit-il d'une voix forte mais mal assurée. Jimmy, ces chaînes sont assez longues ?

— Elles devraient, normalement.

— Alors allons-y. »

Les yeux fixés sur le fond du trou, Jimmy fourra ses mains dans ses poches.

« Spack ?

— Ouais ?

— Et qu'est-ce qu'on fait de l'horreur, là en bas ? Tu veux que je lui rampe dessus, c'est ça ? » Il fit la grimace. « J'ai les boules. »

Spack réfléchit. L'horrible chose était effectivement impressionnante. Debout, elle mesurait sans doute plus de deux mètres. Mais la station horizontale risquait de lui être interdite, étant donné que le toit du hangar fuyait, et que la pluie et la neige fondue avaient détrempé le fond du cercueil. Les orteils des deux pieds de l'homme-loup dépassaient de leurs bandages marron. Voilà qui expliquait la puanteur qui s'en dégageait.

« Jed, approche ton briquet. Je vais voir combien pèse notre ami. »

Il se laissa glisser au fond du trou et posa un pied de chaque côté du cercueil. En se penchant, il parvint à passer les mains sous les bras de l'inquiétante créature. Ce viol de sépulture prenait une allure des plus étranges, et l'espace d'une terrifiante seconde, il eut la vision de cette chose revenant soudain à la vie et l'égorgeant d'un coup de canine.

La vision ne dura pas, mais Spack garda l'image en mémoire.

Il souleva la chose, puis se mit à rire nerveusement.

« Léger comme une plume », lança-t-il aux autres avant de la jeter aux pieds de Jimmy.

Jimmy fit un bond en arrière en criant de dégoût. Le bras arraché suivit le même chemin. Jimmy lui décocha un coup de pied qui l'expédia sous la Ford.

« A toi, Jed, dit Spack en lui souriant. Débarrasse-nous de ce monstre, et jette-le dans la cour, quelque part. Il nous empeste. »

Jed voulut protester, mais son briquet était trop chaud pour qu'il puisse continuer à le tenir entre ses doigts. Il le remit dans sa poche et attrapa la momie par l'une de ses jambes raides. En rouspétant, il la tira sous la pluie, et la fit disparaître dans l'herbe à côté du hangar. « Beurk », fit-il en s'essuyant les mains. Mais malgré ça, il eut l'impression qu'elles étaient sales, comme rongées par la saleté. Il les frotta contre le pantalon gris de son uniforme, l'air dégoûté, mais l'étrange sensation persista.

« Lumière », dit Jimmy quand il revint sous le hangar.

Lui et Spack avaient échangé leur place, et Jimmy était maintenant dans le trou, et Spack au bord. Jed alluma son briquet, se brûlant le doigt dans l'opération sans que cela ne le préoccupe. Il avait toujours dans les mains cette étrange sensation.

Jimmy redescendait la chaîne au fond du trou quand Spack remarqua de la lumière, devant la ferme. Il se précipita au portail.

Une voiture était en train de remonter le chemin de terre qui menait à la ferme. Suivie à une courte distance par la meute au complet, un véritable défilé, qui comptait vingt ou trente véhicules, dans lesquels se trouvaient tous les êtres humains que la Wabash Tavern avait accueillis ce soir-là, à l'exception de Mike Taraday, qui regardait tranquillement la télévision.

- 18 -

ARNOLD CHANGE D'AVIS

Il suivit les rues sombres de Wabash Heights jusqu'à ce qu'elles cèdent la place à un dédale de chemins de terre allant dans toutes les directions : l'un menait à Coal Creek, au nord ; l'autre filait d'abord vers l'ouest avant de tourner au sud pour finir dans la cour d'une ferme. Le seul itinéraire direct pour la ferme de Norman Parker était la US 40, et c'était justement la route qu'Arnold tenait particulièrement à ne pas prendre.

Il dépassa le dernier bâtiment de la ville, un entrepôt qui avait, en son temps, abrité de la pluie des sacs de grain qui s'empilaient jusqu'à ce qu'on les transporte, par camion, à Indianapolis. La lente agonie des petits fermiers traditionnels avait mis un terme à l'existence des entrepôts, devenue misérable. Le verre cassé qui jonchait le sol craquait à chacun des pas d'Arnold. Du lierre avait mystérieusement poussé le long des murs en brique, et dans le vent qui se levait, de lointains secrets semblaient siffler leur présence. Arnold frissonna. Ce n'était pas la première fois.

Il aurait dû demander à Don Marston de lui prêter une chemise, ou une veste, se disait-il, bien qu'à cette heure-ci, elle eût été complètement trempée. L'averse s'était progressivement transformée en ce que les gens du coin appelaient pudiquement une bonne rincée d'avril, venant à point nommé finir d'arroser les champs déjà bourbeux ; qui pouvait certifier qu'une mauvaise période de sécheresse ne viendrait pas tuer sur pied toutes les récoltes de la région ? Les fermiers de l'Indiana ne connaissaient rien aux méthodes d'irrigation — soit l'eau tombait du ciel, soit elle ne tombait pas. Et maintenant, après les semailles, aucun fermier sain d'esprit n'aurait songé à se plaindre d'une petite tempête.

Avant de quitter Wabash Heights pour pénétrer dans la

zone de forêt épaisse qui longeait l'autoroute, Arnold leva les yeux vers le ciel et regarda vers l'ouest. Par-dessus la cime des arbres, l'horizon semblait former une courbure noire et immobile, le ciel étant si bas que l'on aurait pu croire le toucher. La pluie tombait fortement et régulièrement, et les gouttes d'eau glacée coulaient le long du torse d'Arnold, formant de petites rivières qui dégoulinaient sur sa peau nue. La douce chaleur qu'était parvenue à créer dans son ventre la tasse de Cup-o'-Soup de Don Marston avait disparu depuis longtemps. Il n'en restait qu'une brûlure acide qui lui mordait l'estomac.

Les érables et les ormes se refermèrent sur lui et il commença à marcher dans le sous-bois touffu et broussailleux. Les ronces de l'année précédente, qui présentaient l'aspect étrange de grosses touffes de cheveux géantes, avaient poussé dans le désordre le plus total, constituant par endroits des barrières infranchissables. Arnold longea le bord de l'autoroute, se guidant aux phares des rares voitures qui passaient. A un moment, une longue procession d'une trentaine de véhicules défila sous les yeux d'Arnold, qui crut qu'il s'agissait d'un enterrement. Les phares projetèrent derrière les arbres le contour net des ombres noires qui ondulaient au passage de chaque voiture. La forêt autour de lui était comme peuplée de cadrans solaires, à l'abri desquels il s'était accroupi afin de se faire passer pour un chien errant ou un daim à la recherche d'un abri pour la nuit.

Puis les voitures disparurent. Arnold reprit sa marche. Le pot de Contro-Tan s'était mystérieusement alourdi et semblait peser au moins trente kilos. Il avait mal aux doigts à force de le tenir serré dans sa main, et il essaya de se servir de son autre bras, mais la douleur dans son bras plâtré fut immédiate, et il se hâta de changer de main à nouveau. Le Bras Cassé avait eu assez de misères comme ça. Tel un bouclier, il le tenait levé au-dessus de sa tête pour se protéger des branches basses et des pousses pointues qui vous crèvent facilement un œil, dérapant sans cesse sur la couche spongieuse de feuilles morte qui couvraient le sol détrempé. En une heure, il parcourut de cette façon les deux kilomètres qui le séparaient de la ferme du vieux Parker. Avec le camion, le trajet aurait pris cinq minutes, le chauffage à fond, en supposant qu'Arnold soit parvenu à trouver les bonnes manettes. Mais .ORD était définitivement mort.

Il s'arrêta un instant au croisement, regardant attentivement à droite et à gauche afin de s'assurer qu'aucune voiture n'était en vue, et que ni la patrouille de flics ni la milice de citoyens tant redoutées ne s'étaient lancées à sa poursuite. Mais tout était calme. Il franchit le bas-côté et s'accroupit dans le fossé en contrebas. L'eau fraîche qui lui trempait les pieds nettoya ses baskets polonaises en quelques secondes. Un éclair déchira le ciel, transformant sa vision du monde en un négatif brillamment contrasté ; ce fut à ce moment-là qu'il vit que la ferme du vieux Parker était cernée de voitures et de gens.

Au loin, le tonnerre ébranla la nuée. Dans l'esprit d'Arnold s'imprima à jamais le cliché de ses derniers espoirs réduits à néant. Il avait l'impression qu'une très fine couche à l'intérieur de lui venait de se briser, comme si l'enveloppe cristalline qui couvrait son corps, juste sous la peau, s'était brutalement désintégrée, le laissant plus vulnérable qu'un écorché. Il resta debout face à la ferme pendant un long moment, ne se souciant plus ni des voitures ni de la pluie qui s'écrasait sur son visage en grosses gouttes glacées. Il savait seulement que sa géniale dernière option ne serait en fin de compte qu'un ratage, comme toutes les précédentes. Il avait travaillé, il avait souffert, mais la ville avait remporté la victoire, encore une fois.

Le pot de Contro-tan au bout de ses doigts inertes, il remonta au sommet du fossé, glissant sur les longues herbes mouillées qui en tapissaient les pentes. Il perdit l'équilible et atterrit sur son coude plâtré, mais s'il eut mal, la douleur ne parvint pas jusqu'à son cerveau. Il se redressa mécaniquement et se retrouva sur les graviers du bord de la route, qui craquaient sous les semelles de ses chaussures. Une fois sur le trottoir, il avança en titubant le long de la chaussée, comme Norman avait titubé la nuit précédant son départ irraisonné pour le Maine.

Il s'engagea sur le chemin de terre. Il y eut un nouvel éclair, puis un coup de tonnerre monstrueux martela le ciel, tel un géant irrité tapant du pied dans les nuages. Le vent portait vers Arnold le bruit de voix d'hommes surexcitées.

Certains étaient déjà en train de se battre. La plupart étaient massés devant le portail du hangar, qui baîllait largement. Une douzaine de lampes électriques étaient braquées sur la scène.

Arnold dépassa deux hommes visiblement ivres qui s'empoignaient férocement. Les deux hurlaient la même chose : « C'est à moi ! A moi ! » Plus loin sur la gauche, trois hommes étaient en train de se rouler par terre, agitant les poings et balançant de la boue à pleines poignées contre la maison et sur les voitures garées dans la cour. Les coups pleuvaient de toutes parts. Se sentant toujours comme un écorché vif, Arnold passa à côté d'eux, mais on l'ignora. Les gens sous le hangar s'invectivaient mutuellement. Arnold fit le tour du bâtiment et jeta un coup d'œil par la petite lucarne. Il contempla le trou qu'il avait mis seize infernales heures à creuser d'une seule main. Le couvercle en or avait disparu. Le monstre aussi. Trois chaînes fixées à un engin posé sur un trépied passaient sous la caisse, et deux silhouettes noires, dont l'une tenait un briquet à la main malgré la clarté des lampes électriques, surveillaient les opérations.

Et plus loin, en pleine discussion avec un homme corpulent, se tenait ce cher beau-père Frank.

Arnold se fraya un chemin parmi les sacs-poubelle qu'il avait évacués du hangar la veille, et fit le tour. L'absurdité de l'outrage subi le rendait furieux. Il se prit le pied dans quelque chose et tomba dans l'herbe trempée. Un éclair illumina le ciel suffisamment longtemps pour qu'il reconnaisse, couché dans l'herbe à côté de lui, la dépouille de la momie, que les autres avaient jetée là comme un vulgaire sac d'ordures. Sa fureur redoubla d'intensité, faisant vaciller sa raison. Il se leva et entra sous le hangar désormais éclairé.

« C'est à moi, dit-il, la bouche pleine de brins d'herbe et de poils. Tout est à moi. »

On continua à l'ignorer. Les hommes rassemblés autour du trou criaient des conseils à celui qui se trouvait au fond. Arpentant nerveusement le hangar de long en large, Jack Cumberland semblait à la fois fou de bonheur et très inquiet. Il avait perdu sa perruque et les lampes électriques se reflétaient sur la peau humide de son crâne. Le hangar sentait maintenant plus la bière que les ordures, et tout ce qui avait été familier à Arnold paraissait désormais déplacé.

« A moi », gueula Arnold de toutes ses forces en résistant aux mouvements de la foule qui menaçait de le submerger. Les gens avaient recommencé à se battre, et il se retrouva à genoux. Une lampe électrique atterrit dans la paille à côté de lui. Il la ramassa et en dirigea le faisceau vers Cumberland.

« Vous n'avez pas le droit ! » cria Arnold, faisant se retourner Cumberland qui cligna des yeux quand il l'aperçut.

Au moment où il identifia Arnold, son visage prit les traits d'un ogre malfaisant et vicieux, tel qu'il était apparu la nuit où il avait planté un canif dans l'œil d'Atkinson.

« Toi », dit-il, interloqué.

Puis il se fendit d'un large sourire. Etendant le bras, il tira sur la chemise de Weasel. Ce dernier avait passé la main autour du cou du type et s'apprêtait à le faire passer à travers le mur du hangar, mais au moment d'expédier sa victime dans un autre espace-temps, il hésita et se retourna vers Jack. Il reconnut immédiatement Arnold.

« Eh bien, dit-il en lâchant le type, voilà notre fugueur. » Il sourit méchamment de toutes ses dents jaunes. « Je devrais te remercier, sangsue. Tu as fait de moi l'homme le plus riche du pays.

— Non ! hurla le type grassouillet. On l'a trouvé en premier !

— Prends ça, syndiqué de mes deux. »

Frank lui assena un coup de poing dans le nez. L'autre alla rebondir contre le mur, puis s'enfonça lentement dans la masse des sacs-poubelle. Son nez et sa lèvre supérieure pissaient le sang. Ses yeux se fermèrent hermétiquement et sa tête s'inclina sur le côté, dans la pose classique de l'homme ivre mort. Une petite souris apparut sous l'un des sacs-poubelle et fila à travers le hangar, complètement affolée.

Après avoir remis son briquet dans sa poche, un homme maigre vêtu d'un uniforme commença à remonter les chaînes du palan. L'homme au fond du trou vérifia que tout était bien accroché. Autour d'eux, le vacarme s'était encore amplifié, toutes les personnes présentes exigeant leur part du magot sans que nul ne veuille la leur accorder. La fièvre provoquée par l'or flottait dans l'air comme un gaz pestilentiel, changeant les anciens potes de comptoir en autant de bêtes, aussi féroces que cupides. Arnold savait qu'en ce moment précis, Wabash Heights enfin démasquée montrait son véritable visage, dans toute l'horreur dont elle était pétrie. L'espace d'une brève seconde, il se souvint d'un jour ancien où son père lui avait fait cadeau d'un recueil d'histoires écrites par Stephen King. L'homme du Maine était un romancier, mais il avait aussi écrit de nombreuses nouvelles. L'une d'entre elles avait plongé Arnold dans un tel état de terreur qu'il n'en avait pas dormi pendant trois nuits d'affilée. Dans cette nouvelle, un homme raconte à un psychiatre que ses enfants ont été tués pendant leur sommeil ; depuis leur mort, seul le placard de leur chambre ne ferme plus, et quand il regarde par l'interstice, il sent une odeur d'algues pourries. L'homme raconte son histoire, quitte le cabinet du psychiatre, puis revient, dans l'intention d'ajouter un détail. Le psychiatre n'est plus là, mais le placard de son bureau est légèrement ouvert... Et du placard sort le médecin, qui a quitté son masque ; et étendant ses griffes, il...

Arnold mit un terme à la vision. Ce qui se passait sous ses yeux était similaire, peut-être pire. Il y avait une quarantaine de personnes sous le hangar. Des plombiers, des charpentiers, des hommes à tout faire et des éboueurs, des ouvriers, mais tous les masques étaient tombés, révélant leur véritable nature, assoiffée non pas de sang mais d'or, de richesses immédiates, de tout ce qui prouverait qu'ils étaient au-dessus du lot, au-delà des normes, meilleurs que leur voisin, dans une ville dont le coefficient intellectuel moyen était si bas qu'aucun scientifique ne s'était jamais risqué à en saisir les données sous peine de voir son ordinateur imploser. Tous se battaient pour un morceau de gâteau qu'ils ne méritaient pas et qu'ils n'auraient jamais.

« Atkinson me l'a donné ! » hurla Arnold, espérant que son propre masque tiendrait bon et ne révélerait pas à l'assistance qu'il n'était en fait qu'un petit garçon effrayé qui n'avait jamais fait que de son mieux. Ses traits avaient au contraire revêtu une expression de détermination enragée. Atkinson lui avait *donné* le sarcophage et la magie qu'il

contenait. C'était à lui. Cette foule hurlante n'y avait pas droit.

Cumberland regarda Weasel, qui examinait son poing avec une fierté imbibée d'alcool.

« Tu sais quoi ? » dit-il.

Weasel leva les yeux vers lui.

« Quoi ?

— Ton gamin commence à me taper sur le système.

— Et alors ? Fous-lui une raclée.

— Il a quand même tué mon père, tu le sais.

— Fous-lui deux raclées, dans ces conditions. » De ses petits yeux vitreux, il observa Arnold. « Ils donnent une prime pour la capture de ce petit morveux ? »

Cumberland haussa les épaules.

« Ça se pourrait.

— J'imagine que la somme n'a rien à voir avec notre petit trésor...

— Ça m'étonnerait. »

Weasel regarda au fond du trou.

« Deux millions de dollars. Tu me vois dans une Cadillac ? Avec un nègre comme chauffeur. Tu m'imagines avec le maire, dans les dîners officiels ? Je pourrais enfin me débarrasser de cette vieille peau que j'ai épousée parce qu'elle n'avait plus de mari, et en prendre une jeune. T'entends ça, Arnie ? Tu peux dire au revoir à la pension de famille gratuite ! »

Arnold fixait le visage diabolique de Weasel que son masque inhumain n'arrivait plus à dissimuler. Ses lèvres suturées s'étirèrent en un large sourire. Ce tas de merde qu'était Weasel avait changé une famille abandonnée et dévastée en un désert terrifiant. Dans son incommensurable bêtise, il prétendait aujourd'hui qu'ils auraient dû lui en être reconnaissants. Maintenant qu'il se croyait riche, il se débarrassait des ruines du passé et partait prendre une chambre au Ritz.

Arnold se jeta sur Weasel, ses pieds s'enfonçant dans la couche de terre meuble qu'il avait mis des heures à évacuer du trou, au prix de sa sueur et de son épuisement. En deux secondes, il fut près de lui et abattit son plâtre de toutes ses forces sur la tête de Weasel. Il y eut une explosion presque insupportable dans le bras d'Arnold, mais Weasel vacilla, non, *s'écroula,* une expression d'intense stupidité sur le visage. Ses pieds glissèrent sur la terre qui bordait le trou et il tomba au fond, arrachant au passage les chaînes que Jimmy Hallis avait si soigneusement installées. Il s'écroula dans le sarcophage.

Cumberland regardait Arnold avec un mélange d'appréhension et d'admiration. Il jeta un coup d'œil à Weasel qui tentait de se relever :

« Si j'étais toi, gamin, dit-il, je filerais d'ici. »

La tête et les épaules de Weasel apparurent hors du trou, que les faisceaux lumineux des lampes électriques auréolaient de multiples ombres dansantes. Arnold lâcha sa lampe et attrapa un sac-poubelle, qu'il lui jeta en plein visage. Autant jeter une plume à un chien enragé. Sous les insultes de Jimmy Hallis, Weasel s'extirpa du trou, les chaînes autour du cou, et fonça sur Arnold telle une locomotive, les poings en avant. Arnold ramassa un autre sac, mais le fond céda, et un tas d'ordures et de boîtes de bière se répandit sur le sol. Il n'avait plus à la main qu'un bout de plastique vide et inutile. Il le fit claquer comme un fouet, et des gouttelettes de liquide nauséabond aspergèrent le visage crispé de Weasel. Il ferma les yeux pour s'essuyer, et lorsqu'il les rouvrit, son regard était brûlant de haine.

« Je... vais... te tuer », gronda-t-il en balançant son énorme poing en direction d'Arnold, qui en guise de protection, s'abrita derrière son pot de Contro-Tan.

Rien ne se produisit. Autour d'Arnold, on continuait à hurler et, au fond du trou, Jimmy Hallis était en train d'installer les chaînes autour du sarcophage.

Arnold abaissa le pot qu'il avait au bout du bras. Weasel et Cumberland étaient main dans la main, et semblaient danser un genre de valse particulièrement éprouvant. Weasel dominait Jack de vingt centimètres et pesait au moins trente kilos de plus que lui, mais Jack semblait pourtant avoir l'avantage. Grimaçant, Weasel tomba à genoux. Il tenta de mordre Jack à l'estomac.

« Sors d'ici, je te dis », dit Jack à Arnold.

Arnold secoua la tête. Pas question. Le trésor était à lui.

« Je ne peux plus rien pour toi, alors », dit Jack en lâchant Weasel.

Weasel se remit lourdement sur ses pieds. Fermant les

poings, il se jeta sur Jack, qui esquiva en expert. Weasel frappa à nouveau, mais Jack se baissa. Emporté par son élan, Weasel tournoya sur lui-même et s'écroula dans la poussière. Il resta un moment à quatre pattes, à s'essuyer les yeux. Puis, levant les yeux vers Jack, il dit :

« Un de ces jours, Crâne d'Œuf. Un de ces jours, je t'aurai. »

Il se leva et s'approcha d'Arnold. Il l'attrapa par son plâtre et le tira à l'extérieur. Malgré les éclairs de douleur dans son bras, Arnold se débattit sauvagement. La pluie était glacée, et les gens continuaient à se battre et à crier. Weasel l'attira vers l'une des voitures garées dans la cour et le poussa contre la portière. Arnold, que l'obscurité rendait aveugle, se demanda dans quelle direction viendraient les coups. La silhouette noire de Weasel se dressait au-dessus de lui, terrifiante. Arnold se recroquevilla, la bouche ouverte par la terreur, la langue involontairement pressée contre les débris de ses dents que l'air froid rendait hypersensibles.

« Ça, c'est pour ne pas m'avoir dit plus tôt que tu savais où était enterré le sarcophage », dit Weasel, et une seconde plus tard, son poing droit s'écrasa sur la mâchoire d'Arnold, faisant basculer son crâne dans la vitre de la voiture, qui se brisa instantanément. Du sang plein la bouche, Arnold hurla. Il avait l'impression qu'on venait d'assener un formidable coup de marteau sur le bout de sa langue. Il sentit flotter dans la mare de sang à l'intérieur de sa bouche un morceau tiède de quelque chose, et comprit, horrifié, qu'il s'agissait du bout de sa langue, qu'il avait mordu assez fort pour le couper. Il se pencha en avant et cracha le morceau de langue dans la boue.

Weasel l'attrapa par les cheveux et approcha son visage du sien.

« Je ne suis pas aussi bête que tu le crois, mon garçon. Tu as été le premier à trouver cet or et cela signifie qu'il m'appartient. Tu es mineur, que je sache, et moi, je suis majeur ! Tu piges ? Hah ! Alors maintenant, au cas où tu n'aies pas compris, et que tu décides de t'enfuir à nouveau, voilà ce que je vais faire. »

Il se pencha et saisit l'une des jambes d'Arnold. Arnold s'agrippa à la portière, mais celle-ci n'offrait aucune prise. Il s'effondra en arrière et lâcha son pot de Contro-Tan.

Weasel tenait à deux mains la jambe d'Arnold, et ce dernier comprit que l'homme s'était accroupi. Il sentit sous sa jambe la cuisse de Weasel.

Weasel poussa un grognement. Le pressentiment de ce qui allait lui arriver dévasta l'esprit d'Arnold comme une tornade mentale, et en même temps, il ressentit une douleur inédite se propager dans son corps. Il hurla, mais le monde était déjà plein de hurlements, et le sien ne fit aucune différence. Il y eut un claquement sec d'os broyé, suivi d'un feu d'artifice éblouissant de souffrances diverses.

« Et d'une », dit Weasel, d'un ton affable, en saisissant l'autre jambe. Il la posa en travers de sa propre jambe, comme un homme qui s'apprête à préparer du bois pour un feu de camp. Il y eut à nouveau dans la tête d'Arnold le même claquement sournois et lourd, suivi par le même feu d'artifice de douleur. Les cris d'Arnold se changèrent en gargouillis pathétiques.

Weasel ouvrit la portière de la voiture et le poussa à l'intérieur.

« On va voir si tu arrives à marcher, *comme ça* », dit-il, l'haleine chargée de whisky et de bière.

Sous la lumière crue de la veilleuse, son visage exprimait les intentions les plus malveillantes. Arnold regarda ses jambes et vit qu'elles étaient à présent dotées d'une nouvelle articulation, située entre ses chevilles et ses genoux. Ses baskets pointaient dans deux directions opposées. Il sentit sa raison vaciller au bord d'un affreux précipice, un gouffre sans fin au fond duquel rampaient les ténèbres fangeuses.

Weasel referma la portière et s'éloigna, distribuant des coups de poing en chemin.

A bout de forces, Arnold posa sa tête sur la banquette. Des bouffées de chaleur succédèrent au froid glacial qui paralysait son organisme, et il reprit son souffle. Il allait donc mourir, et ce qu'il ressentait en ce moment lui annonçait sa fin prochaine. Il en avait vu de toutes les couleurs, mais cette fois, il était temps de prendre le deuil, son cœur étant désormais trop fatigué pour continuer à pomper le sang dans un organisme ravagé par les épreuves. Il était temps de tirer le rideau. Son père, avant lui, avait essayé de faire quelque chose de son existence, mais son calvaire avait eu raison de lui ; Arnold n'avait pas agi autrement. Son père avait su tirer le rideau et il s'était enfui, loin de cette horrible ville et de ses misérables habitants. Arnold était trop cassé pour en faire davantage. Assis dans la voiture de Jack, il attendait la fin, se penchant de temps en temps en avant pour cracher du sang. Quand il aurait perdu assez de sang, il perdrait conscience et s'étoufferait dans son propre sang, et c'en serait fini. Fini.

Il tremblait de tous ses pauvres membres. La douleur le cisaillait continuellement, de bas en haut. Sa tête était trop lourde, et il se laissa tomber sur la banquette. *Repose en paix, Arnold,* et il ferma les yeux.

Quelque chose était coincée sous son bras. On aurait dit une brique, dont les angles lui déchiraient la peau. Il se redressa sur un coude et chercha sur la banquette ce qui le tourmentait ainsi, alors qu'il était à l'agonie. Ce qu'il trouva fut un gros livre de poche, le plus gros qu'il ait jamais vu. Il le souleva et, dans la lumière instable d'une douzaine de lampes électriques hystériques, vit qu'étaient écrits en grosses lettres argentées : STEPHEN KING.

Et au-dessous, à peine lisible, un seul mot : ÇA.

Il y avait un dessin représentant une grille d'égout d'où sortaient des doigts en forme de griffes. Le cœur d'Arnold s'emballa. Il avait vaguement entendu parler de ce bouquin : Danny Heathrow l'avait lu et lui avait dit que c'était de la dynamite. L'histoire parlait d'une bande de gosses qui se bat contre un monstre incroyable qui peut prendre n'importe quelle apparence : vampire, loup-garou, Créature du Lac Noir. Même une momie, si c'est cela que vous craignez le plus. Ce qui vous fait le plus peur, voilà le monstre auquel vous avez droit. Et les gosses sont vainqueurs, enfin, au moins au début. Même quand tout leur paraît perdu, ils n'abandonnent jamais.

Jamais. Dans le monde de Stephen King, les héros n'abandonnent jamais.

Arnold serra le livre contre son cœur. Si son propre cœur n'était plus capable de le soutenir, ce livre le remplacerait. Il n'avait plus de jambes, mais ce livre serait sa béquille. Le bout de sa langue avait disparu, mais ce livre parlerait à sa place.

Il s'installa plus confortablement et ouvrit la portière. Des gouttes de pluie s'écrasèrent à l'intérieur. Dehors, les hommes se battaient toujours furieusement, chacun réclamant telle ou telle partie du sarcophage, ou telle ou telle quantité d'or, une fois que ce dernier aurait été changé en lingots. Arnold se laissa tomber de la voiture, prenant soin de ne pas lâcher le livre dans la boue. Ses jambes cassées le faisaient horriblement souffrir, et il allait sans doute lui falloir un certain temps avant de s'habituer à une telle douleur. Il chercha le pot de tanin et finit par le retrouver, sous la voiture. Le livre dans une main, et dans l'autre, le Contro-Tan, il se traîna sur les coudes vers le hangar, creusant derrière lui deux tranchées jumelles qui ondoyaient entre les bottes des combattants. On lui marcha souvent dessus, mais tous continuèrent à l'ignorer. Il parvint à côté du hangar et continua à ramper dans l'herbe humide. Puis il rencontra le bras spongieux du monstre.

Il s'assit. Couvert de boue, le pinceau était toujours dans sa poche. Peu importait. Il posa soigneusement le livre dans l'herbe, puis il dévissa le couvercle du pot, souhaitant qu'un éclair ou une quelconque lampe électrique vienne à point lui donner un peu de lumière. Rien ne se produisit. Il arrosa le monstre d'une bonne dose de tanin et commença à l'étaler. Après avoir fini d'enduire le devant du monstre, il lui versa ce qui restait du pot sur le dos, et continua à étendre le tanin. L'eau de pluie avait alourdi la momie, et elle sentait de plus en plus la viande avariée, surtout au niveau des pieds. Arnold pressentit qu'il y avait un problème, et tendit la main pour tâter les extrémités du monstre. Elles étaient hideusement spongieuses. Pire encore, seuls les os dépassaient.

Les pieds du monstre avaient pourri. *Bon,* pensa Arnold, *personne n'est parfait.* Il vida le pot de tanin et le jeta pardessus son épaule. A travers le mur du hangar, il entendait le bruit des chaînes qu'on remontait. Ils étaient en train de hisser le cercueil hors du trou. Parfait, laissons-les faire. Arnold aurait moins de travail.

Il sortit les sachets de thé de sa poche. Ils étaient en piteux état, et il n'avait au creux de la main qu'un peu de thé et du papier mouillé. Faute de mieux, il fourra le tout dans la gueule ouverte du monstre, sentant sur sa main le contact râpeux de sa langue de chien, prêt à faire un bond en arrière à la moindre alerte.

Mais la gueule ne se referma pas. En fait, rien ne se passa. Arnold ne s'attendait pas à un résultat immédiat, puisqu'il savait qu'il est délicat de travailler avec des momies, même pour un expert comme Marston. Il prit le livre et remarqua tristement qu'il était mouillé. Il recula prudemment, se souvenant précisément de la façon dont avait réagi Norman Parker quand les mots magiques l'avaient tiré de son repos éternel temporaire. Son seul espoir était que la momie soit dans de meilleures dispositions.

« Okay, monsstre », dit-il, surpris par ce nouveau défaut de langue. S'était-il tranché un gros bout de langue ? Il cracha un peu de sang dans l'herbe et recommença.

« T'es prêt, monsstre ? »

Bon, d'accord. Avant, nous avions un cheveu sur la langue, et nous voilà maintenant avec un défaut de prononciation. Bah ! Avant, nous avions deux jambes et nous n'en avons plus du tout, alors pourquoi se préoccuper de tels détails quand tout va si mal ? Arnold respira à fond, deux fois de suite. C'était maintenant ou jamais.

Il serra le livre contre son cœur de toutes ses forces et dit : « Isis ki Osirus. »

Des choses se passèrent alors, mais pas exactement selon les prévisions d'Arnold.

- 19 -

MONSSTRE

LES LAMPES DE SES YEUX.

C'était une partie du titre d'une vieille nouvelle de science-fiction qu'Arnold avait lue récemment, et les mots lui revinrent à l'esprit au moment où Monsstre ouvrit ses yeux de chacal, inondant de lumière jaune le mur du hangar. Monsstre était couché sur le dos, présentant à Arnold son profil légèrement tourné de l'autre côté. En même temps qu'il les entendit, Arnold vit se refermer ses mâchoires de chacal à la seconde précise où il revint à la vie. Avec une insupportable lenteur, il tourna la tête vers son maître, dardant sur lui ses yeux aveuglants.

Maître ? se demanda Arnold éperdument, alors que les cônes lumineux jumeaux se fixaient sur son visage. *Suis-je son maître ? Ou vais-je plutôt avoir droit à une rediffusion du Fiasco de Norman Parker, le Zombie Bleu ?*

Monsstre le contemplait fixement. Arnold soutint son regard, le sang pulsant sourdement dans ses veines, son sang qu'un coup d'œil de Monsstre avait aussitôt changé en sang de navet. Qu'y lisait-il ? De la haine ? De la compassion ? Ou un simple désir irraisonné de tuer ? Il tenta de déglutir, mais sa gorge était plus serrée qu'un garrot. Si ce truc, ce Monsstre, décidait d'attaquer, la seule arme dont Arnold disposait pour se défendre était son pinceau plein de tanin. Fuir lui était impossible. Ses hurlements se perdraient dans le chahut général qui assourdissait la nuit et la noble propriété de Norman Parker.

« Je suis ton maître, dit Arnold à l'homme-chacal, d'un ton relativement peu assuré. Tu dois obéir à tous mes ordres.

Monsstre le regarda, plus immobile qu'un trophée accroché au mur d'un taxidermiste. Arnold se prit à songer que si Don Marston avait eu l'idée d'installer une ampoule électrique à l'intérieur de la tête d'un de ses cerfs, la lumière qui aurait jailli des yeux de ce dernier aurait eu exactement le même aspect. Monsstre était-il une carapace vide, un animal empaillé ? Ou était-ce vraiment la vie elle-même qui rayonnait par ces yeux-là ?

« Premier commandement, dit Arnold, dont la respiration s'était quelque peu apaisée. En aucun cas tu ne dois essayer de me manger. Et encore moins de m'étrangler. Compris ? »

Monsstre le fixait de ses yeux intensément lumineux.

Arnold décida que, jusque-là, tout se passait très bien.

« Maintenant, lève-toi. »

Monsstre s'assit. Son corps imprégné de pluie semblait grouiller de vers. La pluie qui lui tombait sur la tête dégoulinait le long de ses oreilles et gouttait du bout de son museau. Il secoua un peu les pieds et, quand il fut certain de son équilibre, se propulsa d'un bond sur ses jambes, le bras gauche tendu en avant, le droit, celui qui était cassé, pendant misérablement à partir du coude, d'où dépassait un bout d'os brisé. Ses bandages étaient en lambeaux. Le temps ne lui avait pas fait de cadeau, se dit Arnold. Quatre ou cinq siècles passés sous la terre l'avaient visiblement éprouvé. La bande de tissu qui avait entouré son bras gauche s'était défaite en une spirale qui touchait le sol. Mais le pire était que les siècles qu'il avait passés couché sur le dos avait usé la gaze sur son derrière et ses omoplates, et cette dernière était aussi fine qu'un mouchoir en papier, que la pluie s'empressait de dissoudre. Bref, Monsstre avait les fesses à l'air.

Arnold haussa les épaules mentalement. Hollywood ne savait vraiment pas à quoi ressemblait une véritable momie. Celle-ci était plus ridée qu'un pruneau ; les inventions de Hollywood étaient toujours de grands monstres costauds au physique de culturiste, recouverts de bandes Velpeau fraîchement repassées (et parfois, par souci du détail, légèrement poussiéreuses). Monsstre, lui, ressemblait plutôt à un épouvantail mal empaillé. Mais il ferait l'affaire d'Arnold.

A l'intérieur du hangar, les bruits de chaîne avaient cessé. Le silence s'installa. Arnold en comprit aisément la raison : le sarcophage était sorti du trou et tout le monde était en train de l'admirer. Il se traîna vers Monsstre et le tira par la jambe.

« Fais-les partir, Monsstre, dit-il. Flanque-leur une bonne trouille. »

Monsstre leva une jambe et fit un pas en avant. Puis, titubant comme s'il avait bu, il en fit un autre. Quelque chose craqua, et Arnold reconnut le bruit, pour l'avoir récemment entendu, comme provenant d'un tendon qui lâche brutalement. Monsstre s'écrasa sur le sol, tête la première, et continua à agiter les jambes, couché dans l'herbe humide, tel un pantin à ressorts. Arnold ouvrit de grands yeux étonnés. Quelle escroquerie, cette momie ! S'il l'avait acheté dans un magasin au lieu de l'avoir trouvée sous un hangar, il serait allé se faire rembourser.

« Arrête de marcher », dit-il, et Monsstre s'immobilisa. Arnold tendit le bras et, de sa main valide. saisit une des jambes de Monsstre et remonta jusqu'à son pied. La partie avant de son pied s'était détachée, retenue seulement par les restes pourris des bandages. Arnold arracha le tout ; la gaze se déchira avec une facilité répugnante. Il se débarrassa du morceau de chair et s'essuya les mains dans l'herbe. Ça sentait vraiment mauvais maintenant. En résumé, la situation se présentait de la façon suivante : Monsstre était incapable de marcher. Comment prétendre faire peur à quarante personnes avec une momie bancale ?

Une pensée lui traversa l'esprit et il commença à défaire les lacets de ses baskets polonaises. La douleur jaillit le long de sa jambe pour venir se lover dans les os brisés de son articulation supplémentaire, mais il serra les dents pour ravaler son cri, et il ôta sa chaussure. Il l'ouvrit aussi largement que possible et la passa à ce qui restait du pied de Monsstre. Monsstre, de son vivant, avait eu de grands pieds, mais sans plus. Pour une raison quelconque, ils avaient rétrécis. Arnold enleva l'autre chaussure et essaya de l'ajuster au deuxième pied de Monsstre. Les os des orteils décharnés lui griffèrent la main, lui communiquant instantanément la chair de poule. Le pied était trop grand, et la chaussure, trop petite.

Il se rassit et réfléchit. Le livre dont le papier était gonflé par l'humidité ambiante était toujours serré contre son cœur, maintenu fermement en place par le bras plâtré d'Arnold. Un doux parfum de bibliothèque s'en dégageait.

Les yeux de Monsstre luisaient à travers les herbes, projetant sur le mur du hangar d'étranges ombres. A l'intérieur, le vacarme avait repris, et les hommes avaient recommencé à se battre. Dans peu de temps, ils auraient chargé le sarcophage sur l'un des véhicules et auraient quitté les lieux.

Arnold eut une grimace de dégoût et, jurant devant Dieu qu'il ne vomirait pas, il commença à briser un par un tous les orteils du pied de Monsstre. Des fragments de chair visqueuse se collaient à ses doigts tandis qu'il faisait passer sa pointure de 48 à 32. Au début, les os cédèrent aussi facilement que des bâtonnets de craie, mais les derniers s'avérèrent plus résistants, têtus comme du bois. Mais Arnold brisa ceux-là aussi. Jugeant que, pour un amateur, il avait fait du bon boulot, il essuya le moignon à l'aide d'une poignée d'herbes et enfila la basket par-dessus. Elle serrait un peu, mais cela ne sembla pas gêner Monsstre outre mesure. Arnold posa le livre à côté de lui et noua les lacets en les serrant le plus possible.

« Bon », dit-il, essoufflé. Il ramassa le livre, qu'il considérait dorénavant comme son porte-bonheur. « Vas-y. »

Monsstre se mit immédiatement à progresser à quatre pattes, avançant obstinément vers nulle part. Arnold songea que son Monsstre avait tout d'un pantin.

« Lève-toi d'abord sur tes pieds, tu piges ? »

D'une main, Monsstre se mit à genoux, puis se dressa de toute sa hauteur. Ses nouvelles chaussures s'enfonçant dans l'herbe spongieuse, il sembla lutter un instant pour conserver l'équilibre. Dégoûté, Arnold essuya la pluie de ses yeux. Nom de nom, même Norman avait fait un meilleur zombie que cet espèce de clown. Mais bien sûr, Norman n'avait pas passé les cinq mille dernières années couché dans un sarcophage, et il était en meilleur état. Pour bien faire, il aurait fallu que Monsstre fournisse un manuel destiné à ses éventuels utilisateurs.

« Marche vers la lumière et fais peur aux gens, dit-il d'un ton très calme. Tu crois que tu peux arriver à faire ça ? »

Monsstre fit oui de la tête. Il se dirigea maladroitement vers l'angle du hangar et disparut.

Rien ne se produisit. Les gens continuaient à pousser et à

tirer, à grand renfort de grognements et de ahanements, très occupés à soulever le sarcophage pour le mettre dans un camion. Arnold retint sa respiration, attendant qu'éclate le premier hurlement de terreur, suivi immanquablement par une course éperdue de tout le monde en direction des voitures et du salut.

Cinq secondes s'écoulèrent. Dix. Arnold égrenait les secondes sur son horloge intérieure personnelle. Bientôt, le rayon de la lampe électrique de quelqu'un se poserait sur le monstre à tête de chacal, et alors, attention les gars.

Quinze secondes. Vingt. Arnold haletait. Etaient-ils donc si occupés à charger le cercueil qu'ils n'étaient même pas fichus de voir qu'une momie chaussée de baskets venait de pénétrer sous le hangar ? Où était la terreur, où donc étaient les hurlements ? Et d'ailleurs, où était Monsstre ?

Ses jambes brisées à la traîne, Arnold rampa dans l'herbe jusqu'au bord du hangar, et jeta un coup d'œil à l'intérieur.

Suant à grosses gouttes, six hommes se tenaient de chaque côté du sarcophage. Les chaînes au-dessus du trou avaient été débarrassées de leur charge, et les six hommes étaient déjà arrivés à mi-chemin de la distance qui les séparait du véhicule. Weasel avait pris le commandement des opérations, tandis que Jack Cumberland se frottait les mains en regardant la scène. Le hangar était plein de gens, lampes électriques à la main, qui surveillaient la progression des six hommes. L'or sale luisait sourdement. Et debout au milieu des spectateurs, se tenait Monsstre, plus grand que les autres d'un bonne tête, qui ne perdait pas une miette du spectacle.

Complètement découragé, Arnold enfouit sa tête dans l'herbe humide. Ça ne se passait jamais comme ça, dans les livres ou au cinéma. Quand la momie avait fait irruption dans le hangar, il aurait dû se produire dans l'assistance une fantastique réaction : tous les gens auraient dû se faire massacrer d'une hideuse façon par la momie, dont la seule pulsion était de tuer sans jamais s'arrêter. Hollywood, quelle crétinerie ! Tout était faux. Lon Chaney, Boris Karloff, Christopher Lee, Vincent Price, tous ceux-là n'étaient que des acteurs. Et les auteurs, les Stephen King et les Ray Bradbury et Edgar Allan Poe, que des faiseurs de mythes, voire des mystificateurs. Dans ce patelin paumé de l'Indiana se trouvait actuellement le premier monstre authentique du monde, une momie qui avait la tête d'un chacal et le corps d'un homme, et qui avait ressuscité après des siècles enfoui au fond d'un sarcophage. Mais personne ne s'en rendait compte, car ici, où l'ignorance était presque aussi bien considérée que les prouesses des chasseurs, personne n'y croyait.

Arnold roula sur le dos et leva le livre vers la lumière que projetait l'intérieur du hangar. Ce n'était donc qu'un ramassis de mensonges ? Un homme pouvait devenir riche et célèbre et passer à la télé pour vanter les mérites d'une carte de crédit alors qu'il n'était rien d'autre qu'un menteur professionnel ? Etait-ce ce que Papa avait cherché à faire ? Devenir un menteur respectable et bien payé ? Ou bien y avait-il une vérité derrière ces mensonges, une vérité plus importante qu'on ne pouvait l'imaginer ?

Il souleva le livre vers le ciel tandis que des larmes coulaient sur ses joues et jusque dans ses oreilles, des larmes chaudes comparées à la pluie glacée qui lui fouettait le visage. Le livre continuait à gonfler, devenant si gros qu'il était presque impossible de le saisir d'une seule main. Arnold l'ouvrit, s'attendant à en voir tomber toute une cargaison de mensonges. Mais au lieu de ça, il ne vit que des mots sur du papier. La vérité derrière la fiction était que derrière la vérité, se cachait la fiction.

La vérité. La fiction. Les mensonges. *Papa.*

Une chemise blanche à laquelle est accrochée un badge Kroger.

La Remington lui a volé son âme.

Clack-clack.

Il a brûlé le travail de longues années.

Clack-clack.

Ils ne coupent pas toujours le gaz à temps.

Clack-clack.

Les mots d'un homme sur du papier, imprimés et réimprimés un million de fois et destinés à des yeux avides de mensonges. Les mots d'un autre homme, tapés à la machine à écrire sur du papier, et finissant dans les flammes d'un bidon au fond du jardin. Pourquoi ? Pourquoi ?

Arnold ferma les yeux. Un désir violent de jeter le livre s'était emparé de lui, insupportable. Il ne savait absolument pas pourquoi ce livre avait atterri dans la voiture de Jack

Cumberland. Il s'en fichait. Il savait simplement que bientôt, il serait trop lourd pour qu'Arnold puisse le tenir à la main. Sa bouche était à nouveau remplie de sang, et il avait envie de cracher sur ces pages pleines de mensonges. Sauf que…

Papa avait rêvé de devenir écrivain. Un auteur de fiction. Sans doute la plus belle profession du monde, et peut-être la plus difficile. Papa le désirait si fort qu'il y travailla pendant des années, mais à la fin, décida de partir au Texas, où ils coupent toujours le gaz à temps.

Arnold lança le livre loin de lui, de toutes ses forces. Il décrivit un arc de cercle et atterrit sur le toit du hangar. Au même instant, un éclair blanc déchira le ciel noir et frappa le toit. Arnold sentit que tous les poils de son corps se hérissaient. Il flottait dans l'air une curieuse odeur de méthane. Puis le toit explosa, envoyant dans la nuit un véritable feu d'artifice. Arnold se traîna loin du hangar, ses jambes formant derrière lui de drôles de dessins géométriques. Des hommes se mirent à crier. Il sentit sous sa poitrine quelque chose de chaud qui fumait. Il la ramassa et regarda ce que c'était, à la lueur orangée des flammes qui dévoraient le hangar.

C'était le livre. Un peu noirci sur les bords, mais toujours par Stephen King, et encore intitulé *Ça*.

Arnold sourit tandis que les larmes se remettaient à couler le long de ses joues, menaçant de noyer ses oreilles. Il n'y avait aucun mensonge dans le monde où son père avait désespérément essayé d'entrer. Tout était vrai, finalement ? Pour être un bon menteur, peut-être fallait-il d'abord savoir dire la vérité.

Il tourna sur lui-même et se dressa sur ses coudes. Les tarés de Wabash Heights se précipitaient hors du hangar désormais sans toit, certains s'efforçant d'éteindre l'incendie qui s'était allumé dans leurs cheveux. Une telle confusion faisait tout bonnement plaisir à voir. L'un des murs du hangar penchait dangereusement, rongé par les flammes. Monsstre apparut alors, trop mouillé pour prendre feu.

« Vas-y, fais-leur peur ! lui hurla Arnold. Fais du bruit ! »

Les hommes s'étaient rassemblés sous l'érable de la cour de Norman Parker et regardaient brûler le hangar. Quelques-uns avaient déplacé leur voiture pour la mettre à l'écart. Lourdement, Monsstre se dirigea vers les hommes sous l'arbre. Arnold le vit renverser sa tête en arrière, tel un loup s'apprêtant à pousser son hurlement déchirant. Mais, quand Monsstre se décida à hurler, une quinte de toux irritée fut tout ce qui lui sortit de la gorge. Du thé s'échappa de sa bouche, comme s'il avait éternué de la poussière. Il grimaça, apparemment dégoûté. Arnold soupira. Autant pour Lipton. Ce n'était donc pas du thé égyptien.

« Mais fais quelque chose de *vraiment* effrayant ! » hurla Arnold en frappant le sol de son livre, dont les pages collées par la pluie devaient certainement contenir de bien meilleurs monstres que ce Monsstre de pacotille.

Monsstre agita son bras et demi et fit mine d'exécuter un saut périlleux à l'envers, offrant l'apparence d'un arbitre hésitant à arrêter le jeu. Personne ne faisait attention à lui ; ils étaient tous trop occupés à se demander si Spack Laird, qui venait de sortir du hangar, courbé en deux, réussirait à temps à faire démarrer son break avant que le réservoir d'essence n'explose et ne fasse fondre l'or qui se trouvait à l'intérieur. Quelqu'un lui tournait autour en gémissant, se plaignant d'avoir écrasé son doigt sous le sarcophage pendant qu'ils le chargeaient dans la voiture. Quelqu'un d'autre lui dit d'arrêter de lui casser les pieds ; et ils commencèrent à se battre. Spack fit démarrer la Ford et commença à rouler, vite bloqué par les voitures garées dans le chemin.

Arnold se traîna parmi les débris épars et fumants du toit qui jonchaient le sol boueux, l'esprit obsédé par ce qu'il avait enduré pour déterrer le sarcophage et ramener la momie à la vie. Personne ne faisait attention à lui. Il vit que Jack Cumberland et son beau-père bien-aimé se préparaient à suivre Spack. Ils commencèrent à s'engueuler au sujet de qui était là d'abord et qui avait le droit de faire quoi. Mais ni l'un ni l'autre n'avait aucun droit. Tout appartenait à Arnold.

Il lui fallut une bonne minute pour se traîner à l'endroit où Monsstre accomplissait sa vaine séance d'aérobic. Derrière lui, le hangar était un bûcher d'où s'élançaient de longues flammes ardentes ; on entendait les explosions provoquées par les aérosols usagés que Norman avait stockés à l'intérieur. Des spirales d'étincelles s'élevaient dans le ciel sans étoiles, et tous contemplaient l'incendie, fascinés par les flammes, comme le sont tous les hommes. Arnold entendit quelqu'un dire sur le ton de la plaisanterie que s'il avait su qu'il y aurait un feu de camp, il aurait apporté de quoi faire un barbecue. Il y eut quelques rires nerveux.

Arnold tendit le bras vers la cheville en mouvement de Monsstre, qui l'ignora, absorbé par sa curieuse façon de marcher. Ballotté dans tous les sens, Arnold sentit la douleur dans ses jambes redoubler.

« Arrête de bouger ! » cria-t-il, ce que fit tout de suite Monsstre. Il tourna lentement la tête et regarda Arnold.

« Tue-les », dit Arnold aux deux lampes qui brûlaient dans les yeux de l'homme-chacal.

De la boue plein ses baskets, perçant l'obscurité des rayons de ses yeux, Monsstre s'éloigna. Il arriva près du groupe d'hommes sous l'arbre, et agrippa par la gorge le premier qu'il eut à sa portée. Arnold sourit, observant la scène avec une satisfaction avide. Hollywood, enfin ! Voilà la momie qui entre en action, et qui fait ce que toutes les bonnes momies ont appris à faire : étrangler les gens d'une seule main.

Et finalement, Monsstre le faisait très bien. Il souleva l'homme à cinquante centimètres au-dessus du sol. L'homme pédalait et se débattait. Il se débrouilla pour frapper quelqu'un, qui se tourna vers lui pour se plaindre, et au même moment, deux ou trois autres personnes firent demi-tour pour voir ce qui se passait. Ils restèrent silencieux pendant un long instant, absorbant lentement l'information que leur transmettaient leurs yeux irrités par l'alcool, puis soudain, le désordre indescriptible dont Arnold avait rêvé démarra.

« Nom de Dieu ! » cria quelqu'un d'une voix que la terreur rendait suraiguë. *« Qu'est-ce que c'est que ça ? »*

Les têtes se tournèrent. Il y eut un ahurissement collectif. Monsstre lâcha l'homme qu'il avait dans la main et en prit un autre. Qu'il expédia dans l'arbre, à une hauteur remarquable, faisant trembler les branches dans une pluie de petites feuilles vertes. Cela ne correspondait pas trop au script prévu par Hollywood, Arnold l'admettait volontiers, mais c'était rudement efficace. L'homme dans l'arbre rebondit de branche en branche et s'écrasa dans l'assistance. Qui fit immédiatement volte-face, comme un seul homme, et se mit à courir. Un seul homme était pétrifié sur place, les yeux fixés sur la créature de deux mètres qui avait une tête de chien à long museau posée sur le corps de ce qui semblait être un grand brûlé. Monsstre, déviant à nouveau du script, enfonça deux doigts dans les yeux du type, un coup classique, puis il le fit voler par-dessus son épaule, histoire de s'en débarrasser, provoquant à la fois l'hilarité d'Arnold et la mort instantanée du type.

L'assistance se dispersait telle une fourmilière assiégée. Les pieds s'écrasaient dans la boue, les portières des voitures s'ouvraient et se fermaient, les moteurs démarraient en rugissant, les phares s'allumaient de toute leur puissance. Des klaxons retentirent et des gens s'insultèrent copieusement, en exigeant qu'on leur cède le passage. Il y eut plusieurs accrochages et pas mal de carrosserie froissée, mais personne ne semblait avoir envie de faire un constat. Ceux qui se retrouvaient à pied se précipitèrent sur le premier véhicule qui passait à leur portée et s'y cramponnèrent, telles des chauves-souris folles. Monsstre rattrapa le plus lent d'entre tous, et le tua en lui écrasant la tête entre ses doigts, que la célèbre formule : « Passe-moi les pommes de terre, s'il te plaît », rendait super-puissants. Un autre glissa dans la boue et se retrouva aux pieds de Monsstre, balbutiant d'inutiles prières, couché sur le dos. Monsstre posa une chaussure sur sa poitrine et lui arracha le bras gauche. Un sang noir rendu luisant par les flammes de l'incendie jaillit instantanément, tel un jet d'eau. Monsstre se débarrassa du bras et arracha l'autre, Arnold, pour sa part, jugea ce geste superflu. Cet échantillon de carnage dépassait de loin ce qu'il avait prévu. Il se redressa et s'apprêta à rappeler Monsstre.

Mais il était en ce moment même en train de courir après Weasel, qui s'était réfugié à côté de la Ford de Laird Spack, et dont les yeux n'étaient plus enfoncés au fond de leur méchante orbite, mais au contraire écarquillés par la peur. Jack Cumberland était à côté de lui, l'air totalement épouvanté. Derrière la roue de la Ford, Spack Laird ouvrait lui aussi des yeux énormes. Avec une lenteur insoutenable, Monsstre s'avança vers eux, dans la pose hollywoodienne bien connue, un bras tendu en avant, les doigts prêts à étrangler sauvagement. Il pleuvait à verse, et dans les flammes féroces de l'incendie qui dévorait le hangar, les gouttes brillaient comme des diamants orangés. Jack Cumberland ouvrit la bouche et hurla.

« C'était vrai ! »

Personne ne semblait comprendre de quoi il parlait, mais Monsstre se tourna vers lui et s'approcha. Arnold plissa les yeux, souhaitant désespérément avoir ses lunettes sur le nez pour ne rien perdre de la suite des événements et voir clairement comment allaient se comporter les formes floues dont les derniers instants sur terre étaient arrivés.

Mais...

Jack Cumberland avait empêché son père de le tuer à coups de canne, et avait peut-être même tué le vieil homme pour l'obliger à arrêter ; il fallait s'en souvenir. Et à plusieurs reprises, il avait empêché Weasel d'attaquer le jeune Arnold. S'il avait un cœur, il était minuscule, mais quelque part dans sa poitrine, quelque chose battait, et quelque part sous ce crâne chauve, il y avait un cerveau qui avait éprouvé du sentiment pour un petit garçon désespéré.

Monsstre arriva près de Jack et passa ses doigts spongieux autour de sa gorge. Weasel courut se réfugier de l'autre côté du break.

« Arrête ! cria Arnold. Je te l'ordonne ! »

Monsstre s'arrêta. Grimaçant d'horreur et de dégoût, Jack se libéra de son étreinte.

« Tu ferais mieux de filer ! lui cria Arnold. Et de t'enfuir si loin que plus jamais tu reviendras par ici ! »

Le visage de Jack se tordit.

« Mais c'est à moi, protesta-t-il. J'ai passé ma vie à chercher ce trésor, il est à moi.

— C'était à ton père, dit Arnold. Et ce n'est pas moi qui l'ai tué. Tu sais ce que cela signifie, pour toi. »

La pluie ruisselant sur son visage, Jack le regarda. Pendant ce temps, Spack avait démarré sa Ford, et deux fontaines de boue jaillirent sous ses pneus et inondèrent les jambes de Jack. L'embouteillage qui avait bloqué le chemin s'était résorbé, tout le monde s'empressant de retourner à Wabash Heights aussi vite que le leur permettaient les pneus usés des vieilles bagnoles. Monsstre n'était plus qu'une figure de cire, digne d'être exposée dans un musée d'horreurs antiques.

« Pendant toute ma vie », sanglota Jack. Il pleurait vraiment.

« Va-t'en », dit Arnold.

Jack lança un dernier regard à Monsstre, puis il fit demi-tour, ses jambes le portant à peine. Il se dirigea vers le chemin et, se ravisant, se tourna une dernière fois vers Arnold.

« Ils l'ont volé, tu sais. La ville te l'a volé. A toi et à moi. Maintenant, le trésor appartient à Wabash Heights.

— Va-t'en », se contenta de répondre Arnold.

Il le regarda s'éloigner. Arrivé à la route, il tourna à gauche, en direction de Terre Haute, à l'opposé de Wabash Heights. Un éclair illumina brièvement sa silhouette cheminant sous la pluie, la tête rentrée dans les épaules. Puis l'obscurité revint et la nuit l'avala.

Arnold se tourna vers Monsstre.

« Viens ici », lui dit-il, et Monsstre s'approcha.

- 20 -

CARTES SUR TABLE

Ce n'était pas la façon idéale de voyager, mais c'était la seule actuellement disponible ; Arnold essayait de se montrer conmpréhensif, mais il ne pouvait s'empêcher de trouver cela relativement difficile. Afin de se distraire, pendant qu'il rebondissait au rythme de la marche, ses jambes cassées ballottant comme des cordes de guitare usagées, Arnold songea à un nouveau titre à ajouter au catalogue hollywoodien des vieux films d'horreur. Etaient déjà inscrits les classiques suivants : *La Momie, Le Retour de la Momie, La Vengeance de la Momie et,* bien sûr, *La Main de la Momie,* mais il y avait maintenant une suite à tous ces classiques : *Sur le Dos de la Momie.*

Puis il se dit que ça ne marcherait jamais : trop ambigu. Peut-être valait-il mieux choisir un titre comme *Les Aventures d'un Jeune Conducteur de Momie.* Ça sonnait bien.

Monsstre filait à vive allure : les baskets polonaises d'Arnold, propulsées par les pieds raccourcis de Monsstre, foulaient la US 40 avec une efficace régularité. Arnold avait son bras valide passé autour du cou de Monsstre, tandis que son bras plâtré s'accrochait tant bien que mal à son épaule. Une nouvelle idée traversa l'esprit d'Arnold, alors qu'ils parcouraient ainsi les deux miles interminables qui les séparaient de Wabash Heights : *J'Ai Fait du Cheval sur Une Momie.* Pourrait attirer le public. Peut-être pas. De nos jours, les gens en avaient un peu marre des momies.

Arnold sur le dos, Monsstre trottait sous la pluie qui tombait en énormes gouttes, tandis que des éclairs aveuglants zébraient le ciel de leur fureur électrique. Cette nuit, tout était décidément monstrueux. Armé d'une momie au bord de la décomposition, et d'un livre de poche gonflé comme une miche de pain trop cuite, Arnold s'apprêtait à affronter la ville des monstres et à récupérer son or.

Personne n'oserait s'attaquer à la momie, et personne n'oserait s'en prendre à son maître. C'était un genre de loi tacite : quand la momie t'ordonnait de sauter, tu n'avais qu'à sauter.

A moins, évidemment, que tu n'aies toi-même été une sorte de monstre. *Et Wabash Heights n'en manquait pas.* Bandits, imbéciles de tout poil, hommes qui battaient leur femme, leurs enfants, hommes qui donnaient un coup de volant délibéré pour écraser un écureuil quand ils en croisaient un sur leur route, hommes qui frappaient et qui faisaient mal et qui torturaient et qui tuaient, juste histoire de s'amuser un peu : des hommes fiers d'eux-mêmes, respectables, membres honorables d'une communauté de monstres, tous pourvus de jobs dont même un travailleur immigré crevant de faim ne voudrait pas, tous si imbus d'eux-mêmes et pourvus d'un tel ego qu'ils avaient réussi à chasser de la ville un homme, grand et mince, qui adorait les livres, sous prétexte qu'il rêvait de devenir écrivain, au lieu d'être le seul à savoir lire dans une ville qui ne lisait pas.

Ils ne coupent pas toujours le gaz à temps.

Arnold s'accrocha fermement à Monsstre pendant que celui-ci traversait la voie ferrée et pénétrait dans ce patelin de bouseux qu'était Wabash Heights. Arnold contemplait de ses yeux las le tracé vallonné de ses rues et l'éclat terne du rouge et du vert de ses trois feux de circulation. Non, ils ne coupaient pas toujours le gaz à temps, mais pas mal ici auraient été assez heureux d'ouvrir tous les brûleurs à fond. Toute l'équipe de la ferme Parker se trouvait pour l'instant dans le seul endroit possible, cet endroit que Don Marston avait appelé un aimant attirant tous les minables que cette ville comptait. Ils étaient soit en train de se battre au sujet de ce miraculeux gâteau en or massif qui se trouvait encore dans la Ford break de Spack Laird, soit en train de boire un coup à la santé de la chance qui venait de leur sourire, en attendant que quelqu'un ne se décide à aller chercher une scie à métaux. Ils iraient plus tard déclarer à la police la présence de quelques cadavres disséminés dans la cour de Norman Parker, c'est-à-dire dès que le trésor serait partagé entre eux tous et soigneusement mis à l'abri. Arnold n'arrivait pas à savoir à qui ils feraient porter le chapeau.

Même un naze comme Roly-Poly Roy ne croirait pas un seul mot de leur histoire de momie.

Néanmoins, Arnold entra en ville sur le dos de la momie, de la même façon qu'il y était entré avec .ORD, et ce fut aussi à ce moment précis, devant le premier feu rouge, que Monsstre commença à donner des signes d'une fatigue mécanique évidente. Le rythme régulier de sa foulée s'affola soudain ; alors qu'ils passaient devant le poteau téléphonique tordu dont le bois avait, à mi-hauteur, été mordu par un pare-chocs chromé, Monsstre faillit se casser la gueule. L'un des pieds nus d'Arnold toucha le trottoir, ce qui eut pour effet de plier sa jambe de telle façon qu'elle forma un angle totalement que l'anatomie traditionnelle n'avait jamais envisagé. Un cri s'étrangla dans sa gorge. Ce n'était pas le moment de donner l'alerte…

… le simple fait d'être à cheval sur le dos d'une momie à tête de chacal était déjà amplement suffisant…

… quand il restait tant de choses à faire.

« Tu vas y arriver, Monsstre ? » chuchota-t-il dans l'oreille droite poilue de Monsstre. Il n'obtint pas de réponse, mais Monsstre ralentissait à chaque pas, courant maintenant très lentement, comme dans cette drôle de discipline olympique où les coureurs marchent le plus vite possible. Quand Monsstre avait chargé Arnold sur son dos, devant la ferme de Norman Parker, il s'était mis à courir comme Jesse Owens s'élançant à la poursuite d'Adolf Hitler. Sa nouvelle allure semblait indiquer que la jauge de son réservoir d'essence approchait du quart tant redouté. Et il leur restait encore un demi-mile à parcourir. Si Monsstre flanchait, c'était foutu.

Ils franchirent encore quelques centaines de mètres. Pendant ce temps, Arnold remercia tous les dieux d'Egypte auxquels il pouvait penser de faire en sorte que les rues soit désertes. Une pensée désagréable germa alors dans son esprit : c'était la pluie qui, en tombant, enlevait le Contro-Tan du corps de Monsstre. Cela voulait-il dire que son corps gonflé d'eau allait cesser de fonctionner ? Ou qu'au contraire, il se raidirait au point de ne plus pouvoir avancer ? Quoi qu'il en soit, quelque chose n'allait pas, parce que Monsstre s'était mis à marcher d'un pas hésitant, sa grosse tête de chacal pendant lamentablement sur sa poitrine décharnée. Arnold fit passer les cinq kilos du livre dans l'autre main, et il plaça la main devant les yeux de Monsstre. Sur sa paume ne se dessinaient plus que deux cercles pâles de lumière jaune. Monsstre faiblissait.

Il se traînait. Arnold avait mal aux bras mais il tenait bon, sachant qu'à chaque seconde, une voiture risquait de passer. Le conducteur ne manquerait pas d'être intrigué par l'étrange spectacle et, en dépit de la pluie, voudrait certainement se rendre compte par lui-même s'il avait réellement vu un petit garçon perché sur le dos d'une momie et essayant de l'étrangler. Il jeta un coup d'œil en arrière, frottant son nez contre la fourrure de Monsstre et respirant à pleines narines une odeur de térébenthine et de vieux cuir, l'odeur de tanin que la pluie avait si vite diluée. Aucune voiture n'était visible — *et nous en remercions l'Egypte* — mais Monsstre prenait l'apparence d'un homme à l'agonie.

Arnold fronça les sourcils. .ORD s'était conduit exactement de la même façon. Plein d'énergie au départ de la ferme Parker, mais la perdant progressivement au fur et à mesure qu'ils se rapprochaient de Wabash Heights. C'était sûrement à cause du sarcophage. Il se souvenait de la très légère vibration qu'il avait ressentie en posant ses doigts sur le couvercle ; d'une manière ou d'une autre, le sarcophage était chargé d'électricité. Mais il se trouvait en ce moment à l'arrière d'un break Ford, à quelques centaines de mètres de là, et son pouvoir aurait dû renforcer celui de Monsstre au lieu de l'affaiblir. Dans ces conditions, pourquoi marchait-il comme un très vieil homme usé par l'existence ?

Arnold tenta de se redresser et lui parla à l'oreille.

« Isis ki Osirus, mon vieux. »

La lumière au fond des yeux de Monsstre se raviva, projetant sur le trottoir luisant deux cônes jaunes. Arnold eut à peine le temps de saisir à pleines mains les bandages qui couvraient encore la poitrine de Monsstre que ce dernier s'était remis à courir, comme si un coup de pistolet venait à l'instant de donner le départ du Grand Marathon Annuel des Mommies de l'Indiana. Cent mètres… Deux cents… Puis…

La momie refit le coup du .ORD. Teug-teuf-teuf. Monsstre traînait maintenant carrément les pieds. Même ses oreilles pointues commençaient à défaillir.

Les bras d'Arnold lui paraissaient plombés, lourds d'un quelconque poison venimeux, mais il tint bon. Il fallait qu'il tienne bon. Il se redressa du mieux qu'il put et intima à Monsstre l'ordre de passer les patates, et plus vite que ça.

Monsstre trotta un moment. La Wabash Tavern n'était plus très loin, et on distinguait déjà le néon violet de la minuscule enseigne qui disait, lugubre, *BIERE*, quand il ralentit à nouveau. Arnold fut à deux doigts d'éclater en sanglots : la frustration était trop grande. Le sarcophage était tout près, à l'intérieur d'une voiture garée sur le parking de la Wabash Tavern, cela ne faisait aucun doute. Après avoir déterré le sarcophage, les hommes avaient sans doute été incroyablement assoiffés, et ce bar était le seul où ils puissent s'arrêter. Pourquoi la magie ne fonctionnait-elle pas ? A cause du châssis métallique de la Ford ? Rien que ça ?

Peu importait. Monsstre, lui, était bel et bien en train de mourir. Il traînait les jambes comme une vieille femme, son bras et demi ballottant faiblement. Son corps donnait l'impression d'être un sac de jute rempli d'algues qui se désagrégeait lentement. Ses articulations vieilles de cinq mille ans craquaient comme le mécanisme fatigué de gonds très poussiéreux. Avec ses cuisses, il s'agrippa à Monsstre et le supplia de passer les patates, et vite.

Il accéléra légèrement. L'enseigne *BIERE* passa au-dessus de leur tête. A contrecœur, mais résolu, Arnold dit à Monsstre de s'arrêter à la porte. A partir de là, le problème devenait délicat. Jour J, pourrions-nous dire. Une momie dégonflée et un gamin trempé dont presque tous les membres sont brisés s'élançant à l'assaut des plages du débarquement de Wabash Heights, face aux innombrables forces ennemies. Le pire de tout, c'était le panneau à l'entrée qui interdisait l'entrée de l'établissement à quiconque n'était pas âgé de vingt et un ans. Arnold était trop jeune, et Monsstre n'avait pas ses papiers d'identité sur lui. Cette pensée fit beaucoup rigoler Arnold, et il se demanda si toutes les choses folles qui s'étaient déroulées récemment ne l'avaient pas finalement rendu fou.

Par la petite fenêtre de la porte, il jeta un coup d'œil à l'intérieur de la taverne. La musique était à fond. L'endroit était noir de monde. Tout le monde semblait de charmante humeur ; apparemment, ils étaient arrivés à s'entendre, et chacun était assuré de recevoir un morceau d'or. Frank s'était sans aucun doute taillé la part du lion, mais un homme qui passe du jour au lendemain de la misère à la richesse la plus incroyable peut se permettre d'être généreux — même un homme comme Weasel. Les clients minables de la Wabash Tavern avaient sans doute décidé qu'il était le meilleur des amis qu'ils avaient jamais eus.

Arnold approcha ses lèvres de l'oreille tombante de Monsstre. « Rentre », murmura-t-il.

Monsstre hésita, semblant rassembler ses forces, puis il se dirigea vers la porte. Malheureusement, cette dernière s'ouvrait vers l'extérieur, et Monsstre, pris au dépourvu, s'éloigna dans la direction opposée, ses baskets crissant sur le trottoir. Arnold se demanda s'il restait encore un peu de matière grise sous ce crâne de chacal.

« Arrête de marcher. Reviens. Tourne la poignée. Ouvre la porte. »

Monsstre trouva la poignée et appuya. Arnold tendit la main et la posa sur les poils mouillés du front de Monsstre. Pas de fièvre. La malheureuse créature était bête de naissance.

« Tourne la poignée d'abord. »

La poignée tourna. Monsstre fit quelques pas en arrière, et un flot de musique et de fumée s'engouffra par la porte ouverte.

« Maintenant, entre », dit Arnold, et ils entrèrent. Monsstre se cogna la tête contre le montant de la porte et glissa sur le sol mouillé. Tandis que la porte se refermait derrière eux, Arnold le retint de justesse, et Monsstre se livra à une petite démonstration de boogie-woogie, afin de ne pas perdre l'équilibre. Quelques têtes se tournèrent vers eux. Il y eut une série de cris divers. Puis tout le monde se retourna. Arnold se redressa et, du haut du dos de Monsstre, il cria, en espérant que celui-ci prenne une gueule de circonstance : « Je contrôle la momie ! Nous voulons récupérer notre cercueil immédiatement ! »

Ils le regardèrent, stupéfaits. Quelqu'un lâcha sa bouteille de bière qui tomba sur le sol comme une petite bombe. La fille debout près du juke-box, qui portait une chemisier en lamé argent et des talons aiguilles roses, lâcha la poignée de pièces qu'elle avait dans la main. Le barman regardait Monsstre avec des yeux plus gros que les œufs qu'il avait sur son comptoir. Assis au bar à côté d'un homme coiffé d'un casque de chantier blanc, Weasel se retourna et fixa Arnold de son regard haineux habituel.

« Vous avez compris ? » hurla Arnold.

Rien ne se passa. La fille se cacha le visage dans les mains et s'enfuit, atterrissant sur les genoux du type au casque. Qui renversa sa bière sur le comptoir. Johnny Cash persistait à chanter faux, et la pluie à tomber sur le toit pour s'infiltrer par les fissures du plafond.

« Alors ? » gueula Arnold.

Dehors, le tonnerre retentit. Johnny Cash finit sa chanson. Les jambes de Monsstre s'étaient mises à trembler, et Arnold fit un vœu pour que personne ne s'en rende compte. Il ouvrit la bouche pour recommencer à crier, mais Weasel, élu tout récemment Citoyen de l'Année, se leva.

« Qu'est-ce que tu nous veux ? dit-il, calmement. Toi et ce sac d'os, vous voulez nous attaquer ? Qui se cache sous ce déguisement, d'abord ? »

L'homme au casque, Spack Laird, tira Weasel par la manche. Il lui chuchota quelque chose à l'oreille ; Weasel fronça les sourcils et dit : « A l'intérieur du cercueil ? Tu en es sûr ? »

Spack fit vigoureusement oui de la tête, imité par Jed Heathrow et Jimmy Hallis.

Weasel sourit. « Frank Whipple n'a peur ni des morts ni des vivants. Il n'a même pas peur d'un homme-loup. » Et il s'avança vers Arnold, ses grosses bottes martelant le plancher, et d'un geste, balança son poing sur le museau de Monsstre. Monsstre vacilla. L'une de ses canines jaunies tomba sur le sol, produisant un clic très sobre. Weasel hurla de joie, et se frotta le poing.

Arnold le regarda, un sourire menaçant aux lèvres.

« Je n'ai qu'à dire un mot, et il t'égorge, *Papa*. Tu crois que ça *te* plairait ? »

Weasel se renfrogna.

« Tu vas regretter d'être né, gamin », dit-il en frappant violemment Monsstre à l'estomac. Un nuage de thé Lipton s'échappa de la bouche de la momie. Qui perdit l'équilibre et manqua de tomber à la renverse.

« On dirait que ton copain la momie ne tient pas le choc, gamin. Surtout quand on est à quarante contre un. Vous êtes prêts, les gars ? »

Il y eut quelques grognements d'approbation. La plupart des hommes présents se contentèrent toutefois d'observer ce qui se passait, se souvenant du récent massacre chez Norman Parker, au moment où les batteries de Monsstre étaient encore chargées à bloc et qu'il envoyait sans peine, d'une seule main, un homme dans un arbre. Arnold sentit le besoin de les convaincre davantage ; il espérait seulement que Monsstre serait à la hauteur. Il colla sa bouche à son oreille et hurla.

« Isis ki Osirus ! Tue-le ! »

Monsstre sursauta. Arnold eut le sentiment que c'était la dernière fois qu'il acceptait de passer les pommes de terre ; il était presque aussi mort qu'.ORD. Mais ce qui restait de sa main fendit l'air si vite que Weasel n'eut pas le temps de parer le coup, et ses doigts gris et spongieux agrippèrent la gorge de Weasel. Il le souleva de quelques dizaines de centimètres au-dessus du sol. Arrachant les bandages et la chair visqueuse de Monsstre, les mains de Weasel tentaient désespérément de lui saisir le poignet. Son visage prit rapidement une teinte violette peu ragoûtante, pendant que ses jambes faisaient des claquettes dans le vide.

Les messieurs et les dames de la Wabash Tavern se levèrent à l'unisson et se précipitèrent tous, en même temps, vers la porte, abandonnant Weasel, Monsstre et Arnold à leur sort. Leurs pieds firent plus de bruit que le grondement du tonnerre. Arnold et ses otages furent pris dans la cohue, mais Monsstre tint bon, et Weasel continua à danser tandis que ses yeux menaçaient de sortir de leurs orbites et que ses lèvres se relevaient en une grimace involontaire.

« Weasel, remarqua Arnold avant de se rendre compte de l'énormité de son erreur, il faut absolument que tu ailles chez le dentiste. Et si j'étais toi, je me raserais la barbe. Et, au fait, je te hais. »

Les yeux de Weasel se révulsèrent et bientôt, seul le blanc apparut. Ses chaussures tressautèrent encore faiblement.

Arnold entendit les moteurs rugir, et il comprit. Ils étaient en train de s'enfuir en emportant avec eux le sarcophage.

« Lâche-le, demi-tour, et cours ! »

Monsstre lâcha Weasel, qui tomba en tas sur le plancher. Il fit demi-tour. Se déplaçant avec une douloureuse lenteur, il parvint à la porte et la percuta de toute sa hauteur. Puis il se mit à marcher à la façon d'un robot déréglé, ses pieds dérapant sur la flaque d'eau devant la porte.

« La poignée, gronda Arnold. Tourne-la et pousse. »

Ce que fit Monsstre. La porte s'ouvrit brutalement. Dehors, la nuit flambait, éclairée par d'innombrables phares et feux de position, et l'air était lourd de gaz d'échappement. Tout le monde se tirait. Arnold repéra la Ford rouge et blanc. L'homme avec le casque de chantier sur la tête se hâtait dans sa direction, suivi de près par deux autres types. Arnold reconnut en celui qui portait un uniforme le père de Danny Heathrow, un ivrogne célèbre parmi les ivrognes célèbres de cette ville.

« Poursuis-les », cria Arnold qui, ayant pour le moment complètement oublié ses jambes inutilisables, tenta d'éperonner l'ardeur de Monsstre à l'aide d'une invisible cravache. La douleur jaillit des os brisés de ses jambes. L'homme au casque était presque arrivé à sa voiture. Visiblement à bout de ses réserves d'énergie, Monsstre titubait bravement dans sa direction.

Arnold et Monsstre se trouvaient à quelques mètres de la Ford quand le plafonnier s'alluma. Spack Laird avait ouvert la porte. Arnold le regarda s'asseoir à la place du conducteur, et avec lui, partir son dernier espoir. Monsstre avait de plus en plus de mal à marcher, et après avoir percuté le mur de brique de la taverne, il tentait péniblement de prendre le virage. Il avait perdu tout sens de l'orientation, et ses jambes semblaient devoir céder sous son poids à chaque pas.

« Viens, lui souffla Arnold à l'oreille, qu'il avait de plus en plus pendante. S'il te plaît, aide-moi. »

Monsstre tomba à genoux. Arnold sentit ses jambes se plier une fois de plus et il hurla. Il vit que dans la Ford, Spack Laird se débattait avec quelque chose. Derrière Arnold, une porte s'ouvrit et se referma dans un bruit fracassant. Il jeta un coup d'œil par-dessus son épaule et, dans la lumière embrumée du lampadaire à l'angle de la rue, il vit s'avancer Weasel Whipple. Il se tenait la gorge à deux mains et crachait abondamment. Un éclair illumina la nuit ; ses petits yeux noirs rencontrèrent ceux d'Arnold, écarquillés par la terreur. Weasel chargea.

Spack Laird sortit de la Ford. D'un geste, il posa ses deux mains sur le toit, et un éclair silencieux troua la nuit. Spack était armé. Le tonnerre s'abattit aussitôt. L'arme, communément appelée Chasseur de Nègres, tira. Des étincelles jaillirent du trottoir juste à côté d'Arnold, tandis qu'une balle SilverTip à charge creuse déchirait le ciment dans un sifflement perçant avant de se perdre dans le ciel.

A cheval sur le dos de Monsstre, Arnold raffermit sa prise. Monsstre était en train de mourir, et lui aussi, par la même occasion. L'arme tira à nouveau, crachant une fleur de feu. Un morceau du flanc gauche de Monsstre fut arraché dans une éclaboussure de gaze pourrie et de chair visqueuse. Une odeur de mort s'échappa du trou béant, qui laissait apparaître des viscères que le temps avait épargnées, préservées par des pratiques magiques depuis longtemps oubliées. L'eau des flaques giclait sous les bottes de Weasel, qui se rapprochait de plus en plus, le souffle court, grognant à chaque pas. Il était la mort, le mal et la destruction rassemblés en une seule personne, l'archétype d'un fléau qui avait commencé à l'aube de l'humanité et qui se poursuivrait aussi longtemps que les hommes vivraient : un être humain plein de force, de bêtise et de haine.

Un nouvel éclair déchira le ciel. Arnold vit le canon d'une arme dirigé sur son visage ; par réflexe, il se protégea de la main. Le coup partit, et le nez d'Arnold heurta quelque chose, suffisamment fort pour lui faire voir trente-six chandelles. Il ouvrit les yeux et se rendit compte qu'il avait à la main l'exemplaire gorgé d'eau de *Ça*. De la fumée s'échappait des pages détrempées ; ces dernières avaient en effet reçu l'énorme balle, et elles l'avaient stoppée. Arnold retourna le livre. En plein milieu, il y avait un trou de la grosseur d'une pièce de cinq dollars. La balle lui était destinée, mais les mots avaient arrêté sa course. Pas les pages de mensonges, non, les vrais mots dans leur vraie forme. Quelque part à l'intérieur de ces pages magiques, une balle finissait de grésiller, alors que c'était au fond du cerveau d'Arnold qu'elle aurait achevé sa trajectoire.

Il sourit. La magie existait vraiment. .ORD était mort et

le tour de Monsstre ne tarderait pas, mais les mots, eux, vivaient éternellement, à jamais momifiés sur le papier.

Weasel se rapprochait. Spack se préparait à tirer.

Arnold brandit le livre vers le ciel. La pluie s'écrasait sur son visage mais il riait de toutes ses dents cassées, le visage tuméfié et enflé. Il riait parce qu'il savait que son père, son *vrai* père, n'avait pas œuvré en vain.

« Je crois ! hurla-t-il à la face noire du ciel orageux. Isis ki Osirus, *je crois !* »

Le ciel éructa brusquement un éclair foudroyant, blanc comme une feuille de papier vierge sur laquelle les nuages dessinaient des tâches d'encre noire. La foudre s'abattit sur les pages qu'Arnold tenait serrées à la main, et qui s'enflammèrent immédiatement. Pendant une méga-seconde, il fut inondé de lumière bleue, et sa main noyée sous une spirale lumineuse qui les enveloppa tous les deux, Monsstre et lui. Arnold poussa un cri perçant, où se mêlaient la joie et l'étonnement, tandis que mille aiguilles de feu électrique le transperçaient de toutes parts. Immédiatement, le tonnerre résonna dans un grondement assourdissant. Puis la nuit redevint noire, à l'exception du rond de lumière glauque que projetait le lampadaire à l'angle de Maplewood et de Kentucky, devant la Wabash Tavern.

Monsstre se leva comme si l'on venait de lui injecter de l'adrénaline ; Arnold eut à peine le temps de se retenir à son cou. Au moment où Weasel s'élançait vers eux, Monsstre se retourna, vif comme du mercure. D'après ce qu'Arnold savait de l'ancienne Egypte, le karaté n'était pas le sport national, mais Monsstre se débrouillait assez bien. Du bord de sa main déchiquetée, il frappa Weasel à la tempe, lui fracturant le crâne d'un seul coup. Un peu de cerveau en jaillit, puis le grand corps de Weasel Whipple s'affaissa sur le sol et n'en bougea plus.

Tandis que Jimmy Hallis et Jed Heathrow se dissimulaient derrière la Ford, Spack Laird tira à nouveau. La balle toucha Monsstre en plein cœur, mais ce dernier était rechargé à bloc, touché par la grâce, animé par la foi, et s'en fichait complètement. Arnold arracha son regard du cadavre littéralement écervelé de son beau-père, et jeta un coup d'œil prudent par-dessus l'épaule de Monsstre.

Spack était en train de viser. Jed Heathrow et Jimmy

Hallis s'étaient finalement réfugiés à ses côtés, et ils regardaient, effarés, le corps dévasté de ce qui avait été Weasel Whipple. L'un d'entre eux défaillit et, perdant l'équilibre, il dérangea Spack qui s'apprêtait à tirer. Ce dernier se tourna vers lui, l'insulte à la bouche. Arnold remarqua alors sur son visage un curieux reflet jaune ; Jed Heathrow poussa soudain un hurlement et se mit à agiter les bras, décrivant de grands cerles paniqués. Arnold se souleva légèrement pour mieux voir ce qui se passait.

Les paumes des mains de Jed étaient devenues jaune moutarde, et elles projetaient des faisceaux lumineux qui couraient en désordre partout, le long de la façade de la taverne et dans la rue luisante de pluie. Des volutes de fumée opaque s'élevaient de ses bras, qui tournoyaient comme les ailes d'un moulin emballé. Puis, se raidissant tel un pantin, il fonça sur Spack de toute la vitesse de ses jambes raides.

Spack recula, les yeux agrandis par l'horreur. Une lumière surnaturelle éclairait violemment son visage, traçant des ombres crues sur ses traits porcins. Jed était maintenant tout près de lui, son visage lui aussi déformé par la peur. Ses mains lumineuses s'écartèrent, puis se refermèrent brutalement sur le cou épais de Spack.

Jed le souleva au-dessus du sol et l'étrangla, tout en lui hurlant dans les oreilles des excuses affolées. On entendit craquer des os. Du sang jaillit des oreilles de Spack. Il avait les mâchoires serrées, et les yeux révulsés en une horrible expression d'agonie. Son visage passa du violet au noir. Arnold poussa un gémissement d'horreur, trop fasciné par la morbidité de la scène pour la quitter des yeux.

Le Niggerchaser retentit. Dans l'explosion, un morceau du dos de Jed, gros comme un gant de boxe, se détacha, et Jed s'affaissa sur lui-même, entraînant Spack dans sa chute. En même temps qu'un jet de sang et de tripes, Jimmy Hallis reçut en pleine poitrine la SilverTip à charge creuse. Il s'écroula tel un sac d'os, l'air à la fois triste et surpris.

Monsstre passa derrière la Ford. Arnold prit une profonde inspiration. Il n'avait pas envie d'en voir davantage, craignant que ce nouveau point de vue ne soit encore pire, mais il regarda *quand même*, et constata que les mains jaunes de Jed n'étaient pas mortes avec lui, mais qu'au contraire elles étaient parties à l'assaut de la chair morte du visage de Spack, qu'elles arrachaient par morceaux entiers. Du sang coula dans le caniveau en mille petites rigoles, dont un casque de chantier blanc qui avait roulé là endiguait le flot vermillon.

« Ça suffit », murmura Arnold en fermant les yeux. Il entendit les mains de Jed tomber enfin sur la chaussée.

Monsstre hésita ; Arnold rouvrit les yeux, pensant que le pouvoir magique s'affaiblissait, mais les yeux de Monsstre persistaient à projeter puissamment dans l'obscurité les cônes jumeaux de leur faisceau. Il attendait les ordres.

« Ramène-moi à la maison », dit Arnold. Et alors que Monsstre entamait sa course, il sentit une main froide se placer sous ses fesses pour l'aider à se maintenir en place. Troublé, Arnold sourit, la tête dans la fourrure du cou de Monsstre. Il était épuisé.

Quand Monsstre s'arrêta devant la maison d'Arnold, Arnold s'était assoupi, bercé par les bonds de sa course dans un demi-sommeil qui répondait à un besoin naturel qu'ont les jeunes garçons de dormir au moins une fois tous les trois jours. Ce fut l'arrêt brutal de tout mouvement qui le réveilla ; pendant un instant, il eut le sentiment d'être dans un monde iréel, peuplé de morts vivants et d'un Frank Whipple mort.

Il finit de se réveiller et se rendit compte que c'était vrai. Tout allait bien. Il avait Monsstre et le livre, et avec eux deux, il pouvait faire face à la fois au passé et au futur. Mais pour l'instant, il tremblait de tous ses membres brisés et il crevait d'envie de prendre un bain et de se coucher dans un lit chaud. Il dit à Monsstre de le porter en haut des escaliers, ce que fit Monsstre sans se faire prier. Il pensa que le fait d'ouvrir la porte et de tomber nez à nez avec cette momie à tête de chacal, passablement amochée, serait un trop grand choc pour Maman et les filles, aussi décida-t-il de se présenter seul. Monsstre n'avait pas de don particulier d'infirmière, ni certainement de médecin, car au cours de l'opération consistant à faire descendre Arnold de son dos, il parvint à lui plier les jambes dans une douzaine de directions différentes, toutes plus douloureuses les unes que les autres. Mais il le déposa devant la porte comme Arnold le lui avait demandé, et Arnold lui accorda alors un regard où brillait l'affection qu'il se souvenait avoir éprouvée pour les animaux qu'il avait eus, avant que Frank Whipple n'interdise l'accès de sa maison aux chiens et aux chats. *Sa* maison. Quel humour !

« Ecoute-moi », dit Arnold. Monsstre se pencha vers lui. « Je veux que tu retrouves mon père. Evite les routes et les gens, et voyage la nuit. Ramène-moi mon père même s'il faut pour cela que tu lui passes une laisse autour du cou. Compris ? »

Monsstre se raidit. Sa tête de chacal fit signe que oui.

« Ramène-le ici. Ne lui fais aucun mal, mais débrouille-toi pour qu'il te suive. Je lui expliquerai tout quand il sera de retour à la maison. Seigneur, comme j'aimerais que tu puisses parler ! »

Monsstre fit claquer ses mâchoires plusieurs fois. Sa langue brune était parsemée de brins de thé. Peut-être un véritable thé égyptien aurait-il pu lui décoincer les cordes vocales. Lipton, en tout cas, ne semblait pas faire l'affaire.

« Vas-y, dit Arnold. Isis ki Osirus. »

Monsstre le regarda fixement. L'éclat de ses yeux ne varia pas ; il était visiblement au-delà de la limite requise pour passer les pommes de terre. Le pouvoir du livre s'était emparé de lui. Il fit demi-tour et descendit l'escalier. Arnold le regarda tourner à gauche et s'engager sur le trottoir, en direction de l'ouest, avant de disparaître dans la nuit. Eh oui, l'ouest. La direction du Texas. Le Texas ou la mort. Papa allait pouvoir rentrer à la maison contempler ses nouvelles richesses. Les éditeurs pouvaient tous aller se faire voir ailleurs, ainsi que les magazines et les revues et tout ce monde maudit qui l'avait rejeté pendant tant d'années. Avec quarante millions de dollars, Papa pouvait monter sa propre maison d'édition et devenir le plus grand auteur du pays. Il restait à espérer qu'il ne soit pas cardiaque, car la rencontre avec Monsstre, débarquant dans le motel ou la pension de famille dans lequel il vivait, risquait d'être éprouvante pour John Arnold White.

Arnold frappa à la porte. Il devait être dix ou onze heures, peut-être minuit. Il entendit des pas dans le couloir. La porte s'ouvrit de quelques centimètres. Missy glissa un œil dans l'entrebâillement, indiquant par sa présence qu'il était plus tôt qu'il ne le croyait, à moins qu'on n'ait été vendredi soir, ou samedi, et que Missy n'ait dû rester debout jusqu'à ce que son foutu beau-père rentre à la maison. Au fait, quel jour était-ce ?

« Par là, sœurette », dit Arnold.

Missy baissa les yeux vers le spectre ensanglanté de son frère gisant sur le paillasson et, ainsi qu'il se l'était imaginé, elle se mit à hurler.

- 21 -

PAPA

Six semaines plus tard, Monsstre était de retour avec le père d'Arnold, dans une Cutlass de 88 que ce dernier s'était payée avec les sommes d'argent fabuleuses qu'il avait gagnées dans les puits de pétrole texans. Il franchit le seuil de la porte, bronzé, mince, et coiffé d'un ridicule Stetson, tandis qu'Arnold se trouvait devant la télé, les deux jambes dans le plâtre. On était samedi. Ils se regardèrent un long moment, puis John White se précipita sur son fils pour le serrer dans ses bras ; Monsstre, debout dans ses baskets trouées, visiblement épuisé, contemplait leurs retrouvailles. Arnold proposa alors à Monsstre de se reposer cinq minutes, ainsi qu'il l'avait si brillamment mérité, et Monsstre s'écroula, face contre terre, pour ne plus jamais se relever.

Voici la façon dont l'histoire aurait dû se terminer. John Arnold White l'aurait écrite ainsi, et sans doute à cause de cela, toutes les maisons d'édition l'auraient refusée, étant donné que les histoires de terreur sont censées se terminer bizarrement, ou tristement, afin de donner au lecteur un dernier petit coup au cœur et lui arracher une ultime larme, avant qu'il ne balance le bouquin par-dessus son épaule en se demandant pourquoi il perd son temps à lire de telles bêtises. En vérité, il se trouve que ce livre n'a pas été rejeté par le comité de lecture, étant donné qu'il a été écrit par un écrivain meilleur que John Arnold White ne l'était, et qu'il s'agit d'une histoire vraie. Vous comprendrez mieux en lisant l'épilogue, qui ne saurait tarder.

Ce qui se passa réellement, c'est que le hurlement de Melissa provoqua l'arrivée de la mère d'Arnold, Karen, qui se précipita à la porte en courant pour y découvrir la dépouille de son fils, spectacle qui la fit instantanément éclater en sanglots. Soulagée de retrouver son fils vivant, elle l'emporta à l'intérieur, où l'air fleurait bon le bacon et le chez-soi. Elle courut vers le téléphone et décrocha le combiné, mais elle s'aperçut alors que la compagnie du téléphone avait interrompu la ligne, la dernière facture n'ayant pas été réglée à temps. Ainsi, d'une certaine façon, Don Marston avait raison : il arrive parfois qu'ils coupent le compteur au mauvais moment, ou au bon moment, suivant de quel côté de la barrière on se trouve.

Karen Whipple (qui ignorait encore qu'elle était veuve) s'activait énergiquement, tandis que Melissa pressait d'un flot incessant de questions son frère, trop fatigué pour lui répondre. Le bébé était miraculeusement endormi dans son berceau et ne participait donc pas au vacarme. Arnold, lui, n'avait qu'une envie, c'était d'aller se coucher et oublier enfin ce cauchemar, mais le sarcophage se trouvait encore à l'arrière d'une Ford break sur le parking de la Wabash Tavern. N'importe qui pouvait la faire démarrer pour aller le planquer quelque part. Arnold dit à Melissa d'appeler non pas une ambulance, mais les flics, parce qu'il avait à leur raconter une histoire dont ses multiples fractures prouveraient aisément l'authenticité. Si les flics en doutaient, il pourrait toujours montrer à Roly-Poly Roy Mallone ce qu'il se produisait quand il prenait à quelqu'un l'envie de faire passer les pommes de terre à proximité du sarcophage. Une telle démonstration ferait office de certificat de propriété, et si c'était nécessaire, Arnold pourrait également demander l'autopsie du corps d'Atkinson, qu'on sortirait de son frigo à la morgue ou qu'on déterrerait de son trou au cimetière, selon le cas, devant qui il raconterait l'histoire de l'œil crevé du vieil homme. C'était bien à lui qu'Atkinson avait légué le sarcophage.

Karen dit à Melissa d'aller chercher deux oreillers et une couverture, ce qu'elle s'empressa de faire. On souleva tendrement la tête d'Arnold, sous laquelle on plaça les oreillers, et on la reposa doucement, ainsi que seules des mains de mère en sont capables. Puis, ayant arrangé la couverture sur le corps tremblant d'Arnold, elle le borda.

« Missy, dit-elle, je veux que tu ailles frapper chez tous les voisins jusqu'à ce qu'on te laisse téléphoner. Je sais que cela ne va pas être facile, et qu'il pleut, mais il faut appeler une ambulance.

— Les flics, gémit Arnold. Les flics.

— D'accord, les flics. Vas-y, Missy. »

Melissa se précipita dehors, claquant si fort la porte derrière elle que les murs tremblèrent. Le bébé se réveilla enfin et se mit à pleurer.

Karen, à genoux à côté d'Arnold, ignora les pleurs. Elle prit le visage d'Arnold dans ses mains et le regarda droit dans les yeux.

« Et maintenant, jeune homme, tu vas me dire ce qui s'est passé. J'ai eu la visite des flics, et les gens racontent qu'on te recherche pour meurtre. Un homme qui se prétendait ton ami et que tu aurais rencontré à l'hôpital est venu me voir, et je l'ai chargé de te remettre ton cadeau. » Elle montra la bosse que formait, sous la couverture, l'énorme bouquin que la balle avait failli traverser. « Je vois que tu l'as déjà. Où étais-tu passé, et qu'est-il arrivé à tes pauvres jambes ? »

Arnold prit une profonde inspiration. Par où commencer ? Par où finir ? Croirait-elle seulement que Monsstre existait vraiment ? N'allait-elle pas penser qu'il était en train de délirer ?

Il frissonna, puis raconta toute l'histoire. Cela ne prit que quelques minutes, bien qu'Arnold ait eu de la peine à croire que les trois derniers jours puissent ainsi se résumer oralement en trois minutes. Il finit en lui expliquant comment Monsstre, à sa demande, l'avait laissé devant la porte.

Elle hocha la tête. Elle fronça les sourcils. Elle lui posa la main sur le front, puis elle hocha à nouveau la tête.

« Mon pauvre bébé », dit-elle.

Arnold tenta de se redresser.

« Mais, Maman ! C'est la vérité ! »

Elle hochait toujours la tête, ce qui commençait à devenir légèrement énervant.

« Je te le jure ! »

Elle hocha la tête.

« Je te jure ! »

Hochement de tête.

« Où est donc Monsstre ? »

Hochement de tête.

« Je l'ai envoyé chercher Papa, dit Arnold, heureux d'en arriver à la meilleure partie de son histoire. Je lui ai dit de retrouver Papa et de le ramener ici. »

Elle ne hochait plus la tête. Un flot d'émotions diverses envahit son visage, qui demeura rongé par l'appréhension et le doute.

« Ce Monsstre fait tout ce que tu lui dis de faire ? Tout ? »

Ce fut au tour d'Arnold de hocher la tête.

Karen se leva et se mit à arpenter la pièce. Devant une telle réaction, Arnold se mit à bouder. Il venait de lui offrir un gros gâteau d'une valeur de quarante millions de dollars, qu'il avait généreusement saupoudré de la nouvelle du retour imminent de Papa, et voilà qu'au lieu d'être folle de bonheur, elle marchait de long en large devant Arnold, pas contente du tout.

Melissa fut de retour un instant plus tard, complètement trempée. D'un bras, elle s'essuya les yeux.

« J'ai trouvé quelqu'un qui voulait bien que je téléphone, mais les policiers m'ont dit qu'il fallait attendre un peu. Je leur ai demandé pourquoi, et ils m'ont dit qu'il se passait quelque chose de grave à la Wabash Tavern. » Intriguée, elle leva les yeux vers sa mère. « J'ai bien fait ? »

Karen s'immobilisa. Elle baissa les yeux vers son fils.

« Monsstre ?

— Tout ce que j'ai dit est vrai. »

Quelque chose frappa à la porte. Melissa fit mine d'aller ouvrir.

« Non ! » cria Karen.

Arnold était consterné.

« Quel idiot, ce Monsstre ! J'aurais dû me douter qu'il serait trop bête pour…

— Dis-lui de partir ! hurla Karen.

— Il ne nous fera aucun mal, dit Arnold. Et puis, de toute façon, j'ai oublié de lui dire où se trouvait le Texas. »

On frappa à nouveau. Arnold entendait distinctement le bruit que faisaient ses baskets mouillées sur le paillasson. Tu parles d'un monstre ! Etait-il seulement capable d'aller jusqu'au Texas ? Avec une carte, peut-être…

« Non ! cria Karen d'une voix perçante au moment où Melissa posait sa main sur la poignée. N'ouvre pas cette porte ! »

Arnold réussit à s'asseoir.

« Mais de quoi as-tu si peur, Maman ? J'ai fait toute la

route depuis la ferme de Norman Parker à cheval sur son dos, et même s'il est horrible à regarder, il est très gentil. Pas très élégant, je te l'accorde, mais gentil. D'accord ? »

Ses hochements de tête étaient devenus de plus en plus violents, et ses cheveux balayaient son visage crispé.

« Arnold, je... je crois que tu sais que ton père lisait beaucoup. »

Arnold hocha la tête.

« Tu sais probablement aussi qu'il essayait de devenir écrivain.

— Ouais. Et alors ?

— Il t'a toujours donné à lire beaucoup de livres et beaucoup d'histoires. John et moi, nous en avions longuement parlé. Il te donnait ces livres dans l'espoir que tu finisses par les aimer autant que lui, il les aimait. Il espérait qu'un jour, tu deviendrais écrivain, et que tu aurais plus de chances qu'il n'en a jamais eu. »

On frappait à la porte à coups redoublés.

« Et alors ? poursuivit Arnold qui s'impatientait. J'écrirais un livre sur Monsstre un de ces jours. Mais pour l'instant, si quelqu'un voulait bien se donner la peine d'ouvrir cette porte.

— *NON !* »

Arnold en resta bouche bée.

« Hein ? »

Karen lui lança un regard de défi. « Il n'y a jamais eu de départ pour le Texas. Pas le moindre puits de pétrole. Il y avait simplement un petit mot épinglé à sa chemise, et j'ai acheté la carte postale dans une boutique à Terre Haute. Ses instructions étaient claires. Il n'y a pas de honte à quitter son domicile pour chercher un meilleur emploi, mais se suicider, c'est différent. Il ne voulait pas supporter ce dernier affront. Alors, pour lui, j'ai menti. »

Les yeux d'Arnold commençaient à piquer, et de grosses larmes de colère se préparèrent à couler.

« Tu veux dire que tu l'as laissé mettre la tête dans le four ? Tu l'as regardé faire et tu n'as pas coupé le gaz ?

— Pas du tout. Il s'est pendu avec sa ceinture dans les toilettes. »

D'autres coups à la porte. Arnold se sentit aspiré au fond d'un abîme vertigineux. Pendu dans les toilettes ? Pendu dans les toilettes ?

« Je l'ai enterré au fond du jardin. Pas très profondément. Ensuite je suis allée dans les bois me débarrasser des plaques de la voiture. Ton Monsstre est loin d'être aussi bête que tu ne le crois. » Elle s'était mise à pleurer. Melissa, qui n'avait rien compris, les regardait tous les deux fixement comme s'ils avaient perdu la raison. Elle avait toujours la main sur la poignée de la porte d'entrée. Monsstre frappa à nouveau.

Evidemment, qu'il frappe, se dit Arnold, éberlué. *Il a en ce moment dans son bras et demi ce qui reste de mon père.*

Arnold se tourna vers Missy, résolu à accueillir dignement ce qui se tenait de l'autre côté de la porte.

« Ouvre », dit-il à voix basse.

Elle ouvrit la porte. Un courant d'air pestilentiel s'engouffra dans la pièce. Arnold examina la chose pitoyable que Monsstre tenait dans ses bras, tandis que Melissa partait en hurlant se réfugier à l'autre bout de la maison. Un été chaud et un hiver humide passés dans la terre de l'Indiana n'avaient pas fait beaucoup de bien à Papa. Nettoyé, il aurait pu servir de squelette professionnel dans un cours d'anatomie. Mais en l'état, il n'était que boue et fragments d'os. Sa mâchoire pendait lamentablement, ouverte à jamais sur un cri de désespoir.

Arnold rampa vers la porte. « Ramène-le, dit-il à Monsstre d'une voix rauque. Ramène-le où tu l'as trouvé, puis va monter la garde près du sarcophage. »

Monsstre hocha la tête à son tour. Il fit un pas en arrière, et l'un des os du bras de Papa atterrit sur le sol, dans un craquement sinistre. Arnold contempla les phalanges sales de ces doigts qui avaient frappé des millions de caractères dont personne n'avait voulu.

Il claqua la porte et se laissa choir sur le sol, écoutant les hurlements de sa sœur, les pleurs du bébé et les sanglots de sa mère jusqu'à ce que le tout produise une telle cacophonie qu'il n'eut plus pour échappatoire que le néant réconfortant d'un sommeil sans rêves.

EPILOGUE

ETE 1994, CENTRAL TEXAS

Arnold s'assit et fixa le sourire touffu de la vieille Remington de Papa, cette machine qui avait eu raison de lui. Arnold avait les moyens de se payer le tout dernier modèle Wang, mais il avait décidé qu'ici, au cœur de la tanière qu'il s'était installée dans sa nouvelle maison, seule la Remington serait jamais autorisée à trôner, et ce jusqu'à ce que revienne le moment pour elle de se remettre à parler. Ce moment était arrivé.

Au bout de quelques minutes, il saisit une feuille de papier, qu'il prit au sommet de la rame posée à côté de la machine à écrire, et la plaça derrière le rouleau dont le caoutchouc s'était, avec les années, changé en pierre. Cela ne dérangeait aucunement Arnold. Ce qu'il avait en tête se devait d'être accompli sur cette même machine qui avait tué son père. Il fit tourner le rouleau jusqu'à ce que la feuille réapparaisse, tenant écartée du bout des doigts la tige de métal rouillé et ses trois petites roues fossilisées qu'il remit en place dès que le bord de la feuille fut calé.

Puis il ne fit rien.

Les minutes s'écoulèrent ; il fixait cette horrible feuille blanche et songea à la monstrueuse cargaison de mots qu'il avait à l'intérieur de lui-même, et qu'il devait, d'une façon ou d'une autre, faire figurer sur le papier sous une forme cohérente. Il venait d'avoir dix-huit ans et il se savait trop jeune pour ecrire quoi que ce soit de publiable, mais il se devait de faire fructifier l'héritage qu'on lui avait transmis. Son seul réconfort était de se répéter que S. E. Hinton avait publié son premier roman, l'histoire merveilleuse de Soda Pop et Pony Boy, deux gamins poussés du mauvais côté de la barrière mais dotés d'un cœur d'or, à l'âge de dix-sept ans.

Du bout des doigts, il tapota le bord de la machine à écrire, l'esprit encombré par les souvenirs et les mots qui se bousculaient maintenant dans sa tête. Il songea au passé. La puberté lui était tombée dessus comme une ogive nucléaire à l'âge de quatorze ans ; et l'année qui suivit son départ de Wabash Heights, il grandit de dix centimètres. Il se rempluma, passant de désespérément maigre à finement harmonieux. Il faisait maintenant partie de l'équipe junior de lutte de Medfield Junior High School, à Medfield, au Texas, dans les environs de Dallas. Le basket et le foot n'étaient pas pour lui, à cause de son poids insuffisant, mais il avait très envie de se mettre à la course à pied. Jadis, il avait fait du cheval sur le dos d'une momie, face à la haine collective des habitants minables d'une ville sordide, et il s'en était sorti vivant. Il se souvenait très clairement du coup de téléphone qu'il avait passé de sa chambre d'hôpital au département d'archéologie de l'Indiana State University. Le gars à qui il avait parlé, un certain Professeur Randall, avait éclaté de rire quand Arnold lui avait dit qu'il possédait un sarcophage égyptien qu'il fallait absolument renvoyer dans son pays d'origine, mais le gars s'était quand même pointé, et il avait failli pisser dans son froc quand il avait vu ce qu'il y avait à l'arrière de la Ford de Spack Laird. Après avoir récupéré ses baskets, Arnold avait donné à Monsstre l'ordre de s'allonger au fond du sarcophage comme une bonne momie qu'il était, mais Roly-Poly Roy, qui s'était trouvé là, ne s'en était jamais parfaitement remis : Monsstre avait passé la nuit à le regarder, alors qu'il essayait de comprendre ce qui s'était passé à la Wabash Tavern.

Pendant que les flics dégageaient les corps des victimes et tentaient de trouver les raisons d'un tel carnage, Arnold avait été transporté à l'hôpital. On raconta aux flics qu'on avait vu un loup-garou couvert de bandages et de boue ; qu'un homme nommé Weasel s'était battu à coups de poing avec une étrange momie. Ce qui était parfaitement absurde. On arrêta Jack Cumberland dans un magasin Kroger, où il avait tenté de voler une boîte de pâté Spam et un pack de bière ; une fois emprisonné, le dénommé Jack Cumberland se mit à faire des déclarations inattendues, prétendant qu'il avait assassiné son père à cause des malformations génétiques de ce dernier, et on finit par l'interner à l'asile psychiatrique Katherine Hamilton, plus communément appelé chez Kate la Folle, d'où Weasel avait d'abord cru que

Jack Cumberland s'était échappé. Arnold pensait qu'il devait toujours s'y trouver.

Le Professeur Randall de l'ISU avait contacté le département d'Etat, qui à son tour s'était mis en rapport avec l'ambassade d'Egypte, qui avait alerté l'université américaine du Caire, qui etc., etc. Il avait fallu cinq semaines aux autorités égyptiennes pour se manifester et venir réclamer le sarcophage au poste de police de Wabash Heights. Et il leur fallut encore trois mois pour mettre en œuvre la procédure qui garantissait une récompense à ceux qui retrouvaient des pièces d'antiquités volées ou perdues. Parce qu'il s'agissait d'un énorme sarcophage, et parce que la momie qu'il recelait était si rare, Arnold eut droit à sa photo à la une du journal local de Terre Haute, le jour où un petit homme grassouillet, ostensiblement un membre très important du gouvernement égyptien, lui remit un chèque de 250 000 dollars. Peut-être était-il vraiment un personnage important. En tout cas, le chèque fut parfaitement approvisionné.

Arnold détacha son regard de la feuille blanche, et regarda par la fenêtre. Des pavillons de banlieue, bien rangés le long de la rue. Ici, les gens tondaient leur pelouse. Ils l'arrosaient même. Ils étaient généralement gentils et chaleureux, et mieux encore, Maman s'était trouvé un petit ami qui habitait à deux maisons de la leur, et qui travaillait dans le pétrole, en tant que cadre chez Exxon.

Il regarda à nouveau la feuille blanche. Une histoire bouillait à l'intérieur de lui, hurlant son besoin urgent d'être lu. De l'autre côté de la machine à écrire, une pile de livres de poche était posée sur la table : *Ça, Misery,* et *Les Tommyknockers.* Au sommet de la pile, se trouvait un bouquin abîmé, dont les pages gondolées étaient percées d'un trou. La balle était toujours à l'intérieur, et elle n'en bougerait probablement jamais. C'était tout ce qui restait à Arnold pour prouver que ces incroyable trois jours s'étaient réellement déroulés. Il lui arrivait parfois de s'éveiller la nuit, un hurlement au fond de la gorge ; d'autres fois, il se réveillait en pleurant parce que Monsstre n'était plus là. L'idée que les scientifiques égyptiens aient pu le disséquer le rendait malade. Monsstre n'était certes pas un génie, mais il s'était avéré être le meilleur ami dont puisse rêver un petit garçon malheureux.

C'était son histoire qui bouillonnait au fond d'Arnold. Il fallait la dire.

Il fit avancer la feuille de papier et tapa. MONSSTRE, par Arnold White.

Très bien. Bon début. Les souvenirs s'agitaient pêle-mêle dans son esprit et dans ses tripes. Comment allait-il procéder pour les coucher sur le papier, et en admettant qu'il y parvienne, qui publierait tout ça ? Le nom de John Arnold White était apparu au bas d'innombrables nouvelles et romans, et tout avait été impitoyablement rejeté. Tous les éditeurs de New York connaissaient probablement ce nom par cœur. Si Arnold finissait ce livre, le premier éditeur à qui il l'enverrait se pencherait sans doute vers son assistant et lui dirait quelque chose comme : « Hé, Ralph, je viens d'en recevoir une autre de ce John White, tu sais ? J'ai comme l'impression qu'il essaie de se faire passer pour un certain Arnold White. Qu'est-ce que tu dirais de balancer son manuscrit aux chiottes, hein ? » Ha-ha-ha.

Arnold arracha la feuille de papier de la machine et la froissa dans sa main. Il jeta la boule de papier dans une jolie petite corbeille disposée à cet effet à côté du bureau. Il posa son menton dans sa main et fixa la machine à écrire. Ainsi que Stephen King le répétait dans *Misery*, la foutue machine semblait rigoler. A croire que celle-ci allait se mettre à parler. *Ton père n'y est pas arrivé et toi non plus, tu n'y arriveras pas. Tu ne pourras tirer de moi que des déchets impubliables. Ton nom seul fait grincer les dents des éditeurs.*

Eh bien, puisque c'est comme ça, d'accord. Arnold engagea une feuille vierge dans la machine, la cala, et écrivit : MONSSTRE, par Stephen King.

Il sourit de toutes ses dents. C'était carrément bien. Imaginez la tête de l'éditeur qui ouvre ce petit chef-d'œuvre et qui lit le nom de l'auteur. Ce serait tout de suite publié. Les ventes dépasseraient le million d'exemplaires en un rien de temps. Mais... Stephen King risquait de ne pas apprécier. Il se pouvait qu'il n'ait pas envie qu'on emprunte son nom et, d'après ce qu'Arnold avait lu à son sujet, il avait l'air d'être un type sympa, mais il était costaud, et Arnold, lui, était petit, et peut-être sauterait-il dans le premier avion

Maine-Texas, histoire de donner une bonne correction à l'imposteur. On avait vu des choses plus bizarres encore.

Il arracha la feuille et la fit disparaître au fond de la corbeille à papiers. Il reposa son menton dans sa main.

Il ne pouvait pas s'appeler Arnold White. Ni Stephen King. Il pouvait prendre l'identité qui lui plaisait, mais il ne savait pas laquelle choisir.

Au fond de lui, l'histoire bouillonnait de plus en plus fort.

Il glissa une troisième feuille de papier dans la machine. Quand tout fut prêt, il passa sa langue sur ses lèvres. Bouillonnait. Bouillait. Boyllait. Boyle. Ça irait. Et pourquoi pas Randall, du nom du professeur de l'ISU qui s'était marré en l'écoutant raconter son histoire ? Le prénom était relativement courant.

Arnold se mordit la lèvre supérieure et écrivit : MONSSSTRE, par Randall Boyll.

Zut, zut, zut. Il avait fait une faute. Arnold tapait à la machine avec seulement deux doigts, et l'un d'eux avait raté le *e* dans Boyle. Ce qui donnait Boyll, et à côté de Randall, ça faisait un sacré paquet de *l*.

Mais les éditeurs n'y verraient que du feu. Non ?

Il fit avancer la page de quelques centimètres et les touches entamèrent leur cliquetis.

Achevé d'imprimer en août 1992
sur les presses de l'Imprimerie Bussière
à Saint-Amand (Cher)

PRESSES POCKET - 12, avenue d'Italie - 75627 Paris Cedex 13
Tél. : 44-16-05-00

— N° d'imp. 2216. —
Dépôt légal : septembre 1992.

Imprimé en France